NAMORADO MODELO

OBRAS DOS AUTORES PUBLICADAS PELA EDITORA RECORD

Imbatível
Namorado modelo

STUART REARDON & JANE HARVEY-BERRICK

NAMORADO MODELO

Tradução de
Natalie Gerhardt

1ª edição

EDITORA RECORD
RIO DE JANEIRO • SÃO PAULO
2020

EDITORA-EXECUTIVA Renata Pettengill	COPIDESQUE Marina Vargas
SUBGERENTE EDITORIAL Mariana Ferreira	REVISÃO Renato Carvalho
ASSISTENTE EDITORIAL Pedro de Lima	Marco Aurélio Souza
AUXILIAR EDITORIAL Clara Alves	DIAGRAMAÇÃO Juliana Brandt

CIP-BRASIL. CATALOGAÇÃO NA PUBLICAÇÃO
SINDICATO NACIONAL DOS EDITORES DE LIVROS, RJ

Reardon, Stuart, 1981-

R226n   Namorado modelo / Stuart Reardon, Jane Harvey-Berrick; tradução
de Natalie Gerhardt. – 1ª ed. – Rio de Janeiro: Record, 2020.
378 p.; 23 cm.

Tradução de: Model Boyfriend
ISBN 978-85-01-11392-4

1. Ficção inglesa. I. Harvey-Berrick, Jane. II. Gerhardt, Natalie. III. Título.

CDD: 823

20-62472   CDU: 82-3(410.1)

Vanessa Mafra Xavier Salgado – Bibliotecária – CRB-7/6644

Copyright © 2018 Jane Harvey-Berrick & Stuart Reardon

Texto revisado segundo o novo Acordo Ortográfico da Língua Portuguesa.

Todos os direitos reservados. Proibida a reprodução, no todo ou em parte,
através de quaisquer meios. Os direitos morais dos autores foram assegurados.

Direitos exclusivos de publicação em língua portuguesa somente para o Brasil
adquiridos pela
EDITORA RECORD LTDA.
Rua Argentina, 171 – Rio de Janeiro, RJ – 20921-380 – Tel.: (21) 2585-2000,
que se reserva a propriedade literária desta tradução.

Impresso no Brasil

ISBN 978-85-01-11392-4

Seja um leitor preferencial Record.
Cadastre-se no site www.record.com.br
e receba informações sobre nossos lançamentos e nossas promoções.

Atendimento e venda direta ao leitor:
sac@record.com.br

Para meus pais — por me trazerem a este mundo.

Stu

Prólogo da Anna

Ele está escapando por entre meus dedos. Eu sinto isso.

Mas como segurar um homem como ele, um homem como Nick Renshaw? Um dos atletas mais famosos do mundo, um campeão.

Dizem que, quando amamos uma pessoa, devemos deixá-la livre.

E é exatamente isso que vou fazer: vou libertá-lo e deixar que se vá.

Rezando para que um dia ele volte para mim.

Prólogo do Nick

Eu me sinto perdido. Como se não soubesse mais quem sou, nem onde me encaixo neste mundo. Qual é meu objetivo?

Tenho 33 anos, então ainda faltam pelo menos mais trinta para eu começar a receber minha aposentadoria. Haha, que piada.

Não acredito que estou vivendo este momento da minha carreira: meu último jogo.

Meu jogo de despedida.

Os últimos 16 anos passaram voando. Rápido demais. Dezesseis anos incríveis e difíceis, que me transformaram no homem que eu deveria ser, o homem que eu estava destinado a ser.

Mas e agora? O que vou fazer agora?

Quando entrei para meu primeiro time, ainda um garoto inexperiente de 18 anos, eu tinha um colega chamado Scott Nadler, que era um dos jogadores mais velhos. Ele era um cara legal, que me orientou e me deu ótimos conselhos (a começar por não pendurar minha roupa no gancho dele — jogadores gostam de marcar seu território no vestiário, então você tem que conquistar seu lugar).

— Aproveite — disse Scott. — Tente estar presente em cada momento: no rugby, no esporte, na vida, porque tudo passa em um piscar de olhos, se você deixar. Quando sua carreira estiver chegando ao fim, você vai desejar poder fazer tudo de novo, só que sendo melhor, mais forte, mais inteligente... e sem se machucar.

Eu não sabia bem o que responder, então ri.

— Pare de bobeira, Scotty! Você ainda tem muitas temporadas pela frente.

É claro que ele não tinha, e aquele acabou sendo o último ano de sua carreira.

Mas guardei as palavras dele. E só quando fiquei mais velho e mais sábio foi que realmente entendi o que ele queria dizer. Todos os jogadores se preocupam com a partida que acabaram de disputar; depois nos preocupamos com o futuro e com como vamos jogar; em vez de estarmos conscientes do agora, de estarmos no presente com todos os nossos sentidos — apenas respirando, relaxando e aproveitando o fato de estarmos vivos. Fácil falar, difícil fazer. É uma das nossas maiores fraquezas.

É engraçado como as coisas funcionam. O conselho recebido anos antes só faz sentido quando sua própria experiência o torna sábio o bastante para realmente entender o significado de tudo aquilo. Caramba, falando assim pareço um velho! Mas, hoje em dia, esses 33 anos parecem uma eternidade.

Pensando bem, como jovens jogadores, parecia que os mais velhos estavam sempre reclamando sobre como demoravam mais para se recuperar à medida que envelheciam, que estavam sempre lesionados, que o corpo simplesmente não conseguia mais fazer o que fazia antes.

Eles costumavam achar graça de nós, os jovens.

— Esses garotos não sabem como as coisas são fáceis para eles! Olhem bem para nós, frangotes, porque é isso que espera por vocês no futuro!

Então, eles nos mostravam todas as suas lesões: mãos arrebentadas, narizes quebrados, dedos tortos; sempre os primeiros na massagem e na fisioterapia.

E agora eu sou um deles.

O rugby é um esporte violento pra caramba — há um limite para os impactos, as lesões, os suplícios que um corpo é capaz de suportar antes de começar a dizer *chega!* Mesmo assim, é difícil, porque, como atletas, não aceitamos. Mesmo quando sabemos que chegou a hora, nos recusamos a aceitar que nosso corpo chegou ao limite. Nossa mente é determinada, então continuamos jogando pelo máximo de temporadas que conseguimos. Tomamos analgésicos para conseguir jogar: paracetamol, ibuprofeno, tramadol, injeções de cortisona; qualquer coquetel que um médico possa receitar. Depois do jogo, tomamos comprimidos para dormir ou diazepam, para o caso de o efeito dos analgésicos passar durante a noite, enquanto dormimos e tentamos nos recuperar.

Depois de todas as lesões que sofri, eu deveria estar feliz por este ser meu último jogo, mas, bem lá no fundo, não estou. Não faço ideia do que vou fazer depois; crise da meia-idade, aqui vou eu. É como se eu estivesse saindo de casa de novo: estou deixando para trás o conforto de um esporte coletivo, colegas que passei a chamar de irmãos, o comprometimento, a camaradagem, o estilo de vida, a sensação de fazer parte de algo maior do que eu. Eu me sinto vazio.

Saia dessa! Você sabia que esse dia ia chegar, e há outras coisas na vida além de jogar rugby. Tenho uma vida com Anna. A vida fora dos campos é boa.

Mas o que diabos eu vou fazer?

Preciso relaxar. O comitê do jogo de despedida — a equipe que organizou o evento — fez todo o trabalho duro por mim. Eles organizaram tudo, até o jantar depois do jogo e as comemorações. Tudo que preciso fazer é aparecer nessas duas últimas semanas de treino, trabalhar duro com os rapazes e aproveitar a partida. Meu time e o time adversário serão formados por amigos, colegas de equipe atuais e antigos. Vai ser incrível.

Meu último jogo. Que estranho.

Sei que é natural se sentir assim, porque jogar rugby é a única coisa que fiz na vida. Estou acostumado a isso. Toda a minha vida adulta foi dedicada a esse estilo de vida.

Eu tento parar de pensar assim. Quem precisa de críticos quando luta contra a própria personalidade diariamente? Às vezes, sou meu pior pesadelo. Eu juro, jogar esse jogo deixa qualquer um maluco. Provavelmente por causa do excesso de pancadas na cabeça. Brincadeira. Ou não.

Tenho certeza de que Anna analisaria tudo para mim se eu conversasse com ela. Mas parece fraqueza compartilhar toda essa merda que guardo dentro de mim. Preciso me concentrar no aqui e agora e não me preocupar com mais nada.

Só mais duas semanas de treino.

Estou nervoso, mas não como fico sempre. O jogo de despedida não é sobre ganhar ou perder; é sobre respeito e honra entre irmãos.

Já participei de jogos de despedida de outros jogadores. Agora vou entrar para a lista dos aposentados.

Não há troféus, nem expectativa de vitória, nem decepção com a derrota: a única coisa que importa é ter um bom desempenho.

A quem estou tentando enganar? Vou jogar para ganhar: é o que eu sempre faço.

Capítulo 1

Os treinos tinham corrido bem durante toda a semana. Os caras que iam participar do jogo de despedida de Nick estavam curtindo o reencontro com antigos colegas de time e adversários, de volta ao lugar onde se sentiam mais vivos. Alguns deles ainda jogavam profissionalmente, mas o restante já estava aproveitando a aposentadoria, se é que essa era a melhor palavra. Homens de 30 e poucos anos ativos e em forma — todos aposentados. Mas o espírito competitivo nunca os deixou, mesmo quando pararam de jogar profissionalmente.

Talvez ser um jogador de rugby signifique um rito de passagem no qual o esporte se torna sua identidade, sua pele, algo incrustado em seu coração, parte do seu sangue — então, algo que nunca o deixa.

Nick sentia isso, que sua identidade era indissociável do esporte que ele amava havia tanto tempo.

Ele balançou a cabeça para expulsar os pensamentos incômodos.

Chega! Estou ficando um velho sentimental, pensou com um suspiro.

Olhou para o vestiário com uma sensação de orgulho e gratidão, enquanto amigos, colegas, antigos companheiros de time trocavam de roupa e... como assim?

Olhou de novo quando viu outro rosto do seu passado: Kenny Johnson.

Com uma onda de fúria que o deixou sem ar, Nick se lembrou do dia em que Kenny arruinou a amizade que havia entre eles e destruiu sua confiança; o dia que viu Kenny transando com sua ex-noiva. O padrinho e a futura noiva.

Por uma fração de segundo, reviveu o sentimento de traição.

Enquanto Nick olhava fixamente para seu antigo amigo, Kenny se aproximou, a expressão insegura, como se Nick fosse partir para cima dele e lhe dar uma surra — ato que havia levado Nick ao banco dos réus cinco anos antes, deixando um registro correspondente em sua ficha criminal.

Kenny tinha violado o código dos homens.

Nick olhou para o nariz quebrado e o rosto cansado e envelhecido de Kenny, surpreso por ver arrependimento em seus olhos. Pensou em como devia ter sido difícil para o antigo amigo engolir o orgulho e ir até a cova do leão.

Os dois homens se encararam, mil palavras não ditas reverberando no ar, mas então Nick respirou fundo. No fim das contas, Kenny tinha feito um enorme favor a Nick ao mostrar que Molly era uma mentirosa e traidora. E, graças a isso, ele pôde começar o relacionamento com Anna, o que, bem, não tinha nem comparação. Amava Anna com cada fibra de seu ser. Molly não era nada além de uma mancha escura em suas lembranças.

Fazia anos que não via nenhum dos dois.

Um dos outros jogadores avistou Kenny e gritou:

— Ken, seu maluco! O que você está fazendo aqui?

Kenny forçou um sorriso.

— E aí, gente? Vocês parecem ótimos. Alguns ainda não perderam o jeito, outros nunca tiveram, né?

— Não enche, Ken! — resmungou Rufty, que devia ter engordado uns dez quilos desde a aposentadoria. — Vou te mostrar meu jeito!

— Vai sonhando, gorducho! — Kenny se virou, o sorriso desaparecendo ao se deparar com as sobrancelhas franzidas de Nick. — Será que a gente pode conversar?

Nick viu a expressão esperançosa e o arrependimento no rosto dele. Lembrou-se de que eles eram amigos e companheiros de time antes de Kenny traí-lo. Decidiu que queria ouvir o que o cara tinha a dizer.

Assim como todo mundo que estava no vestiário, a julgar pelos olhares furtivos e desconfiados. Todos sabiam o que tinha acontecido entre Nick e Kenny.

Nick concordou com a cabeça.

— Claro, vamos dar uma volta. — Ele se virou para os outros jogadores. — Ótimo treino, gente! Encontro vocês no bar. A primeira rodada é por minha conta.

Nick saiu do vestiário em silêncio, seguido por Kenny, e eles foram para as arquibancadas, de onde encararam o grande estádio e as fileiras de assentos vazios.

O silêncio começou a ficar desconfortável enquanto Nick esperava Kenny falar.

— Nunca joguei aqui — disse Kenny, hesitante, fascinado, e Nick ouviu a melancolia na voz dele. — Diferente de você. Você teve uma carreira brilhante. Você sempre foi o melhor, o garoto de ouro. — Ele deu uma risada triste. — Mas não é por isso que estou aqui. — Ele suspirou. — Faz muito tempo...

Nick assentiu, mas não disse nada.

Kenny fez uma careta e continuou falando de maneira hesitante, as palavras saindo lentas e estranhas.

— Eu sei que não sou sua pessoa favorita. Não o culpo se me odiar. Se tivesse sido o contrário, bem, eu não ia querer ver você nem pintado de ouro.

Nick se virou.

— Eu nunca faria isso com um amigo — retrucou Nick em voz baixa, mas firme. — Amizade significa muito para mim, não apenas palavras.

Kenny baixou o olhar, enfiou a mão no bolso e arrastou os pés.

— Eu sei. Pode acreditar, eu sei. — Ele levantou os olhos e se deparou com o olhar frio de Nick. — Mas eu só queria dizer que sinto muito pelo que aconteceu. Eu não devia ter feito aquilo. Eu deveria ter sido uma pessoa melhor. Eu não sou perfeito, quem é? Mas todo mundo comete erros, e aquele foi o pior erro que eu cometi na minha vida. Eu perdi meu melhor amigo. — Ele encolheu os ombros. — De qualquer forma, o que passou passou, e eu não tenho como mudar o que aconteceu. Mas quero consertar as coisas, do jeito que for possível. Eu realmente sinto muito. Não passa um dia sequer sem que eu me arrependa. — Ele endireitou a postura. — Estou aqui porque quero jogar. Quero mostrar meu respeito pela sua carreira jogando no seu jogo de despedida. — Ele fez uma pausa. — Se você aceitar.

Nick hesitou, analisando suas opções: poderia continuar odiando Kenny pelo que ele tinha feito cinco anos antes ou poderia aceitar o pedido de desculpas e seguir adiante. As coisas nunca mais voltariam a ser como antes, mas talvez fosse hora de perdoar.

— É — disse Nick devagar. — Já faz muito tempo, Ken. A gente se conhece há muitos anos, e eu não sou do tipo que guarda rancor. Nada disso pode ser desfeito. Nem o que você fez nem o que aconteceu comigo como consequência dos seus atos, e dos meus também. Não podemos voltar a ser o que éramos, acabou a confiança.

Kenny baixou a cabeça, corando de vergonha.

Nick respirou fundo.

— Eu não posso jogar ao seu lado, nunca vamos ser colegas de time, mas eu agradeço por você ter vindo e por querer participar da minha despedida. Tenho certeza de que o treinador vai ficar feliz em ter você no time adversário. Vou avisar que você está disponível. Aceito seu pedido de desculpas.

Kenny engoliu em seco quando Nick estendeu a mão.

— Valeu, cara. Isso é... Bem, valeu mesmo.

— Eu estou bem agora — disse Nick enquanto trocavam um aperto de mãos. — Acho que nada acontece por acaso.

No fim da semana seguinte, Brian Noble, o treinador voluntário do jogo de despedida, reuniu todo mundo. Inclusive Kenny.

— Este é o último treino. Vocês mandaram bem. Foi um prazer trabalhar com vocês nessas duas semanas. Estou impressionado... e surpreso com o desempenho de alguns de vocês nos últimos dias.

Ele apontou para um grupo de jogadores mais velhos que já estavam aposentados havia um tempo, e eles riram e jogaram toalhas nele.

— Os ingressos estão esgotados para a despedida do Nick, então, se existe um lugar para ex-colegas de time resolverem suas diferenças, esse lugar é o campo, diante da torcida que vai lotar o estádio de Twickenham.

Kenny riu com os outros, mas Nick viu sua leve careta.

Tinha sido uma semana desafiadora para ele, e alguns dos companheiros de time de Nick foram duros com ele, mas Kenny respondeu à altura.

— Vejo vocês no sábado!

Nick chegou ao estádio mais de uma hora antes dos outros jogadores. Anna tinha se oferecido para acompanhá-lo, mas também entendeu quando ele disse que precisava fazer aquilo sozinho.

Enquanto caminhava pelos corredores vazios, seus passos ecoavam, cercados por lembranças incríveis: a torcida, os gritos, a atmosfera eletrizante, as emoções, o sentimento de orgulho e conquista, a vitória em duas copas do mundo, o auge de sua carreira. E agora era a última vez que jogaria ali. Não parecia real.

O vestiário cheirava a desinfetante. As camisas do time já estavam penduradas no lugar. Nick caminhou pelo vestiário, tocando cada uma delas com respeito e uma pontada de tristeza. Depois daquele dia, ele ficaria do lado de fora. Se voltasse para visitar, seria apenas como espectador de toda a ação, mas não mais como parte dela. Ficaria no banco de reservas pelo resto da vida.

Quando chegou à icônica camisa 17, sua camisa, ele se sentou, a mente tomada por lembranças e pensamentos pesados.

Ele se obrigou a pensar no jogo daquele dia. Estava realmente animado para jogar.

Em tese, o jogo seria mais relaxado do que um jogo de torneio, mas ele sabia que, assim que o primeiro ataque mais contundente acontecesse, como atletas que eram, cada um deles ia querer vencer.

Ele pegou a bolsa e tirou sua sunga da sorte. Estava um pouco surrada, porque Nick a usara em todos os jogos desde que Anna lhe dera de presente. Aquele dia não seria diferente.

Quando desdobrou a sunga, um bilhete caiu. Ele o pegou, alisou o papel e leu as palavras escritas à mão:

Meu querido Nick,

Aproveite o dia de hoje, meu amor. Você se esforçou tanto para chegar aonde chegou, dentro e fora dos campos. Seja você mesmo. Seja incrível.
Amo você,
Beijo,

A.

P.S.: Não se machuque!

Ele sorriu ao ler a última parte. Não, ele definitivamente não ia se machucar.

Foi um pequeno momento de paz, alguns segundos de tranquilidade no que seria um dia intenso.

As pessoas começaram a chegar ao vestiário. Primeiro os fisioterapeutas, depois os outros jogadores.

Nas horas que antecederam o jogo, Nick mal teve tempo de pensar. Deu entrevistas e conversou por alguns minutos com amigos e antigos companheiros de time sobre as alegrias e tristezas de tudo que viveram juntos, uma vida inteira compartilhada.

O técnico da seleção inglesa de rugby, Eddie Jones, estava lá, junto com o amigo de Nick do Phoenixes, Jason Oduba, que deveria jogar, mas tinha sofrido um estiramento na virilha. O jovem

Ben Richards estava lá, tímido e tranquilo, uma nova contratação do Phoenixes. Nick achou por bem ter um novato no time; uma forma de passar o bastão, talvez.

Também teve um breve encontro com o diretor executivo do West Bowing RFU, o clube amador no qual havia jogado quando criança. Ia doar cem mil libras do dinheiro da bilheteria para eles.

O homem lhe deu um aperto de mão vigoroso, a emoção brilhando em seus olhos envelhecidos e bondosos.

— Muito obrigado! Significa muito para nós que você tenha se lembrado do nosso time. Todos os garotos que vamos poder ajudar com esse dinheiro... Você não sabe como isso é importante!

Nick assentiu, constrangido, porque sabia exatamente o que cem mil libras significavam para um pequeno time amador.

Estava feliz em doar o dinheiro, mas, para falar a verdade, aquilo não fazia a menor diferença para ele. Era doar ou deixar para o fisco.

Um jogador podia ficar com uma determinada quantia da renda arrecadada com as vendas de ingressos do seu jogo de despedida, mas, acima desse limite, o valor era taxado. Nick preferia que o dinheiro fosse para seu antigo time. Mas a outra parte era sua; e teria que durar para o resto da vida.

Parecia que meio mundo queria apertar sua mão naquele dia: antigos companheiros de time, algumas celebridades, amigos, adversários e, é claro, Kenny.

O cara continuava sendo um babaca, mas Nick o tinha perdoado, e isso era bom.

Ele sorriu para Nick e se aproximou para cumprimentá-lo com um aperto de mão, sorrindo enquanto tirava os dois dentes da frente, resultado de uma lesão em um jogo muitos anos antes.

— Mande meus cumprimentos a Anna.

Nick arqueou uma das sobrancelhas enquanto apertava a mão de Kenny.

— Você pode falar com ela pessoalmente mais tarde, mas não garanto que ela não vá socar sua cara. Parceiro.

Kenny riu e foi trocar de roupa.

O barulho no vestiário aumentava à medida que a animação e a expectativa se intensificavam. Quando ninguém estava olhando, Nick enfiou um analgésico na boca e tomou um gole de água, massageando o ombro dolorido. Tantas lesões, tantas cirurgias; ele deveria se sentir feliz por aquilo estar chegando ao fim.

Por fim, o técnico mandou todo mundo ficar quieto.

— Bem, rapazes, vocês todos sabem por que estão aqui. Vou deixá-los pela última vez nas mãos do seu capitão, Nick Renshaw.

Todos gritaram, e Nick sorriu diante do mar de rostos que olhavam para ele cheios de expectativa.

— Obrigado por jogarem hoje, rapazes. Eu agradeço muito todo o apoio. Eu sei que vocês não estão recebendo nada por isso, mas eu estou.

Todo mundo riu.

— Sei que é um amistoso, mas vamos falar a verdade: não existe partida de rugby amistosa. — Os jogadores riram, e Nick abriu um sorriso maligno. — E o primeiro a derrubar Kenny ganha mil libras.

A expressão no rosto de Kenny foi impagável — bem, valeu mil libras, pelo menos.

— Brincadeiras à parte, aproveitem o jogo e façam bonito para a torcida. Ah, já ia me esquecendo: ninguém pode fazer falta em mim.

Com uma risada final e tapinhas nas costas, eles saíram do vestiário.

Nick foi em direção ao campo, de mãos dadas com dois meninos de 10 anos, mascotes do antigo clube amador. O olhar maravilhado no rostinho deles era outro lembrete de tudo que estava deixando para trás.

O barulho no campo era mais alto do que um trem vindo em sua direção, mais alto que um tsunami. Na escuridão do túnel, ele viu as animadoras de torcida dançando ao som de "Let's Get Ready to Rumble" e sorriu. *Meu Deus, vou sentir saudade disso.*

Então, quando o time entrou em campo, a música mudou para "Heroes", de David Bowie, a música tema dos Phoenixes, o time de Nick nos últimos quatro anos. O rugido da torcida, uma parede de barulho, abafou o som da música quando 82 mil fãs de pé começaram a gritar:

— Ren-*shaw*! Ren-*shaw*! Ren-*shaw*!

Nick foi tomado pela emoção.

Eles estão aqui por mim...

Não parecia real. Ele acenou para a torcida, e o barulho se tornou ensurdecedor.

Era uma coisa impressionante, avassaladora. Nick já havia jogado partidas com ingressos esgotados, em jogos nacionais e em copas do mundo, mas nunca tinha vivenciado aquilo, *e nunca vivenciaria de novo*. O misto de emoções foi difícil de explicar e ainda mais difícil de absorver.

Foi intenso, seu coração estava disparado, e o orgulho daquele momento ficaria com ele pelo resto da vida.

Nick olhou para onde Anna estava com a família dele e a viu pulando e acenando, os lábios se movendo enquanto cantava junto com a torcida.

Sem conseguir assimilar tudo aquilo e sobrecarregado com as emoções, Nick assumiu sua posição, a expectativa correndo por suas veias. O juiz apitou, e ele fez o que tinha nascido para fazer.

Duas horas depois, Nick pingava de suor e, com a respiração ofegante, olhava para os fãs, que estavam de pé, aplaudindo e comemorando, todos gritando seu nome uma última vez:

— Ren-*shaw*! Ren-*shaw*! Ren-*shaw*!

O mestre de cerimônias o puxou de lado e colocou o microfone entre eles, sua voz ecoando pelo enorme estádio.

— Ótimo jogo hoje, Nick! Que bela forma de se despedir do rugby! Aposto que você não poderia ter imaginado algo melhor, lotar o estádio de Twickenham! Qual é a sensação de terminar sua carreira aqui?

Nick fechou os olhos por um instante, suas emoções intensas e confusas, em um turbilhão. Ele se esforçou para se concentrar e fazer o que se esperava dele.

— Obrigado, Jim. Agradeço as palavras gentis. — Ele forçou um sorriso. — Em primeiro lugar, gostaria de agradecer a todos que vieram hoje, aos fãs, aos técnicos, aos jogadores. Foi bom ver alguns rostos conhecidos e outros novos. Um grande agradecimento a toda a minha equipe, aos organizadores que tornaram isso possível. Não sei muito bem como me sinto: neste lugar, neste campo. Eu vinha aqui quando era pequeno, depois venci duas copas do mundo aqui...

A multidão explodiu, e Nick teve que esperar até os gritos arrefecerem para poder continuar:

— É difícil acreditar que não vou voltar. Eu tive uma carreira incrível e fui muito feliz. É preciso mais de uma pessoa para ganhar um jogo, e eu tive um excelente time me dando apoio, e não estou falando só dos outros jogadores. Gostaria de agradecer a meu agente, a minha família, a meu técnico, Eddie Jones... São muitas pessoas para mencionar, mas vocês sabem quem são elas. Muito obrigado! Nick Renshaw está pendurando as chuteiras. Até mais, Twickenham!

Nick acenou para os fãs, e a multidão gritou seu nome de novo uma última vez.

Quando Nick saiu de campo, os outros jogadores estavam de pé em duas fileiras diante do túnel, aplaudindo e dando tapinhas em suas costas enquanto passava entre eles. Os que já tinham passado pelo mesmo momento sabiam como ele estava se sentindo. Os jogadores mais jovens apenas aproveitavam a euforia pós-jogo.

Nick gostaria de ter apenas cinco minutos de silêncio para organizar os pensamentos, mas isso não ia acontecer.

Ele olhou para o camarote onde estavam sua família e seus amigos e viu Anna, seus pais e sua irmã, todos acenando animadamente. Mesmo de longe, ele viu que Anna estava chorando enquanto mandava beijos para ele.

Ele acenou também, cansado, olhou uma última vez para o estádio que fora sua segunda casa e seguiu para o vestiário.

Hora de uma série de chuveiradas quentes e banhos de imersão gelados, um após o outro, para acelerar o processo de recuperação dos microtraumas em seus músculos.

Não precisava de fisioterapia naquele dia, já que não tinha se machucado, graças a Deus. Anna não ficaria nem um pouco satisfeita se ele saísse de campo contundido.

Em vez de colocar roupas casuais, vestiu terno, camisa branca e gravata escura. A camisa 17 suada foi enfiada na bolsa. Decidiria o que fazer com ela depois. Alguns jogadores guardavam o uniforme; outros vendiam em algum leilão beneficente.

Então, com os demais jogadores, ele se dirigiu ao bar, mas teve que parar umas cinquenta vezes no caminho para cumprimentar pessoas que queriam apertar sua mão ou lhe dar tapinhas nas costas. Estava sorrindo quando entrou no bar.

A primeira pessoa que viu foi a ex-noiva. Uma mulher que desprezava.

— Que porra é essa?

Molly McKinney sorriu para ele, os olhos azuis tão frios quanto sua personalidade.

O nome trazia à tona muitas lembranças, a maioria ruim. Sua ex-noiva traidora e calculista tinha dado fim à carreira de Anna como psicóloga esportiva ao vender para a imprensa informações sobre o relacionamento ilícito dela com Nick.

Quando Anna trabalhava para o Finchley Phoenixes na mesma época que Nick, o clube tinha uma cláusula que proibia relacionamentos entre seus contratados. Ela foi demitida assim que a relação dos dois veio a público.

Anna também havia passado uma noite em uma cela de delegacia por causa das mentiras de Molly (uma acusação de perjúrio no tribunal). Mais tarde ficou provado que a acusação era falsa, mas a essa altura o dano já estava feito.

Molly se aproximou dele, os seios ainda maiores do que da última vez que ele a vira, quase pulando para fora do vestido azul vibrante que ela usava.

— Oi, Nicky! Belo jogo! Você estava incrível.

Ela se aproximou para beijá-lo, mas ele deu um passo para trás, surpreso e enojado. Ela era a última pessoa que esperava ver.

— Você veio por causa do Kenny? — perguntou ele.

Não era uma pergunta absurda, mas Molly corou e estreitou os olhos.

— Você está me zoando? Aquele perdedor! Eu vim por você, Nicky. Pelos velhos tempos e tudo mais... Nós fazíamos um belo par.

Por sorte, a cavalaria, na forma de Anna e Brendan, chegou antes que Molly pudesse irritá-lo ainda mais.

— Adorei os peitos novos — disse Brendan, com um ar de sarcasmo. — Cuidado para a porta não bater nesse rabo de Kim Kardashian quando sair.

— O que ela está fazendo aqui? — sussurrou Anna.

Nick balançou a cabeça, perplexo.

— Não faço a menor ideia — respondeu Nick com sinceridade.

— Eu adoraria dar um empurrãozinho na saída dela com um chute na bunda — ofereceu-se Brendan, empolgado.

Por um segundo, Nick ficou tentado, mas em seguida negou com a cabeça.

— Não, ela provavelmente adoraria o escândalo. Apenas ignore. Ela sabe que não é bem-vinda.

Ele olhou para trás e viu Molly sendo puxada para um canto por Kenny, que parecia ainda menos satisfeito por vê-la, se é que isso era possível. Eles iniciaram uma discussão acalorada quando ela se desvencilhou e bateu no peito dele com o dedo.

— Antes ele do que eu — resmungou Nick.

Alguém colocou uma taça de champanhe em sua mão, e Nick se esqueceu completamente de Molly. As bebidas não paravam de chegar a sua mesa, e as duas taças de vinho que ele tinha planejado beber ficaram no passado à medida que as pessoas pagavam bebidas para ele: shots, cervejas, mais vinho, outra garrafa de champanhe.

Nick agradecia a todos que lhe ofereciam bebidas, mas as passava para os outros jogadores e elas desapareciam rapidamente.

Ele mal tocou o delicioso jantar de três pratos, e mais tarde não conseguia se lembrar de nada do que tinham lhe dito.

Mas então os brindes começaram e, com todos os olhares voltados para ele, Nick tomou primeiro uma taça, depois outra e mais outra, ultrapassando muito o limite de duas taças, até que tudo começou a se transformar em um grande borrão. Ele devia parar, sabia que devia, mas não se importava mais.

Já fazia muito tempo desde a última vez que bebera tanto assim, e Anna o observava com um olhar preocupado. Ela não podia culpar os outros por quererem comprar uma bebida para comemorar com ele, e havia poucas pessoas que sabiam que ele tivera um problema sério com bebida no início da carreira.

Ela não disse nada, mas talvez tenha lhe dado um belo chute na canela. Nick apenas sorria, um sorriso bobo e olhos vidrados.

O mestre de cerimônias encerrou os discursos, agradecendo a todos, e em seguida enumerou os pontos altos da carreira de Nick e o presenteou com a chave de um Range Rover Sport zero quilômetro, presente dos patrocinadores.

Como agradecimento, Nick disse algumas palavras e entregou o cheque de cem mil libras para seu antigo clube amador.

— *Adiós*, amigos! — disse ele, alcoolizado. — Adeus, carreira. Olá, aposentadoria.

Anna pegou a chave do carro novo e passou o braço em torno da cintura dele.

— Muito bem, amor. Estou orgulhosa de você. Agora, largue essa bebida e vamos colocar essa bunda sexy no táxi. Cara, você vai sentir muita dor amanhã.

As palavras dela soaram verdadeiras.

Capítulo 2

Três meses depois...

Anna checou o celular pela quinquagésima vez.

Onde será que ele se meteu? Onde diabos Nick está?

Ela estava preocupada. Nos meses que sucederam o jogo de despedida, ele havia se tornado uma pessoa reservada e foi ficando mais distante a cada dia. É claro que tinha sido uma mudança e tanto, despedir-se do esporte no qual tivera tanto sucesso e vivera tantos anos felizes e repletos de realizações. E ele estava se despedindo do apoio que tivera durante toda a sua vida adulta; a maior parte da vida, na verdade.

Ela entendia que ele sentisse falta dos colegas do time, que sentisse falta de fazer parte de algo maior que ele mesmo. Mas doía pensar que o que tinham juntos não era o suficiente para preencher o vazio na vida dele. Anna tinha esperado que sim... mas estava errada.

Tenho que dar mais tempo a ele.

Aquele tinha se tornado seu novo mantra, tanto para ela como para ele. Talvez, se desse mais tempo e espaço para ele redescobrir sua paixão por... alguma coisa, então eles poderiam seguir adiante. *Talvez, talvez, talvez.*

Eles tinham conversado sobre isso, sobre a vida depois do rugby e, no início, ele pareceu animado, até ansioso por aquilo. Ele mesmo disse que o rugby tinha sido o foco da sua vida por 24 anos — desde criança — e profissionalmente por 16 anos. Mas ele estava diferente nos últimos tempos, mais quieto, deprimido, e ela não conseguia se lembrar da última vez que ele havia pegado o violão. E agora ele tinha desaparecido, e ela não conseguia entrar em contato com ele.

Nick tinha dito que ia dar uma volta, mas fazia horas que havia saído e não respondera a nenhuma das mensagens de texto ou de voz dela.

Para onde teria ido? O que aquele desaparecimento repentino significava?

Anna encarava o celular, perguntando-se para quem poderia ligar. Será que ele tinha ido visitar algum colega de time e perdido a noção do tempo? Se Fetuao Tui ainda estivesse no país, Nick talvez tivesse saído com ele, mas ele tinha ido jogar em um time na Nova Zelândia para ficar mais perto da família e, atualmente, estava do outro lado do planeta. Gio Simone tinha voltado para Perugia, na região central da Itália, depois de uma cirurgia de reconstrução do ligamento cruzado anterior, então não fazia sentido ligar para perguntar se ele vira Nick.

No fim, ela decidiu ligar para Jason Oduba, que estava no último ano da carreira no Finchley Phoenixes, o time no qual ele e Nick tinham jogado juntos.

— Oi, Anna, que bom ouvir sua voz! Já faz um tempo. Como vai o nosso garoto? Ele disse que vinha ver a gente jogar, mas acho que deve estar ocupado demais curtindo a aposentadoria e não se machucando, né?

E ele riu.

Anna sentiu um aperto no estômago, que se retorceu em um nó de dúvidas.

— Ele... ele não foi ver vocês jogarem? Nem uma vez? Mas ele disse que tinha...

As palavras dela morreram e seguiu-se um silêncio constrangido antes de Jason responder.

— Não, querida, nenhum de nós o viu. Nós pensamos que vocês dois... pensamos que vocês estivessem ocupados, então... Bem, talvez ele tenha assistido da arquibancada. Não sei. Sinto muito, Anna. Eu não sei o que dizer.

Anna sentiu a garganta se fechar ao ouvir pena na voz dele. Em três ocasiões, Nick dissera a ela que ia ver seu antigo time jogar, mas agora parecia que não havia chegado nem perto do estádio Hangar Lane. Então, para onde ele teria ido? Por que mentira para ela?

Anna percebeu que ainda estava segurando o telefone.

— Ah, tá legal. Obrigada, Jason. Espero que esteja tudo bem por aí. Estamos com saudades de vocês.

— É, nós também, doutora. Dê um oi ao Nick por mim. Diga a ele que venha nos ver. Beijo.

— Tchau.

Anna começou a andar de um lado para o outro na cozinha da casa onde moravam. *Onde ele está?*

Mordendo o lábio, decidiu ligar para a irmã de Nick, Trish. Ela sempre o apoiava quando Nick precisava dela e havia se tornado uma grande amiga de Anna também.

Ela atendeu no segundo toque.

— Alô! Como vai minha cunhada favorita?!

Anna deu uma risada fraca. Ela já estava noiva de Nick havia algum tempo, mas os dois ainda não tinham se casado.

— Eu sou a única que você tem, até onde eu sei.

— Ah, semântica! Como estão as coisas? Como está o palhaço do meu irmão?

— Hum, bem... É meio que por isso que estou ligando.

Trish suspirou.

— O que foi que aquele infeliz aprontou dessa vez?

Anna desabou no sofá da sala aconchegante.

— Não deve ser nada... Ele saiu há horas e não deu mais notícias. Ele disse que ia dar uma volta, mas não está respondendo minhas mensagens nem atendendo as ligações. Eu liguei para o Jason, mas ele não vê o Nick há meses. E o Nick me *disse* que tinha ido ver o Finchley Phoenixes jogar na semana passada. Eu não sei o que pensar, Trish.

Anna sentiu os olhos lacrimejarem.

— Algumas horas não são tanta coisa assim — disse Trish com delicadeza.

— Eu sei. Estou exagerando. É só que... Ele anda tão diferente nos últimos tempos. Calado e... nós duas sabíamos que a aposentadoria seria difícil para ele. Afinal de contas, ele só tem 33 anos. Eu sei que ele está passando por um período difícil, mas eu estou preocupada.

Anna era uma psicóloga esportiva experiente: sabia tudo sobre a pressão que os atletas profissionais enfrentavam — a ameaça constante de sofrerem uma lesão que poria fim à sua carreira, a difícil transição para a aposentadoria em uma idade na qual a maioria das pessoas ainda está trabalhando para chegar ao auge, a ausência de um objetivo tangível para tirá-los da cama todos os dias. Ela sabia de tudo isso, mas viver com um homem que estava passando por essa situação era muito diferente de ter consultas semanais com alguém que não tinha a capacidade de pisotear seu coração.

— Ele está sentindo falta do rugby — disse Trish.

— Eu sei. Mas eu não sei mais como ajudá-lo.

— Você *está* ajudando, Anna — retrucou Trish rapidamente.

— Eu sei que pode parecer que não, mas você está. Ele só precisa de um tempo. Não desista dele.

— Nunca! — exclamou Anna.

Trish riu baixinho.

— Eu sei, querida. Eu sei que você nunca vai desistir dele. Só aguente firme.

Anna suspirou.

— Pode deixar. Mas se tiver notícias dele...

— Vou mandar que vá direto para casa.

Anna encerrou a ligação e ficou olhando para o nada. Aos poucos, sua visão recuperou o foco e ela se levantou com uma expressão determinada. Ela teve seu momento de autopiedade, agora precisava fazer alguma coisa.

Pegou as xícaras de café sujas na mesinha lateral, levou-as para a cozinha e as colocou na pia. Em seguida, foi até o escritório de

Nick e recolheu mais duas. Ele parecia deixar uma trilha de xícaras pela casa. Ele tomava café demais durante o dia e...

Anna parou, olhando para o escritório recém-decorado de Nick, que até recentemente era um quarto de hóspedes. Tinha sido um dos projetos no qual trabalharam juntos depois que ele encerrou a carreira.

O papel de parede azul e cor-de-rosa fora removido e o antigo carpete floral também. Agora as paredes eram brancas e limpas, e a cama de casal tinha sido substituída por móveis de escritório simples e escuros. Em uma das paredes, havia várias fotos emolduradas de Nick jogando; sua parede da fama, como Anna a chamava. Havia fotografias dele com os príncipes William e Harry, e erguendo a taça da copa do mundo diante de 82 mil fãs no estádio de Twickenham. Havia fotos dele no ar, fazendo um *try*; outras dele saltando, com as mãos estendidas, seu lindo corpo magro esculpido e contraído, sua expressão concentrada e determinada.

Ele sente saudade do rugby...

Com uma súbita certeza, Anna soube exatamente onde encontrar Nick. Bem, ela pensou em dois lugares para onde ele poderia ter ido, mas Jason disse que não o tinha visto, então só restava uma opção.

Anna pegou a chave do carro na bandeja perto da porta e saiu. O céu estava escurecendo, tomado por nuvens de cor púrpura que se deslocavam rapidamente, e a brisa da tarde tinha se transformado em um vento forte que atravessava sua roupa fina.

Ela se arrepiou, mas não desperdiçou um minuto a mais para pegar um casaco. Em vez disso, entrou no Range Rover Sport de Nick. Na opinião de Anna, o carro era grande demais para a maioria das ruas de Londres, mas Nick o amava. Além disso, foi um presente de aposentadoria dos patrocinadores.

Ela saiu com cuidado da garagem. Mesmo depois de tantos anos morando no Reino Unido, ainda precisava lembrar a si mesma de dirigir do lado esquerdo.

Ao longe, viu a ampla extensão do parque Hampstead Heath, que tinha sido o principal motivo para eles comprarem aquela casa. Ficava em uma das regiões mais caras de Londres, e eles poderiam ter comprado uma maior se tivessem se mudado para um bairro mais distante, mas os dois amavam viver perto do parque antigo de quatrocentos hectares, com seu amplo espaço e os mil anos de história. Pelo menos não havia mais salteadores de estrada por lá, exigindo que viajantes incautos "desistissem e entregassem tudo!", inclusive os relógios de bolso e anéis de ouro.

Todos os dias, sem falta, fizesse chuva ou sol, Nick ia ao parque dar sua corrida matinal. Já Anna amava imaginar piqueniques no verão, dois ou talvez três filhos brincando sob os imensos carvalhos...

Obrigando-se a se concentrar no caminho, ela seguiu na direção sudoeste da cidade, reclamando do trânsito intenso que era o preço diário que pagavam por morar em Londres.

Levou quase quarenta minutos para cruzar 24 quilômetros e ficou com os dentes cerrados durante 39 desses minutos.

O estádio de Twickenham surgiu diante dela, um monólito escuro, absorvendo a última luz do céu. Anna estava acostumada a vê-lo em dias de jogos, totalmente iluminado, os carros lotando a rua em volta e filas de pessoas esperando para entrar.

Mas, naquele dia, as roletas estavam silenciosas e apenas algumas luzes de segurança brilhavam no crepúsculo.

Anna estacionou nas vagas reservadas aos jogadores e seguiu para a entrada particular na lateral, mas, como estava trancada, não conseguiu ver ninguém. Frustrada e se sentindo completamente sozinha na escuridão, contornou a enorme construção em direção à entrada principal.

— Olá! Tem alguém aí?

Um segurança grandalhão iluminou seu rosto com uma lanterna, fazendo-a piscar.

— Sra. Renshaw?

Anna não tentou corrigi-lo em relação ao seu estado civil.

— Sim!

— Desculpe, querida — pediu o guarda, baixando a lanterna. — Tivemos alguns problemas com vândalos ultimamente. Você está procurando o Nick?

O coração de Anna disparou de alívio.

— Estou. Ele está aqui?

O guarda a olhou com uma expressão estranha.

— Sim. Eu o deixei entrar há umas duas horas. Ele está sentado na cadeira L33 na arquibancada sul. Está tudo bem com ele?

— Ah, sim. Só querendo relembrar os velhos tempos, sabe?

O guarda coçou o queixo.

— Tudo bem, então, acho que você conhece o caminho. Vou avisar a Bodie e Doyle que você está entrando — disse ele, tocando no rádio preso à sua roupa.

— Obrigada.

Os passos de Anna ecoaram alto enquanto ela atravessava, apressada, o corredor vazio. Nunca entrara ali sozinha; estava sempre acompanhada, sempre animada e nervosa com um jogo ou uma apresentação. Até mesmo o incrível jogo de despedida de Nick foi disputado ali. Mas, naquele momento, a escuridão e o silêncio a deixavam nervosa, e as fotografias de ex-jogadores penduradas nas paredes pareciam observá-la, analisando-a e julgando-a. Ver o estádio vazio e assombrado por lembranças era assustador. Ela se viu andando na ponta dos pés, como se não devesse estar ali. E talvez não devesse mesmo.

Nick queria ficar sozinho.

Estava sentado na arquibancada sul do estádio Twickenham, completamente vazio, os holofotes desligados. Fechou os olhos, lembrando-se de quando era criança e ia até lá para assistir aos seus heróis jogando, sonhando em um dia fazer como eles e defender a Inglaterra. Esfregou os olhos cansados, atormentado pelo desespero. Tudo aquilo tinha acontecido havia tanto tempo. Mas ali estava ele novamente, sentado no mesmo lugar.

Havia conquistado tudo que queria; não tinha nada do que se arrepender. Mas era tão difícil abrir mão de tudo, tão difícil se desligar.

Jogadores de rugby eram durões. E Nick se sentia frustrado por sua incapacidade de lidar com a situação e manter o controle.

Ren-*shaw*! Ren-*shaw*! Ren-*shaw*!

Ainda conseguia ouvir a torcida cantando e gritando. Conseguia ouvir as travas de trinta pares de chuteiras ecoando pelo túnel quando os jogadores entravam em campo, o técnico fazendo a preleção antes do jogo, a canção da vitória sendo entoada depois da partida e o rufar dos tambores enquanto o time comemorava.

Lembranças que jamais esqueceria.

Nunca vou conseguir substituir isso. O rugby está sob a minha pele, no meu sangue, fluindo pela minha alma.

Um lugar como Twickenham despertava muitas emoções. Ele sabia que todo jogador passava por aquela transição, perguntando--se o que faria em seguida, mas isso não tornava as coisas mais fáceis.

A pergunta que não queria calar precisava ser respondida em sua própria mente: *Se não sou mais Nick Renshaw, o astro do rugby, quem sou eu? Qual é o meu objetivo?*

Se fosse sincero consigo mesmo, o fato de não saber quem era ou o que queria era o assustava.

Não posso deixar que Anna me veja assim.

Mas era tarde demais.

Anna não sabia o que ia encontrar. Não sabia se Nick ia querer sua presença ali.

Enquanto seguia em direção à arquibancada sul, ela o viu.

Ele estava sentado nas sombras, os cotovelos apoiados nos joelhos, olhando para o estádio vazio, encarando o campo silencioso, o olhar distante, perdido no tempo. Anna se perguntou o que ele estaria vendo e ouvindo. Será que ecos de antigos jogos ainda soavam em seus ouvidos? Será que os gritos de uma multidão de torcedores faziam seu coração bater forte com lembranças espectrais das grandezas do passado? Será que estava revivendo o momento em que pegou a bola no ar e percorreu metade do campo para marcar seu mais famoso *try*? Ou quando 82 mil torcedores pularam ao mesmo tempo, gritando o nome dele?

Ela parou um pouco e estudou o perfil dele: o nariz que já fora quebrado duas vezes, mas ainda tinha um belo contorno; o queixo forte, coberto agora por uma barba bem-cuidada; a luz da lua projetando sombras nas maçãs do rosto dele.

A imobilidade de Nick a assustou. Ele parecia tão perdido, tão distante.

Ela se aproximou, com os nervos à flor da pele, e se sentou ao lado dele, rígida e silenciosa. Anna percebeu, pela discreta inclinação da cabeça, que ele tinha notado sua presença.

E, então, sem olhar para o lado, ele lhe estendeu a mão. Anna a pegou, a gratidão e o alívio deixando seus olhos marejados.

A pele dele estava fria, como se estivesse ali, no escuro, havia muito tempo.

Eles continuaram em silêncio por mais alguns minutos, apenas sentados juntos, de mãos dadas.

Anna esperou que ele dissesse alguma coisa. Esperou e esperou, o aperto no coração aumentando a cada segundo que passava.

— Senti sua falta — disse ela, por fim.

Não só hoje. Estou sentindo sua falta há muito tempo.

Ele apertou a mão de Anna de leve, mas não disse nada.

O cabelo dele estava mais comprido do que na época que jogava, uma massa de cachos que estaria formando uma juba não fosse pelo gorro de lã que usava. Um único cacho tinha escapado e pendia sobre a testa. Aquele pequeno sinal de vulnerabilidade, aquela suavidade em seu rosto rígido e em seu corpo ainda mais rígido, tudo aquilo quase partiu o coração de Anna.

— Está pronto para voltar para casa?

Ele se virou para encará-la, os olhos cor de mel cheios de sombras.

— Sim — respondeu ele, baixinho. — Vamos.

Capítulo 3

O trajeto para casa foi silencioso. Anna olhou algumas vezes de relance para Nick, que estava olhando pela janela.

— Quer parar e comprar o jantar em algum restaurante? — perguntou ela, mesmo se sentindo tensa demais para comer.

— Pode ser.

— Ah, ótimo! O que você quer comer? Comida tailandesa ou indiana? Que tal aquela delicatéssen francesa na High Street? Eles têm saladas ótimas.

— Tá, tanto faz.

— Para você não faz diferença?

— Não, pode escolher o que você quiser.

— Tá legal — respondeu ela. — Ótimo.

Não era que ele a estivesse ignorando, mas também não estava *com* ela.

Anna não estava nem um pouco preocupada com a comida. Estava preocupada com *ele*.

Frustrada, ela cruzou a Hampstead High Street até encontrar uma área vazia do Heath.

Nick olhou para ela com uma expressão curiosa, mas não disse nada.

— Vamos — disse ela, saindo do carro. — Vamos dar uma caminhada.

— O quê? No escuro?

— Exatamente — respondeu, com impaciência. — Agora.

Nick arqueou as sobrancelhas, mas não discutiu. Anna gostaria que ele tivesse dito algo. Gostaria que ele sentisse ânimo para fazer *alguma* coisa. Aquela versão apagada de Nick era difícil de aceitar.

A raiva e o medo a fizeram subir pelo lado mais íngreme de Heath, até chegarem ao topo, onde ela parou, ofegante, com a cidade de Londres em toda a sua glória noturna brilhando abaixo dela. O céu estava estrelado, e ela estremeceu.

— Anna, o que está acontecendo?

Nick a encarou; ele não estava com a respiração nem sequer alterada, a testa franzida de preocupação.

— Sim. É exatamente isso que eu quero saber! — Ela arfou. — O que está acontecendo? Eu falei com o Jason hoje...

Nem precisou terminar de falar... Nick sabia exatamente aonde ela queria chegar com aquele comentário.

— Ah.

— Sim, Nick. *Ah!* Você me dizia que ia ver o time jogar e todo esse tempo você estava mentindo para mim. Então, o que está acontecendo?!

— Eu não menti para você — respondeu ele, irritado, cruzando os braços na defensiva. — Eu não menti.

Anna ficou esperando.

— Eu realmente os vi jogar — disse Nick. — Eu só não tive vontade de ir para Hangar Lane. Eu nunca disse que ia... Você é que achou que eu ia.

Anna ficou boquiaberta.

— *É claro* que eu achei que você ia para o estádio. Você jogou lá por mais de quatro anos. Aonde mais você iria para vê-los jogar em casa?

Nick fez uma careta e desviou o olhar.

— Encontrei um pub que exibe os jogos e assisti de lá.

Anna vacilou.

— Mas... por quê?

Nick suspirou e enfiou as mãos nos bolsos.

— Eu não queria me encontrar com os outros jogadores.

Anna começou a entender. Havia imaginado centenas de possibilidades desde que Jason lhe dissera que não tinha visto Nick, mas aquela não tinha sido uma delas. Mesmo assim, de alguma forma, tampouco ficou surpresa.

— Por que você não queria se encontrar com os seus amigos? — perguntou ela, com a voz suave.

— Você vai achar que é besteira — murmurou ele.

— Eu só quero saber.

— Eu não faço mais parte do time — respondeu ele, com a voz amarga e cheia de frustração. — Estou de fora agora. Eu odiava que pessoas de fora fossem até o vestiário antes de uma partida: jogadores aposentados, patrocinadores, pessoas que iam desejar *boa sorte*. Só queria que todos dessem o fora porque eu precisava me concentrar na estratégia do jogo.

Ele passou a mão pelos cabelos.

— Eu não quero ser um desses caras que ficam relembrando os tempos de glória enquanto outras pessoas ainda estão lá, jogando. Eu não quero *assistir* a um jogo de rugby se eu não posso mais *jogar*. — Ele franziu ainda mais a testa. — Então, fui a um pub onde nunca estive antes, usei um gorro e não falei com ninguém. Na verdade, eu não queria ver o jogo, mas não podia simplesmente *não* ver. — Ele olhou para ela de relance. — E eu sabia que você ia perguntar.

Anna soltou a respiração que estava prendendo.

— Ah, Nick! Eu entendo, de verdade. Eu só... Gostaria que você tivesse me contado. — *Fico magoada por você não ter me contado.*

— Eu não contei porque é ridículo! — exclamou ele, com a voz cheia de mágoa. — Meu Deus, eu sei que é ridículo! Eu tenho tudo, *tudo* que sempre quis, mas não consigo deixar de me sentir como... como... como se eu não tivesse nada.

O coração de Anna estremeceu quando ela sentiu o peso doloroso daquelas palavras. Ela ficou arrasada. *Eu não sou nada? O que nós temos não é nada?* Em seguida, tentou se controlar: *Não estamos falando de mim. Eu só preciso agir como a psicóloga que sou e parar de levar as coisas para o lado pessoal.* O que era mais fácil pensar do que fazer. Ela entendia; era especialista nesse assunto. Mesmo assim, magoava.

Ela ficou em silêncio, sem querer dizer nada, e Nick, agora aliviado, não conseguia parar.

— Se tentasse dizer alguma coisa, eu ia parecer um filho da puta ingrato. Eu tenho uma casa que já está quase quitada, um Ranger Rover Sport novinho, um relógio que custa mais do que meu primeiro apartamento, dinheiro no banco, dois imóveis que comprei como investimento em Lewisham, além da aposentadoria. Uma *porra de uma aposentadoria!* Tenho 33 anos, e não 63! O que eu devo fazer? Você pode me dizer? Porque eu simplesmente não sei fazer mais nada!

— Você tem a mim — disse Anna suavemente.

— O quê?

— Você tem a mim, você tem a gente.

Nick ficou estarrecido.

— Ah, merda, Anna, meu amor! Não, não foi isso que eu quis dizer. Você... Você é tudo para mim!

Mas Anna já havia ouvido as palavras que ele dissera do fundo do coração. Ele sentia que não tinha nada, mas sabia que querer mais pareceria petulante, ganancioso. Mas ela também sabia que um homem como ele precisava de um motivo para acordar de manhã; a autoestima dele exigia isso. Ela não podia dar isso a ele.

Não podia dar a Nick o que ele precisava.

Ele a abraçou com aqueles braços fortes e musculosos, e ela apoiou a cabeça no ombro dele, suas mãos envolvendo a cintura dele com naturalidade, como ela sempre fazia.

— Desculpe — pediu ele, beijando os cabelos dela. — Desculpe.

— Eu fico feliz por você ter me contado — disse ela, a voz apenas um sussurro. — Eu só gostaria que você tivesse me falado antes.

Ele encolheu os ombros, sentindo-se culpado.

— Sinto muito.

Anna também sentia.

Eles voltaram para casa em silêncio, sem se tocar, e pararam apenas para comprar uma salada de salmão para viagem, embora nenhum dos dois estivesse com a menor fome.

Anna não conseguia se lembrar da última vez que ele a tocara, a última vez que as mãos dele haviam procurado o corpo dela no silêncio solene da noite.

Nick soube que tinha estragado tudo no instante que percebeu que Anna estava a seu lado na arquibancada do estádio de Twickenham. Ele se sentiu ainda pior quando viu as sete ligações perdidas, as três mensagens não lidas e as duas mensagens de voz em seu telefone.

Se é que se poderia dizer que ele "sentiu" alguma coisa.

Por dentro, estava vazio, não sentia nenhuma emoção, como se, depois do seu jogo de despedida, todos os sentimentos tivessem desaparecido. Nada despertava seu interesse: nem malhar, nem sair para comer em bons restaurantes, nem poder comer o que quisesse, nem mesmo transar com Anna. Tudo estava contido. Ele sabia que as emoções continuavam lá, mas não conseguiam chegar até ele — tudo parecia distante. Ele se encontrava no meio do oceano e, mesmo que conseguisse ver a praia, não sabia se teria energia para nadar de volta até terra firme. E não sabia se queria.

A depressão o envolveu como um cobertor grosso, pesado e sufocante. Ele não tinha motivo para se sentir daquela forma. Tinha uma linda noiva, estabilidade financeira e adulação também, se quisesse.

— Você só está entediado, cara — Jason tinha dito na última vez que conversaram, um mês antes.

Ele ainda estava na ativa e, mesmo se aposentando no fim da temporada, continuaria no rugby como um dos três técnicos assistentes no Bath RFU.

Jason tinha razão: Nick estava entediado, mas não era só isso. Aos 33 anos, Nick já havia conquistado tudo. Então, o que ele faria nos próximos cinquenta anos?

Mas a questão que não o deixava em paz, que não parava de se revirar em sua cabeça de forma turbulenta e dolorosa, era: *O que eu sou, quem eu sou, agora que não tenho mais o rugby?*

Anna tinha todo direito de gritar com ele por ser um babaca egoísta, mas era muito pior vê-la sentada à mesa da cozinha, remexendo a comida no prato sem o menor interesse.

Nick mastigava a comida, mas não sentia o gosto de nada, tentando pensar em alguma coisa para dizer que a fizesse sorrir. Algo que não fosse aquele silêncio cheio de tensão.

— Recebi um e-mail de um fotógrafo ontem — começou ele.

— É? — disse ela, olhando para ele com um sorriso forçado.

Vê-la se esforçar tanto para sorrir fez com que ele se sentisse um verme. Nick continuou falando, sem saber muito bem o que estava dizendo.

— É. Ele disse que quer fazer um calendário com fotos minhas para uma instituição beneficente. Fotos sensuais. Minhas! *Haha*. Completamente nu... Acho que um dos jogadores do Phoenixes quer me pregar uma peça.

Mas Anna não tinha achado graça. Em vez disso, olhava para ele com uma expressão pensativa.

— Qual?

— Qual o quê?

— Qual instituição beneficente ia receber o dinheiro do calendário?

Nick cofiou a barba.

— Sei lá. Eu apaguei o e-mail. Achei que fosse uma brincadeira.

Anna deu um tapa na testa.

— Não! Eu li sobre isso no jornal! Foi Massimo Igashi, aquele fotógrafo famoso, quem mandou o e-mail?

Nick ficou confuso diante da expressão animada dela.

— Foi uma pegadinha, amor. Achei que você fosse achar graça.

Anna se levantou, pegou o iPad de Nick e o deslizou sobre a mesa na direção dele.

— Veja se consegue recuperar o e-mail.

— Mas...

— Eu só quero ver se é real.

Ela estava animada. Nick, não. Ele achava que a ideia era uma completa loucura, mas, se aquilo fizesse Anna feliz...

Ele entrou na pasta de e-mails apagados, encontrou o que estava procurando e mostrou para Anna.

— Nick! Tenho certeza de que é legítimo. Ah, é uma instituição beneficente voltada para o combate ao câncer de testículo. Você deixou o bigode crescer para a Movember dois anos atrás. E eu me lembro de Bernard Dubois falando sobre esse calendário. Foi uma ação que teve grande repercussão na França. Você deveria participar, com certeza! Estamos falando de Massimo Igashi!

— Nunca ouvi falar.

— Ai, meu Deus — gritou Anna, incrédula. — Foi ele que fez as fotos do casamento do príncipe Harry e da Meghan Markle! Ele é um dos fotógrafos mais famosos do mundo. A mãe dele era italiana, e o pai, japonês. Você já *deve* ter ouvido falar dele! As fotos dele aparecem na *Vogue* e na *GQ* e em todas as revistas mais importantes do mundo.

Nick olhou para ela, perplexo. Para ser bem sincero, a única coisa que ele lia nos jornais era a seção de esportes.

— Posso mandar uma resposta dizendo que você está interessado?

Nick negou com a cabeça.

— Claro que não! No e-mail, ele diz que quer que eu pose pelado. Já saíram fotos suficientes do meu pau na imprensa, e não era nem o meu pau de verdade!

Isso era verdade.

Um dos colegas de time de Nick tinha tirado uma foto do próprio pau, usando o celular do Nick. Um jornalista a encontrou quando o telefone deles foi hackeado. Centenas de sites publicaram a foto do pênis de Gio Simone como se fosse de Nick. Tinha sido uma experiência humilhante.

Anna inclinou a cabeça.

— Acho que Massimo Igashi não faria nada que não fosse de bom gosto. Ele construiu sua reputação com fotos lindas, apesar de serem eróticas. De qualquer forma, se houvesse algum motivo para se preocupar, ele não teria sido escolhido para tirar as fotos do casamento real.

Nick valorizava a disposição de Anna de acreditar no melhor das pessoas, mas isso nem sempre significava que ela estava certa.

— Tem certeza? Mario Testino tirou um monte de fotos da princesa Diana, e agora dizem que ele explorava sexualmente os modelos.

A expressão de Anna foi de decepção.

— Ah, é verdade. Eu tinha me esquecido disso. — Ela fez uma pausa. — Mas você ainda pode conversar com Massimo Igashi, não acha?

Nick contraiu o maxilar.

— Por que você está tão animada para um bando de estranhos me verem pelado?

O sorriso de Anna desapareceu.

— Eu não... Não é isso. É só... uma coisa diferente. — Ela mordeu o lábio. — Parece... divertido.

Não, não parece.

— É engraçado, vai — acrescentou ela de forma não muito convincente. — O que você acha? Não quer tentar saber mais informações?

— Sim, se você quiser.

Anna franziu as sobrancelhas.

— Se *eu* quiser? Eles estão convidando *você*, não a mim.

Nick estava entre a cruz e o olhar cortante de Anna. Ele abriu um sorriso rápido e nada sincero.

— Tá. Por que não?

Anna pegou o iPad e se sentou no sofá, digitando na tela com pressa como se estivesse com medo de que Nick mudasse de ideia.

Se Nick pudesse cruzar os dedos e desejar nunca mais ouvir falar do calendário, teria feito isso, mas tinha quebrado os dedos tantas vezes que eles nem sempre se moviam como ele queria.

Ele suspirou e afundou na poltrona.

Bem, se aquilo fazia Anna feliz, ficaria tudo bem.

Ou poderia dar tudo muito errado.

Anna estava recorrendo a qualquer coisa. Por que tinha pressionado tanto Nick a aceitar a ideia do calendário quando estava claro que aquilo o deixava desconfortável? Ela não sabia se era uma boa ideia ou não, mas era algo diferente, alguma coisa para desfazer o impasse, algo que quebrasse a parede de vidro atrás da qual Nick havia se trancado — e os dois precisavam desesperadamente disso.

Ele tinha se recusado terminantemente a comemorar seu aniversário e não queria nem tocar no assunto. Os cartões que recebeu tinham ido direto para o lixo sem nem sequer serem abertos.

Ela já havia tentado tudo que podia imaginar, usado todas as técnicas ao seu dispor, e ele continuava distante, desconectado. E isso a assustava.

Talvez o desespero a tivesse tornado impulsiva, mas Anna já havia ouvido falar do projeto do calendário. No passado, se concentrava em um time de rugby parisiense, *Stade Français*, e o calendário era composto apenas de fotos dos jogadores: *Dieux du Stade*, deuses do estádio. Massimo havia anunciado sua intenção de fotografar atletas diferentes, retratando-os como esculturas gregas, com a musculatura à mostra. Algo de bom gosto, com uma nudez sugestiva, em vez de explícita.

Todo ano, o calendário angariava fundos para pesquisas sobre o câncer, principalmente o de testículo, mas um benefício inesperado foi o fato de ter aumentado de forma significativa a visibilidade do time parisiense, além de aumentar a popularidade do rugby na França.

Ela queria confiar em Massimo Igashi; esperava desesperadamente que o tiro não saísse pela culatra.

Seria uma ótima oportunidade para Nick, algo em que ele pudesse se concentrar. Não que ele estivesse fora de forma, longe disso. Ele mantinha sua rotina de exercícios tão ou mais intensa do que quando ainda estava jogando rugby. Talvez tivesse perdido um pouco do tônus muscular depois da última cirurgia no ombro para corrigir uma lesão no manguito rotador, mas, na opinião de Anna, o corpo de Nick era uma verdadeira obra de arte.

Ela não tinha parado para pensar em como ia se sentir com milhares de mulheres — e homens — vendo seu futuro marido em toda a sua glória. Aquilo simplesmente não havia passado pela sua cabeça.

Tudo que queria era um projeto para Nick. Estaria sendo egoísta?

Capítulo 4

Nick havia imaginado que o ensaio fotográfico para o calendário seria simples: um dia da sua vida e pronto. Já participara de sessões de fotos com o time antes e permitira, inclusive, que seu tatuador tirasse algumas fotos dele para colocar em seu estúdio. Aquelas fotos acabaram sendo publicadas em diversos jornais e sites na internet. Não que ele se importasse ou que pudesse ter feito alguma coisa a respeito. Além disso, o corpo dele não passava de uma ferramenta para realizar seu trabalho, quando tinha um trabalho.

No dia seguinte, porém, começou a se dar conta de que não seria uma sessão de fotos comum.

Estava voltando de sua corrida matinal de sempre, quando Anna sacudiu o iPad toda animada ao vê-lo chegar.

— O Massimo mandou uma resposta. E eu estou morrendo de curiosidade!

Enxugando o suor dos olhos com uma toalha, Nick franziu as sobrancelhas enquanto lia o e-mail, as rugas em sua testa ficando mais profundas.

— E aí? — perguntou Anna, impaciente.

— Eles querem que o ensaio fotográfico seja em Cannes.

Ele encolheu os ombros, colocando o iPad na mesa da cozinha.

— No sul da França? Uau!

Anna estava animada, mas Nick não parecia nem um pouco impressionado.

— Pense em todo o dinheiro que o calendário vai arrecadar para caridade — disse ela, esperançosa.

Nick ergueu uma das sobrancelhas.

— São só alguns dias da sua vida — argumentou ela, sem saber por que ainda insistia naquela ideia. Em seguida, suspirou. — Se você não quiser, tudo bem. Seu corpo, sua escolha, não é? Esqueça a minha sugestão. — Ela hesitou e forçou um sorriso. — Talvez você possa me ajudar a reunir alguns dos seus antigos colegas de time para eu entrevistar para o meu livro, não?

Nick fez uma careta ao se lembrar dos dias vazios que tinha diante de si.

— Tá, claro — murmurou ele, respirando fundo. — E vou fazer esse lance do calendário. Provavelmente não vai vender nada com minha cara estampada nele.

E saiu batendo o pé.

Anna relaxou os ombros, cansada de pisar em ovos perto dele. Ela releu o e-mail. Além de ter de ir para o estúdio de Massimo em Cannes, alguns quilômetros a sudoeste de Nice, e ficar lá durante três dias (um dia para preparação e dois para as fotos propriamente ditas), Nick também precisaria seguir uma rotina de dieta e exercícios. A dieta não era muito diferente da que ele seguia quando jogava, embora tivesse bem menos carboidratos, mas ainda assim parecia bem difícil, e Anna ficou um pouco espantada quando leu os detalhes...

Calendário esportivo de Massimo Dieux

Um mês antes, o modelo deve começar a diminuir o consumo de carboidratos e intensificar o treino físico para conquistar um corpo mais seco e esculpido, adequado ao projeto.

Semana 1
Segunda-feira
Manhã: costas e peito

Tarde: aeróbico, corrida, treino intervalado de alta intensidade ou treino de circuito

Terça-feira
Manhã: ombros e abdome
Tarde: aeróbico, corrida, treino intervalado de alta intensidade ou treino de circuito

Quarta-feira
Manhã: pernas
Tarde: aeróbico, corrida, treino intervalado de alta intensidade ou treino de circuito

Quinta-feira
Manhã: braços e abdome
Tarde: aeróbico, corrida, treino intervalado de alta intensidade ou treino de circuito

Sexta-feira
Descanso

Sábado
Manhã: circuito completo de musculação
Tarde: aeróbico

Domingo
Descanso

O modelo deve se exercitar duas vezes ao dia, por quatro ou cinco dias por semana, com ênfase na musculação pela manhã e exercícios aeróbicos mais tarde; a rotina deve se dividir em: ombros e abdome; costas e peito; braços e abdome; pernas e mobilidade.

Anna arregalou os olhos ao ler as orientações para as semanas dois, três e quatro. Aquilo se parecia muito com a preparação para um grande jogo. A principal diferença era a redução de carboidratos — ausência total de arroz, massa e batata-doce.

Sugestão de cardápio

Café da manhã: ovos ou omelete com verduras frescas, couve, espinafre e nozes

Lanche da manhã: shake de proteína

Almoço: peito de frango com legumes cozidos no vapor, salada e frutas de sobremesa

Lanche dar tarde: shake de proteína, salada de frango

Jantar: filé de salmão com legumes cozidos no vapor

Lanche da noite: barra de proteína

Evitar cafeína e açúcar refinado.

Alternativas: chá verde, água, infusão de ervas

Preparação para a sessão de fotos

Nos três dias que antecedem a sessão, reduzir o consumo de água ao ponto de desidratação moderada.

Anna fez uma careta. Aquela certamente não era uma instrução que um atleta saudável seguiria; hidratação era fundamental. Mas ela também sabia que um corpo desidratado enfatizava os músculos e tendões, levando a um físico superdefinido que ficava ótimo nas fotos.

Só que isso não era nada saudável.

Na manhã da sessão, o modelo deve fazer uma corrida ou um circuito aeróbico completo.

Nenhum consumo de comida ou água, mas o café preto é permitido.

Anna cerrou os dentes. Ela praticamente havia obrigado Nick a se sujeitar àquele trabalho.

No que diabos eu estava pensando?

Conseguia aceitar a maior parte da dieta, exceto pela sugestão de que ele se desidratasse deliberadamente. Aquilo fazia o canto de seu olho se contrair.

Havia um contrato anexado ao e-mail, que Anna logo encaminhou para o antigo empresário de Nick. Se houvesse algum motivo para preocupação, Mark Lipman identificaria em um nanossegundo. Mesmo que Nick não jogasse mais profissionalmente, e Mark estivesse aposentado, ele mantivera contato, conquistando a gratidão eterna de Anna por sua bondade e seu apoio.

Perguntando-se se estava certa ao insistir para que Nick se submetesse àquilo, ela terminou de se vestir, pronta para a reunião que tinha duas vezes por semana com seu assistente pessoal, Brendan.

Dez minutos depois, Anna ouviu uma batida na porta da frente e sorriu ao ver seu amigo e assistente parado ali.

— Annie, querida! Linda como sempre. Quase tão linda quanto eu — disse ele, entrando. — O que houve com seu amado? Ele está parecendo aquele meme do gato rabugento que todo mundo adora.

Anna fez uma careta.

— Hum... Acho que a culpa é minha.

— Eu já disse para você, Anna. — Brendan abriu um sorriso malicioso. — Greve de sexo é um ótimo incentivo para conseguir o que você quer. Aguente firme. Mas eu sou obrigado a dizer... — Ele começou a se abanar. — Eu nunca conseguiria dizer não para esse seu namorado divo. Quer dizer, noivo.

— Bren! Eu não... Eu não faria... — Ela arfou, enquanto Brendan sorria e se servia de uma xícara de café. Em seguida ela baixou a voz: — O Nick foi convidado para uma sessão de fotos para um calendário... com Massimo Igashi!

Brendan bateu a xícara com tanta força que derramou o líquido marrom e quente sobre a mesa.

Anna olhou para ele de cara feia enquanto limpava o café.

— Para tudo! — gritou ele. — Por que eu só estou sabendo disso agora? Eu sou apenas o seu melhor amigo! Eu sou apenas o melhor assistente pessoal que você poderia ter!

— Não seja dramático, Bren.

— Não consigo evitar — cantarolou ele. — É genético. Agora, pode me contar todos os detalhes.

Anna contou a ele tudo que tinha acontecido, começando por ter encontrado Nick sozinho no estádio de Twickenham na noite anterior.

Brendan olhou para ela, pensativo.

— Então você basicamente está obrigando o Nick a posar nu para um calendário, quando ele já tinha descartado a ideia e apagado o tal e-mail da caixa de entrada.

Anna franziu a testa.

— Não foi bem assim! — protestou ela. Em seguida gemeu e apoiou a cabeça na mesa. — Foi exatamente assim! — admitiu ela, antes de se sentar direito. — Mas, Bren, o que eu deveria fazer? Ele está à deriva, perdido, e eu não sei como ajudar!

Brendan se sentou em uma das cadeiras da cozinha, as pernas compridas se dobrando abaixo dele enquanto arrumava os óculos, que naquele dia eram de armação de tartaruga, deixando-o com um ar de bibliotecário atraente enquanto ouvia com atenção a explicação de Anna.

— Durante todos esses anos, ele jogou em vários times... Ele só pensa em rugby desde criança. De certa forma, ele ficou acostumado. Havia uma equipe inteira dando apoio para ele: médicos, fisioterapeutas, empresários, treinadores, agentes, assessores de imprensa, outros jogadores, amigos. Agora... ele tem apenas a mim. — Ela balançou a cabeça. — Já vi isso acontecer tantas vezes, mas testemunhar tão de perto... é difícil demais.

Brendan assentiu.

— Eu sei. Eu li no jornal sobre aquele jogador de rugby aposentado, Scott Moore...

Anna estremeceu.

— Ah, aquilo foi terrível! Coitado!

— Ele foi condenado a 23 meses de prisão — disse Brendan.

— Estava dirigindo a quase 250 quilômetros por hora e a polícia o perseguiu durante cinquenta minutos.

— Ele poderia ter matado alguém.

— É, mas, quando o pegaram, tiveram que usar a arma de eletrochoque umas cinco vezes pra conseguir derrubá-lo de vez. Ele simplesmente se levantava. Os jogadores de rugby são durões... até os que não jogam mais.

Anna fez uma careta.

— Esse é o tipo de história que é publicada em todos os periódicos de psicologia esportiva como estudo de caso sobre como não conduzir a carreira e a aposentadoria. Aparentemente, ele foi o jogador de rugby mais jovem a entrar para a Superliga, aos 16 anos, embora tenha sido punido várias vezes durante os anos como jogador profissional. Mas, prisão! Que jeito horrível de encerrar a carreira depois de ter jogado pela seleção do seu país!

— Pelo menos ele não assaltou um KFC como aquele outro jogador, Malcolm sei lá do quê — disse Brendan.

Eles ficaram sentados em silêncio, olhando para as xícaras de café.

— O Nick está se saindo muito bem, em comparação — comentou Brendan, por fim.

Anna deu uma risada curta e incrédula, e Brendan olhou para ela.

— Em comparação com dois ex-jogadores que estão presos? Sim, ele definitivamente está melhor do que eles.

Brendan arqueou uma das sobrancelhas, um sinal claro de que viria com tudo.

— Quanto tempo você demorou para deixar de ser psicóloga esportiva e se tornar conselheira sentimental?

Anna se irritou.

— Eu não sou conselheira sentimental, sou uma colunista que dá conselhos — retrucou ela, indignada.

— Mas demorou o quê? Seis, sete meses?

Anna empalideceu.

— Meu pai tinha acabado de morrer. E teve toda aquela cobertura da imprensa... Eu perdi meu emprego! Fui demitida!

Caluniada e humilhada publicamente. A situação foi um pouco diferente.

— Eu sei — respondeu Brendan com a voz calma, estendendo o braço sobre a mesa e segurando a mão dela. — Eu só estou querendo dizer que leva tempo para a gente se acostumar com qualquer grande mudança na vida. Tem só três meses que o Nick se aposentou.

— Quatro.

— Está bem, quatro meses desde o jogo de despedida. Não é muito tempo no curso de uma vida. — Ele olhou para ela. — Não estou dizendo nada que você já não saiba, Dra. Scott.

Anna se contorceu. Ela amava e odiava o fato de Brendan não deixar passar nada. Mesmo que trabalhasse para ela, ele nunca dera muita atenção àquele tipo de limite — era parte do que fazia dele um assistente fantástico e um verdadeiro amigo.

— Será que estou forçando a barra? — perguntou ela, olhando para as mãos dele entrelaçadas.

Brendan ficou sério e empurrou a xícara de café para ela.

— Sim, não, talvez. O Nick acha que você está forçando a barra? Anna também ficou séria.

— Provavelmente.

Brendan abriu um sorriso compreensivo.

— Isso não significa que o calendário seja uma má ideia. Eu sempre disse que o Nick é mais gostoso que chocolate. Eu definitivamente compraria um calendário do Nick Safadinho.

Anna gemeu. Ela odiava aquele apelido que a mídia tinha inventado, ou a versão ainda pior, "Nick Safadão" — esses apelidos não tinham nada a ver com o homem tranquilo e sincero que ela conhecia.

Brendan abriu um sorriso ainda maior.

— É claro que eu espero que o meu venha com uma dedicatória assim: "Para o incrível e inacreditavelmente lindo Brendan Massey, com amor." Você sabe, uma coisa simples e sincera.

— Você é doido.

— Você é maluca. Agora, quando vai ser esse ensaio? E eu posso ir como seu assistente pessoal? Nem pense em dizer não.

— Hum, bem... Vai ser em Cannes no mês que vem. Eu não estava pensando em ir...

Brendan olhou para ela, boquiaberto.

— Por que não?

— Porque isso é um projeto do Nick... algo para ele. Não quero que seja sobre mim.

Brendan se levantou e colocou o braço em torno dos ombros dela.

— Você está sendo um pouco medrosa, Anna-Banana. *É claro* que todos nós vamos. Vou reservar as passagens e o hotel agora.

Ele pegou o laptop na bolsa e o colocou em cima da mesa.

— Além disso, se alguém vai babar pelo seu namorado gostosão... Desculpe: *noivo* gostosão... Eu definitivamente tenho que estar lá para ver. E tomar notas. Quem sabe também algumas fotos com o meu celular.

— E eu? — perguntou Anna com um sorriso.

— Você vê o Gostosão Divino o tempo todo. Dê uma chance aos outros, amiga.

Capítulo 5

Nick estava com fome.

Ficar com fome o deixava mal-humorado.

O mau humor dele deixava Anna ansiosa, e ele odiava isso.

Além disso, fazia um dia lindo em Cannes, o mar brilhando sob os raios de sol.

Nick suspirou enquanto o estômago roncava. Uma xícara de café, sem o complemento do café da manhã, *não* era seu jeito preferido de começar o dia. Se fosse dia de jogo, ele estaria comendo mingau de aveia com frutas, ovos mexidos e torradas com abacate, além de uma grande caneca de chá. Estaria se enchendo de carboidrato, e não pensando em massas como uma bela recordação de outrora.

O vinho tinto da noite anterior o havia deixado um pouco desidratado, então, naquele dia, o paracetamol seria seu melhor amigo.

Ignorando a expressão culpada no rosto de Anna enquanto tentava esconder o fato de que tinha pedido brioche com geleia e algo que se parecia muito com um *pain au chocolat* para tomar com seu café matinal, Nick foi para o chuveiro.

Ele se olhou no espelho. O reflexo olhou de volta para ele.

Quem é você? Não sei. Um jogador de rugby?

Quem é você agora? Ninguém.

Com raiva de si mesmo, Nick abaixou a cabeça sob a água quente do chuveiro e tentou deixar que a ducha forte levasse embora seus sentimentos emaranhados.

Ele havia planejado fazer os exercícios aeróbicos na academia do hotel, mas fora atraído para fora pelo brilho do sol. Em vez de ficar na academia, havia saído para uma longa corrida pela avenida que margeava o azul-escuro cintilante do Mediterrâneo.

Uma brisa suave trouxera o aroma de pinheiros, ervas picantes e flores, e Nick sentira a liberdade de estar longe do peso de seus problemas em Londres.

Ao atravessar o opulento quarto do hotel, tinha visto Anna, que evitava olhar para ele. Ela obviamente havia decidido aproveitar sua ausência para comer todos aqueles pães frescos com um cheiro e uma aparência deliciosos. O pior de tudo era que ele ia comer pouco nos dois dias de ensaio fotográfico. Mal podia esperar para que aquilo acabasse.

Mesmo assim...

Estava curioso para saber o que ia acontecer.

No primeiro dia, as fotos seriam no estúdio de Massimo e, no segundo, em uma praia a alguns quilômetros de Cannes.

Desligou o chuveiro; a pressão da água havia proporcionado uma sensação maravilhosa ao massagear seus músculos cansados. No dia anterior, sua pele tinha sido submetida a um tratamento estético para que ficasse perfeita. A assistente de Massimo, uma mulher enérgica chamada Elisa Wang, marcara horário para ele em um dos melhores spas de Cannes para um procedimento com algas marinhas e uma espécie de lama quente com o objetivo de limpar os poros. Isso aconteceu depois de rasparem seu peito, embora ele não fosse particularmente peludo. Felizmente, não haviam pedido que fizesse depilação com cera, porque isso deixava sua pele vermelha e irritada por várias horas, às vezes dias. Depilar e raspar os pelos não eram novidades para ele: assim como muitos jogadores de rugby, ele matinha os pelos corporais aparados para evitar que fossem puxados e arrancados pelos adversários durante os jogos. Já tinha visto isso acontecer e, mesmo quando era com outra pessoa, seus olhos marejavam.

O tratamento com algas marinhas e lama quente foi surpreendentemente agradável e uma nova experiência que ele gostaria de repetir com Anna. Em seguida, modelaram suas sobrancelhas e apararam os pelos em excesso no nariz e nas orelhas, o que foi constrangedor, porque ele achava que não tinha pelos em excesso nessas áreas. Havia concordado com a remoção de alguns pelos, mas recusara a oferta de depilar os testículos e o ânus. Aquilo *não* parecia nada agradável. Mas renovou seu respeito pelas mulheres que depilavam a virilha para usar biquíni.

Também estava ansioso em relação a fotografias que mostrassem suas partes íntimas, pois não tinha assinado contrato para *aquele* tipo de calendário. Pelo menos, achava que não. Com certeza seu empresário, Mark, teria lhe avisado.

Também tinha tolerado um bronzeamento artificial dois dias antes em Londres, o que transformara a palidez de sua pele no inverno em um bronzeado sutil, mais dourado do que qualquer outra coisa e a cor que ele adquiria naturalmente depois de jogar uma temporada de verão na África do Sul ou nas ilhas do Pacífico.

Ele tentou se ver do jeito que o fotógrafo o veria, mas não conseguiu.

Elisa também fizera a gentileza de informar que haveria uma cabeleireira, uma maquiadora e uma estilista presentes durante a sessão de fotos. Diante de sua surpresa, ela garantiu que era apenas porque as luzes do estúdio faziam todos parecerem um pouco pálidos, mesmo depois do bronzeamento artificial.

— Por que você vai precisar de um estilista? — perguntou Anna.

Nick não sabia responder, e Elisa só tinha mencionado vagamente alguma coisa a respeito de "acessórios". Mas os únicos acessórios que Nick conhecia eram os equipamentos que usava quando jogava rugby.

Apesar de toda a estranheza daquele novo mundo, Nick estava intrigado; apesar do desconforto cada vez maior de Anna em relação à nudez, essa parte quase não o incomodava. Já estivera em milhares de vestiários onde todos do time vestiam os uniformes, tomavam banho e trocavam de roupa juntos.

Uma batida na porta anunciou a chegada de Brendan.

— *Bonjour*, meus lindos! O carro chega em 15 minutos! Ah, pães!

— Oi, Bren — disse Anna, entregando rapidamente um brioche para ele.

Brendan colocou metade do brioche na boca e gemeu de prazer, mas, ao perceber que Nick e Anna estavam olhando para ele, perguntou, de boca cheia:

— O que foi?

Nick saiu pisando duro, enquanto Anna balançava a cabeça.

— Qual é o problema do Sr. Divo Ranzinza hoje? — perguntou Brendan.

— Ele não pode comer nada hoje de manhã, nem no resto do dia, praticamente.

Brendan arregalou os olhos.

— E você estava comendo tudo isso na frente dele, sua danadinha!

Anna abriu um sorriso de culpa.

— Achei que já teria terminado de comer quando ele voltasse da corrida, mas ele voltou antes e me pegou no flagra.

— Péssima noiva! — repreendeu-a Brendan. — *Zero* para você!

Anna riu.

— Eu sei, eu sou péssima mesmo. — Ela fez uma pausa. — Mas são deliciosos, não são?

Brendan lambeu as migalhas que tinham ficado nos lábios.

— Divinos!

Nick saiu do quarto usando uma antiga camiseta dos Phoenixes, short de algodão e chinelo de dedo. Recebera instruções de usar roupas folgadas.

— Bom garoto! — elogiou Brendan. — Nada de marcas de meias.

Nick deu um sorriso maldoso.

— Nem de cueca. Estou bem à vontade.

Brendan ficou boquiaberto e em seguida fez um bico.

— Pare de me provocar, Nick.

— Então pare de flertar, Bren. — Anna sorriu, balançando a cabeça.

— Eu não consigo. É a minha configuração padrão. Acho que é porque sou otimista demais. Ser otimista o suficiente para acreditar que caras gostosões vão ficar a fim de mim é como respirar. Eu nem percebo que estou fazendo isso. *Não ordene que o mar recue!* — disse ele, fazendo uma voz shakespeariana debochada.

Então o telefone dele vibrou, e ele assumiu imediatamente a postura de assistente pessoal.

— O carro já está lá embaixo. Todo mundo pronto?

Brendan foi na frente, e Nick e Anna o seguiram, de mãos dadas.

O carro era o que a empresa de limusines francesa descrevia como carro corporativo, mas, para Anna, não passava de uma minivan e, para Nick e Brendan, apenas um carro no qual cabia muita gente. Era grande, preto, com vidros fumês muito escuros, e o motorista estava de terno e gravata.

Brendan surpreendeu a todos dando instruções rápidas em francês ao motorista.

— Eu não sabia que você falava francês — disse Anna, com inveja.

Brendan arqueou uma das sobrancelhas.

— Nunca subestime as pessoas comuns, Annie.

— Desculpe. Não foi o que eu quis...

Ele acenou com a mão e em seguida fez uma pergunta ao motorista, ouvindo atentamente o que parecia ser uma longa explicação.

— Ele disse que o estúdio do Monsieur Igashi fica na Le Suquet, que é a parte medieval da cidade. Parece que a vista é maravilhosa e tem um ótimo restaurante de frutos do mar perto da cidadela onde podemos almoçar. Dizem que a lagosta é dos deuses. Desculpe, Nick.

Nick fez cara de ofendido e Brendan deu um risinho culpado.

— Enfim, parece fabuloso. Ah, ruas de paralelepípedos, como na nossa cidade.

A van subiu por ruas que iam ficando cada vez mais estreitas e surgiam construções cada vez mais antigas, até parar diante de uma casa grande e quadrada, com fachada de pedras amarelas e telhas de terracota.

O motorista abriu a porta para Anna e acenou educadamente com a cabeça, antes de aceitar discretamente uma nota de 10 euros que Nick colocou em sua mão.

— Isso que eu chamo de discrição — sussurrou Brendan. — Preciso praticar. Embora, como um mero assistente pessoal, eu não ganhe o suficiente para distribuir gorjetas de 10 euros.

— Peça um aumento à sua chefe — sugeriu Nick, rindo.

— Eu faria isso. Mas ela é má. Ela me maltrata.

— Eu ouvi isso! — reclamou Anna. — Não me obrigue a constrangê-lo na frente do Sr. Igashi!

— Está vendo como ela é? — sibilou Brendan.

Anna e Brendan ainda estavam implicando um com o outro quando a pesada porta do estúdio se abriu sem fazer barulho.

A entrada era imponente, enorme, antiga e arqueada, como a porta de uma igreja, as tábuas grossas de carvalho cravejadas de ferro. Uma mulher jovem e elegante apareceu diante deles com um sorriso de boas-vindas.

Ela era alta e esguia, com um rosto bonito emoldurado por cabelos pretos na altura dos ombros.

Anna observou a calça jeans justa e a blusa de seda de manga comprida que ela usava, um visual elegante finalizado com uma echarpe Hermes.

— *Bonjour!* Eu sou Elisa. Sejam bem-vindos! É um prazer conhecê-los pessoalmente. Entrem, por favor.

Ela fez um gesto para que eles entrassem em uma enorme catedral de luzes, emoldurada por armações de metal com refletores de luz de diferentes tamanhos e em diversas alturas, semelhantes aos de um teatro.

Todos se cumprimentaram com apertos de mão e então Elisa os levou para conhecerem o famoso fotógrafo.

Massimo Igashi era baixo e elegante, com cabelos grisalhos espessos e um rosto jovial espantosamente sem rugas para um homem que tinha mais de 70 anos. Os olhos castanhos estavam emoldurados por grandes óculos de armação preta retangular, e ele vestia-se com a desenvoltura de um homem que tinha passado metade da vida fotografando as principais coleções de moda da Europa.

Ele olhou rapidamente para Anna e Brendan, fazendo um gesto educado com a cabeça e, então, seu olhar se fixou em Nick.

Foi uma experiência desconcertante ver os olhos do fotógrafo percorrerem cada detalhe do corpo e do rosto de Nick, analisando tudo, sem deixar nada passar.

Então, ele sorriu e soltou uma gargalhada tão alta que Anna se sobressaltou.

O fotógrafo disse algo em francês que fez Brendan abrir um sorriso.

— Ele falou que você tem um belo rosto e que espera que o resto seja igualmente belo — traduziu Elisa.

Nick corou. Talvez algo tivesse se confundido na tradução. O fotógrafo realmente dissera que ele era "belo"?

Ele sorriu, inseguro, enquanto Monsieur Igashi apertava sua mão com firmeza.

Então apareceu outra mulher, quase idêntica a Elisa, mas com roupas ousadas, em contraste com os trajes elegantes de Elisa; um visual gótico com batom preto combinando. Ela mal olhou para eles antes de escalar como uma ninja a estrutura de metal onde ficam os refletores.

— Essa é minha irmã, Ning Yu. — Elisa sorriu, sem se deixar perturbar pelo comportamento ríspido da irmã. — Ela faz mágica com a iluminação. Até mesmo *Maestro* diz isso. Ela vai deixá-lo ainda mais lindo.

Ela assentiu para Nick novamente com a cabeça.

O fotógrafo fez uma reverência e se posicionou atrás de um tripé que ficava no meio do aposento, murmurando alguma coisa para si.

— O Monsieur Igashi fala inglês? — perguntou Nick.

— Sim, claro — respondeu Elisa com um sorriso. — Quando está trabalhando, ele fala francês, italiano e inglês, mas, quando edita seu trabalho, tudo que diz é em japonês.

Nick ergueu as sobrancelhas.

— Deve ser difícil para você.

— Na verdade, não. Não sou tão fluente em japonês como nos outros idiomas que falo, mas estou aprendendo. Agora, se me acompanharem, vou mostrar onde podem encontrar café e croissants.

Nick começou a acompanhar o grupo, mas, com um sorriso, ela apontou para uma porta lateral.

— Seu camarim é ali — disse ela. — Deixei um roupão separado para o caso de você não ter trazido um.

Nick corou. Nem tinha passado pela sua cabeça levar um roupão. Ele assentiu e entrou no camarim.

As paredes eram brancas, mas por toda parte havia toques de azul, que conferiam um ar náutico ao aposento, como se ele estivesse na cabine de um navio.

Um grande espelho com lâmpadas em volta ocupava um canto da sala, onde havia um sofá pequeno e de aparência confortável, com um roupão de algodão azul-escuro dobrado em cima. Nick também viu uma jarra de café quente. Olhou para ela desejoso, em seguida cedeu à vontade e se serviu de uma pequena xícara, tomando alguns goles antes de se obrigar a parar.

Ele tirou as roupas rapidamente e vestiu o roupão, que ia até os joelhos. Então se sentou no sofá, sentindo-se um pouco constrangido, esperando por instruções.

Alguns minutos depois, ouviu uma batida de leve na porta.

— Pode entrar! Hum... *Entrez!*

Outra mulher, dessa vez com um coque loiro de cada lado da cabeça, sorriu para ele. Parecia ter uns 20 anos e carregava uma grande sacola. Abrindo um sorriso deslumbrante para Nick, ela bateu no peito e falou:

— Fabienne!

— Oi — disse Nick, apertando-lhe a mão. — Eu sou o Nick.

— *D'accord.*

Então, ela apontou para a cadeira na frente do espelho.

— Por favor — pediu ela com os erres bem marcados.

— Hum... tá.

Nick logo percebeu que Fabienne era a maquiadora.

Ela encarou o rosto dele criticamente, os olhos se detendo na ligeira protuberância do nariz quebrado (duas vezes), passando pelas maçãs do rosto, avaliando o queixo e a testa antes de arrumar todo seu equipamento, como um cirurgião prestes a realizar uma cirurgia.

Ela começou hidratando o rosto dele, massageando-o de leve. Nick fechou os olhos, determinado a desfrutar daquela nova sensação. Só voltou a abri-los quando ela parou e começou a aplicar outra coisa, um líquido claro. Ele não fazia ideia do que era aquilo.

Depois, ela pegou vários tubos de diferentes tons, misturando--os como um artista em sua paleta e em seguida aplicou a mistura na pele de Nick com uma esponjinha.

Nick esperava que a maquiagem deixasse sua pele seca ou com a aparência de quem estava usando uma máscara, e ficou surpreso quando viu que isso não aconteceu.

Mais cor foi aplicada habilmente na região abaixo dos olhos, testa, bochechas, nariz e, então, para sua surpresa, ela pegou um lápis de olho preto e passou ao longo dos cílios inferiores e das sobrancelhas, antes de aplicar um pouco de rímel.

Fabienne cantarolava baixinho enquanto trabalhava, completamente absorta, estalando a língua em desaprovação quando a esponja agarrou na barba de Nick.

Depois de vinte minutos, durante os quais Nick começou a cochilar e tentou ignorar a sensação de vazio na barriga, ela aplicou um brilho bem clarinho em seus lábios e disse:

— *C'est finis! Ciao,* Nick!

Ele sorriu e lhe agradeceu, e ela deu uma piscadinha atrevida para ele antes de sair.

Nick ficou um pouco chocado quando se olhou no espelho. Foi como ver uma versão retocada de si mesmo. Ele franziu a testa, e o reflexo fez o mesmo. Sim, retocado — era exatamente assim que ele estava.

Ele ficou de pé e se alongou, mas, assim que se levantou da cadeira, outra mulher apareceu e o empurrou de volta para o assento, puxando seus cabelos com ambas as mãos e resmungando sozinha.

Aquela devia ser a cabeleireira, embora ela não tivesse se apresentado. Seu humor indicava que ele era a matéria-prima bruta que, de alguma forma, ela teria de transformar em modelo — e seu trabalho seria bastante difícil.

Quando terminou de pentear, passar gel e spray, os cabelos de Nick eram uma massa desordenada de cachos, e ele parecia ter acabado de se levantar da cama.

— Quinze minutos para isso — resmungou ele para si mesmo depois que a mulher saiu. — Eu poderia ter economizado esse dinheiro para eles.

Elisa apareceu na porta.

— O *Maestro* está pronto para fotografar você, Nick.

— Claro, tá. Estou indo.

Nick sentiu a pele se arrepiar — de nervoso ou constrangimento, ele não sabia. Podia sentir o piso antigo de pedra quente sob seus pés descalços, como se o sol o tivesse banhado por séculos. O estúdio estava alguns graus mais quente do que o camarim, mas, em vez de iluminado pelo sol, as cortinas pesadas tinham sido fechadas, ele estava iluminado por refletores de um lado e na mais completa escuridão em todo o restante. Nick nem conseguia ver onde Brendan e Anna estavam sentados.

Talvez fosse melhor, porque assim não teria de ver a reação deles nem se preocupar com o que Anna estaria pensando.

Monsieur Igashi estava cercado por seu harém de assistentes: Elisa, Ning Yu, Fabienne e a cabeleireira mal-humorada cujo nome ele nunca ficou sabendo.

Era um pouco constrangedor ver tantas mulheres no estúdio. Mas Nick não tinha problemas em relação ao próprio corpo. Depois de ter passado muitos anos em vestiários, nu ou seminu, cercado por outros jogadores, empresários, fisioterapeutas, médicos, assessores de imprensa, não havia por que sentir vergonha. Ficar à vontade em relação à própria nudez era quase uma segunda natureza.

Só que ali todo o foco estaria nele.

O fotógrafo parecia imerso em pensamentos, contemplando sua câmera em silêncio. Então, ele sorriu e fez um gesto para que Nick se aproximasse.

— Vejo você como um guerreiro — declarou ele em um inglês quase perfeito. — Vou retratá-lo como o *Atleta di Fano* ou o *Deus do Cabo Artemísio*. São estátuas gregas famosas. Nick você sabe o que significa a palavra "fotografia"?

— Hum... sim?

Nick ficou surpreso com a pergunta, mas o fotógrafo apenas sorriu.

— Estou me referindo à origem grega da palavra: *phōtos* significa "luz" e *graphé* significa "linhas" ou "desenhos". Então, como você pode ver, fotografia significa "pintar com luz". E esse é o milagre que vamos realizar hoje.

Nick ficou fascinado. Nunca tinha pensado nas coisas daquela forma e agora estava curioso para ver como aquilo ia funcionar.

Massimo baixou a cabeça e apontou para uma cadeira no canto.

— Por favor, tire a roupa. Pode colocar o roupão ali.

Nick foi até a cadeira e deixou que o roupão escorregasse de seus ombros.

Foi uma sensação estranha. Era completamente diferente de estar no vestiário com trinta outros jogadores, todos pelados: ali, ele era o único sem roupa.

Sentiu sete pares de olhos cravados em suas costas e em seu traseiro nu. Até andar parecia algo não natural, e então ele teve de se virar.

Olhou para a escuridão quando ouviu um barulho repentino.

No fundo da sala, Anna cobriu a boca de Brendan com uma das mãos, silenciando o suspiro que ele deu quando viu Nick sem roupa, seus olhos fixos abaixo da cintura dele.

— Nem um pio — sibilou ela.

Os olhos arregalados de Brendan encontraram os dela, e ele balançou a cabeça, fazendo um gesto como se estivesse fechando a boca com um zíper.

Com os olhos semicerrados, Anna fulminou Brendan até ele abrir um sorriso envergonhado.

Era mais difícil do que ela havia imaginado (muito mais difícil) ver Nick cercado por mulheres jovens e bonitas enquanto exibia, orgulhoso, sua nudez diante delas. Muito mais difícil.

Estou só estou sendo tola e ciumenta, disse para si mesma, com severidade. *Completamente irracional. E sou a idiota que encorajou isso.*

Seu coração batia tão forte e seu pulso parecia tão acelerado que Anna teve de se obrigar a respirar fundo várias vezes para não correr o risco de desmaiar.

Mas era mais do que ciúme puro e simples; era a sensação de que ele pertencia àquele lugar, e ela não. Como se o relacionamento deles tivesse se transformado em algo desigual. E, embora ela não se achasse feia, sabia muito bem que Nick estava em outro nível. Sempre soube disso, mesmo que ele não percebesse.

A maquiadora jovem e bonita sorriu para Nick e, quando ele retribuiu o sorriso, Anna sentiu um aperto doloroso no peito.

Então a garota se aproximou dele e borrifou um produto que fez sua pele brilhar como se tivesse acabado de malhar ou de sair do banho.

— Está tudo bem, Annie? — perguntou Brendan baixinho, a voz cheia de compaixão.

Anna assentiu, porque não conseguiu encontrar palavras para responder. Aquela experiência estava sendo muito mais intensa do que ela esperava.

Brendan pegou-lhe a mão e a apertou de leve, porém não disse mais nada.

— Você parece ser muito forte, Nick — disse Massimo, sério. — Vamos tentar aquela pose sobre a qual conversamos antes.

Com algo em que se concentrar, o nervosismo de Nick começou a se dissipar.

Ele desconfiava de que, na primeira dúzia de cliques que Massimo fizera, ele devia estar parecendo um cervo assustado diante dos faróis de um ônibus de dois andares em uma rodovia.

Mas, depois disso, tudo começou a melhorar. Massimo o chamou e mostrou a ele, no visor da câmera, algumas fotos que tinha acabado de tirar. Ele definitivamente estava com uma cara menos assustada nas últimas fotos.

— Veja, Nick, esse é um bom ângulo para você. Seu perfil é muito forte. — Massimo sorriu. — A maioria das pessoas fica melhor de perfil. Temos que capturar seu melhor ângulo. Agora, vamos mudar a iluminação: esse refletor mais para o alto e esse, mais para baixo, para criar sombras no seu abdome e nos músculos do seu peitoral. Luzes diretas demais achatam a imagem. Temos que mostrar esse físico mágico.

Nick assentiu para sinalizar que havia entendido. Ele compreendia o que o fotógrafo queria dizer sobre pintar com luz e sombra, e não estava incomodado com a própria nudez — as fotos ficaram lindas. Até ele tinha de reconhecer.

Ele deu um sorriso para o lugar onde presumiu que Anna estivesse e voltou a se concentrar nos ângulos e nas poses que o fotógrafo queria.

Anna viu o sorriso dele e retribuiu sem muito entusiasmo, mesmo ciente de que ele não conseguia ver.

Nas duas horas seguintes, assistiu a Monsieur Igashi tirar centenas de fotos, parar, falar com Nick, escolher uma nova pose, rearrumar seus membros compridos, ajustar as luzes em volta dele; às vezes, aproximava-se para dar um close nos olhos, no peito, nas coxas ou nas panturrilhas dele; ora, ia até o fundo da sala, mas sempre se movendo, nunca parado.

Ele encorajava Nick o tempo todo, e a expressão ligeiramente assustada em seu rosto nos primeiros cinco minutos havia desaparecido por completo. Em vez disso, sua concentração intensa falava com a câmera, aquela profundidade de emoções que Anna achava que fosse só dela estava à mostra.

Anna percebeu com uma pontada no peito que Nick ficava completamente à vontade diante da câmera. Então por que isso a incomodava? Ela havia insistido muito para que ele participasse daquele projeto, e tudo estava saindo melhor do que ela havia imaginado. Mas agora...

A maquiadora bonita retocou o rosto de Nick com um pincel, e Anna observou quando ele fechou os olhos para que ela pudesse fazer seu trabalho. A mulher estava muito próxima dele, sim, completamente concentrada em seu trabalho, mas muito perto. Tão perto que seus seios quase tocavam o peito de Nick, suas coxas quase encostavam no pau maravilhoso de Nick.

Anna foi tomada por uma violenta onda de ciúme, apesar de dizer a si mesma que estava sendo ridícula. Não conseguia mais assistir àquilo.

Virou-se para Brendan e sussurrou:

— Preciso de um pouco de ar.

— Vou ficar aqui, de olho nessa Baby Spice — sussurrou ele em resposta, estreitando o olhar para a bela maquiadora, que tinha dito alguma coisa que fez Nick rir.

Anna fugiu.

Capítulo 6

Anna caminhou pela charmosa rua de paralelepípedos, discutindo furiosamente consigo mesma. Ela não conseguiria ficar nem mais um segundo sentada lá, vendo outra mulher tocar Nick daquela forma. Embora, para ser sincera, o que poderia ter acontecido com todas aquelas pessoas olhando? Nada. Nada tinha acontecido e nada *ia* acontecer. Nick não a havia encorajado, e a garota nem estava sendo particularmente sedutora; os dois só estavam fazendo seu trabalho.

— Ridícula!

Ela riu alto e assustou alguns turistas.

Ofegando por causa da subida íngreme, ela percebeu que tinha chegado ao topo da Cidade Histórica. Olhou para as ruas que serpenteavam morro abaixo, admirando as antigas construções de pedra e estreitando os olhos por causa do sol, que cintilava no mar distante.

Seu corpo começou a relaxar, e Anna quase conseguiu rir de si mesma. Quase. Ela se permitiu lembrar que seus sentimentos eram completamente naturais. Em nenhum outro ambiente além de um estúdio fotográfico, e talvez um hospital, o corpo nu de Nick seria examinado tão de perto por tantos estranhos.

Era o trabalho de modelo que não era natural, não seus sentimentos.

Essa conclusão fez com que se sentisse cem vezes melhor. Não chegou a dissipar completamente a pontada em seu coração quando Nick sorriu para a jovem maquiadora, mas ela conseguiu se convencer de que o sorriso não havia significado nada.

Ela se deu conta, várias horas depois, de que havia uma razão para que fotos com modelos nus em geral fossem tiradas em estúdios fechados. Também se lembrou de um artigo que lera sobre cenas de sexo no cinema, e por que os parceiros não costumavam estar presentes no set de filmagem — justamente porque era desconfortável e a situação despertava uma série de sentimentos difíceis.

Ela caminhou pelo labirinto de ruas estreitas, aproveitando o tempo para apreciar a cidade antiga, antes de encontrar um restaurante onde comeu uma deliciosa salada de lagosta, provou um vinho local, doce e fresco, seguido de um saboroso café e *petit fours* de sobremesa.

Saborear uma taça de vinho e delícias açucaradas, proibidas para Nick, fez com que Anna abrisse um ligeiro sorriso de satisfação.

Anna mandou uma mensagem de texto para Brendan dizendo onde estava e que se sentia bem depois daquela pequena extravagância. Ele respondeu contando que a sessão de fotos estava chegando ao fim e que já era seguro voltar.

Naquele momento, Anna agradeceu ainda mais por tê-lo como amigo do que por ele ser um assistente maravilhoso. Brendan era seu melhor amigo; ele a compreendia, a protegia quando ela precisava e lhe dava umas sacudidas quando ela merecia.

Ela colocou os óculos escuros e retornou pelas ruas estreitas, parando de vez em quando para admirar alguma antiguidade ou uma vitrine.

Sentindo-se mais tranquila, Anna chegou ao estúdio de Massimo e bateu na porta com uma enorme aldrava de ferro.

Elisa a recebeu com um sorriso.

— Como foi seu passeio, Anna? Le Suquet é linda, não?

— Muito! Foi bem agradável, obrigada. Massimo ficou satisfeito com a sessão de fotos?

Elisa ficou radiante.

— O *Maestro* está satisfeito. Ele disse que Nick é muito cativante. — Elisa tocou o braço de Anna de leve para enfatizar o comentário. — É um grande elogio.

— Bem, obrigada! — Anna riu. — Bem, mas isso é com o Nick... bem, e com os pais dele! Não tem nada a ver comigo!

Elisa sorriu como se soubesse de um grande segredo e se aproximou de Anna para sussurrar:

— O *Maestro* acredita que é impossível capturar a felicidade em uma foto quando ela não existe.

Anna ficou desconcertada.

— Ele disse isso?

— Disse. Você está surpresa?

Anna ficou paralisada, sem saber como responder. Mas então ouviu a voz de Nick e olhou por sobre o ombro de Elisa.

Nick estava vestido novamente, com o short e a camiseta com os quais chegara, inclinado sobre Massimo, fazendo com que ele parecesse ainda menor. Os dois estavam debruçados sobre a câmera de Massimo enquanto o *Maestro* explicava alguns dos aspectos técnicos das fotos.

Até Ning Yu tinha se juntado à conversa, o rosto surpreendentemente entusiasmado enquanto explicava os efeitos de luz que tinha usado e por que havia escolhido as diferentes luzes difusas. Ela mostrou como diminuíra as luzes e acrescentara um refletor para dar dramaticidade às fotos em preto e branco.

Nick estava com a testa levemente franzida, como se estivesse perdido em pensamentos ou muito concentrado, assentindo com a cabeça de tempos em tempos para mostrar que estava entendendo.

Qualquer preocupação que ainda restava dentro de Anna se dissolveu. Nick estava totalmente comprometido com o projeto, completamente focado. Ele *estava* feliz.

Talvez esse fosse o interesse que Nick ia encontrar fora do relacionamento deles. Por mais que quisesse ser tudo para ele, Anna sabia que isso não era possível — nem saudável. Ela era justa o suficiente para saber que seu trabalho como conselheira e autora de autoajuda era algo que ela valorizava. Nick precisava do mesmo estímulo, precisa de objetivos.

Ela entrou no estúdio.

— Como foi tudo?

Nick olhou para ela, os olhos brilhando, cheios de interesse.

— Oi, amor! Senti sua falta. Você se divertiu? O Brendan disse que você saiu para comer alguma coisa.

Ele arqueou as sobrancelhas, claramente feliz e com um pouco de inveja.

Anna corou e cruzou os dedos atrás das costas ao mentir.

— Só tomei um café. Mas me conte como foi o resto da sessão. Eu assisti à primeira parte...

Nick gemeu, constrangido.

— Não fui muito bem no início. Ficar parado fazendo poses não é tão fácil quanto parece. Fiquei muito tempo parado na mesma posição, tentando parecer relaxado. Estou acabado. Eu não sabia que ser modelo era tão difícil. — Ele desviou o olhar, como se estivesse repassando a experiência intensa que tivera naquela manhã. — Foi um pouco estranho ficar com as coisas todas à mostra, mas todo o pessoal foi muito tranquilo, e isso ajudou.

Todo o pessoal? Na verdade, quatro mulheres lindas e dois homens gays, pensou Anna com sarcasmo. Ela conseguiu manter o sorriso no rosto, e Nick sorriu para ela.

— O Massimo prometeu que meu pau não vai aparecer em nenhuma foto. Essa experiência eu já tive!

Dessa vez, Anna riu.

— Bem, isso é um alívio. — Ela sorriu. — Mas você estava maravilhoso. — Ela se aproximou dele e sussurrou em seu ouvido: — Fiquei excitada de ver você daquele jeito.

Nick olhou para ela, surpreso, deu um beijo rápido em sua testa e outro um pouco mais longo em seus lábios. Anna o abraçou pela cintura e apoiou a cabeça em seu peito definido e quente, sentindo o cheiro do sabão da roupa lavada e da colônia suave de Nick.

Depois de um momento, ele endireitou a postura e olhou para ela com seriedade.

— Você sabe que eu não fiquei excitado, não sabe? Dava para perceber. Você é a única mulher que me deixa de pau duro, Anna.

Ela ficou corada de gratidão e desejo.

— Eu sei disso — sussurrou ela.

E, dessa vez, estava sendo sincera.

A intensidade de Nick durou todo o caminho de volta e ele não soltou a mão de Anna no carro. Brendan foi na frente, conversando em francês com o motorista enquanto mandava mensagens de texto pelo celular.

Enquanto estavam sentados no banco de trás, Nick levou a mão de Anna até seu colo, para que sentisse a ereção por baixo do short.

Anna ficou ofegante quando viu a excitação e o desejo nos olhos dele.

Tentou afastar a mão, mas Nick pressionou com mais força contra sua ereção pulsante, enquanto abria um sorriso desafiador e malicioso.

— Não! — sibilou ela, olhando de relance para Brendan e para o motorista.

Nick arqueou uma das sobrancelhas.

— Não — repetiu Anna, mas sem muita convicção.

Nick fechou a mão enorme sobre a dela e começou a mover seus dedos para cima e para baixo sobre seu pênis, em movimentos firmes. Ele apoiou a cabeça no encosto, fechou os olhos e abriu a boca.

Ele relaxou a mão quando Anna o segurou com mais firmeza, ainda lançando olhares nervosos para o banco da frente.

Ela acelerou os movimentos, sentindo a pressão nas coxas dele enquanto os movimentos ficavam mais intensos. Ela se contorceu no banco do carro, a tensão erótica eletrizante entre eles enquanto sua calcinha ia ficando encharcada e seu desejo ia se tornando insuportável.

Sentindo sua angústia, Nick passou a mão pelas pernas dela e escorregou os dedos por baixo de sua saia, até enfiar dois dedos dentro dela.

Anna estremeceu, gozando no instante em que ele pressionou o polegar sobre seu clitóris, levando sua excitação ao limite.

Nick levou a mão ao próprio colo, onde a mão de Anna tinha parado de se mover, estabelecendo um ritmo rápido e intenso, enquanto mantinha os dedos dentro dela, movendo-os no mesmo ritmo.

Anna gemeu, quase engolindo a própria língua, e pressionou as coxas uma contra a outra para tentar fazê-lo parar. Mas ele não parou. O ritmo era intenso, e ela sentiu que ia gozar de novo.

De repente, Nick soltou a mão dela e a enfiou dentro do short, gozando em jatos curtos e espessos sobre o próprio punho.

Ele abriu os olhos devagar, enquanto a respiração se acalmava, e um sorriso relaxado e satisfeito surgia em seu rosto.

Sem dizer nada, Anna abriu a bolsa, pegou lenço de papel e entregou a ele.

Nick sorriu enquanto se limpava calmamente.

Anna estava em estado de choque. Ela nunca... não em público... não com duas pessoas sentadas tão perto! Sendo que uma dessas pessoas era um completo desconhecido.

Seu corpo inteiro exalava calor.

Ela pressionou o botão para abrir a janela enquanto se abanava.

— Está com calor, amor? — perguntou Nick, inclinando-se para beijar seu pescoço.

— Um pouquinho — mentiu ela.

— Costuma ser mais quente mesmo no banco de trás — comentou Brendan, olhando pela janela.

As bochechas de Anna ficaram vermelhas e quentes, enquanto Nick soltava uma gargalhada.

No hotel, ele a arrastou para o quarto.

— Não acredito que você... que eu... — disse ela, ofegante, ainda surpresa com o próprio comportamento imprudente.

— Você sabe que eles me chamam de Nick Safadinho? — Ele riu.

Depois, a puxou para o chuveiro sem nem ao menos esperar que ela se despisse para ligar o chuveiro e deixar que a água caísse sobre os dois.

— Nick! Minha roupa!

Mas Nick era um homem com uma missão.

— Esqueça as roupas — sussurrou ele no ouvido dela, beijando seu pescoço e puxando o cabelo dela de forma não muito gentil.

Ela gemeu, meio chocada quando ele rasgou a blusa dela de cima a baixo, expondo seus seios.

O sutiã desapareceu com um movimento rápido.

Nick estava impaciente, excitado pelas palavras de Anna, pelo trajeto de carro, cheio de tesão, e sexo no chuveiro sempre o deixava muito excitado.

Ele ficou olhando, hipnotizado pela água que escorria pelos seios de Anna, que sentiu o próprio desejo aumentar ao acariciar e apertar os músculos dele, beijando e mordendo seu peito.

— Eu amo você, Nick Safadinho — sussurrou ela com um sorriso. — Agora, me mostre do que você é capaz.

As palavras de Anna foram um estímulo, e ele tirou as roupas molhadas e começou a beijar cada centímetro do corpo dela.

— Você faz isso parecer tão fácil — disse ela, ofegante. — Muito James Bond. Meu nome é Renshaw, Nick Renshaw, 007 com licença para transar no chuveiro.

Ela sentiu a risada de Nick contra sua pele nua, mas não havia nada de engraçado em seu pau duro, pulsando e latejando contra o corpo molhado de Anna.

Livre de qualquer resquício de humor, ela começou a roçar o corpo no dele, enterrando as unhas em seu peito e seu abdome.

Ele levantou a saia molhada de Anna e arrancou sua calcinha.

— O Nick Safadinho está tão bruto hoje — gemeu ela.

Sim, a fera havia se soltado e queria brincar. As horas que passara pelado recebendo ordens, a fome e a frustração, tudo isso se refletiu nos movimentos circulares com os quais massageava o clitóris dela, movendo-se com ela enquanto ela pressionava o quadril com mais força contra sua mão, seus gemidos guiando os dedos dele.

— Quero que você me foda com força — sibilou ela.

O desejo cintilou nos olhos de Nick, que a levantou sem dificuldade e a penetrou com força enquanto ela ofegava, pressionada contra a parede de azulejos.

Ele meteu com força várias vezes nela, enquanto a água quente banhava cada movimento, os gemidos de Anna se transformando em gritos ofegantes quando ela atingiu o clímax.

Nick continuou a penetrá-la, cada vez mais rápido e com mais força, dando estocadas ritmadas até Anna gritar de novo, com uma mistura de prazer e dor, e ele explodir dentro dela, seu corpo se contraindo, as veias do pescoço saltadas e os músculos das coxas e dos braços rígidos.

Anna arfou, e Nick foi relaxando, deixando o corpo dela escorregar pelo seu, a saia encharcada se grudando nele enquanto se beijavam suave e lentamente.

Naquela noite, relaxada e saciada, Anna se vestiu para o jantar.

Brendan havia desistido de jantar, dizendo que queria procurar uma boate onde pudesse "dançar até o dia raiar", nas palavras dele. Na verdade, o que ele queria era encontrar um cara para ficar e depois fofocar sobre isso no dia seguinte.

Anna ficou feliz por ter Nick apenas para ela. O sexo com ele era sempre intenso e ardente, mas havia algo no comportamento lascivo deles, na possibilidade de serem pegos, depois a transa no chuveiro com a água quente sobre o corpo deles, o calor de Nick, os azulejos frios, o jeito rude com que ele a havia levantado e a penetrado com força, a barba dele deixando sua pele vermelha enquanto ele ofegava contra seu pescoço.

Só de pensar naquilo, sentia o rosto queimar e a boca ficar seca. Fazia muito tempo que ele não a desejava de maneira tão intensa.

Nick parecia distraído com a quantidade de restaurantes que viam conforme caminhavam por Cannes. Ele não havia comido o dia todo, mas tinha tomado um litro de água de uma vez assim que a sessão de fotos terminou.

Elisa dissera gentilmente que ele podia comer salada com frutos do mar ou frango naquela noite. Mas nada de carboidratos ainda por causa da sessão de fotos do dia seguinte, dessa vez, em uma praia particular.

Anna não gostava da ideia de passar por aquilo de novo, mas pelo menos daquela vez não ficaria confinada dentro de um estúdio abafado, e, se precisasse sair para dar uma caminhada, a praia seria o local perfeito.

Nick ficou olhando enquanto Anna apontava para o cardápio. Ela escolheu uma *paella* de camarão para si e uma salada de frutos do mar para ele. Nick prometeu a si mesmo que pediria todos os pratos do cardápio na noite seguinte.

Anna havia ficado mais quieta do que o usual durante a sessão de fotos, e Nick se mostrou perspicaz o suficiente para perceber que ela estava se sentindo excluída, talvez até um pouco ameaçada. No início, ele havia se concentrado em tentar relaxar enquanto posava nu, mas, à medida que a manhã foi passando e sua autoconfiança voltou, ele foi ficando cada vez mais envolvido no processo de tirar as fotos e na forma como Massimo trabalhava.

Ele nem sempre entendia o motivo para as ligeiras alterações na posição ou na iluminação que Massimo pedia, mas tentava descobrir o sentido. Em outras palavras, tentou absorver tudo que podia a respeito da experiência, descobrindo que era bem mais complexa e interessante do que esperava.

Quando fizeram um intervalo e Brendan disse que Anna tinha saído, ele ficou decepcionado por não poder discutir tudo aquilo com ela. Mas algo na *maneira* como Brendan disse aquilo fez com que se perguntasse como Anna estaria se sentindo em relação às fotos.

Ele se colocou no lugar dela e percebeu no mesmo instante que ficaria louco da vida se ela estivesse posando nua na frente de um bando de desconhecidos, na frente de homens.

Mas, por outro lado, tinha sido ela quem insistira para que ele aceitasse o trabalho. Embora Nick soubesse muito bem quais eram os motivos dela.

Era difícil expressar com palavras como se sentiu: à deriva era a expressão que melhor lhe definia.

E entediado. Essa era a outra palavra.

Ele tinha esperado ansiosamente por uma vida na qual não se machucasse o tempo todo, mas sentia falta da onda de adrenalina que o invadia ao marcar um grande *try* ou levar seu time à vitória. Sentia falta de fazer parte de um time.

Supere isso, disse uma voz dentro dele, e talvez aquela voz tivesse um sotaque americano bem parecido com o de Anna.

Ele abriu um sorriso melancólico. Sim, precisava encontrar uma maneira de seguir adiante com a própria vida. Ficar à deriva não era uma opção.

Quando a salada de frutos do mar chegou, ele comeu-a devagar, obrigando-se a saborear a comida, a apreciar a linda vista da avenida cheia de butiques de luxo e do ancoradouro de iates e a aproveitar a companhia da mulher que sempre havia ficado a seu lado.

Capítulo 7

No dia seguinte, o motorista levou Nick, Anna e Brendan até o ancoradouro, onde Elisa os esperava com várias malas de equipamento fotográfico e um sorriso caloroso.

Estava amanhecendo, e o céu parecia tingido de tons espetaculares cor-de-rosa e roxo, com toques alaranjados no horizonte.

Anna bocejou e estremeceu, feliz por ter levado um casaco.

— Achei que fôssemos para a praia particular — disse Nick a Elisa, esperando que o set não tivesse mudado para um lugar tão público quanto o ancoradouro.

— Sim, claro. Vamos no barco do *Maestro* até a ilha Sainte-Marguerite, que é a maior das quatro ilhas que podem ser vistas daqui. São apenas 15 minutos de barco.

Nick estava exultante por não ter de passar outro dia inteiro em um lugar fechado, e Anna também parecia mais relaxada.

Ele tivera dúvidas em relação àquela viagem, mas tinha sido bom para eles; era bom deixar a dúvida e a indecisão para trás, em Londres, e aproveitar o simples prazer de passarem algum tempo juntos.

Massimo apareceu alguns minutos depois, acompanhado de Ning Yu, que carregava mais equipamentos. Nick deu um passo à frente para ajudá-la, recebendo em troca um olhar cortante e um agradecimento rápido com a cabeça.

O barco do *Maestro* tinha 37 pés e dois mastros, na proa e na popa, e era branco com detalhes em azul. Ele balançava na água, pequeno mas robusto, cercado por barcos maiores e lanchas a motor que faziam com que parecesse ainda menor.

A embarcação se chamava *La Belle*, um nome que parecia perfeitamente adequado.

O capitão, o homem que os levaria para mar aberto no Golfe de la Napoule, saltou do convés, cumprimentando Massimo em um francês com sotaque estranho. Tinha a pele envelhecida e queimada de sol, e era difícil determinar sua idade. Ele não falava uma palavra de inglês.

— Acho que é um dialeto da Provença — especulou Brendan.

— Aprendi algumas palavras ontem à noite com um marinheiro delicioso chamado Ciprian. Ele definitivamente fez jus ao nome.

Nick balançou a cabeça, achando graça, mas Anna franziu a testa.

— Espero que tenha se cuidado.

— Anna, querida, não tem diversão sem um pouco de perigo.

Brendan estava muito animado com aquele passeio de barco e tinha se vestido à altura: parecia Tadzio, de *Morte em Veneza*, com uma roupa de banho à moda antiga, listrada de branco e azul. Mesmo que ainda fizesse um pouco de frio àquela hora, ele se comportava como se estivessem em pleno verão.

Massimo deu tapinhas na mão de Brendan e tirou várias fotos dele apoiado na lateral do barco, olhando para o horizonte.

— Por mais lindo que eu seja — suspirou ele —, os anos vão passar e vou poder olhar para as fotos do *Maestro* e pensar: "Já fui adorado um dia."

Anna revirou os olhos.

— Eu sempre vou adorar você.

— É claro que vai — debochou Brendan. — Essa é a lei dos melhores amigos. Estou falando sobre mostrar para coisinhas lindas do futuro o que elas perderam quando tio Brendan estava no auge.

As palavras foram ditas em tom de piada, mas Anna identificou uma pontada de tristeza nelas. Desde que conhecera Brendan, ele nunca havia namorado ninguém por mais de uma semana.

Ele dizia que não tinha interesse em pendurar a vara quando seu hobby favorito era pescar em um mar cheio de homens gostosos. Palavras dele. Mas Anna tinha suas dúvidas.

O capitão desfez os nós pesados para soltar as amarras, um cigarro Gitane nos lábios, em seguida saltou para dentro do barco com a graça e a leveza de um homem com metade de sua idade.

Quando chegaram ao mar aberto, o capitão desligou o pequeno motor e içou uma das velas. A brisa firme estufou a lona e o barco cortou as águas, produzindo uma fina névoa de borrifos com a proa.

O vento estava frio no mar aberto, e Anna ficou feliz quando Nick a abraçou e apoiou o queixo no topo de sua cabeça.

— Está se divertindo? — perguntou ele baixinho.

Anna virou o rosto para ele, sorrindo.

Seus cabelos, em geral cuidadosamente penteados, estavam bagunçados pelo vento, e o sol do dia anterior tinha acentuado as sardas no nariz e na bochecha, fazendo com que ela parecesse feliz e livre.

— Você é tão... — disse ele, suas palavras levadas pelo vento. — Sinto muito se eu tenho sido tão... tão...

Anna tocou o braço dele de leve, seus olhos cor de chocolate cheios de amor.

— Eu sei. Está tudo bem. Vamos ficar bem.

Ela gostaria que ele tivesse dito que a amava, mas ele não disse.

Quando se aproximaram da ilha, as águas do Mediterrâneo passaram do azul-marinho profundo do início da manhã para um tom mais claro de turquesa que cintilava sob o sol da manhã. Anna levou a mão aos olhos para se proteger do brilho ofuscante do sol, admirando as praias de areia branca pontuadas por enseadas rochosas.

Finalmente ancoraram em uma angra pequena e isolada, ladeada por palmeiras que levavam a uma linda casinha pintada de branco que fez Anna pensar nos romances de Jay Gatsby ou Agatha Christie ambientados em lugares exóticos.

— Uau, que lugar lindo! — Anna suspirou. — Quem mora aqui?

— A casa é de um amigo do *Maestro* — explicou Elisa. — Eu adoro vir aqui.

O capitão jogou a âncora pela lateral do barco, baixou um pequeno bote de borracha até a água e os ajudou a embarcar.

Massimo ficou o tempo todo com a câmera na mão, debruçando-se perigosamente para tirar foto atrás de foto da luz cintilante e inconstante e da paisagem espetacular de rochedos e areia branca brilhante.

Quando chegaram à praia, Massimo se apressou, querendo capturar as sombras longas e oblíquas da hora de ouro dos fotógrafos, um momento mágico quando o sol ainda estava baixo no céu e a luz ficava mais avermelhada e suave.

Não foi preciso maquiagem para aquela sessão, mas Elisa teve de se desdobrar para cuidar do cabelo de Nick e ser a faz-tudo do *Maestro*.

Ela penteou e passou gel no cabelo de Nick, enquanto Massimo gritava ordens para Ning Yu.

Em questão de minutos, estavam prontos e Nick começou a tirar a roupa.

Anna nunca se cansava de ver aquilo: o corpo bonito, a pele macia, a tatuagem vibrante e a musculatura perfeita. Ela também sabia onde encontrar a teia de cicatrizes finas, resquícios das diversas cirurgias pelas quais ele passara por causa do rugby.

As coxas e quadríceps volumosos, os vales e as depressões do abdome, os ombros largos e o peitoral proeminente, tudo coroado por um rosto de beleza simétrica e aqueles olhos expressivos cor de mel... Não era de admirar que Massimo quisesse fotografá-lo.

O *Maestro* trabalhava rápido, um olho em Nick, o outro no sol.

Por volta das onze da manhã, tiveram de fazer um intervalo. O sol forte estava fazendo Nick semicerrar os olhos. E, quanto mais alto o sol, mais encobertos seus olhos ficavam, as sombras escondendo toda sua expressão.

— Seria melhor se estivesse nublado — sussurrou Elisa para Anna. — Assim a luz seria boa, mas não tão forte.

Nick aguentou firme, mas Anna percebeu que a paciência dele estava se esgotando depois de mais de três horas se esforçando para ficar em poses nada naturais. A temperatura também estava subindo, ela teve de aplicar protetor solar nele duas vezes, e ele precisou hidratar a pele das pernas várias vezes por causa da água salgada.

Todos ficaram felizes em fazer um intervalo.

— Como você está? — perguntou ela baixinho, enquanto ele bebia água de uma garrafa.

— Ótimo — respondeu ele, direto. — Tem areia nos meus olhos, areia no meu cu... e em todos os outros orifícios. Estou suado e com calor.

Ele abriu um sorriso e piscou para ela.

— Mas também não tem nenhum pilar de mais de 100 quilos tentando me derrubar em um *scrum*. Estou bem.

Ela riu.

— Copo sempre meio cheio!

O sol continuou a subir, fazendo as finas nuvens brancas evaporarem até restar apenas o céu com seu azul abrasador.

Todos foram para baixo dos guarda-sóis e se acomodaram na sombra, tomando bebidas geladas e comendo salada de frutas, pequenos sanduíches e minicroissants e quiches, tudo entregue por um alegre morador da ilha que chegou dirigindo um carrinho de golfe.

Nick comeu um pedaço pequeno de fruta e saiu para explorar a ilha.

— Ele não suporta ficar perto de toda essa comida deliciosa — explicou Brendan, enfiando outro *vol au vent* de camarão na boca.

— Eu sei. Me sinto tão culpada — disse Anna, passando um delicioso creme de queijo, ervas e alho em um croissant.

Eles se entreolharam e começaram a rir.

— Tadinho do Nick.

— Ele fica tão rabugento quando está com fome — disse Anna.

— Talvez ele esteja procurando uma lanchonete — sugeriu Brendan.

Anna negou com a cabeça.

— Sério? Claro que não. Ele é muito disciplinado para fazer uma coisa dessas. E ele sabe que ainda tem mais umas duas ou três horas de fotos. Mas espere só até hoje à noite; ele vai devorar tudo que encontrar pela frente, principalmente chocolate.

— Ah, então o homem de aço tem um ponto fraco! — exclamou Brendan. — E não é apenas você!

A conversa foi morrendo, e eles cochilaram na tarde preguiçosa, o som das ondas batendo suavemente na praia, deixando-os relaxados e lânguidos.

Quando Anna abriu os olhos, horas depois, Nick estava de volta, deitado em uma espreguiçadeira, com a pele bronzeada e talvez até um pouco rosada em alguns pontos.

Ela achou que ele estivesse dormindo porque seus olhos estavam protegidos pelos óculos escuros, mas ele virou a cabeça e olhou para ela, abrindo seu sorriso marcante.

Anna começou a falar, mas ele levou o dedo aos lábios e se levantou, estendendo a mão para ela, como um convite.

Anna voltou a falar, mas ele meneou a cabeça, com aquele sorriso sexy e preguiçoso curvando seus lábios para cima.

Quando pegou a mão de Nick, a palma estava quente e ligeiramente áspera, e ele entrelaçou os dedos nos dela, puxando-a de leve.

Escorregando ligeiramente nos chinelos, ela o seguiu em direção ao mar.

Ele se abaixou, tirou os chinelos dos pés dela e os jogou por trás do ombro. Então, entraram na água rasa e cristalina até ela estar na altura de suas coxas. A corrente os puxava suavemente, fresca e deliciosa contra a pele de Anna, aquecida pelo sol.

Quando passaram pelo promontório rochoso, ela se viu em uma pequena enseada escondida; um lugar que poderia ter sido o esconderijo de contrabandistas em outra época.

Nick a puxou para perto, beijando sua boca, seu rosto, seu nariz, sua testa, lambendo seu pescoço e mordiscando o lóbulo da orelha.

A pele dele estava quente sob suas mãos ávidas e então ela sentiu a ereção dele sob o tecido brilhoso de sua sunga da sorte.

Ela parou.

Aquela sunga tinha sido um presente dela, e ele a usara em todos os jogos, incluindo o de despedida.

— Essa sunga tem muita história — sussurrou ela contra o pescoço dele.

Nick abriu um sorriso malicioso, mas não disse nada. O silêncio dele era irresistível, atraindo-a para seu jogo.

Anna respirou fundo e soltou um grande suspiro.

Talvez ele estivesse certo. Talvez já tivessem falado muito. Embora nos últimos meses tivesse havido tantos longos silêncios, tantas coisas por dizer. Talvez, naquele momento, conectar-se sem palavras fosse o que ambos precisavam.

Ela silenciou os pensamentos e cedeu às exigências do próprio corpo.

Anna agarrou a sunga e a empurrou para baixo sobre as nádegas firmes de Nick. O tecido ficou preso no pau grosso e ele gemeu baixinho, empurrando a sunga pelos músculos rígidos das coxas e panturrilhas.

Ele a puxou pela cintura e beijou os seios dela, esfregando o rosto neles e mordendo os mamilos através do biquíni.

Anna não viu, mas sentiu quando ele desamarrou os laços que prendiam a parte de cima do biquíni, sem ver onde ele a jogou e sem se importar.

Ele não se preocupou em tirar a calcinha, simplesmente puxou o tecido para o lado, enquanto a levantava rapidamente.

Anna ofegou e o envolveu com as pernas enquanto o pau dele deslizava completamente para dentro dela.

Ele usou sua força incrível para fazê-la subir e descer, em movimentos lentos e profundos que ela sentiu no âmago de seu ser. O sol queimava sua cabeça, seus braços e suas costas enquanto o calor crescia dentro dela, os movimentos ficando mais intensos e rápidos.

Ela sentiu o desejo crescer dentro dela, ameaçando explodir a qualquer momento, a qualquer momento, a qualquer...

O orgasmo a fez gritar, e ela estremeceu e tremeu nos braços de Nick. Ele gemeu baixinho quando gozou dentro dela e caiu lentamente de joelhos, a areia quente grudando nas costas suadas de Anna.

Os dois ficaram deitados juntos na areia escaldante, quentes, suados e pegajosos, com os lábios entreabertos e os olhos fechados.

Nick saiu de dentro dela e se deitou ao seu lado, mas manteve a mão sobre sua barriga enquanto a respiração dela voltava gradualmente ao normal.

— Iuhuu! Onde estão os dois pombinhos?

A voz de Brendan ecoou na enseada, e Anna o viu se aproximando pela água rasa.

— Bren! — exclamou ela, cobrindo os seios com as mãos. — Espere um minuto!

Ele parou e cobriu o rosto com as mãos de forma dramática e teatral.

— Meus olhos! Estão queimando! Eu não deveria ter visto minha chefe nua em pelo! Será que não existe nenhuma lei proibindo isso? Assédio sexual? Estou sendo assediado porque não estou transando durante a pausa para o chá, mas minha chefe está? — Ele tirou a mão do rosto e fulminou Anna com o olhar. — Estou traumatizado!

— Cai fora, Brendan!

— Que amor — riu ele, dando meia-volta e desaparecendo de vista. — O *Maestro* pede que Vossas Excelências voltem ao trabalho. A sunga é opcional.

Nick começou a rir e Anna fez cara feia, mas depois caiu na gargalhada e não conseguiu mais parar de rir.

— Ai, meu Deus! Talvez ele fique traumatizado para o resto da vida! Ele pode me processar por estresse no ambiente de trabalho.

— Ah, é bem provável. Mas acho que foram seus peitos que deixaram o cara estressado, porque ele já viu meu pau.

Eles voltaram pela água, tirando a areia de todos os lugares onde ela jamais deveria ter entrado.

Anna fez careta (sua pobre vagina parecia ter sido lixada), e Nick pareceu um pouco desconfortável ao colocar a sunga molhada.

Lembrete mental: sexo na praia é mais sexy nos livros.

Nick terminou a sessão de fotos, ignorando o calor úmido que pairava no ar entre eles, e insistiu em voltar nadando para o barco.

Anna o observou cortando as águas azuis profundas, a pele bronzeada brilhando como a de um antigo Deus marinho, as tatuagens lhe conferindo um ar sobrenatural.

Massimo tirou as últimas fotos do dia, pegando Nick em movimento enquanto seus braços cortavam as ondas, depois se sentou no banco da embarcação com um gemido satisfeito.

Estavam todos exaustos; cansados depois do longo dia — que começou bem cedo — do calor, do almoço preguiçoso e do vinho à tarde, e com a satisfação tranquila de um trabalho bem-feito.

Nick subiu a bordo, a água salgada escorrendo por seu corpo enquanto ele jogava a cabeça para trás e bebia, sem parar, um litro de água mineral. Ele arregalou os olhos quando Anna serviu os sanduíches e as quiches que tinha guardado para ele, e os devorou. E então, saciado, por ora, ele se sentou ao lado dela, a pele úmida ao toque e com cheiro de mar. Anna sentiu uma lenta pontada de desejo. *Que homem lindo. Lindo.*

Ela se encostou nele, fechando os olhos sob o sol de fim de tarde, e se sentiu em paz.

A comemoração pós-sessão de fotos foi em um pequeno restaurante, não muito longe do estúdio. Nick não falou nada na primeira meia hora, comendo tudo que via pela frente, todas as delícias que lhe tinham sido negadas.

Eles conversaram sobre o ensaio e sobre como Massimo tinha ficado satisfeito; riram de piadas bobas da experiência compartilhada, e até mesmo Ning Yu deu um breve sorriso.

Então, satisfeitos com a comida e exaustos, cada um seguiu seu caminho com a promessa de manter contato.

As férias tinham chegado ao fim.

Capítulo 8

O inverno em Londres foi rigoroso. A onda de frio pegou os cidadãos desprevenidos. Ventos com temperatura glacial sopravam das estepes russas e a "fera do Oriente", como a imprensa apelidou a condição climática, mantinha a temperatura na cidade gélida.

Anna estremeceu, se enrolando mais no cardigã pesado, e se sentiu ridiculamente grata pelas pantufas de panda que Trish lhe dera de presente no Natal do ano anterior.

Nick estava no porão, e Anna ouvia os sons distantes de seus passos na esteira. Ela gostaria que algum engenheiro fosse capaz de transformar toda aquela energia em aquecimento para a antiga casa. O pé-direito alto e os aposentos amplos que a tinham atraído quando estavam procurando uma casa demandaram muito isolamento térmico nas paredes e janelas com vidros duplos para suportarem o inverno. E como ela sentia muito frio, Nick também tinha mandado colocar aquecimento no piso do primeiro andar. Um luxo pelo qual era grata todos os dias, principalmente agora.

Flocos de neve suaves caíam do lado de fora, os cantos dos vidros cobertos de gelo. O mundo lá fora estava branco e quase silencioso. As ruas tinham sido cobertas de sal e areia no dia anterior, mas os limpa-neves pareciam insuficientes e passavam em intervalos de tempo muito grandes em Londres, a não ser nas vias principais, e o gelo compactado cobria perigosamente a rua diante da casa deles.

Anna parou de contemplar a cena natalina, voltando a atenção para o laptop, e logo estava totalmente imersa no trabalho.

Noventa minutos depois, um Nick suado e úmido subiu do porão, irradiando calor como uma fornalha. Anna não sabia se o abraçava ou se o jogava direto no chuveiro. Não que conseguisse jogar os mais de 80 quilos dele em algum lugar.

— Como está indo com o livro? — perguntou ele.

— Bem. O texto está fluindo um pouco melhor hoje. O que você vai fazer agora?

Nick encolheu os ombros.

— Posso preparar o almoço.

— Ainda são onze horas, amor.

— Ah, é. — Ele olhou pela janela. — Acho que vou dar uma caminhada.

— Está fazendo uns 5 graus negativos lá fora e está nevando muito... praticamente uma nevasca.

Nick sorriu para ela.

— Eu sei. Mas pensei em cruzar o Heath, quem sabe tirar umas fotos. É a primeira vez que neva tanto assim desde que vim para Londres.

Ele saiu da sala, e Anna o ouviu subir as escadas correndo e procurar algo em um dos armários. Estava feliz por vê-lo entusiasmado com algo: nada parecia despertar muito seu interesse desde que tinham voltado para Londres. Ele não parecia muito interessado nem mesmo nela, ao que tudo indicava. Depois do sexo maravilhoso ao ar livre na França, estavam em um período de seca. Na verdade, mal tinham feito amor desde que voltaram para casa, talvez uma vez por semana, se ela o provocasse — e não duas vezes por dia, como costumava ser. Duas vezes por dia, pelo menos. A constante falta de interesse de Nick abalava sua autoconfiança diariamente.

Se tivera esperança de que o ensaio fotográfico com Massimo fosse mudar as coisas para melhor, ficara decepcionada.

Anna suspirou e voltou ao trabalho. Com a ausência de Nick, a temperatura na sala pareceu cair.

Minutos depois, ele reapareceu vestindo botas, um casaco impermeável com forro de lã, gorro preto e luvas grossas, a bolsa da câmera pendurada no ombro. Pareceu mais animado do que o usual ao lhe dar um demorado beijo na boca, depois piscou para ela e saiu.

— Espere um pouco! Você tem uma câmera de verdade? Como nunca vi isso antes?

Ele reapareceu na porta, com uma expressão surpresa.

— Ué, não?

— Não, nunca.

Ele deu de ombros.

— Eu costumava gostar de fotografar. Mas estava sempre ocupado demais. Ver Massimo trabalhar me fez lembrar que não faço isso há algum tempo.

Nossa, pensou Anna, *estamos juntos há quase cinco anos — põe algum tempo nisso!* Mas não disse nada.

— Uau! Isso é muito legal!

— Só pensei em brincar um pouco com ela. — Ele encolheu os ombros.

— Bem... Divirta-se — disse ela. — Se cruzar com Papai Noel, tire uma selfie!

Ela sorriu quando ouviu a risada dele ecoando pelo corredor. Então o sorriso desapareceu: a risada dele também parecia algo mais raro ultimamente.

Obrigando-se a voltar ao trabalho, ela olhou para o computador, mas seus pensamentos flutuaram de volta para Nick, com a neve caindo do lado de fora.

Duas horas depois, ele voltou, com os olhos brilhando e o rosto corado por causa do frio. As botas estavam cobertas de neve e a parte inferior da calça estava branca. Ele bateu os pés no capacho e se abaixou para desamarrar as botas.

— Está incrível lá fora — comentou, tirando os flocos de neve das mechas de cabelo que escapavam por baixo do gorro. — Tirei umas fotos incríveis. Gostaria de ter lentes melhores.

No visor da máquina, ele passou pelas fotografias de Hampstead Heath na neve, a paisagem desolada e pouco familiar.

— Estão muito boas — elogiou Anna, surpresa e satisfeita. — Que câmera é essa?

Nick ergueu um dos ombros.

— É uma Nikon D6-10, digital SLR.

Aquilo não significava absolutamente nada para Anna, mas ela realmente achou as fotos maravilhosas.

— Você podia imprimir algumas, emoldurar e colocar no seu escritório — sugeriu ela.

— É mesmo. Talvez eu faça isso — disse ele, pensativo. — Vou passá-las para o computador e editá-las.

Seu sorriso desapareceu quando Nick saiu da sala. Todo o fogo e a conexão que tinham redescoberto na França haviam desaparecido, restando apenas conversas curtas e silêncios profundos. Ele parecia mais distante do que nunca.

Uma hora depois, o estômago de Anna começou a roncar de fome. Nick ainda não tinha saído do escritório, então ela foi procurá-lo.

Ele ainda estava no laptop, concentrado na edição das fotos da neve que tinha acabado de tirar.

— Incrível — elogiou Anna, admirando a fotos. — Ficam ainda mais bonitas vendo em tamanho maior. Você tem muito talento, Nick.

Nick piscou, surpreso por não ter percebido quando ela entrou.

— Obrigado. Ficaram muito boas mesmo.

— Posso dar uma olhada?

Nick afastou a cadeira para que Anna pudesse examinar as fotos.

— Você devia emoldurar aquela... Espere, o que é isso?

Ela viu uma série de fotos da França, fotos que não sabia que Nick havia tirado.

— Você usou seu celular para tirar essas?

— Foi.

Eram cenas do hotel, incluindo uma em que ela estava dormindo que a deixou sem fôlego. Ela parecia tão tranquila... e a luz suave da manhã a favorecia muito.

— Você está linda — disse Nick, baixinho.

— Obrigada. Eu... Uau, eu não fazia ideia que você tinha tirado tantas fotos.

Ela passou por uma série de imagens dos bastidores do ensaio no estúdio de Massimo e na ilha. Era fascinante ver o *Maestro* e sua equipe trabalhando através do olhar de Nick.

— Ah, por falar nisso, chegou um pacote do Massimo para você. Deve ser um exemplar do calendário. Eu não abri, mas só porque tenho muita força de vontade — provocou ela.

Nick fez uma careta.

— Merda. Não sei se quero ver.

— Ah, mas eu quero! Abra logo! Quero ver se você é o Sr. Dezembro.

Nick lançou um olhar de aviso, mas abriu o pacote que ela lhe entregou, tirando um calendário envolto em plástico. Ele ergueu as sobrancelhas.

— O quê? O que foi?

— Hum, eles me colocaram na capa — revelou Nick, parecendo surpreso.

A capa era uma foto da praia, uma das últimas tiradas naquele dia, e mostrava Nick saindo do mar, com água escorrendo pelos ombros e pelo peito, os cabelos molhados jogados para trás. Na foto, iluminada pelo sol se pondo, ele estava lindo e atlético, mas a imagem era sugestiva também e não dava para ver que Nick estava nu.

— Nossa! Você está incrível! Será que Massimo me daria uma cópia para eu mandar emoldurar?

— É, e você pode jogar na lama — resmungou Nick.

— Ah, cala a boca! Eu amei! Vamos ver se ele usou mais alguma foto sua.

Anna removeu o plástico enquanto Nick olhava por cima do ombro dela, sem saber se queria ver mais fotos ou não. Esperava que nenhum dos amigos ficasse sabendo do ensaio nu antes de encontrá-los no sábado, porque tinha certeza de que eles iam sacaneá-lo até dizer chega.

Na verdade, havia mais duas fotos de Nick na parte de dentro do catálogo, ambas tiradas no estúdio e nas quais sua nudez estava bem óbvia.

Era estranho se ver em preto e branco. Dava para perceber que era ele, mas era como se fosse outra pessoa, talvez um ator. Ele conseguia ver toda sua concentração no momento, mas era estranho se ver daquela forma.

— Que lindas fotos, Nick, realmente artísticas. E sensuais! — Anna riu e se abanou. — Como você está se sentindo?

Ele deu de ombros.

— Espero que eles consigam arrecadar bastante dinheiro para causas beneficentes.

— Não tenho a menor dúvida disso — concordou Anna, olhando para as imagens sensuais do noivo.

— Vou preparar o almoço — resmungou ele, deixando-a sozinha, admirando os outros atletas do calendário.

Logo, os aromas deliciosos que vinham da cozinha arrancaram Anna de seus devaneios. A receita asiática de legumes refogados que Nick preparava era divina e tão saudável que ela praticamente sentia as vitaminas e os sais minerais sendo absorvidos por seu corpo. Ainda bem que tinha escondido alguns cupcakes no escritório. Uma dieta balanceada era muito importante.

— Eu vou ao jogo dos Phoenixes no sábado — anunciou Nick enquanto tomava pequenos goles de um suco verde esquisito.

— Ah, que bom! — exclamou ela, com uma animação exagerada. — O Jason falou com você?

— Falou. É o último jogo dele em casa.

Anna ficou feliz. Eles eram amigos desde que Nick tinha chegado a Londres, e Jason não tinha mais muitos jogos na liga principal: ele havia usado isso para arrancar a promessa de que Nick iria ao jogo.

— Você não quer ver o seu time jogar? — perguntou Anna, surpresa pela total falta de interesse dele pelo time pelo qual jogara por quatro anos.

Nick franziu as sobrancelhas.

— Sim... não, não muito — disse ele, baixinho.

Anna desconfiava da ambivalência dele, mas queria que ele falasse a respeito com ela. O pai dela costumava dizer que tirar conclusões com base em suposições não levava a lugar nenhum. E questionar Nick não estava ajudando muito ultimamente.

— É, eu vou ver Jason e dar uma força ao time — disse ele.

— Mas é diferente estar na arquibancada. Eu ainda vou sentir vontade de estar no campo, sei disso. Mas, ao mesmo tempo, deixei o rugby de vez.

Anna arqueou as sobrancelhas, mas, pensando bem, ele estava dizendo a verdade. Mesmo quando o campeonato internacional entre os três países do Reino Unido mais Irlanda, França e Itália foi transmitido pela TV ele só assistira de relance a alguns minutos de cada partida.

Ela havia concluído que ele tinha sentimentos contraditórios, mas não percebera o quanto deixar o rugby para trás era importante para ele.

Aquela seria a primeira vez que ele ia assistir a seus amigos de rugby em uma partida em casa.

Anna assentiu lentamente com a cabeça.

— Entendi. Eu vi isso acontecer lá nos Estados Unidos com alguns jogadores de futebol americano com quem trabalhei. Era fácil imaginar que os ex-jogadores se tornariam torcedores, mas esse nem sempre é o caso. Alguns amam assistir e ir ao estádio. Outros, nem tanto. É compreensível.

Nick esfregou o rosto.

— Eu gostava de ir aos clubes amadores nos quais joguei antes de ser profissional, só para assistir. Mas agora é diferente, sabe? A ligação com o clube quando criança é uma coisa. Mas é totalmente diferente quando estamos falando de um time profissional no qual você costumava jogar. Estar na arquibancada pode ser difícil. Só vou porque o Jason vai me encher o saco se eu não for, mas, sim, eu preferiria jogar a assistir.

— Quer que eu vá com você? — perguntou Anna.

Nick abriu um breve sorriso.

— Não precisa. Vai fazer um frio insuportável no sábado. E o Jason vai querer sair para beber depois.

Anna sorriu. Ela sabia que aquele era um código para dizer que todo o time sairia para encher a cara, mesmo que Nick não costumasse beber muito. Não mais.

— Justo. Uma noite só dos rapazes.

Nick parecia não ter certeza se queria ir, mas Anna achava que seria bom para ele. Ele mal tinha encontrado os amigos desde que voltara da França ou do jogo de despedida, na verdade.

Nos dias que se seguiram, os pensamentos de Anna sempre voltavam para o ensaio fotográfico, mas não era nas fotos de Massimo que pensava, e sim nas que Nick tinha tirado. Talvez estivesse se agarrando a qualquer coisa que aparecesse de novo, mas o interesse dele por fotografia era novo. Ele não tinha nenhum outro hobby; antes, estava sempre muito ocupado. Uma noite de pôquer ocasional com os companheiros de time não contava, principalmente agora que ele não fazia mais isso.

Por impulso, Anna mandou um e-mail para Massimo, anexando algumas fotos que Nick tirara da paisagem nevada e dos bastidores do ensaio e pedindo a opinião dele sobre lentes adicionais para a câmera do namorado.

Ele respondeu na mesma noite, com comentários encorajadores. Ela ficou um pouco perplexa quando ele sugeriu que ela comprasse duas lentes novas (uma de 50 mm e outra de 85 mm) e um tripé para Nick, totalizando mil libras. Mesmo assim, comprou o material pela internet e cruzou os dedos.

A esperança de Nick de que a sessão de fotos para o calendário ficasse em segredo por mais alguns dias foi por água abaixo no dia seguinte. Aparentemente, Massimo ou a equipe de marketing da campanha beneficente também tinham enviado cópias do calendário para a imprensa britânica.

Nick tinha virado notícia mais uma vez. As manchetes variavam de bastante contidas:

Astro de rugby vira modelo
Estreia de Renshaw como modelo de calendário

aos tabloides mais empolgados, que estampavam suas manchetes em letras garrafais:

Campeão de rugby em fotos picantes
A nudez de Nick Safadinho
Nick peladão

Mas Nick e Anna só ficaram sabendo depois que o telefone passou a tocar sem parar, com jornalistas ligando atrás de declarações. Anna colocou Brendan para atender todos os telefonemas e enviar uma nota para a imprensa explicando o objetivo da campanha beneficente e uma breve declaração de Nick falando sobre o quanto tinha gostado de trabalhar com Massimo.

Quando chegou ao estádio dos Phoenixes na tarde de sábado, no entanto, Nick deu de cara com um vestiário repleto de cópias das fotos do calendário coladas nas paredes, todas decoradas com bigodinhos, seios enormes, três mamilos, pênis gigantescos e todo tipo de pichação.

— Nick Safadinho, pode autografar os meus peitos? — pediu Jason com uma voz estridente assim que o viu.

— Vá à merda — respondeu ele com tranquilidade, pois ao mesmo tempo temia e já esperava que aquilo fosse acontecer.

O time o provocou pelos dez minutos seguintes até Sim Andrews, o técnico principal, salvá-lo dizendo que os jogadores precisavam se concentrar no jogo.

Eles trocaram um aperto de mão, e o ex-chefe de Nick deu um sorriso irônico.

— É bom ver você, Nick, mas escolheu o pior momento para uma visita.

— Não pareceu uma má ideia quando decidi vir — gemeu Nick. Sim riu.

— Acho que você mandou muito bem, cara. Vai ter uma fila de fotógrafos querendo fotografar essa sua cara feia.

Nick piscou.

— Você acha mesmo?

— Acho. E editores querendo escrever sua autobiografia.

Nick negou com a cabeça.

— Recebi uns convites depois do meu jogo de despedida. Mas só tenho 34 anos. Acho que é um pouco cedo para uma autobiografia.

Sim deu de ombros.

— Não sei, cara. Parece que alguns astros do pop já têm biografias antes mesmo de chegarem à puberdade. Mas o que eu sei? Não passo de um velho ultrapassado. Bem, é melhor eu colocar esses caras em forma. Você vai para a arquibancada ou para o camarote com os mandachuvas?

— Vou ficar na lateral do campo — respondeu Nick, recebendo uma ombrada de aprovação de Sim.

— Vejo você lá, cara.

Nick deu uma olhada no vestiário, observando o caos organizado enquanto os 15 jogadores bagunçavam o lugar com roupas e uniformes de rugby; os fisioterapeutas aplicavam bandagens de suporte e o local era tomado pelo cheiro de Tiger Balm, Vic e Deep Heat.

Sentia tanta saudade de tudo aquilo que chegava a doer. Queria sair dali e nunca mais voltar, mas não podia: tinha feito promessas. Em vez disso, foi até a lateral do campo e conversou com os fãs e apoiadores que encontrou.

O ar estava frio e cortante, mas pelo menos tinha parado de nevar. Raramente nevava por muito tempo no sul da Inglaterra.

À medida que o jogo avançava para o segundo tempo, Nick sentia a tensão em seu corpo aumentar, a adrenalina acumulada correndo por suas veias enquanto assistia à partida e se via jogando mentalmente com os outros jogadores, comemorando quando se saíam bem e levantando as mãos no ar quando cometiam um erro ou perdiam a posse de bola. Parecia uma tortura, porque seu corpo e sua mente diziam que ele deveria estar em campo com eles, liderando o time.

Mas havia outra parte dele que queria dar o fora dali; por mais que pisasse duro e não parasse de pular, o frio havia penetrado em seu corpo, desencadeando uma dor no ombro que fez com que se lembrasse de sua cirurgia mais recente, menos de um ano antes, seguida pelo aniversário, em outubro, que o deixou mais próximo da metade da casa dos 30 anos.

Tinha de aceitar: com 34 anos, estava velho demais para um jogo tão violento.

Só mais uma partida, implorava seu coração.

Você está velho demais, respondia sua mente.

Nick teria ido embora depois do fim jogo se não tivesse prometido sair com Jason e o pessoal do time para beber.

Os jogadores mais novos nutriam uma admiração por ele — afinal, Nick tinha sido o capitão que levara os Phoenixes a mais vitórias do que qualquer outro, e fizera a Inglaterra ganhar duas copas do mundo.

Mas ele era parte da história do time, não do presente, não do futuro.

Ele daria tudo para conseguir afogar as mágoas no álcool, mas problemas precoces com o alcoolismo o deixaram cauteloso em relação à bebedeira com os rapazes. Em vez disso, tomou uma cerveja e, depois, só água.

— Nós fomos os melhores, não fomos, cara? — perguntou Jason, passando o braço em torno dos ombros de Nick. — Os melhores jogadores de defesa que o time já teve. Nós éramos lendas, cara. Lendas. — Ele se virou para olhar para Nick. — Como você conseguiu? Como você conseguiu se aposentar? Porque eu não faço ideia de como vou fazer isso. Vou te falar, Nick, estou morrendo de medo. Acho que vou me sentir como se meu pau tivesse caído. — Ele deu uma risada cínica. — Talvez eu faça como você e ponha o pau para fora por dinheiro. Você acha que eu poderia ser modelo de calendário?

Ben Richards, um dos novos jogadores, agarrou Jason pelo pescoço e esfregou os dedos fechados na cabeça dele.

— Não, cara. Você é feio demais, mas eu gosto de você mesmo assim! — E deu um beijo estalado no rosto dele.

Jason vociferou toda sua indignação, e houve uma breve disputa antes de Jason se debruçar no balcão do bar para pedir mais uma rodada de bebidas, bloqueando de forma eficaz qualquer resposta que Nick pudesse ter dado. Não que ele tivesse uma.

Ele gostaria de ter. Seus colegas de time achavam que ele estava ótimo, quando, na verdade, estava péssimo.

Não podia conversar com eles, não podia contar como realmente se sentia.

Mais tarde, quando estava segurando Jason para que ele não caísse do banco do bar e se esborrachasse no chão, Nick sentiu o telefone vibrar, mas, quando viu que a ligação era de um número desconhecido, deixou cair na caixa postal.

Finalmente, o barman avisou que era hora de fazer os últimos pedidos e terminar suas bebidas antes de o pub fechar. O restante do time decidiu ir para uma boate para continuar a noitada. Nick recusou e disse que ia voltar para casa para ficar com Anna.

Ao dizer isso, ele teve de ouvir várias sugestões obscenas, a maioria das quais era anatomicamente impossível. Nick mal podia esperar para sair do pub abafado e se livrar daquelas roupas foi que fediam a cerveja.

Quando já estava no metrô, voltando para casa, foi que ele ouviu o recado que recebera antes:

Oi, Nick. Aqui quem fala é Adrienne Catalano. Tenho uma agência de modelos em Manhattan. Massimo Igashi me mandou as fotos do calendário que você fez com ele. Gostamos muito do que vimos e queríamos representá-lo em Nova York. Não sei

*se já pensou em seguir carreira de modelo, mas por que não
vem passar um mês aqui para ver como funciona? Ligue para
mim para conversarmos melhor.*

Nick ouviu a mensagem duas vezes. Depois pesquisou o nome
Adrienne Catalano e ficou surpreso ao descobrir que ela realmente
dirigia uma agência de modelos em Nova York.

O primeiro instinto de Nick foi responder que não estava interessado, mas então ele parou para pensar... precisava fazer alguma
coisa da vida. Não poderia continuar vivendo de suas economias,
nem considerava a hipótese de ser sustentado por Anna, apesar
de ela sempre dizer que tudo que tinham era dos dois — ele não
podia continuar a desapontá-la.

Quando entrou em casa, tudo estava em silêncio, mas ela tinha
deixado uma luz acesa no corredor, um bilhete na mesa da cozinha
e um copo de leite com um biscoito em um prato. Nick sorriu,
puxou uma cadeira e se sentou para ler a mensagem.

> Espero que tenha se divertido essa noite e que Jason
> tenha se comportado (minimamente). O leite é para o caso
> de você ter comido um daqueles espetos árabes no cami-
> nho de casa e o biscoito fui eu que fiz, porque te amo.
>
> Beijo, Anna

Nick ficou sentado à mesa, comendo o biscoito de chocolate e
bebendo o leite, pensando no que queria para o futuro. Ficou ali
por um longo tempo.

Em seguida subiu a escada, tirando a roupa pelo caminho e se
enfiou debaixo dos lençóis macios, aquecidos pelo corpo de Anna.

— Oi — disse ela, a voz rouca de sono enquanto os olhos se
abriam ligeiramente. — Como foi a noite? Jason...?

Nick calou as perguntas dela com um beijo, esvaziando a mente
devagar enquanto seu corpo assumia o comando e ele fazia amor
com a mulher debaixo dele, todas as palavras perdidas.

Capítulo 9

Na manhã seguinte, Anna ainda estava na cama quando Nick contou a ela sobre a mensagem que tinha recebido da agência de modelos.

Ele claramente estava acordado havia horas, embora ela não tivesse ouvido quando o noivo se levantou. Mas isso não era novidade. Ele em geral já havia se levantado e saído para correr enquanto ela se arrastava para o chuveiro e tomava duas xícaras de café para se sentir humana de novo.

A torrada com ovos mexidos que ele tinha levado para ela ficou esfriando no prato enquanto Anna ouvia a mensagem da agente.

Ela olhou para ele, perguntando-se que tipo de reação Nick esperava que tivesse, mas a expressão dele era neutra, e ela não conseguiu decifrá-la.

— Uau! — comentou ela baixinho, olhando para ele. — Isso é... Uau!

Nick ergueu uma das sobrancelhas.

— Uma loucura, né?

— Eu não diria isso. As fotos que o Massimo tirou ficaram incríveis. Acho que deveríamos ter imaginado que você ia receber esse tipo de convite. O que você acha?

Nick deu de ombros.

— Sei lá. Parece sério. Eu só fui a Nova York uma vez quando...

A voz dele falhou, e os dois ficaram em silêncio. A única vez que Nick estivera em Nova York fora para o funeral do pai de Anna. Tinha sido um dia horrível e uma época difícil na vida deles. Nenhum dos dois gostava de pensar naqueles tempos.

— Então, você quer tentar?

Nick se sentou na cama, recostando-se na cabeceira.

— O ovo está esfriando.

Anna não queria ovos, mas, mesmo assim, pegou o garfo e começou a comer.

— Quer um pouco?

Ele fez que não com a cabeça.

— Já comi o meu há uma hora. Estava esperando você acordar.

Anna não tinha certeza... será que detectara uma nota de entusiasmo na voz dele? Ela se forçou a ficar mais discreta e obrigou o cérebro a estabelecer as conexões.

— Acho que não custa nada ligar para essa mulher e ter mais informações.

— Está bem. Vou ligar para ela na segunda-feira.

Anna sorriu.

— Amor, eis uma coisa que você vai ter que aprender: os nova-iorquinos *nunca* dormem. Aposto que, se você ligar agora, ela vai atender.

Nick pareceu escandalizado.

— Mas são só, o quê, umas três ou quatro da manhã lá!

Anna sorriu para ele.

— Hum, talvez seja um pouco cedo — provocou ela.

Nick olhou para a noiva como se ela fosse louca, mas Anna tinha morado muitos anos em Nova York, fizera faculdade lá; sabia muito bem como as coisas eram frenéticas. Realmente era a cidade que nunca dormia.

Ela estava prestes a comer mais uma garfada do ovo quando percebeu que Nick estava olhando cheio de desejo para ela. Ficou tão surpresa que quase deixou o garfo cair. A noite anterior tinha sido a primeira vez em um bom tempo e agora ele a queria de novo?

Anna sentiu o coração se encher de esperança quando Nick colocou o prato no chão e seu corpo pesado pressionou o dela contra o colchão.

* * *

— Então, o que a agente disse quando Nick ligou para ela? — perguntou Brendan, ansioso, colocando uma terceira colher de açúcar no café na manhã de segunda-feira.

Anna sorriu.

— Basicamente disse para ele ir até lá, depois a alguns *castings* e ver o que acontece. Não tem nada garantido, mas ela acha que consegue trabalhos de modelo para ele.

— Ah, é como um conto de fadas. — Brendan suspirou, segurando a caneca junto ao peito enquanto a soprava. — É como um sapatinho de cristal ou uma sunga da sorte.

Anna semicerrou os olhos.

— Estou começando a me arrepender de ter contado a você sobre a sunga.

Brendan sorriu.

— Eu acho romântico. Talvez algum cara maravilhoso me dê uma sunga da sorte um dia. De preferência a dele.

— Ai, meu Deus! Será que você não para nunca?

Brendan negou com a cabeça.

— Não. Sou uma máquina de sexo certificada. E você, Anna-banana? Como anda sua vida sexual nos últimos dias? Porque você definitivamente está com um brilho pós-orgásmico essa manhã.

Anna já estava acostumada com a total ausência de limites de Brendan e se esforçou para não corar.

— Não é da sua conta.

— Ah, você definitivamente transou, sua danadinha! — cantarolou ele, fingindo desfalecer. — Uma bela trepada com o Romeu do rugby. Estou *morta* de inveja!

Anna tentou ignorá-lo.

— Temos trabalho a fazer, só para o caso de você ter se esquecido.

— Aaaaah, a Sra. Irritadinha está de volta. Achei que transar deixaria você mais relaxada.

— Brendan!

— Tá bem, tá bem. Eu conversei com o seu editor e dei a eles uma lista das imagens que precisamos que eles pesquisem e já confirmei sua presença no programa *Loose Women* no dia 17. O empresário do David Beckham recusou seu pedido de entrevista. Droga! Mas tanto Jonnie Peacock (nossa, como eu amo esse nome) quanto Jonny Wilkinson aceitaram, só falta confirmar as datas. Já dei uma olhada nos seus e-mails, ignorei os pirados, encaminhei os que você mesma precisa responder e respondi os outros. Ah, e no site do Nick tem 1.753 encomendas do calendário, que eu já passei para a equipe Dieux du Stade.

Anna olhou para ele.

— Quantos?

— Eu sei, e isso em apenas cinco dias! É como namorar uma Bond girl, sabe? Você namora o Sr. Fevereiro, o Sr. Junho e o Sr. Agosto. O Nick pode ser meu namorado em qualquer dia do ano, sua vaca sortuda.

Anna contraiu os lábios, mas não respondeu.

Namorar Nick era ótimo por centenas de motivos, mas ver outras mulheres babando por ele tinha ficado cansativo já no primeiro ano de relacionamento, e isso só tinha se intensificado desde o lançamento do calendário. Ela não queria nem imaginar como seria se a carreira de modelo dele decolasse. E se ele ficasse tão conhecido quanto Jamie Dornan ou David Gandy? Como seria? Uma coisa era ser um atleta famoso, mas Anna não era ingênua: modelar era basicamente vender sexo.

— Anna, o que está passando nessa sua cabecinha? Você parece estar com prisão de ventre.

— Meu Deus, Brendan!

Mas Anna deu uma risada assim mesmo. Brendan conseguia se safar de tudo. Ele sabia disso e tirava vantagem desse fato sem a menor vergonha.

— É só um pouco chato ver outras pessoas, mulheres, olhando e cochichando umas com as outras. Três queriam tirar selfies enquanto estávamos almoçando naquele pub perto do Heath ontem.

— Ah, eu adoro aquele lugar. Muito romântico. Eu amo a comida e aquele cantinho perto daquela lareira enorme...

— Bem, estava tudo muito romântico até elas se intrometerem. Nick foi educado, como sempre, mas aquilo estragou tudo.

Brendan balançou a cabeça.

— Ciúme não combina com você. Você tem que lidar com isso e ser superior.

— É fácil falar. Você não está noivo do Sr. Fevereiro.

A voz de Anna soou irônica enquanto Brendan sorria para ela. Feliz por tê-la feito sorrir, ele pegou o iPad e abriu o calendário.

— Bem, quando o Nick está pensando em ir para Nova York? Preciso verificar sua agenda, se vai ficar fora um mês e...

— Bren — disse Anna, pousando a mão no braço dele. — Eu não vou para Nova York. O Nick vai sozinho.

Pelo menos daquela vez, Brendan pareceu sem palavras, a boca entreaberta de surpresa. Então ele olhou para ela com a expressão séria.

— Será que poderia me explicar o que está acontecendo, Dra. Scott? Porque eu não estou vendo nada na sua agenda que a impeça de ir.

Anna mordeu o lábio e balançou a cabeça.

— Eu só acho que ele precisa fazer isso sozinho.

Brendan bateu com o dedo no queixo.

— E por que você acha isso?

Anna suspirou.

— Bren, você viu como ele tem estado desde o jogo de despedida. Durante a viagem para a França, eu vi um brilho nele pela primeira vez desde a aposentadoria. Ele precisa encontrar o próprio caminho sozinho, sem que eu o atrapalhe o tempo todo.

Brendan arregalou os olhos.

— Você acha que o atrapalha?

— Não exatamente, mas... tudo bem, acho que eu atrapalho às vezes.

— Sei, e o que você acha que ele estaria fazendo se você não estivesse aqui?

Anna engoliu em seco.

— Sei lá. Eu nem sei se ele ficaria em Londres. Provavelmente voltaria para Yorkshire, para ficar perto da família.

Brendan olhou para o teto como se estivesse rezando por uma intervenção divina, depois fulminou Anna com o olhar.

— Anna, você está falando besteira. O Nick não sabe o que quer fazer. E como você já me disse mil vezes, isso é completamente normal quando se trata de um ex-atleta. Ele foi bem claro sobre não querer ser técnico e sobre ter deixado o rugby de vez, mas não sabe o que vai fazer em seguida. Então, por que você acha que *você* deveria saber é um completo mistério para mim. Quero dizer, eu tenho 29 anos e ainda não sei o que quero ser quando crescer.

— Brendan, você tem 31 anos.

— Psiu! As paredes têm ouvidos! — exclamou ele de forma dramática. — E não mude de assunto. Por que você não vai para Nova York? E eu quero a verdade agora.

Anna se recostou na cadeira.

— Como eu disse: o Nick precisa fazer isso sozinho. Eu não sei se é isso que ele quer. E ele também não sabe. Mas ficar comigo pendurada no pescoço dele o tempo todo não está ajudando em nada. *Eu não estou ajudando.* Sério, Bren, acho que estou piorando as coisas para ele; é como se ele se sentisse culpado porque me vê trabalhando o tempo todo e não tem nada para fazer. Eu não quero que ele se sinta culpado. Quero que ele encontre alguma coisa que queira fazer. Talvez seja carreira de modelo, sei lá... tem que ser alguma coisa pela qual ele tenha interesse, e não algo que ele acha que eu quero que ele faça.

Brendan estreitou os olhos.

— Hum. Isso meio que faz sentido de um jeito estranho. O que o Nick disse quando você falou tudo isso para ele?

Anna fez uma careta.

— O que foi que você fez? — perguntou Brendan.

Anna afundou na cadeira.

— Eu menti — murmurou ela.

— O quê?

— Eu menti! Eu disse para ele que estava ocupada demais para ir para Nova York.

Brendan deu um tapa na própria testa.

— Annie!

— Eu sei! Eu sei! Não grite comigo! — Ela respirou fundo. — Eu vou sentir muita saudade, mas estou deixando o Nick livre.

Capítulo 10

Nova York.

Nick sentiu uma onda de animação apesar do cansaço do voo transatlântico.

E uma sensação de liberdade. Embora o fato de ter deixado Londres no dia primeiro de abril — o dia da mentira — pudesse ser um mau agouro. Ele esperava que não.

Uma página em branco.

E, com isso, veio a pontada agora familiar de culpa. Ele sentia falta de Anna, mas era um alívio estar longe da decepção dela, de sua tristeza.

Ela havia ficado tão animada com a oferta da agência de modelos que o encorajara a conversar com Adrienne e considerar seriamente a nova carreira. Anna tinha dito todas as coisas certas, tinha lhe dado apoio, mas no fundo Nick sabia que ela diria aquilo sobre qualquer coisa pela qual ele demonstrasse o menor interesse.

Ele sabia que estava à deriva desde que se aposentara. Sentia muita falta do rugby. Sentia falta do time, dos treinos e, meu Deus, como sentia falta dos dias de jogo — a empolgação de uma grande vitória: não havia nada como aquilo.

Não sentia falta das contusões e lesões, nem da surra que seu corpo levava todos os fins de semana.

Mas o rugby tinha ficado no passado, e ele precisava encontrar uma forma de viver no presente; tinha de pensar no futuro.

Talvez o lance de ser modelo pudesse levar a alguma coisa. Nick não se importava muito, porque era algo tão diferente de tudo que já tinha feito na vida: ele nunca havia atentado muito para a própria aparência, nunca havia pensado em como seu corpo era esculpido, a não ser no que se referia a ter um bom desempenho no esporte. Mas se um fotógrafo de renome mundial como Massimo Igashi disse que ele preenchia os requisitos, Nick seria um idiota de ignorar.

Além disso, não suportava mais o jeito como Anna o observava constantemente, como se ele fosse se quebrar ou, talvez, desaparecer se ela tirasse os olhos dele. Ela sorria, mas, no fundo, ele percebia suas dúvidas, sua incerteza. Será que ela tinha dúvidas em relação a ele ou ao noivado deles? Nick não sabia.

Mas sabia que precisava encontrar alguma coisa fora do relacionamento deles; não era justo que todas as responsabilidades de sua vida pesassem sobre Anna. Ele era homem e precisava agir como tal. Precisava fazer aquilo à sua maneira.

Então ficou aliviado ao saber que a rede principal de contatos da agência se estendia pelos Estados Unidos, mas não tanto pela Europa. No Reino Unido, França, Alemanha e Itália, ele era Nick Renshaw, campeão de duas copas do mundo de rugby. Nos Estados Unidos, era um desconhecido — e isso era bom. Se ia se dar bem como modelo, então seria por mérito próprio. Não queria ouvir ninguém dizer: *mas ele não era famoso?*

Caminhando pelo terminal de desembarque no aeroporto JFK, pendurou a mochila pesada no ombro e entrou na fila de táxi com um grupo de turistas alemães. Ficou olhando pela janela enquanto a minivan atravessava as ruas escuras do Queens e cruzava o rio East, a caminho de Manhattan, esperando pacientemente que o táxi deixasse os turistas em vários hotéis e, depois, o levasse a um endereço em Midtown.

Nick agradeceu ao motorista, pegou as malas e subiu um pequeno lance de escadas até chegar a uma porta de vidro. Uma recepcionista olhou para ele e abriu a porta.

Ele sorriu para ela educadamente.

— Oi. Meu nome é Nick Renshaw. Eu tenho uma reunião com a Adrienne.

— Hã?

Nick repetiu e observou, estupefato, enquanto ela escrevia o nome dele errado três vezes antes de acertar.

— Ah! Nick Ren-*shuer*! — exclamou ela, como se tivesse finalmente entendido. — É seu sotaque. Você é escocês?

— Não. Sou de Yorkshire.

— Na Escócia?

— Não. Na Inglaterra. Norte da Inglaterra.

— Nossa. Você não fala como um inglês. Tudo bem, legal. Vou avisar à Adrienne que você chegou. Você trouxe seu book?

— Meu book?

A mulher fez uma expressão de surpresa.

— É, seu *book*! Suas fotografias como modelo.

— Ah, meu portfólio. Sim. Eu trouxe. — Nick assentiu com a cabeça.

Elisa tinha enviado para ele uma seleção de fotos do ensaio com Massimo: as fotos de corpo inteiro, da cintura para cima e do rosto que todos os possíveis candidatos a modelo precisavam apresentar, aparentemente. Nick também tinha levado algumas fotos suas em ação, jogando rugby, mas não havia decidido se as incluiria ou não no book. Talvez alguém pudesse orientá-lo sobre o que fazer.

Sua nova agente, Adrienne Catalano, era um contato de Massimo. Com base nas fotos feitas para o calendário, ela havia concordado em representar Nick, mas aquela primeira reunião era importante para estabelecer uma boa relação de trabalho.

Enquanto aguardava, ele observou o ambiente à sua volta. As paredes eram brancas, decoradas com fotos elegantes de mulheres lindas, assim como algumas que pareciam mendigas ou drogadas. Nick nunca tinha entendido o apelo visual de mulheres que pareciam viciadas em heroína. Ele preferia mulheres com peso saudável e que aparentavam apreciar o que comiam — mulheres como Anna.

Havia poucas fotos de homens, e nenhum tinha um corpo tão malhado quanto o de Nick. Eram homens esguios que, embora tivessem músculos definidos, não eram musculosos como ele. Vários poderiam ser considerados magros.

Nick sabia como era difícil encontrar roupas que servissem nele. Seus quadríceps eram bem mais largos do que os da maioria, e encontrar uma calça jeans que passasse pelas coxas e não ficasse larga na cintura era um desafio. Felizmente, existiam calças stretch.

— Adrienne vai recebê-lo agora.

Nick seguiu a recepcionista por um corredor estreito decorado com mais fotos emolduradas, mas dessa vez fotos de capa de revista coloridas, até o escritório de Adrienne.

Sentada atrás de uma mesa pesada e escura, estava uma mulher baixinha, de aparência feroz, toda vestida de preto. Os olhos castanho-escuros estavam emoldurados por óculos de armação grossa e franja.

Quando estendeu a mão para cumprimentá-lo, seus pulsos chocalharam com dezenas de pulseiras e braceletes de prata.

— Olá, Nick! Prazer em conhecê-lo! Como você está? Como foi o voo? Você trouxe o seu book? Ótimo. Você já fez o check--in no hotel?

Nick ficou confuso com todas aquelas perguntas e porque ainda estava no fuso horário de Londres, onde devia ser meia-noite.

Ele pegou o book e o entregou a Adrienne.

— É, nada mal — respondeu ele. — Pensei em fazer o check-in no hotel depois que sair daqui.

Adrienne olhou rapidamente as fotos, murmurando para si mesma, depois as organizou em uma pilha e apoiou as mãos cheias de anéis em cima.

— Então, Nick, eis a questão: só temos mais dois modelos com físico como o seu na nossa agência, e isso é uma coisa que eu quero mudar, já que o mercado está em expansão. No passado, nós nos concentrávamos em modelos de moda, que é um negócio completamente diferente. Com o seu físico, você não se encaixaria nesse nicho, embora o mercado esteja mudando também. Tudo bem. Tire a camiseta, por favor.

— Agora?

Ela sorriu para ele, parecendo se divertir.

— Tenho que ver você. As fotos podem ser retocadas.

Sentindo-se um pouco mais constrangido do que diante da equipe de Massimo, Nick tirou a jaqueta de couro e a camiseta. Adrienne o avaliava, sentada do outro lado da mesa.

— Belas tatuagens. Vire-se.

Nick seguiu as instruções, sentindo o olhar dela queimar suas costas.

— Tudo bem. Pode se vestir agora.

Nick pegou a camiseta e a vestiu rapidamente.

— Então, a questão é que, com todas essas tatuagens, metade das revistas de vida saudável masculinas não vai querer contratar você. É verdade que podemos usar Photoshop, mas isso leva tempo, e tempo é dinheiro.

Nick ficou desanimado. Tinha orgulho de suas tatuagens — cada uma significava algo importante para ele, e não se arrependia de nenhum segundo que passara na cadeira do tatuador. Será que tinha vindo tão longe para nada?

Adrienne fez uma avaliação crítica dele.

— Mas há alguns nichos de mercado que gostam desse tipo de trabalho. Vou ser bem sincera: não faço ideia de como você vai se sair nos *castings*. Mas o nome de Massimo vai abrir muitas portas. Nesse negócio, existem pessoas que têm determinação suficiente para ouvir um não e continuar tentando, e outras que começam logo a reclamar quando as coisas não saem como planejadas. Eu trabalho nessa indústria há 27 anos. Alguns modelos passam anos mandando fotos e comparecendo a testes. Bem, você só é tão bom quanto sua última foto. Se não chamam você depois de verem seu book ou seu cartão, isso quer dizer que você não é bom para o cliente naquele momento. Mas não significa que não será no futuro. Eles têm pouco tempo para avaliar vinte ou trinta modelos. Então, é melhor que esteja preparado para ser rejeitado. Mas não desista: continue mandando seu book. Nosso setor é muito volátil. Você está em ótima forma e acho que podemos tentar. Você está pronto para trabalhar, Nick?

Ele sorriu para ela.

— Estou.

Adrienne ocultou um sorriso.

— Como um cordeiro indo para o abate. — Ela suspirou, animada com o entusiasmo dele, e lhe entregou uma folha de papel. — Aqui estão sete endereços de sete *castings* para os quais vou mandar você amanhã.

— Sete? Uau.

Adrienne ergueu uma das sobrancelhas.

— Um modelo pode ir a até vinte *castings* em um dia. Isso é bem comum, mas achei melhor irmos devagar. Vou mandar outro modelo aqui da agência também, o nome dele é Orion. E esse é o seu cartão de fotos.

— Meu o quê?

Adrienne estalou a língua.

— Você tem que aprender os jargões, Nick. Seu cartão de fotos é como um currículo resumido. Aqui... — Ela entregou a ele algumas folhas de papel cartonado com uma das fotos de rosto que Massimo havia tirado na frente. Nick o virou e viu que no verso havia fotos em miniatura e informações sobre ele: altura, peso, medidas de peito, cintura, quanto ele calçava, cor dos olhos e do cabelo, nacionalidade e os contatos da agência de Adrienne. Não havia nenhuma foto de rugby. Nenhuma.

Nick franziu as sobrancelhas e abriu a boca para falar, mas Adrienne já havia encerrado a entrevista e começado a ler seus e-mails no laptop.

— Outra forma de ficar conhecido é ver e ser visto, o que significa que eu vou manter você informado sobre festas nas quais poderá fazer contatos importantes. Vá, seja amigável, mas não amigável demais — disse ela, olhando para ele com uma expressão séria.

Nick franziu a testa.

— Eu sou noivo.

— Hum. Seja educado, socialize, mas não beba muito. Seja profissional o tempo todo. *Capiche?*

Nick assentiu, e Adrienne olhou atentamente para ele.

— Tudo bem, amanhã o primeiro *casting* da lista não é aberto, então você provavelmente vai ficar lá uns vinte minutos. Talvez menos. O mesmo com os outros. Ah, espere, o sexto é aberto, então talvez você fique mais tempo lá. Boa sorte, Nick. Ligue quando terminar. E, quando eu encontrar uma festa para você, mando uma mensagem de texto com as informações.

Nick saiu do escritório de Adrienne um pouco atordoado. Não esperava participar de um *casting* tão rápido — e certamente não de sete no mesmo dia —, mas talvez as coisas fossem assim mesmo em Nova York. Ele estava mais do que feliz por ocupar seu tempo.

Tudo que precisava fazer agora era comer e dormir. Mas não comer muito.

Aquela era a única parte do trabalho de modelo da qual ele não ia gostar.

Ele pegou o endereço do hotel no telefone e foi caminhando pelas ruas, tremendo um pouco. Fazia mais frio em Nova York do que em Londres, e ele se arrependera por não ter trazido um casaco mais pesado. Não havia levado muitas roupas porque só ia ficar um mês.

O hotel fazia parte de uma das cadeias mais baratas. Anna tinha sugerido que ele ficasse em um hotel mais caro, mas Nick não precisava de muito para se sentir confortável. Pelo menos não precisaria dividir o quarto com nenhum colega de time que ficaria roncando no ouvido dele — alguém como Jason Oduba.

Depois de jogar as malas em cima da cama, Nick testou o colchão enquanto ligava para Anna. Ela atendeu no primeiro toque.

— Nick! Como foi tudo?

Ela parecia cansada e ele sabia que provavelmente seriam duas da manhã. A culpa sempre presente aflorou de novo.

— Como foi o voo?

— Foi tudo bem. Como sempre.

— Não teve problemas na imigração?

— Não. Eu tinha todos os documentos e a fila não estava muito grande.

Ele sentiu que ela ficou mais calma.

— Já se encontrou com a agente?

— Já, a Adrienne é legal. Vou participar de um *casting* amanhã. Sete, na verdade.

— Espere um pouco, você disse *sete*?

— Exatamente. Uma loucura, não é? O primeiro é amanhã às oito e meia da manhã.

— Tão cedo? É sério, *sete*?

Ele percebeu a surpresa na voz dela.

— Adrienne disse que vinte em um dia é normal.

— Uau! Parece... Muito trabalho, mas sei que você vai se sair bem.

Nick percebeu o carinho na voz de Anna. Por que tinha parecido uma boa ideia voar para tão longe dela? Mas ele sabia que sempre se arrependeria se não tentasse fazer aquilo.

Nick decidiu não contar a ela que teria de ir a festas para ser notado. Ele sabia como ela ficava ansiosa quando ele estava longe de casa — não queria que a noiva se preocupasse ainda mais.

Eles conversaram mais um pouco antes de a diferença de fuso horário pesar sobre os dois e Anna começar a bocejar.

Nick prometeu ligar para ela no dia seguinte, assim que os *castings* terminassem.

Ele se sentou na cama e abriu a mala, tirando as roupas e escolhendo o que usaria no dia seguinte. No fundo, ficou surpreso ao encontrar a bolsa com a câmera fotográfica, porque sabia que não a tinha colocado ali. Junto, havia mais duas caixinhas, contendo lentes novas. Dentro da primeira havia um bilhete.

Meu amor,

Mandei suas fotos de Hampstead na neve para Massimo. Ele adorou e recomendou essas duas lentes extras. Não tenho ideia do que elas fazem, mas espero que você encontre alguma utilidade para elas na cidade.
Seja você mesmo. Seja incrível.
Amo você.

Beijo, Anna

Ele abriu as lentes e sua mente se encheu de possibilidades. Com um sorriso no rosto e a bolsa da câmera no ombro, saiu para encontrar um lugar onde pudesse fazer uma refeição leve. Quando finalmente voltou para o hotel, apagou por sete horas seguidas.

Na manhã seguinte, Nick estendeu a mão à procura de Anna, mas encontrou apenas lençóis, então se lembrou de onde estava.

Nova York! E estava ali para mandar ver, como um bom inglês. Direto de Yorkshire!

Ele abriu a cortina e deu de cara com uma parede de concreto a alguns metros da janela. Olhando para o céu, viu que estava escuro como carvão, coberto de pesadas nuvens negras.

Nick são se importou.

Ele alongou os músculos, soltando toda a musculatura e espantando as dores e os desconfortos que sentia logo ao acordar. Depois de se aquecer, bebeu um pouco de água, vestiu um conjunto de moletom, calçou os tênis de correr e deu uma rápida corrida de cinco quilômetros pela cidade antes de voltar para o hotel e tomar uma xícara de café.

Estava faminto, mas ignorou as reclamações do estômago.

Vai valer a pena se eu conseguir um trabalho, pensou.

E, mesmo se não conseguisse, seria bom para ganhar experiência.

Tomou um banho rápido, aparou a barba e prendeu o cabelo para que não ficasse caindo nos olhos. Vestiu jeans e uma camiseta cinza lisa que marcava o peito e os ombros. Se os *castings* fossem parecidos com a entrevista do dia anterior, ele não ficaria vestido por muito tempo. Nick balançou a cabeça, rindo: algumas pessoas tinham trabalhos bem estranhos.

Ele abriu uma caixa nova de ibuprofeno, olhou para ela por um tempo, depois a trocou por tramadol e tomou dois, jogando a cabeça para trás ao engolir. Estava com dor no ombro por ter dormido em um colchão com o qual não estava acostumado, e queria estar em plena forma para as entrevistas ou para o que quer que fosse.

Foi o que disse para si mesmo.

Capítulo 11

Como o primeiro *casting* era no Upper East Side, a apenas três quilômetros de distância, Nick decidiu ir andando. Além disso, tinha passado quase todo o dia anterior preso em um avião.

Com o book e o cartão de fotos em uma bolsa tipo carteiro, ele cruzou as ruas, ignorando a garoa fina que deixava as janelas de vários restaurantes e lanchonetes embaçadas.

Todo mundo andava rápido, todos pareciam apressados, e Nick sentiu a energia da cidade contagiá-lo. Estava animado, e não se sentia assim havia muito tempo.

No último minuto, decidira levar a câmera com ele. Provavelmente não teria tempo de fazer nada, mas seria bom tirar algumas fotos e entender melhor como funcionavam as lentes novas, se tivesse oportunidade. Ainda não conseguia acreditar que Anna tivesse feito aquilo por ele, tendo o trabalho até mesmo de entrar em contato com Massimo.

Ele tinha muita sorte por tê-la em sua vida. O pensamento despertou sentimentos contraditórios, porque, desde o dia que se aposentara, sentia que a estava decepcionando de alguma maneira. Não saber como seriam os próximos cinquenta anos era um peso para ambos. Ele não ia suportar mais um dia do encorajamento incansável dela.

Quando chegou ao endereço do *casting*, deu de cara com um armazém cuja entrada era por uma escada de metal fixada na parede externa. Ficou decepcionado ao ver que já havia outros vinte caras lá para a seleção. Todos com, no mínimo, um metro e oitenta e porte atlético, com idades que variavam entre 20 e 35 anos; todos estavam com seus cartões de fotos e books. Mas as semelhanças acabavam por aí. Havia caras de cabelo comprido, cabelo curto, cabelo louro, cabelo preto, cabelo ruivo, cabelo pintado, sem cabelo; barbeado, barbado, com bigode, com barba por fazer; pele branca, pele negra e todas as variações de tom entre um e outro; de um cara cuja pele reluzia como ébano, passando por um com a pele cor de bronze-avermelhado e pelos tons morenos de muitos homens que pareciam ter origem hispânica, até dois caras de pele bem clara e aparência eslava e maçãs do rosto que poderiam ser usadas para esculpir granito.

Ao que tudo indicava, um ensaio para a revista *Men's Health* era bem aleatório em termos da aparência que estavam procurando.

Não quis pensar na ironia de que os modelos precisavam estar em perfeita forma 365 dias por ano, mas ganhavam mais dinheiro por usarem roupas.

Ele pegou a câmera e tirou algumas fotos rápidas, para mostrar a Anna mais tarde.

Ele se aproximou de uma mulher com expressão entediada na mesa da recepção e entregou a ela seu cartão de fotos.

— Nome?

— Nick Renshaw.

— Vinte e três. Pode se sentar.

Não havia mais lugar onde se sentar. Vários caras estavam sentados no chão, com fone de ouvido, balançando a cabeça no ritmo da música. A maioria dos outros estava olhando para o celular, e um deles parecia estar dormindo.

Nick se encostou na parede, posicionando-se de um jeito que conseguisse olhar pela janela. Observar as pessoas era uma atividade infinitamente fascinante em Nova York e, de onde estava, poderia ficar de olho em tudo que acontecia na seleção também.

Um dos modelos se levantou de onde estava no início da fila e se aproximou.

— Nick, não é? Meu nome é Orion Lucas. Adrienne Catalano disse que eu veria você aqui.

Eles trocaram um aperto de mãos, avaliando-se mutuamente.

— Está gostando de Nova York?

— Até agora, sim. Cheguei ontem à noite, então ainda não consegui ver muita coisa.

— Nunca tinha vindo a Nova York?

— Na verdade, não, mas minha noiva é do norte do estado e me falou de alguns lugares que eu tenho que conhecer.

— Ela veio com você?

Nick negou com a cabeça.

— Não, ela tinha trabalho.

— Dureza. Então, qual é o seu método?

Nick não entendeu.

— Meu método pra quê?

— Você sabe, treinar e fazer dieta para um *casting*.

— Ah, tá. Baixo consumo de carboidrato, alto consumo de proteína. Exercícios aeróbicos de manhã, musculação à tarde; desidratar no dia do ensaio.

— Cara, eu odeio essa parte — disse outro modelo, ouvindo a conversa. — Fico com tanta sede que mataria por um refrigerante. Fico maluco.

Outro modelo se juntou à conversa, reclamando amargamente por ter tido que parar de beber cerveja, mesmo no réveillon.

Nick sabia que, se escolhesse seguir aquela carreira, teria de estar na melhor forma da sua vida todos os dias, mas, como ex--atleta profissional, estava habituado. Estava acostumado com a disciplina, gostava dela até. A única diferença era que agora ele estava sete quilos mais magro do que quando jogava.

Os rapazes começaram a falar sobre shakes de proteína, dietas e treinos com uma riqueza de detalhes entediantes. A maioria deles parecia se conhecer de outros *castings*, e Nick ficou surpreso ao se dar conta de como o círculo de modelos parecia pequeno. Havia uma camaradagem combinada com competitividade que compensava o ar de tensão, e vários deles reclamavam da espera.

Havia dois que eram modelos do Instagram e convidados para *castings* mesmo não tendo agentes. O mercado estava mudando, diziam. Nick sabia que tinha muito a aprender.

— Você tem namorada?

Nick olhou para trás e viu que Orion estava falando com ele de novo.

— Tenho. Ela ficou na Inglaterra.

— Ah, é, você disse. Desculpa. Então, há quanto tempo vocês estão juntos?

— Quase cinco anos.

— Uau. Isso é muito tempo! — exclamou Orion. — Eu só comecei a namorar com 19 anos. Eu era baixo e magrelo na época da escola. Parece loucura, eu sei. E eu fiz um juramento de virgindade.

Nick franziu as sobrancelhas.

— O que é isso?

— Espere, vocês não têm isso no Reino Unido? Cara! Na minha igreja, eles nos encorajam a nos guardarmos até o casamento, sabe?

Nick viu que Orion estava falando sério.

— O que aconteceu?

— Eu cresci até ficar com um metro e oitenta e cinco e comecei a malhar. E as mulheres começaram a dar em cima de mim. — Ele deu de ombros. — E, depois que você começa a transar, é meio difícil parar. E eu sei que parece superficial, mas uma vez eu fui para a casa de uma garota só para transar e ela me fez esperar do lado de fora porque não estava maquiada. Tipo, sério, a gente só ia transar por uns vinte minutos. Não era um encontro.

Por alguma razão, as palavras de Orion fizeram Nick se lembrar de Molly. Aquilo era exatamente o tipo de coisa que ela faria. Ele não gostava de pensar na ex. Nunca.

Ele ouviu algumas palavras da conversa de Orion com outro modelo que estava perto dele enquanto o cara mantinha os dois polegares juntos.

— Meu pau é mais grosso que isso.

— O meu não — disse o outro, com voz triste.

Nick olhou para Orion, e ele encolheu os ombros.

— Esteroides. Faz o pau ficar pequeno e os cabelos caírem. Está vendo aquele careca ali?

Nick seguiu o olhar dele. O bíceps do cara era maior que as coxas de Anna.

Nick não era ingênuo. Já tinha visto atletas caírem na tentação na esperança de ficarem mais musculosos e mais fortes ou se recuperarem mais rápido de alguma lesão. As consequências de ser pego, no entanto, eram muito sérias. Nick nunca tinha tomado esteroides — sobrecarregava muito o coração; todo o seu físico tinha sido conquistado do modo mais difícil.

Ele pensou no tramadol que tomara naquela manhã.

— Ele não vai conseguir o trabalho — continuou Orion, baixinho. — Não sei por que o agente continua falando para ele vir. Além disso, ele é muito *velho*, tem tipo 30 anos ou algo assim.

Nick achou melhor não ouvir o resto da conversa.

Quando seu número foi chamado, ele entrou na sala, na qual havia três homens e duas mulheres atrás de uma mesa comprida.

— Nick, você pode tirar a roupa atrás do biombo e ficar de pé ali.

Nick obedeceu, usando sua sunga da sorte, mas, antes mesmo de ele se virar, uma das mulheres disse:

— Meu Deus, não. Tatuagens demais. Não botamos isso nas especificações?

— Acho que não — disse a outra.

— De onde você é, Nick?

— Reino Unido.

— Hum. E há quanto tempo está em Nova York?

— Cheguei ontem.

— Hum. Você já trabalhou como modelo?

— Só uma vez. Fiz um ensaio fotográfico para um calendário com Massimo Igashi.

O homem parou de escrever e olhou para ele.

— Você fez um ensaio com Massimo?

— Sim. As fotos estão no meu portf... no meu book. — Ele apontou para algumas imagens.

— E você é... jogador de rugby?

— Hum, sou... Estou... dando um tempo — disse Nick, sem querer admitir que estava oficialmente aposentado.

Isso fazia com que parecesse tão *velho*.

Os entrevistadores se entreolharam e fizeram mais algumas anotações.

— Obrigado por ter vindo.

Nick vestiu as roupas, pegou seu book e saiu da sala.

Orion estava esperando.

— Também está fora?

— Sim. Fiquei lá menos de um minuto.

Orion deu uma risada triste.

— É cruel, né? Bem-vindo a Nova York. Melhor irmos para o próximo.

No segundo *casting*, Nick ficou na sala por quase cinco minutos e achou que talvez tivesse chance, mas, quando pediram a ele que vestisse as roupas que tinham separado e a calça não passou por suas coxas, soube que não seria chamado.

Quando deu uma olhada nos modelos com quem estava concorrendo, percebeu que, apesar de serem atléticos, não eram tão musculosos quanto ele. Então, mesmo que estivesse alguns quilos mais leve do que na época em que jogava, ele ainda era G-R-A-N-D-E.

O terceiro *casting* foi bem parecido. No quarto, disseram que ele era tatuado demais. O quinto foi cancelado sem aviso prévio, mas o sexto era uma seleção aberta com mais de cem caras em uma fila que se estendia pelo corredor e descia pela escada. Um rapaz tinha vindo de Ohio e ficou arrasado quando foi rejeitado em menos de três minutos.

Nick se sentiu mal por ele, mas não tinha nenhum conselho a dar.

Orion também não teve sorte naquele dia.

— Quer tomar uma cerveja?

— Eu não recusaria — concordou Nick, cansado.

Eles se sentaram e beberam por algumas horas, e Orion admitiu que seu nome verdadeiro era Ryan, mas que ele usava um nome artístico como modelo.

— Então você não fez muitos trabalhos como modelo, cara? — começou Orion.

— Não. Só estou aqui para ver como é isso.

Orion terminou a terceira cerveja e pediu mais uma.

— Bem, fique de olho nos fotógrafos sórdidos. Tem um monte deles por aí.

Nick franziu a testa

— Como assim?

— Você faz fotos de nudez?

Nick negou com a cabeça.

— Não, eu disse para a Adrienne que não queria fazer esse tipo de foto.

Era verdade, e ela não tinha gostado nada disso. Mas Nick sabia que, se aquele tipo de foto chegasse aos tabloides ingleses, a reação da mídia não seria nada agradável, nem para ele, nem para Anna. Tinha sido muito difícil para ele confiar em Massimo Igashi, mas ver o resultado do ensaio no calendário não foi ruim, e seu pau não acabou em jornais nem sites na internet.

— Mandou bem, cara — disse Orion, pensativo. — Alguns caras só querem ver você pelado. Alguns fotógrafos exigem isso se for trabalhar com eles. Você é obrigado a posar nu e eles podem ficar com as fotos ou vendê-las para colecionadores particulares. Acontece a mesma coisa com as garotas, acho.

— Colecionadores?

Ele definitivamente não estava gostando daquela história.

— É, e mesmo os que não fotografam nudez podem ter um comportamento sórdido. — Orion girou a garrafa no ar. — Você vai ver.

O resto da semana transcorreu da mesma maneira. Em cada *casting*, havia alguma restrição em relação a ele, e as rejeições não paravam. Todos diziam a Nick que aquilo era normal, mas era difícil de encarar.

Nick percebeu que realmente não era raro participar de até vinte *castings* por dia, todos os dias, durante uma semana. Inferno, não seria fácil continuar pensando positivo depois de ser rejeitado tantas vezes em um dia. No fim da semana, ele já estava farto.

Mas, pelo menos, estava tendo a chance de conhecer Nova York. Ele adorava o fato de haver uma Starbucks em cada esquina e de conseguir fazer tudo a pé em Manhattan. Também estava começando a aprender a se orientar nas linhas de metrô.

Estava acostumado ao ritmo acelerado de Londres, mas Nova York era ainda mais frenética. Depois de duas semanas, já andava pelas ruas tão rápido quanto um nativo. E encontrou até mesmo algumas horas livres para visitar a Times Square, ir ao cinema (duas vezes) e conhecer todos os restaurantes de comida tailandesa da região, um prazer proibido.

Sentia saudade de Anna e conversava com ela por Facetime todas as noites, tentando se manter positivo, apesar de mais uma leva de rejeições. O otimismo de Anna era implacável, e ela não tinha dúvida de que ele logo conseguiria um trabalho. Nick não gostava da ideia de desiludi-la e dizer que, em cada *casting*, havia caras mais novos, mais bonitos e mais dispostos. E a maioria conseguia vestir uma calça jeans sem problemas.

Naquela noite, Adrienne lhe passou todos os detalhes de uma festa em Lower Manhattan, à qual ele precisava ir, vestido de forma "casual chique", o que quer que aquilo significasse. Nick preferia usar jeans e camiseta ou um terno de três peças. Não gostou da ideia de tentar vestir algo que fosse um meio-termo entre uma coisa e outra.

No fim, optou por sua calça jeans preta favorita e uma camiseta branca. Olhou-se no espelho. *Dá para o gasto.*

Era estranho aparecer em uma festa sem conhecer os anfitriões nem nenhum dos convidados, mas, quando tocou o interfone da cobertura em um grande prédio residencial, abriram a porta para ele sem fazer perguntas.

O salão estava lotado, e havia várias pessoas espalhadas pela varanda que contornava o apartamento e de onde se tinha uma visão maravilhosa do rio East até o Brooklyn.

Nick preferiu ficar do lado de fora, encostado no parapeito, com uma cerveja na mão. Por um motivo: o ar do salão estava carregado de fumaça de cigarro, e Nick gostava muito de seus pulmões para ficar lá dentro.

Ele baixou a cabeça quando uma mulher se aproximou e parou ao lado dele.

— Que vista, né?

— É, é linda — disse ele.

— Ai, meu Deus! Eu amo o seu sotaque! Escocês, né?

Nick negou com a cabeça, confuso. Era a segunda pessoa que achava que ele era da região norte do Reino Unido.

— Não, eu sou de Yorkshire. Mas acho que tenho um sotaque um pouco carregado — comentou ele, rindo.

A mulher olhou para os ombros largos e os quadris estreitos dele.

— E o que trouxe você a Nova York?

Ele respondeu, levemente constrangido:

— Assinei contrato com uma agência de modelos.

Ela abriu um sorriso.

— Eu deveria ter adivinhado — disse ela, estendendo a mão para ele. — Meu nome é Kirsten.

— Nick. Prazer.

— O prazer é todo meu — falou ela, jogando os cachos cor de mel para o lado e sorrindo de forma sedutora.

Nick não pôde deixar de notar que ela tinha seios impressionantes. Infelizmente, a mulher viu para onde ele estava olhando e teve a impressão errada.

— Bem, isso é um pouco prematuro, Nick, mas, talvez, se você pegar outro drinque para mim...

Nick arregalou os olhos e balançou a cabeça.

— Hum, desculpe! Eu... hum... sem querer ofender, mas eu sou noivo.

Kirsten riu alto ao ver a expressão de pânico no rosto dele.

— Ah, bem... nesse caso, talvez a gente possa apenas conversar?

— Seria ótimo.

Eles conversaram por mais uma hora, e Nick não fez absolutamente nenhum networking. Então eles decidiram ir embora e parar em algum lugar para comer.

Quando saíram do apartamento, Nick abriu a porta para Kirsten, que sorriu, agradecida.

De repente, Nick foi atingido pelo flash de um fotógrafo.

— Que merda, cara! — protestou Nick.

O homem o ignorou e tirou mais algumas fotos, depois se virou para um colega que não tinha nem sequer levantado a câmera.

— Você sabe quem é o cara?

— Não, cara. Acho que não é ninguém.

Nick sabia que era melhor que ninguém o reconhecesse, mas ficou um pouco ofendido.

— Encantadores, não? — comentou Kirsten balançando a cabeça.

Ainda irritado, Nick a levou até um restaurante italiano perto dali, onde os dois tiveram uma noite agradável, antes de Kirsten chamar um táxi e se despedir dele com um beijo no rosto.

No dia seguinte, Nick recebeu o primeiro "sim".

O *casting* foi bem, e os clientes pareceram genuinamente interessados em sua carreira no rugby. Fizeram várias perguntas sobre o esporte, sobre quanto tempo ele havia jogado e disseram que o queriam para anúncios de artigos esportivos que fariam para uma empresa conhecida.

Feliz, Nick considerou não ir ao último *casting* do dia, mas decidiu que, como a sorte parecia estar mudando, faria o esforço.

Orion já estava lá e foi falar com ele.

— Cara! Ouvi dizer que você conseguiu o trabalho para o Walmart! Parabéns!

Nick ergueu as sobrancelhas.

— Como você sabe que é para o Walmart? Nem *eu* sei qual é a empresa.

Orion sorriu.

— As notícias correm, mas um dos meus amigos reconheceu a mulher que entrevistou você porque ela o entrevistou para outra campanha no ano passado. — Ele encolheu os ombros. — Como eu disse, as notícias correm. — Ele olhou de soslaio para Nick. — Ouvi dizer que Bruce Waters vai ser o fotógrafo dessa campanha.

— Não sei quem vai fotografar. Não me disseram.

— O Walmart contrata ele às vezes. Só... fique esperto.

— Hã?

Orion contraiu os lábios.

— Ele é meio sórdido.

Nick ficou sério.

Alguns dias depois, um carro foi buscar Nick no hotel para levá-lo até a sessão de fotos. Ele ficou tenso depois do alerta de Orion. Procurou o nome do fotógrafo no Google, mas nada preocupante apareceu. Anna dissera que ele não deveria aceitar o trabalho se tinha dúvidas, mas Nick decidiu pagar para ver.

Sentiu-se melhor quando viu que a sessão de fotos seria em uma academia que fazia parte de uma cadeia fitness muito conhecida. Não havia nada de sórdido nisso.

Foi recebido na porta por uma mulher jovem e sorridente de uns 23 anos que imediatamente lhe ofereceu café, água e bagels.

— Hum, obrigado. — Ele sorriu. — Nada de comida para mim até o fim da sessão. Mas aceito um café.

Ela corou.

— Nossa! Desculpe! Esqueci completamente! Eu sou a estagiária... Esse é meu primeiro trabalho. Vou pegar um café para você. E... nossa... desculpa mesmo.

— Pode deixar que eu cuido dele, Laura — disse um homem baixo e bem magro, com a cabeça raspada e barba e bigode no estilo Frank Zappa.

— Meu nome é Alana — murmurou a garota, saindo rapidamente.

— Eu sou o Bruce — disse o homem, apertando a mão de Nick por tempo demais. — Minha nossa, Mike, você é ainda mais imponente em pessoa do que nas fotos.

— Meu nome é Nick.

O homem não pareceu ouvi-lo, ocupado demais em examinar o corpo de Nick, com os olhos úmidos e os lábios molhados.

— Mike, eu gostaria de falar com você em particular, discutir os detalhes do trabalho de hoje.

Com uma expressão neutra, Nick o seguiu.

— O estúdio de ginástica está alugado para nós por todo o dia — declarou Bruce. — Então achei que seria legal tentarmos fazer um trabalho um pouco mais expressivo, mais criativo, assim que terminarmos as fotos principais. O que você acha? Acredito que podemos criar coisas maravilhosas juntos.

— O que você tem em mente? — perguntou Nick, cruzando os braços sobre o peito, nada relaxado.

— Pode me chamar de Bruce — disse ele, tocando o ombro de Nick e dando tapinhas nele. — E é claro que vai receber um dinheirinho extra, uma gratificação. Você tem um rosto muito bonito. — Ele passou o dedo ao longo da linha do maxilar de Nick antes de dar um passo para trás. — Mas vamos conversar depois.

Nick já imaginava o que aquele ensaio depois da sessão de fotos envolveria, graças ao alerta de Orion. Mas não foi difícil captar a atmosfera sórdida.

Mas, se Nick achava que seria fácil se safar, estava completamente enganado.

Bruce era expansivo demais, aproveitava todas as oportunidades possíveis para invadir o espaço pessoal de Nick. Criticou a cabeleireira até fazê-la chorar e em seguida insistiu em passar as mãos pelos cabelos de Nick e massagear seu couro cabeludo. Depois, foi a vez de a maquiadora ser declarada incompetente, de acordo com Bruce, que assumiu a tarefa de aplicar pó no rosto de Nick, deslizando o pincel pelo seu rosto várias vezes.

A gota d'água para Nick foi quando Bruce se aproximou com um frasco de óleo de bebê com a clara intenção de passar o produto no corpo dele pessoalmente.

— Obrigado — agradeceu-lhe Nick, pegando o frasco. — Pode deixar que eu mesmo faço isso.

O estúdio ficou no mais absoluto silêncio enquanto todos os assistentes fingiam não notar a tensão.

Bruce se afastou bufando, irritado, enquanto Nick passava o óleo no peito, nos braços, nas pernas e nas costas.

Depois disso, a sessão de fotos continuou de forma mais tranquila. As instruções de Bruce eram concisas, mas, se havia uma coisa que Nick sabia, era como aparentar naturalidade usando artigos esportivos.

No fim da sessão, Bruce guardou todo o equipamento sem falar com ninguém, a não ser quando gritou com Alana para que chamasse um táxi.

Ele ficou sabendo depois que Bruce tinha ligado para Adrienne para reclamar da "atitude nada profissional" de Nick.

Para piorar as coisas, o encontro inocente de Nick com Kirsten foi publicado pela imprensa britânica com a sugestiva manchete:

Nick Safadinho volta a atacar em Nova York

A fotografia mostrava Nick sorrindo carinhosamente para Kirsten. O vestido decotado destacava os seios que tinham chamado a atenção de Nick, e os dois pareciam íntimos.

A notícia tinha sido publicada dois dias antes, o que significava que Anna já devia estar sabendo, mas não dissera nada.

Nick ligou para ela na hora.

— Acabei de ver o que estão dizendo sobre mim nos tabloides — começou ele. — Você sabe que é tudo mentira, não sabe?

Seguiu-se um longo silêncio, e Anna suspirou.

— É, eu imaginei. Mas como você não falou nada...

Nick esfregou a testa.

— Eu nem sabia que tinha alguma coisa para dizer! Eu a conheci há algumas semanas...

Ao ouvir Anna inspirando profundamente, Nick se deu conta de que tinha dito a coisa errada e tentou consertar:

— É só uma mulher que conheci em uma festa. Nós conversamos um pouco e saímos para jantar. Nunca mais a vi. Foi só isso.

A voz de Anna parecia triste.

— Isso aconteceu há semanas e você não comentou nada?

Nick fez uma careta.

— Eu não queria que você ficasse preocupada. Meu Deus, eu só piorei as coisas, mas eu juro! Não aconteceu nada! Você acredita em mim, não acredita?

— Claro — disse Anna baixinho. — É claro que eu acredito, Nick, mas, da próxima vez, não deixe que eu descubra esse tipo de coisa pelos jornais. Eu não quero ser a última a saber. Você não sabe o quanto isso me magoou. — A voz dela virou um sussurro. — Jornalistas na porta de casa esperando para perguntar o que eu achava da sua nova namorada.

Nick se sentiu o maior merda de todos os tempos.

— Eu sinto muito, Anna. Eu amo você. Jamais faria nada para magoá-la. Não de propósito.

— Eu sei.

Nick sentiu o coração se partir ao ouvir a tristeza na voz dela e prometeu a si mesmo não esconder mais nada dela, mesmo que fosse algo que parecesse insignificante.

* * *

A experiência de Nick com o fotógrafo sórdido não era novidade, de acordo com Orion. E todos os modelos que ele conheceu em outros *castings* tinham histórias semelhantes. Parecia que aquilo era algo aceito como parte da indústria da moda, uma coisa desagradável, mas inevitável.

Alguns modelos disseram que teriam aceitado o cachê adicional, e um cara de uns 20 e poucos anos chamado Eduardo resumiu essa atitude:

— Por que eu me importaria se ele quer se masturbar com fotos minhas com o pau de fora? Pelo menos isso aumentaria minhas chances de ser escolhido para outra campanha no futuro.

Nick não tinha tanta certeza disso. Não conseguia conceber uma empresa orientada para a família, como o Walmart, querendo modelos que podia acabar em sites pornográficos, mas guardou sua opinião para si.

Ele percebeu que tinha tido sorte de trabalhar com um artista de verdade como Massimo.

Quando contou para Anna, ela se mostrou chocada.

— Não acredito que um fotógrafo consiga se safar de uma coisa dessas! O que a Adrienne disse?

Nick se recostou na cama do hotel durante a conversa noturna deles pelo Facetime.

— Ela disse que sabia, mas ele não tinha ultrapassado nenhum limite, e era assim que sempre se safava. Como eu deixei claro que não estava interessado, ele não foi adiante.

Anna ficou furiosa.

— Sim, mas imagine um cara de 19 anos, sozinho em Nova York, tentando a carreira de modelo, cada vez mais endividado e caindo no papo de alguém como ele quando diz que todos os modelos fazem esse tipo de coisa. Sem ter ninguém com quem conversar, ninguém a quem recorrer. *Ugh*, isso me deixa enojada!

Nick foi obrigado a concordar. Toda aquela situação tinha feito com que ele se sentisse sujo. Mas não havia dúvida de que os trabalhos pareciam ter evaporado.

Agora ele estava entediado e inquieto.

Nas últimas duas semanas, ele só tinha ido a três *castings* e não recebera nenhuma ligação de retorno.

Naquela noite, tinha pegado e largado o iPad diversas vezes, zapeara por pelo menos uns cinquenta canais na televisão do hotel antes de se entediar com aquilo também. Desejou ter levado o violão, embora fizesse meses desde que tocara pela última vez. Não gostava de se sentir entediado, parecia que estava desperdiçando sua vida. Mas já tinha corrido dez quilômetros e feito duas horas de musculação. Sentia cada vez mais a falta de Anna, e solidão e a sensação de fracasso aumentando. Em Londres, as noites tranquilas, quando preparavam juntos o jantar, eram especiais. Às vezes, iam ao cinema ou a algum evento esportivo beneficente. Nick gostava da sua casa e sentia falta de estar lá.

Mas também era inteligente o suficiente para saber que, se estivesse em casa agora, aquela sensação de insatisfação e fracasso que carregava seria a mesma. Estar em Nova York era prova de que, não importava aonde você vá, seus problemas vão junto.

Ele não tinha esperado que fosse ser fácil, então seguia em frente: um dia após o outro. Estava ali, então ia aproveitar ao máximo.

Também tinha feito muitos passeios turísticos, registrando suas experiências com a câmera, e gostava de compartilhá-las com Anna quando conversavam por Facetime à noite.

Havia momentos em que desejava que ela estivesse ao seu lado, mas a noiva estava ocupada com seu trabalho e com a própria vida em Londres; também havia momentos em que Nick gostava de fazer coisas para si mesmo, sozinho. Tinha sido parte de um time desde muito novo — era libertador tentar fazer coisas sozinho.

Ia para todos os cantos a pé, porque achava que essa era a melhor forma de conhecer um novo lugar. Tinha feito a mesma coisa quando se mudaram para Londres e ainda gostava de explorar partes novas da cidade.

Uma das coisas que o surpreendeu nos nova-iorquinos foi ver como eram atirados. Recebia cantadas tanto de homens como de mulheres quando saía, e alguns chegavam a se sentar à sua mesma mesa no restaurante quando estava comendo sozinho.

No início, simplesmente dizia a verdade, que estava viajando sozinho, mas que era noivo. Mas isso não parecia desencorajar ninguém. Na verdade, algumas mulheres tinham considerado isso uma espécie de jogada, e em duas ocasiões simplesmente se sentaram à sua mesa e começaram a conversar.

Não importava que tentasse educadamente dizer que não estava interessado, elas simplesmente não aceitavam "não" como resposta até ele se levantar e sair.

Isso aconteceu tantas vezes que ele começou a dizer que estava com pressa para pegar um voo, de forma que acabava engolindo a refeição e tendo uma indigestão depois. Não sabia por que, mas os nova-iorquinos eram bem mais difíceis de dispensar do que os ingleses.

Às vezes, comprava uma salada ou uma refeição para viagem e levava para o hotel para comer em paz; recentemente, ele havia encontrado um restaurante que tinha um balcão no qual os clientes podiam comer e, como tinha passado a conhecer os funcionários, eles intervinham sempre que Nick era incomodado por algum admirador mais insistente.

— Você é gentil demais — dissera Franco, o proprietário. — Apenas mande que eles deem o fora.

Nick negou com a cabeça.

— Eu jamais faria uma coisa dessas.

— Então imagine que isso estivesse acontecendo com a sua namorada. O que você diria?

Nick olhou para ele de cara feia, com os olhos semicerrados. Franco riu.

— É só olhar para eles assim, cara!

Naquela noite, no entanto, como já havia comido e tomado uma cerveja antes de voltar para o hotel, não tinha nem uma desculpa para sair e comprar alguma coisa para comer.

Quando decidiu voltar à academia para malhar um pouco mais, seu celular tocou, e o nome de Orion apareceu na tela.

Normalmente, Nick deixaria cair na caixa postal, mas naquela noite estava tão entediado que resolveu atender.

— Fala, Nick! Beleza?

— Beleza. E você?

— Tranquilo, tudo ótimo. A Adrienne vai me mandar para um *casting* de uma empresa de roupas top de linha na semana que vem. Ela está muito animada. Disse que pode ser a minha grande chance.

Nick nem se deu ao trabalho de responder. Já tinha tido a mesma conversa com Orion dezenas de vezes. O cara sempre achava que a próxima ligação que receberia seria de Giorgio Armani em pessoa, oferecendo um contrato de seis dígitos. De duas uma: ou ele realmente acreditava naquilo ou tinha lido em algum livro de autoajuda que ter uma atitude positiva trazia recompensas. Orion certamente não acreditava em subestimar suas qualidades, o que significava que ele e Nick não tinham nada em comum... a não ser a agente.

Mas Nick não tinha amigos em Nova York, então só lhe restava Orion.

— Tem algum compromisso hoje à noite?

Nick foi cauteloso.

— Tenho algumas coisas para resolver...

— Cancela, cara. Fui convidado para uma festa hoje à noite e me disseram para levar uns amigos. Estão dizendo que vai ser o máximo. Todo mundo vai estar lá. É um ótimo lugar para ser notado. Tá a fim?

Nick já tinha feito muito aquilo, aos 20 e poucos anos: as pessoas iam a festas para beber e ficar com alguém, mas ele não estava nem um pouco interessado em nenhuma das duas coisas. Também não queria repetir o fiasco com Kirsten.

Orion sentiu a hesitação.

— Ah, fala sério, cara! É uma festa importante. Um monte de agentes e olheiros de agências vão estar lá. A gente tem que ver e ser visto, certo?

Nick considerou as opções: passar outra noite sozinho num quarto de hotel ou sair com Orion e seus amigos.

No fim das contas, concordou em se encontrar com Orion em Greenwich Village, em um bar onde já tinham ido antes.

Orion estava com mais três caras de 20 e poucos anos, todos tentando a carreira de modelo. Nick reconheceu a rápida avaliação que fizeram, o tipo de olhar que recebia em todos os *castings*, quando os outros modelos avaliavam a concorrência.

Nick apertou a mão deles e se sentou em um banco do bar enquanto Orion ia ao banheiro e, depois, pegava bebidas. Nick tinha pedido uma garrafa de Heineken, mas Orion apareceu com uma bandeja de shots de tequila.

Cada um virou duas doses rapidamente, e então Brodie, que parecia ser o cara que tinha bons contatos, anunciou que era hora de irem embora. Orion quase pulou da cadeira, tamanha a ansiedade de dar o fora dali. Pelo modo como suas pupilas tinham encolhido até ficarem como dois pontinhos, Nick concluiu que sua saída não tinha sido uma simples ida ao banheiro.

Ele não gostava de ficar perto de pessoas que estivessem consumindo drogas — isso fazia com que se lembrasse de como tinha ficado fora de controle quando bebia além da conta, em um momento difícil de sua vida. Prometeu a si mesmo que, não importava o que estivesse rolando na festa, só ia beber água.

Brodie os levou até uma rua transversal, parou na frente de uma pesada porta de metal e bateu duas vezes.

Um enorme segurança fez sinal para que entrassem e sinalizou para que seu colega, igualmente grande, os revistasse. Ele encontrou o pacotinho de Orion contendo... o que quer que fosse, provavelmente anfetamina... e o devolveu para ele. Os celulares, no entanto, foram confiscados.

Nick segurou seu telefone com força e estreitou os olhos para Orion, que encolheu os ombros.

— Como eu disse, tem muita gente poderosa aqui, cara. Melhor seguir o fluxo.

Relutante, Nick entregou o celular e eles conseguiram entrar.

A escada estreita levava a um enorme e amplo apartamento, com iluminação fraca e música alta.

Para onde quer que Nick olhasse, havia gente dançando e bebendo. Havia um forte cheiro de maconha no ar aquecido, e Nick sentiu que começava a suar. Orion lhe deu uma garrafa de cerveja e gritou alguma coisa em seu ouvido que parecia ser "esta pirada" ou algo do tipo. Ah, não "festa irada". Seria possível que tivessem voltado para os anos 1990?

Nick achou que a festa estava mais para cafona do que para irada, ou "caída", como Orion diria, se não estivesse sob o efeito da anfetamina. Preferia tomar cerveja com seus amigos no pub do que ficar vendo um bando de estranhos se drogando. Qualquer atleta que consumisse drogas arriscava sua carreira: os testes de urina eram aleatórios (quatro jogadores eram sorteados) e obrigatórios.

Um representante da empresa de testes antidrogas observava enquanto o atleta urinava em um frasco. Duas amostras e um resultado positivo para alguma substância proibida resultavam em suspensão: seis meses no caso de anfetaminas, e até dois anos no caso de esteroides.

Até mesmo remédios comuns para gripe podiam conter substâncias proibidas.

— Vamos nos divertir! — gritou Orion, tirando a camisa.

Ele não foi o único. Todas as pessoas que eram jovens e atraentes estavam com o corpo à mostra. Várias garotas usavam biquíni, embora Nick não tivesse visto a piscina. Os convidados mais velhos exalavam riqueza e poder com roupas de grife e joias caras.

Nick fez uma careta e foi em outra direção, abrindo caminho em meio à multidão. Homens e mulheres cheiravam cocaína sem cerimônia, os olhos com um brilho excessivo, as risadas altas demais, agindo como se estivessem se divertindo muito.

Estava bastante óbvio que uma parte dos convidados era menor de idade: com certeza menores de 21 anos, provavelmente ainda adolescentes. Nick fez uma careta quando uma garota com uma aparência de quem ainda deveria estar na escola tragou algo que não era cigarro nem maconha, e seus olhos ficaram vidrados e se reviraram. As pessoas em volta riram quando um cara a segurou no momento em que seus joelhos cederam e a carregou para fora da sala.

E não eram apenas garotas. Garotos bonitos, magros e jovens que pareciam estar em plena puberdade andavam pelo salão vestindo regatas e calça jeans skinny, de braços dados com os ricos e poderosos, esperando conseguir uma parte daquele brilho.

Era como se a campanha #MeToo nunca tivesse acontecido.

Nick reconheceu o fotógrafo canalha da semana anterior, o cara baixinho com as mãos bobas.

— A cara de mau cai muito bem em você, querido.

Nick olhou de testa franzida para uma mulher que parecia estar escondendo a idade, atrás do botox havia pelo menos três décadas.

— Vou tentar adivinhar e dizer... você é modelo. Acertei?

Nick assentiu, a postura alerta.

— Venha comigo. Tenho amigos que talvez se interessem por um cara como você. Precisa apenas conhecer as pessoas certas para conseguir o que quiser.

Ela deu um tapinha no sofá e cruzou as pernas, deixando que a fenda do vestido mostrasse que ela estava sem calcinha.

— Não, obrigado — disse Nick, franzindo os lábios enquanto se afastava.

— Você é bem puritano, não?

Os olhos de Nick escureceram de raiva. De modo geral, ele não costumava mais perder a paciência, porém estava no limite desde que tinham chegado.

— Se você acha que usar essas crianças ofende meu puritanismo, então, sim. Se você acha que dizer a eles que vão ficar ricos e famosos dormindo com pessoas que têm idade para ser avós deles ofende meu puritanismo, definitivamente, sim.

Ela riu da cara dele.

— Há quanto tempo está em Nova York, meu amor?

— Tempo demais — resmungou Nick, afastando-se.

Ele largou o resto da cerveja e foi em direção à escada. Orion tinha sumido, e ele não tinha a menor intenção de procurá-lo, nem os outros modelos que estavam com eles.

Passou por duas garotas se beijando, seminuas, cercadas por um grupo de homens muito mais velhos que as estimulavam a continuar enquanto um deles filmava tudo. *Como ele tinha conseguido ficar com o celular?*

Enquanto ia em direção ao corredor, viu que a festa estava a todo vapor e casais ou grupos usavam os quartos, fodendo e sendo fodidos. Não era o sexo que o incomodava, mas a sensação de que aquelas pessoas estavam sendo usadas: modelos, atores e atrizes jovens e desesperados, dispostos a fazer qualquer coisa para chegar ao topo, quando, na verdade, estavam sendo arrastados para a sarjeta.

Nick se sentiu sujo só por estar ali e se perguntou se a polícia se interessaria por aquela suposta festa: menores de idade bebendo, provavelmente fazendo sexo também, talvez pessoas sendo pagas para fazer sexo, ele não tinha certeza. Definitivamente, havia muita droga disponível.

Ele desceu a escada e pediu ao segurança seu celular de volta. Sua respiração foi ficando ofegante conforme sua raiva crescia. Ele se viu cara a cara com o brutamontes de mais de 150 quilos, olhando friamente para ele até seu celular ser devolvido e ele sair.

Nick encheu os pulmões com o ar noturno, inspirando a fumaça dos carros, que era bem melhor do que o fedor de dinheiro, privilégios e predadores no prédio atrás deles.

E, de repente, ele se lembrou de um técnico assistente de um dos times sub-15 no qual jogara: um cara esquisito que sempre aparecia no vestiário quando os garotos estavam tomando banho depois do treino. Nick não pensava nele havia anos.

Ele pegou o celular para chamar a polícia, mas parou. Nick estivera na festa; várias pessoas poderiam identificá-lo. Se ligasse para a polícia, não levaria muito tempo para que descobrissem que ele tinha antecedentes criminais. E então ninguém acreditaria em nada que ele dissesse.

Anna faria a coisa certa.

Aquelas foram as palavras que ecoaram em sua mente. No fim das contas, ele comprou um telefone pré-pago barato e considerou os 37 dólares um dinheiro bem gasto quando discou 911 e contou tudo que tinha visto, tentando disfarçar a própria voz.

Depois, jogou o telefone fora e voltou para o hotel, sentindo o coração pesado.

— Você fez a coisa certa — sussurrou Anna enquanto Nick se deitava.

O dia dela já estava começando, mas Nick ainda nem tinha ido dormir.

— Será? Eu poderia ter feito mais.

Anna suspirou.

— Em um mundo ideal, sim, você poderia ter ligado para a polícia e esperado para identificar os criminosos. Mas não vivemos no mundo ideal, além disso, você estaria se arriscando demais.

Nick fechou os olhos. Precisava ouvir as palavras dela, a voz dela, precisava que ela dissesse que ele não era um merda de um covarde.

— O que você viu acontece em todas as indústrias. Todo mundo sabe disso. Com toda a publicidade desde o caso Weinstein, muita coisa veio à tona, mas ainda tem muita coisa acontecendo por baixo dos panos. Você não pode ser o herói de todo mundo, Nick. — Ela fez uma pausa. — Mas, você é o meu herói.

Nick soltou uma risada abafada.

— Como você sempre diz a coisa certa?

Dessa vez, a pausa foi ainda mais longa, e a voz dela soou séria:

— Porque nós dois já passamos por momentos difíceis, e nós dois sabemos que preto e branco são só cores em uma página.

Nick segurou o telefone com força, concentrando-se na voz de Anna.

No dia seguinte, Nick olhou nos sites de notícia para ver se havia alguma coisa sobre a festa, mas não encontrou nada. E, quando não aguentou mais de curiosidade, mandou uma mensagem de texto para Orion, mas a única resposta que recebeu foi um emoji piscando.

A festa nunca mais foi mencionada.

Capítulo 12

O mês que Nick planejara ficar em Nova York passara fazia várias semanas, e o verão se aproximava, mas ele ainda não se sentia pronto para admitir a derrota e voltar para casa. A saudade de Anna provocava uma dor bem no centro do peito. E ele se pegava massageando aquele ponto em momentos aleatórios.

Havia se mudado para um quarto mais barato a fim de economizar, mas pensar no fracasso deixava um gosto amargo em sua boca. Apenas uma sessão, uma chance, uma boa foto e ele se sentiria menos fracassado.

Anna disse para ele ficar o tempo que quisesse e garantiu que apoiaria qualquer decisão que tomasse. De certa forma, desejava que ela não fosse tão otimista em relação à sua suposta carreira como modelo. Teria sido bom ouvir que ela estava com saudade e queria que ele voltasse para casa. Mas Anna acreditava resolutamente que tudo daria certo, então Nick não tinha escolha a não ser continuar tentando — pelo menos por enquanto.

Quando terminou seus exercícios, Nick viu que havia um recado da assistente de Adrienne pedindo que ligasse para ela. Como a academia ficava perto da agência, ele decidiu ir até lá.

— Oi, Nick — disse a assistente de Adrienne ao vê-lo. — Tudo bem?

— Tudo, obrigado, Shonda. E você?

Ela fechou os olhos, com ar sonhador.

— Nossa, eu adoro seu sotaque! Deixa eu ver se a Adrienne pode receber você agora.

Depois de uma rápida conversa, ela o deixou entrar.

— Nick, sente-se. Talvez eu tenha um trabalho para você.

— Uau, sério? Seria bom para variar um pouco.

Adrienne olhou séria para ele.

— Eu avisei desde o início: você tem que ser durão para permanecer nesse jogo.

Nick ficou envergonhado.

— Então, o que você acha de romance?

Nick ficou confuso.

— Hum, Anna diz que eu sei ser romântico.

Adrienne deu uma risada.

— Tenho certeza que sim, querido! O que eu quis dizer é: o que você acha de posar para a capa de um romance? É um ensaio pequeno, com um fotógrafo experiente que está procurando alguém como você. Hum, deixe-me ver... ah, sim, o nome dele é Golden Czermak. É um cara legal, bem conhecido no meio. Ele prefere modelos fortes, e acho que ele mesmo já foi modelo. Ele vai passar alguns dias em Nova York e quer marcar um ensaio amanhã, no quarto de hotel dele. O cara é sério. Está interessado?

— Ele já viu alguma foto minha?

Nick estava cauteloso. Já havia perdido muitos trabalhos porque não gostavam de seu tamanho ou de suas tatuagens — realmente não estava interessado em perder mais tempo.

— Já, e gostou do que viu — respondeu Adrienne imediatamente. — Ele mesmo tem muitas tatuagens, então isso não será um problema.

Nick assentiu.

— Claro, vamos tentar.

— Excelente! Aqui estão os detalhes.

Nick ficou um pouco desconfiado, já que a sessão seria no quarto de hotel do cara, mas concluiu que, se não gostasse, era só ir embora. Ao verificar a página do fotógrafo no Facebook, viu que ele parecia ser um cara sério.

Então, na manhã seguinte, Nick apareceu no quarto do hotel em Midtown e bateu à porta.

Ela foi aberta por uma mulher baixinha e agitada, com cabelos curtos, olhos arregalados e expressão desalinhada.

Havia várias outras mulheres rindo atrás dela e, quando Nick ouviu o som de uma garrafa de champanhe sendo aberta, achou que talvez tivesse chegado a uma despedida de solteira, como chamavam por ali. De qualquer forma, estava no quarto errado e começou a se desculpar. Mas a mulher agarrou seu braço e o puxou para dentro do quarto.

— Oi! Você deve ser o Nick! Claro que é o Nick! Está aqui para a sessão de fotos do Golden, não é? Pode entrar. Eu sou a Elaine. A tatuadora.

Nick ergueu as sobrancelhas, e Elaine riu.

— Ah, não é o que você está pensando. Eles querem uma tatuagem específica para essas fotos, então, vou ter que pintá-la. Mas vai sair quando você tomar banho. Não se preocupe.

— Eu já sou bem tatuado — avisou ele.

— Ai, meu Deus! Amei seu jeito de falar! Sua voz é incrível. Você é irlandês?

— Não, inglês.

— Sério?

— Sério.

— Ah, tudo bem. Ei, essa é a Meagan. — Ela apresentou Nick a uma mulher atarracada de cabelo roxo e tatuagens coloridas nos braços. — Ela é a autora. É na capa dos livros dela que você vai estar.

— Oi, Nick. Prazer em conhecer você.

— O prazer é meu.

Então, Nick foi apresentado ao fotógrafo. Golden era um cara tranquilo e bonito, bem musculoso e com quase tantas tatuagens quanto Nick. Ele apertou a mão de Nick e chamou uma garota pequena de cabelos castanhos.

— Essa é a Shelly, ela vai posar com você nessa sessão.

Nick ficou desconcertado. Não sabia que teria de posar com uma mulher. Embora tivesse sido avisado de que seria para a capa de um romance, Adrienne deveria ter dito alguma coisa...

143

— Hum, Golden, minha agente não me disse nada sobre fotos de casal.

— Algum problema?

— Eu nunca fiz nada parecido com isso antes e, bem, eu sou noivo.

Golden sorriu, relaxado.

— Tudo bem, isso não será problema. O ensaio vai ser sensual, um pouco sexy também, mas essas capas precisam passar pelo crivo da Amazon, então não pode ser nada muito erótico. Tudo bem para você?

Nick assentiu, decidindo confiar no fotógrafo, por ora, pelo menos.

Então, foi apresentado a três outras mulheres: a agente da autora, a maquiadora e outra mulher chamada Janice, cujo papel naquele caos ele não entendeu muito bem.

Havia muita gente naquele quarto de hotel.

Conforme o barulho aumentava, Golden continuou a discutir os planos para a sessão de fotos tranquilamente.

Nick gostou dele de imediato: era fácil falar com ele, que ia direto ao ponto. E, de alguma forma, conseguia se desligar das mulheres, que pareciam estar aproveitando a festa.

Naquele momento, sua atenção estava voltada para Shelly, enquanto ela vestia uma saia de couro e um bustiê e colocava uma peruca que ia até a cintura e que parecia tão natural quanto chifres em um camelo.

Golden permaneceu impassível enquanto o barulho aumentava, mas a tensão em seu corpo o denunciava.

Nick ficou aliviado por ter um aliado para ajudá-lo a enfrentar aquilo.

Elaine se aproximou segurando uma grande bolsa de maquiagem.

— Nick, quer beber alguma coisa? Água? Preciso trabalhar na sua tatuagem e vai levar um tempo.

— Só água, obrigado.

Ela entregou uma garrafa a ele e apontou para uma cadeira.

— Se você puder tirar a camiseta e se inclinar para a frente...

Nick tirou a camiseta, mas levantou a cabeça, assustado, quando as outras mulheres começaram a dar gritinhos animados.

— Elas estão um pouco excitadas — explicou Elaine, despreocupada. — Vai ser uma sessão maravilhosa.

— Tudo bem...

Nick se inclinou para a frente enquanto Elaine examinava as tatuagens em suas costas.

— Ei, Meagan, pode vir até aqui?

A autora olhou para ela, com o rosto ligeiramente corado por causa do champanhe, ou por toda aquela pele masculina exposta diante dela. Provavelmente as duas coisas.

— Claro!

— Tudo bem... posso adaptar a nova tatuagem a esse estilo, o que provavelmente ficaria mais realista, ou optar pela tipografia *death metal* que você tinha em mente.

Death metal?

— Ah, uau, bem, não sei. O que você acha, Isabel?

A agente se aproximou, confiante.

— É, eu aceitaria a ideia da Elaine. Gostei — respondeu ela, aproximando-se e dando tapinhas no ombro de Nick. — Tudo bem para você?

— Claro, o que vocês preferirem.

— Legal!

Elaine espalhou um líquido nas costas dele, passando um pedaço de algodão sobre a pele. Então ele sentiu o toque suave de um pincel enquanto ela trabalhava na tatuagem falsa.

Quinze minutos depois, Elaine terminou, e o harém se reuniu à sua volta para elogiar o trabalho.

Em seguida, foi a vez da maquiadora, que também trabalhava como cabeleireira, passar um gel e prender o cabelo dele em um rabo de cavalo, aplicar base no rosto e no nariz e um pouco de pó na testa.

Golden descruzou os braços e abriu um breve sorriso para Nick, como se dissesse: *Vamos acabar com isso o mais rápido possível.* Em seguida, acendeu duas luzes portáteis que tinha armado.

— Vou começar com alguns close-ups das tatuagens verdadeiras e da falsa, tudo bem?

— Claro.

Nick seguiu as orientações de Golden, satisfeito ao perceber que agora compreendia mais rapidamente os tipos de poses que o fotógrafo queria, como mover o corpo e contrair os músculos para ficarem mais definidos.

Então, Shelly entrou em cena e Nick foi orientado a olhar nos olhos dela.

— Nick, você está com uma cara um pouco enfezada, cara — alertou Golden. — Imagine que ela é a sua mulher.

Nick fechou os olhos por um segundo e pensou em Anna. Em seguida olhou para Shelly, passando o dedo de leve pelo rosto dela.

As mulheres deram gritinhos novamente, o que irritou Nick, mas ele tentou manter o rosto de Anna em sua mente. Imaginou o olhar dela quando a beijava, quando a tocava... Teve de afastar esse pensamento.

Então, pediram que ele levantasse Shelly e a pressionasse contra a parede, como se estivessem transando. Ela era muito mais leve que Anna, e quase caiu para trás, batendo levemente contra a superfície fina de gesso.

— Desculpe — murmurou Nick, mas Shelly apenas assentiu com a cabeça, surpresa e ofegante.

Atrás deles, um coro de ohs e ahs.

Eles trabalharam por vários minutos até que Golden se levantou e se alongou, em seguida se virou para a autora, que era quem estava nominalmente no comando da sessão.

As mulheres deram gritinhos, embora Nick não soubesse bem o que estava acontecendo — Golden olhou para ele, cansado. Era o ensaio fotográfico mais estranho do qual Nick já havia participado — não que ele tivesse participado de muitos, mas, mesmo assim...

Golden deu de ombros e voltou a atenção para o medidor de luz da câmera.

— Ah, meu Deus! Ah, meu Deus! A gente tem que fazer fotos com a jaqueta de couro! — gritou uma das mulheres.

Talvez fosse a editora ou a agente, Nick não sabia mais. Ela não tinha olhado para o rosto dele quando foram apresentados; em vez disso, esquadrinhara seu corpo com o olhar. Só porque estava começando a se acostumar com isso não significava que gostasse.

— Eu vou suar se colocar uma jaqueta de couro — observou Nick. — E isso pode borrar a tatuagem falsa.

— Sim, mas nós precisamos dessas fotos. Se formos bem rápidos...

Nick assentiu com a cabeça e fez o que lhe pediram, deslizando cuidadosamente a jaqueta pelos ombros largos.

Golden tirou mais algumas fotografias com Nick olhando intensamente para a câmera, depois consultou a autora mais uma vez.

— Então, Meagan, qual é a história? O que queremos transmitir com essa cena? Você quer o Nick na cama?

Provavelmente a coisa errada a dizer.

As mulheres se reuniram em um círculo, olhando para Nick por sobre o ombro e dando risinhos. Que coisa irritante. Então a editora se dirigiu a Golden.

— Você pode pedir a ele que tire a calça?

Golden olhou para Nick, com as sobrancelhas arqueadas.

— Tudo bem para você, Nick?

— Claro.

Nick tirou as botas e a calça jeans, ignorando a animação da plateia.

— Ai, meu Deus, olha só a bunda dele!

— A mais linda do mundo!

Nick teve vontade de lembrar a elas que era uma pessoa, não apenas um pedaço de carne, mas decidiu que, quanto mais rápido terminassem, melhor.

Então ele se deitou na cama, seu olhar quente aumentando a temperatura do quarto enquanto Golden captava cada movimento expressivo de seu corpo e de seu rosto.

Quando Shelly se juntou a ele, usando apenas calcinha e sutiã, deitando-se sobre ele com as pernas entrelaçadas nas dele, Nick tentou pensar em Anna, mas aquilo não pareceu certo.

Quando teve de ficar sobre Shelly, segurar seus braços e fingir que a estava beijando, ele estremeceu por dentro. Aquilo não era justo com Anna. Nem com ele mesmo.

Por fim, a sessão acabou, e Golden desligou as luzes. A expressão dele era neutra, mas Nick viu o alívio em seus olhos por ter finalmente terminado aquele trabalho.

— Quer tomar uma cerveja? — perguntou ele a Nick.

— Boa ideia.

Nick se vestiu, apertou a mão da autora, ganhou beijo de todas as outras mulheres e, alguns minutos depois, ele e Golden desceram para o bar do hotel.

— Isso foi... diferente — comentou Nick, minimizando consideravelmente a situação.

Golden suspirou e massageou as têmporas.

— Eu estou acostumado a trabalhar sozinho. Aquilo foi...

Ele não encontrou as palavras, mas Nick assentiu assim mesmo.

— Não é sempre assim — disse Golden, por fim. — Bem, eu nunca passei por isso antes. A coisa toda costuma ser muito profissional. Espero que não tenha se sentido desconfortável.

Nick tomou um longo gole de cerveja e encostou a garrafa gelada na testa. Na verdade, ele havia decidido que não faria mais fotos de casal. Parecera desrespeitoso com Anna, com o que o relacionamento deles significava para ele. Ele não gostava da ideia de parecer que estava transando com outras mulheres, mesmo que fosse apenas uma encenação.

— Não, eu fiquei feliz porque você estava lá, cara. Temos que nos unir.

Golden riu.

— Nisso você está certo, cara! Então, o que você achou do mundo dos ensaios fotográficos para livros românticos?

— Mais difícil do que eu esperava. Há quanto tempo você é fotógrafo?

Golden sorriu, os cantos dos olhos se enrugando de prazer.

— Desde criança, acho. Sempre gostei de tirar fotos. Prefiro fotografar em locações. Acabo conhecendo lugares incríveis. É difícil de explicar, mas, mesmo que seja só um beco, tem um tipo de vibração que você meio que capta no ar e que o modelo pode usar para fazermos a foto. As locações dão ótimos fundos e texturas. — Ele coçou o queixo, pensativo. — Embora, no estúdio, você tenha mais controle sobre a luz.

Nick se lembrou de sua experiência com Massimo.

— Você pretende continuar trabalhando como modelo? — perguntou Golden.

— Talvez. Pelo menos vou tentar enquanto estiver aqui, mas no longo prazo...

— Acho que você pode se sair muito bem — comentou Golden, pensativo. — Confiança é importante, uma das coisas mais importantes, na minha opinião. E eu não estou falando de ego nem de babaquice. — Ele riu. — Acho que a confiança é o que guia o resto, sua aparência, sua forma física e tudo o mais, para conseguir uma boa foto. Em termos físicos, os modelos com um corpo mais definido tendem a se dar bem no setor de romances. Você sabe, por causa do público-alvo e do elemento "fantasia". — Ele deu de ombros. — Mas, se o cara começar a ficar musculoso demais, aí entramos no território do fisiculturismo, que é mais difícil de vender, embora tenha seu apelo, ou não, dependendo de quantas veias você gosta de ver. — Ele ergueu as sobrancelhas. — No conjunto, no entanto, todos os elementos devem trabalhar em uníssono, e a confiança deve transparecer na foto final. — Ele olhou demoradamente para Nick. — Eu sei que você começou há pouco tempo; fiquei surpreso com a rapidez com que conseguiu dominar as poses e os procedimentos. E o seu rosto bonito também ajuda muito!

Nick riu, um pouco constrangido. Ainda não estava acostumado com o fato de sua aparência ser mais importante do que sua atuação.

— Que tipo de câmera você usa? — perguntou Nick, querendo mudar de assunto, mas também disposto a entender e aprender.

— Uso uma Nikon D800, geralmente com uma lente f2.8 24-70mm.

Nick se inclinou para a frente, interessado.

— E funciona bem tanto para fotos internas quanto externas?

Eles conversaram um pouco sobre técnica, iluminação, lentes e a hora de ouro, o horário favorito dos fotógrafos para fotografar.

E então Nick fez a pergunta na qual havia pensado o dia todo.

— Como foi que você começou a trabalhar com fotos para capa de livros?

Golden abriu um sorriso lento e malicioso.

— Ah, essa é uma história muito interessante, mas vamos precisar de mais cerveja...

Capítulo 13

— Está falando sério? Ela parece uma criança.

Nick não queria fazer outra sessão como casal depois da experiência com Shelly. Ele não tinha nada contra ela, mas, ficar em posições íntimas com outra mulher, mesmo quando havia outras pessoas presentes, era como trair Anna, e ele *não* se sentia bem fazendo aquilo.

Adrienne o convencera, dizendo que seria um grande ensaio para um cliente importante e que ele seria idiota de recusar. Acrescentou que havia centenas de outros caras que adorariam ter aquela oportunidade, e assim por diante.

No fim, ele acabou aceitando, desde que as fotos não envolvessem nudez de nenhuma das partes.

Achou que soubesse no que estava se metendo...

Mas aquela *menina*?

Nick estava horrorizado. Ele deveria fazer um ensaio sexy com uma *criança*?

O gerente de comunicação do cliente dirigiu-lhe um olhar impaciente.

— Você está me dizendo que não a reconhece? Cee Cee Eloy, a próxima supermodelo, cara. Ela saiu em mais capas esse ano do que a Gigi Hadid. Ela está fazendo um favor a você ao posar com um desconhecido.

Nick ignorou a alfinetada.

— Quantos anos ela tem? — insistiu Nick.

— Quinze.

A garota foi andando até eles, a cuidadosa maquiagem acentuando a pele de porcelana e os olhos grandes de boneca. Ela bocejou.

— Eu tenho 13 anos. E tive que chupar muito pau para chegar aonde cheguei.

Nick ficou boquiaberto. *Ela está brincando. Meu Deus, tomara que esteja brincando.* Mas talvez não estivesse.

Não tinha visto ninguém tão jovem quanto ela na festa para a qual Orion o havia levado, mas isso não queria dizer que esse tipo de coisa não acontecesse. Nick não era ingênuo; aquilo era apenas uma coisa na qual preferia não pensar.

Ele tinha sido avisado de que aquela indústria era cruel, que idolatrava a juventude, que se aproveitava da inocência. Mas ver aquilo bem diante dos seus olhos... era horripilante.

— Onde estão seus pais?

A garota revirou os olhos e bocejou de novo.

— Eu sou legalmente emancipada.

— Veja bem, cara... — começou o gerente de comunicação.

— Meu nome é Nick.

— Tanto faz o seu nome! Você foi contratado para fazer as fotos. Se for embora agora, vai custar milhares de dólares para o cliente. Cee Cee ganha dez mil por hora, entendeu? Seja lá quanto você esteja ganhando aqui, ela vai ganhar vinte vezes mais. *Ela* manda. Você e eu, nós só trabalhamos aqui. Se você for embora, a empresa de perfume vai processar você por causa dos custos, do atraso, dos honorários de advogados, dos lucros cessantes da propaganda, dos patrocinadores e da revista na qual vai sair o ensaio fotográfico. E isso é só o começo. Você vai ficar arruinado nessa cidade. É isso que você quer?

Nick respirou fundo.

— Mas ela é só uma criança! E eu tenho que...

— ... seduzi-la. Sim, nós sabemos disso. Você é a serpente no Jardim do Éden. Ela é a Eva e representa a inocência, blá-blá-blá.

É uma grande campanha. Então vá para o set, faça seu trabalho e pare de foder com a vida de todo mundo.

Nick ignorou o cara e foi para o camarim, onde tinha deixado as roupas.

Ligou para a única pessoa que o entenderia. E não era sua agente.

O telefone tocou e tocou.

— Vamos, atenda! — resmungou Nick para o aparelho em sua mão.

Quando achou que a ligação cairia na caixa postal, ouviu a voz ofegante de Anna.

— Nick! Achei que estivesse em uma sessão de fotos hoje. Desculpe, eu estava entrando em casa.

— Estou no estúdio agora.

Ela provavelmente detectara a ansiedade na voz dele.

— O que houve?

Ele pigarreou, desconfortável com o que tinha para dizer.

— Lembra que eu contei que era uma sessão de fotos de casal, com base na história de Adão e Eva?

— Lembro.

— Bem, eu devo desempenhar o papel da serpente no Jardim do Éden, tentando fazer com que a menina coma a maçã... eu sou a essência do mal ou algo assim, e a menina, a modelo, Eva? Amor e inocência. Certo?

— Acho que você vai descobrir que Eva não era tão inocente assim... mas continue.

— Sim, bem, a *menina* que contrataram...

— Você não gostou dela?

— Não é isso. Eu nem a conheço, mas... ela é uma *menina*!

Houve uma longa pausa.

— Não estou entendendo, Nick.

Ele suspirou e começou a passar os dedos pelo cabelo quando se lembrou de que a cabeleireira tinha levado meia hora para deixá-lo daquele jeito, os cachos brilhando como se estivessem molhados.

— Eu tenho que seduzi-la. Quer dizer, fingir que a estou seduzindo!

— Ah. Eu... Eu não sei o que dizer. Se você aceitou o trabalho...

— É esse o problema. Eu não sabia que o trabalho seria tão... tão... Meu Deus, eu nem sei como vai ser. Ela é uma *menina*! Ela tem 13 anos! Eu estou me sentindo um pedófilo!

Ele ouviu Anna arfar.

— Tão nova...

— Pois é! Disseram que ela é bem famosa no mundo da moda... Uma tal de Cee Cee.

Anna ofegou.

— Espere! Não é a Cee Cee Eloy?

— Isso, é ela. Você sabe quem é?

Anna deu uma risada.

— Sei. Ela é bem famosa, mas eu não sabia que era tão nova. Mas, pensando bem, a Kate Moss foi descoberta quando tinha 14 anos...

Nick se sentou pesadamente.

— Eu não sei o que fazer. Disseram que, se eu sair daqui, estou acabado. Ninguém mais vai me contratar e eu provavelmente vou ser processado.

A voz de Anna estava mais firme quando ela voltou a falar.

— Você tem o direito de se sentir confortável no set, Nick. Até agora, a única coisa que pediram que você fizesse foi trabalhar com essa menina. Eles não pediram que você fizesse nada inapropriado. Mesmo assim...

— Porra, Anna! Tudo nesse trabalho é inapropriado! Ela tem *13 anos*!

— Eu sei. — Ela suspirou. — Tudo que posso dizer a você é que siga seus instintos. Se decidir ir embora, tudo bem. Eu vou apoiar todas as suas decisões.

— Obrigado, amor.

A voz de Anna virou um sussurro:

— E o que você está usando para seduzir a Eva?

Nick deu uma risada.

— Não muita coisa.

— Conte mais!

— Um tapa-sexo que mais parece uma meia e um roupão.

Ele percebeu que ela estava sorrindo quando falou:

— Parece sexy.

— Nem um pouco. É uma meia cor da pele bem desconfortável.

— E como uma meia pode ser desconfortável? Quer saber de uma coisa? Não precisa explicar. — Ela suspirou. — É muito bom ouvir você rindo.

— Desculpe por estar sendo tão chato. Eu vou compensar.

— Ah, bem... você não precisa me compensar por nada. — Ela fez uma pausa e sua voz baixou metade de uma oitava. — Na verdade, sim, vamos dizer que você está me devendo uma. Parece divertido!

Nick sorriu ao imaginar todas as formas de "compensar" Anna, mas fechou a cara quando alguém da equipe bateu na porta e apontou para o relógio.

— Tenho que desligar — disse ele e suspirou.

— Tá legal. Me ligue mais tarde para dizer se vamos precisar vender a casa para pagar os advogados.

— Haha, pode deixar!

— Sabe, não consigo imaginar que uma grande marca de perfume pudesse querer fazer alguma coisa que refletisse negativamente neles. Mas, falando sério, Nick. Só faça o que você se sentir confortável em fazer. Nós dois sabemos que fotografias nunca mais desaparecem da mídia. Elas sempre estarão lá.

Sentindo-se ligeiramente mais seguro depois de ouvir as palavras de Anna, Nick voltou ao set. Fazia mais calor ali do que no camarim, porque as luzes do estúdio já estavam acesas.

Cee Cee estava olhando para o celular, mas desviou o olhar para Nick quando ele se sentou ao lado dela, deixando uma cadeira vazia entre os dois.

Ela mordeu uma mecha de cabelo e sorriu para ele.

— Foi legal da sua parte. Ninguém nunca se preocupou com essa questão antes — disse ela enquanto passava para a próxima fase no Candy Crush. — Quase todos os caras são bem cretinos.

— Bem, alguém deveria se preocupar com você — disse Nick com um tom rude.

Ela sorriu de um jeito que mostrava que sabia mais sobre a vida do que deveria na sua idade.

— Eles não chegariam longe na indústria se tentassem. Você disse que seu nome é Nick?

— Isso, Nick Renshaw.

— Ah, é, o cara que Massimo recomendou...

Recomendou?

— Bem, Nick Renshaw, pode ser que eu consiga trabalhar por mais uns dez anos, mas pode ser que não. Eu posso já estar ultrapassada aos 16. Não é todo mundo que consegue ter uma carreira como a Giselle, a Naomi ou a Kate. A maioria chega ao fim da carreira aos 20 e poucos anos. Meu agente disse que tenho que me preparar para me aposentar quando fizer 20 anos.

Nick olhou para ela com compaixão e um pouco de identificação, enquanto seus olhos se concentravam no celular.

— Ninguém me diz o que fazer — disse ela. — Sou eu que me dou as ordens.

Nick sentiu o peso da ingenuidade dela ao ouvir aquelas palavras. Em seguida, os olhos adultos dela encontraram os dele pelo canto do olho.

— Você parece meio tenso. Quer alguma coisa para relaxar?

— *Como assim?!*

Cee Cee encolheu os ombros.

— Você parece superestressado.

— Não, eu estou bem. — Ele fez uma careta. — Obrigado.

— Tudo bem. Eu vi você tomando alguma coisa antes, achei que você curtisse.

Nick franziu a testa, sentindo-se encurralado e na defensiva.

— Era ibuprofeno. Fiz uma cirurgia no ombro.

— Claro. Não precisa explicar.

Ela colocou uma pílula azul na boca e tomou um gole de água água para engolir. Pelo menos umas quatro pessoas a viram fazer isso, mas ninguém disse nada.

Chamaram o nome dela e a levaram para o set para as fotos principais.

Enquanto se afastava, ela se virou para olhar para ele, andando de costas na ponta dos pés, com um sorriso enorme no rosto.

— É impressão minha ou é estranho que eles tenham escolhido o cara mais legal do ramo para fazer o papel do Diabo?

Então soltou uma gargalhada.

Nick ainda se sentia tonto com toda aquela situação e desconfortável por causa da menção aos analgésicos que tomava. Achou bom que Anna não soubesse. Mas os remédios ajudavam. Estava dormindo mal e sentia dor no ombro. Precisava dos remédios. Precisava mesmo.

Eu deveria parar.

Ver aquela menina consumir drogas no set — e ninguém se importar com isso — o fez parar para pensar a respeito.

Era uma situação tão estranha: a menina de 13 anos estava agindo como uma mulher de 30, e Nick estava à deriva em um mar de valores morais inconstantes que ele não compreendia. A única coisa que sabia era que toda a equipe estava olhando para ele com um misto de pena e impaciência.

Parte dele queria ir embora, mas a parte que se recusava a fracassar lutava para ficar.

Por fim, decidiu seguir o conselho de Anna: se começasse a se sentir desconfortável de alguma forma depois que a sessão começasse, jogaria tudo para o alto, sem se importar com as consequências.

— Oi, Nick! Como vai? Sou Alan Schafhaus, o fotógrafo. Fiquei sabendo que você tem algumas ressalvas em relação ao que vamos fazer aqui, e eu entendo. — Ele levou a mão ao coração. — Mas juro que respeito muito todos os meus modelos e quero que você fique completamente relaxado. — Ele colocou a mão no ombro de Nick. — Somos todos profissionais aqui. Sacou?

Respirando fundo, Nick assentiu e forçou um sorriso.

— Claro.

— Ótimo! Então vamos começar.

Como um maestro regendo uma orquestra, Alan dirigia, organizava e dava ordens.

Nick tirou o roupão e, na mesma hora, uma mulher chegou correndo com um frasco de glicerina e água de rosas, borrifando uma fina névoa em torno dele, de forma que sua pele parecesse brilhar, suas tatuagens cintilando sombriamente. Outra cabeleireira se aproximou, tentando domar seu cabelo para que ficasse com cachos definidos que refletissem a luz, como serpentes, uma Medusa masculina e diabólica, um guerreiro.

Quando Nick se viu no espelho, ficou chocado com a estranheza e a familiaridade combinadas. Ele parecia um predador, prestes a roubar a inocência de alguém. Pensou no apelido que a imprensa britânica lhe dera quando tinha sido acusado de estar transando com as mulheres dos outros jogadores (tudo mentira): "Nick Safadão."

E talvez houvesse uma minúscula parte dele que quisesse fazer jus àquele apelido pela primeira vez. Como sua mãe costumava dizer: "Às vezes o castigo que recebemos é maior que o pecado que cometemos." Ele já tinha pagado por seus supostos crimes...

Nick olhou dentro de si e descobriu que havia mais do que tédio e depressão lá: havia um poço profundo de raiva por causa da lesão que lhe roubara o último ano de rugby; o último ano sendo o homem que estava destinado a ser. Apesar da carreira afortunada, dos anos de sucesso que se seguiram aos tempos sombrios de lesões sérias, escolhas erradas e falta de sorte, havia uma pequena chama de fúria dentro dele, uma chama que, se fosse alimentada, poderia virar uma fornalha crepitante.

Nick deixou um pouco daquela raiva vir à tona, fazendo sua pele ficar mais quente e conferindo um brilho aos seus olhos. Era um claro aviso para que não se metessem com ele, uma arrogância imperiosa que dizia que ele achava todo aquele processo de ser modelo uma coisa extremamente fútil e um pouco ridícula.

Apesar das pessoas em volta dele arrumando seu cabelo, retocando a maquiagem, borrifando sua pele, ele se isolou de tudo, apenas tolerando aquilo, mas sem participar.

Alan Schafhaus estava muito animado. Sentia que aquela sessão seria épica. A vibração estranha e raivosa do modelo inglês tinha o foco intenso, a atração perigosa e predatória de um deus sombrio, e a inocência drogada de Cee Cee seria um contraponto perfeito. Com o sexto sentido de um homem que estava no topo de sua profissão, sabia que aquele dia seria ótimo. Estava quase salivando, desesperado para deixar que sua câmera entrasse em ação, mas se manteve no papel de maestro, com a batuta em riste. E escolheu a melhor obra para se inspirar: *Danse Macabre*.

Nick estava sob a luz de um holofote em meio às sombras, um filtro vermelho deixando a luz sinistra, e Cee Cee estava deitada languidamente, uma luz amarela difusa conferia ao seu rosto bonito de boneca uma aura de pureza.

É incrível, pensou Alan, *que tal verdade emocional possa ser captada nos olhos de uma criança*.

Embora aos olhos do mundo dos modelos, Cee Cee fosse a profissional experiente, e Nick, o ingênuo.

Alan Schafhaus sabia que não podia apressar aquela sessão de fotos. Devagar, foi aproximando os modelos — um toque, um olhar cintilando de desejo.

No fim, não houve nada minimamente íntimo nas poses que Nick teve de fazer com Cee Cee. Sim, ela ficou bem próxima dele, seus rostos quase se tocando, mas foi mais como um jogo de Twister, tentando colocar os braços e as pernas em posições estranhas, flexionar os músculos *e* mostrar as expressões que Alan queria em seu rosto.

Ele tentou ser estoico, mas a raiva estava lá, e o fotógrafo parecia querer despertá-la deliberadamente, fazendo-o repetir a mesma pose várias vezes.

As poses eram corrigidas várias vezes, nos mínimos detalhes. A iluminação era ajustada repetidas vezes, ou Alan tirava a câmera do tripé e se aproximava para um close-up, falando, comandando, dando ordens o tempo todo.

Cee Cee envolveu Nick com suas pernas e seus braços longos; uma das pernas em volta do quadril dele e um dos braços em torno do pescoço — os olhos grandes e inocentes mais ilusórios do que reais.

Um ventilador soprava os cabelos loiros e lisos em uma lâmina de seda sobre o ombro e o peito de Nick. As mãos dela passeavam pelo abdome e pela coxa dele. Certamente não parecia que era ele quem estava seduzindo naquela cena.

A câmera adorava a linda menina-mulher e o homem-demônio — e toda a equipe por trás das câmeras sentiu a magia do que estavam criando.

Ao mesmo tempo, foi tudo muito mais frenético do que a paz serena do estúdio de Massimo. Nick tentou recorrer a sua calma interior quando sua paciência estava prestes a se esgotar depois de duas horas mantendo o corpo em posições nada naturais enquanto a raiva fervente ameaçava explodir. Cee Cee, porém, parecia flutuar sobre tudo, conectada mas distante, sem nunca reclamar.

Nick não sabia o que ela havia tomado, mas estava realmente funcionando para ela. Ele estava quase com inveja. Quase.

Quando a sessão acabou, entregaram uma toalha a Nick. Ele não ficou surpreso ao perceber que suor de verdade tinha substituído o spray de glicerina e água de rosas.

— Ótimo trabalho — elogiou Alan, segurando o ombro de Nick. — O cliente vai ficar impressionado.

Nick assentiu, deu um passo para trás e, ao se lembrar de que deveria ansiar por uma carreira como modelo, acrescentou:

— Obrigado.

Cee Cee abriu um sorriso lânguido.

— Foi muito bom trabalhar com você, Sr. Cara Legal. Você não tentou tirar uma casquinha de mim. — Ela apontou um dedo longo e magro para ele. — Eu gostei de você.

Nick observou enquanto ela se afastava, ainda sob o efeito do que quer que tivesse tomado.

Uma nuvem de preocupação desceu sobre ele: *Minha filha nunca será abandonada dessa forma.*

Ele e Anna já tinham conversado sobre filhos, em algum ponto vago e distante no futuro, quando fosse a hora certa, mas, naquele momento, Nick queria estar com sua família: Anna e o filho que teriam um dia.

O que diabos eu estou fazendo aqui?

Passaram-se muitos meses até que Nick pudesse ver o resultado da sessão com Cee Cee. Ele ficou chocado. As fotos para o comercial de perfume ficaram muito mais eróticas e intensas do que pareciam no estúdio, com o fotógrafo se aproximando para várias fotos, registrando a expressão descontente de Nick e a ingenuidade infantil de Cee Cee, que era mais aparente do que real.

Chamas tinham sido colocadas atrás de Nick no Photoshop, o que conferia ainda mais drama à cena.

Nick fez uma careta: ele parecia enorme ao lado da jovem modelo, bruto e sombrio, enquanto ela era etérea e leve; e realmente parecia que ele a estava seduzindo.

Ele ficou imaginando o que Anna pensaria quando visse aquelas fotos. O que os outros pensariam não importava, embora ele quase conseguisse adivinhar qual seria a reação da imprensa britânica:

Nick Safadinho seduz adolescente

Ele ouviu o eco das palavras de Anna em sua mente: *uma fotografia na imprensa é para sempre.*

Ah, merda.

Capítulo 14

— Como é bom ouvir a sua voz!

Nick estava em Nova York havia três meses, tendo voltado para Londres apenas uma vez, para uma breve visita.

Desde a sessão de fotos com Cee Cee, havia trabalhado quase ininterruptamente em várias campanhas pequenas e médias. As coisas estavam começando a dar certo, e ele sabia que precisava tomar algumas decisões.

Ele se jogou na cama de seu pequeno quarto, fechou os olhos e abriu um sorriso enquanto ouvia a voz de Anna. Ela parecia tão próxima, e ele desejou pela milionésima vez que a noiva estivesse ali no quarto com ele.

— Ei — disse ela, feliz. — Como foi o seu dia?

Nick ouviu a voz de Brendan ao fundo.

— Ainda está trabalhando?

— Só terminando algumas coisas enquanto tomamos um vinho. Ah, o Brendan está mandando um oi e perguntou onde você conseguiu aquelas cuecas boxer que estava usando nas fotos que me mandou.

Nick deu risada.

— Diga que eu levo algumas para ele quando voltar.

Ele ouviu o som de uma discussão abafada e Anna sussurrando enfaticamente:

— Eu não vou dizer isso a ele.

— O que houve, amor?

— Ah, é só o Brendan sendo Brendan.

— Eu vou querer saber?

— Definitivamente, não.

Nick riu de novo, a solidão dolorida em seu peito diminuindo.

— Está bem.

— Então, como foi seu dia?

Nick sorriu.

— Assinei um novo contrato hoje. Miami Swim Week. Acho que vou participar de um desfile. Isso vai ser bem diferente.

Ele estava satisfeito consigo mesmo e ansioso para tentar alguma coisa nova. Além disso, aquilo fazia com que se sentisse um modelo de verdade.

A voz de Anna soou um pouco chocada.

— Uau! Um desfile de verdade! Que incrível! Espere, o que você vai estar vestindo?

Nick riu.

— Acho que a dica está no nome: "*swim.*" Parece que é o maior evento de moda praia do mundo. Bem, foi o que a Adrienne disse.

— Moda praia, hein? Isso parece... sexy. Quando vai ser?

— Em algumas semanas. Meados de julho.

Seguiu-se uma longa pausa, e Nick olhou para o telefone, perguntando-se se a ligação teria caído.

— Anna?

— Ah, sim, desculpe. Uau, sério? Um desfile em Miami! Que máximo!

— Você acha mesmo?

— Claro, com certeza!

Nick apoiou a mão livre atrás da cabeça e fechou os olhos.

— A Adrienne disse que vai ter uns duzentos modelos nesse evento, a maioria mulheres, acho. Mas, sim, vai ser legal. Uma boa exposição para mim, muitos contatos, sabe?

Anna podia imaginar muito bem o tipo de *exposição* que seria. Estava com saudade dele.

Tanta saudade que chegava a doer. Mergulhar de cabeça no trabalho e, às vezes, sair com Brendan não era o mesmo que estar ao lado de sua alma gêmea.

E, naquele exato momento, ele estava bem longe. Tantas vezes ela se sentira tentada a ir até ele, levar o trabalho com ela, mas algo sempre a segurava: a necessidade de Nick de fazer aquilo sem sua ajuda. Eles tinham brigado por causa disso — o que significava que Anna havia gritado e Nick tinha dado as costas e saído. O que ela via como dar apoio, ele parecia ver como uma fraqueza. Isso a frustrava muito.

E Anna gostaria que ele dissesse que estava com saudade, que precisava dela: ele nunca dizia isso.

Mas finalmente sua paciência se esgotou; estava com muita saudade para perder a oportunidade de ir vê-lo. Então, quando ele mencionou Miami, ela teve uma ideia...

— Acho ótimo. De verdade. Tá legal... hum... Nick, eu posso ir até aí para passarmos um tempo juntos. O que você acha? — A voz dela era hesitante. — Posso aproveitar para visitar minha mãe e depois encontro você em Miami. Não quero atrapalhar seu trabalho nem nada...

Nick ficou surpreso com a onda de felicidade que sentiu. Ele achava que estava se acostumando a ficar longe de Anna, mas a ideia dela pareceu abrir a porta para a solidão que estava tentando esconder de si mesmo.

— Sério? Você consegue tirar uns dias? — perguntou ele, cauteloso. — Achei que você estivesse trabalhando no livro.

— E estou... — Ela fez uma pausa. — Mas isso pode esperar. Mande as datas e eu compro a passagem. Quero ver você, Nick.

A saudade na voz dela cruzou os quilômetros de oceano que os separavam.

— Sim, meu Deus, sim! — respondeu Nick, com a voz rouca de emoção. — Vai ser maravilhoso.

Mais uma vez, ele ouviu uma discussão abafada no fundo.

— O Brendan quer ir também — disse Anna, e Nick percebeu o tom alegre na voz dela. — Ele disse que... Na verdade, você não vai querer saber o que ele disse. Tudo bem para você?

— Claro, por que não? Ouvi dizer que as festas são ótimas!

Houve mais uma breve pausa, e Anna deu uma risada.

— Acho que ele acabou de desmaiar. Não, ele vai ficar bem.

— Você prefere dizer para ele agora ou depois que 85 por cento dos modelos são mulheres?

Anna deu uma risada e Nick sentiu seu espírito mais leve.

— Acho que vou deixar ele descobrir sozinho. Então parece que vamos nos ver daqui a umas duas semanas!

— Mal posso esperar.

Anna desligou o telefone com um sorriso feliz no rosto. *Vou ver o Nick!* Para ser sincera, ela tinha achado que ele ia dizer para ela não ir, pois estaria muito ocupado para ficar com ela. Mas ele não disse.

— Viu? Não foi tão difícil, foi? — perguntou Brendan, semicerrando os olhos, vulnerável sem os óculos que costumava usar.

— Srta. Preciso-deixar-que-ele-seja-independente. Ele provavelmente está com tanta saudade de você quanto você está dele.

Anna riu e apertou a dobrinha de gordura sobre o cós da calça jeans.

— Você chama isso de saudade?

— Eu chamo isso de se consolar com a comida, Dra. Scott. Acho que chegou a hora de levantar a bunda da cadeira e ir para a academia do Nick dar um fim a todas essas gordurinhas. — De repente Brendan arqueou as sobrancelhas. — Ah, espere um pouco! Você está buchuda?

— Eu estou o quê?

— De barriga? Grávida?

Anna corou.

— Não!

— Você não está grávida?

— Eu não tive muita oportunidade, tive?

— Então isso é gordura localizada. Hora de cortar os frappuccinos com caramelo. Você vai começar a ficar com estrias antes mesmo de engravidar.

— Eu não... Eu não estou tão gorda... — Ela ofegou.

Brendan estreitou os olhos para ela.

— Você disse que engordou cinco quilos desde que ele viajou, mas estou vendo pelo menos dez. Coragem, Anna-Banana. Miami vai estar infestada de mulheres magérrimas com peitos maravilhosos. Vá para a academia, mulher, antes que a sua autocomiseração escreva sua própria autobiografia.

— Eu realmente odeio você — resmungou Anna. — Essa informação era confidencial. Você está traindo o código de melhor amigo.

Brendan abriu um sorriso iluminado.

— Você não me odeia. Dizer a verdade a você *é* a obrigação de um melhor amigo. Então estou dizendo para você *e para suas gordurinhas* começarem a focar na tábua, como um marceneiro em uma exposição de materiais de construção.

— Desgosto fortemente, então — resmungou Anna enquanto subia para colocar uma calça de ioga mais larga. — Realmente detesto.

— Supere, meu amor! — gritou ele. — Não quero você e seu excesso de bagagem queimando o meu filme.

Meu Deus, ela odiava quando ele estava certo.

Anna sabia que não queria que Nick a visse daquele jeito, principalmente porque ele estaria cercado de mulheres bonitas uma década mais novas que ela. Mas não era só isso: nem quando estava machucado, ele deixava de se cuidar. Nunca.

Exceto uma vez, antes de eles ficarem juntos, quando Trish disse que ele tinha começado a beber.

Era difícil de imaginar, porque Nick era fanático por alimentação saudável e por se exercitar todos os dias.

Meu Deus, todos os dias!

Ela vestiu a calça de ioga favorita e segurou a mais recente dobrinha de gordura na barriga. Desejava muito que aquilo significasse que ela estava carregando um filho dele. Mas não estava. E a não ser que ela e Nick encontrassem o caminho de volta um para o outro, isso nunca ia acontecer.

Com uma determinação amarga, prendeu o cabelo e foi até a esteira no porão.

Tinha uma missão a cumprir.

Depois de caminhar em ritmo acelerado por meia hora, enquanto Brendan se espreguiçava no banco de musculação de Nick e soltava algumas frases motivacionais para ela, Anna estava pingando de suor e tendo pensamentos homicidas em relação ao melhor amigo.

— Se fizer isso umas cem vezes por dia, vai ficar em forma para a viagem para Miami — disse ele.

— Cem vezes por dia? — ofegou ela. — Desde quando um dia tem cinquenta horas?

— Estou tentando motivá-la — respondeu ele, folheando uma revista *GQ*.

— Você está me irritando. Saia daqui.

— Não fique zangada. Você deve estar com fome. Vou preparar uma saladinha para você.

Ele tirou as longas pernas do banco e saiu.

Anna suspirou.

Nick malhava *todo santo dia*. Como diabos ele conseguia?

Ela gemeu e ligou a esteira novamente.

Duas semanas depois e três quilos a menos, Anna pousou no JFK.

Viu a mãe esperando por ela, os cabelos grisalhos cuidadosamente penteados.

A mãe a abraçou com força.

— Ah, filha! Que bom ver você!

Anna observou o rosto da mãe, notando as rugas mais profundas que haviam aparecido em torno dos olhos, o luto marcado nas linhas ao redor da boca.

A perda do marido, cinco anos antes, havia sido difícil, desesperadora, mas ela conseguira construir uma vida para si sem ele. O esforço havia cobrado um preço, mas, apesar disso, os olhos da mãe estavam claros e límpidos, cheios de alegria por ver a filha.

Ela apertou a mão de Anna e plantou um beijo no rosto dela, deixando uma marca de batom que ela limpou com o dedo.

Anna riu.

— Ah, meu Deus! Você vai cuspir no lenço e limpar meu rosto também?

— Só se você comer sorvete e se lambuzar toda como fazia aos 3 anos.

Elas foram até a esteira de bagagens e Anna puxou sua enorme mala, que caiu no chão com um baque.

— Nossa! Você trouxe muita coisa para férias de apenas duas semanas!

— Ai, eu sei... Fiquei tão indecisa que comecei a enfiar tudo na mala.

A mãe de Anna olhou para o rosto arredondado e para a barriga da filha e chegou à conclusão errada.

— Querida, você está grávida?

Anna sentiu o rosto queimar de vergonha.

— Não, mãe! Eu engordei um pouco. Só isso.

— Tem certeza? Porque você sabe que eu adoraria ter netinhos.

— Eu sei, mãe — disse Anna, cerrando os dentes. — Você já me disse isso umas duas ou três vezes. — *Ou talvez umas cem.*

— E quando vai ser o casamento? Não acredito que já esperaram cinco anos! O que está prendendo vocês?

Anna começou a chorar, e sua mãe ficou olhando para ela sem entender, em seguida a abraçou de novo, amaldiçoando-se mentalmente por ter falado sem pensar.

— Você e o Nick... Vocês terminaram? — perguntou ela com delicadeza.

Anna fungou e limpou o nariz com um lenço de papel.

— Não, não é isso. Ai, meu Deus, mãe. Eu me sinto como se minha vida estivesse em suspenso. Ele está longe e se saindo muito bem. É claro que está, ele sempre se sai muito bem. E eu estou me sentindo gorda, desleixada e *velha*.

A mãe a abraçou com mais força e alisou seus cabelos para trás de forma reconfortante, como sempre fazia desde que Anna era bebê.

— Que bobagem, filha — disse a mãe, passando os polegares sobre as bochechas de Anna. — Você é jovem e bonita, e eu não passo de uma velha boba. Além disso, você vai se encontrar com o Nick daqui a alguns dias. Tenho certeza de que vão resolver tudo.

— Estou com muita saudade dele.

— É claro que está, filha. É natural. Relacionamentos a distância são difíceis. Quando seu pai viajava muito com o time e você era bem novinha, houve muitos, muitos momentos extremamente difíceis, mas nós superamos. Casamentos e relacionamentos exigem dedicação. Acho ótimo que você tenha vindo e, como eu disse, sei que vai ficar tudo bem.

— Espero que sim — disse Anna. — Realmente espero que sim.

A mãe pressionou os lábios um contra o outro, mas não disse mais nada, a não ser para reclamar do trânsito caótico de Nova York enquanto seguiam para o estacionamento.

— Como vai o Brendan? Achei que ele viesse com você.

— Ele vai direto para Miami porque vai visitar os pais primeiro.

— Sério? Achei que ele não se desse bem com os pais.

Anna ficou séria.

— Eles não se dão bem, mas a mãe dele está doente, então ele achou que deveria fazer uma visita. Na verdade, é com o pai que ele não se dá muito bem; parece que ele não aceita o fato de ter um filho gay. Foi o que Bren me disse.

A mãe de Anna ficou triste.

— Filhos são uma coisa tão preciosa. Sinto uma dor no coração só de pensar que aquele jovem adorável é tratado assim.

— Eu sei. Ele não fala muito sobre o assunto. — Anna suspirou. — Só depois de tomar alguns drinques. De qualquer forma — continuou Anna, forçando um sorriso —, ele mandou um beijo e prometeu que vai levar você para dançar salsa na próxima vez que estiver em Londres.

— Meu Deus! Eu estava torcendo para ele ter esquecido essa promessa.

Anna deu uma risada.

— Imagine! Ele está ansioso por esse dia. Ele chama você de "Nana-Banana Americana".

— Ah, que fofo. Acho.

— Ele é fofo às vezes — disse Anna, sorrindo. — Também mencionou fazer compras na Harrods, o que provavelmente faz mais seu estilo.

— Ei! Eu posso ter 63 anos, mas ainda sei dançar — protestou a mãe dela, rindo.

— Sim, mas prefere fazer compras.

— Você me conhece bem, filha.

Naquela noite, elas jantaram em um restaurante italiano em Tarrytown, perto do rio Hudson, com um terraço com vista para o pôr do sol.

Foi um jantar tranquilo, que fez Anna se lembrar do quanto sentia falta da mãe. Ela pegou a mão dela e a apertou de leve.

— É tão bom ver você.

— Ah, querida! Estou muito feliz que você esteja aqui. — Ela fez uma pausa. — Então, quer falar sobre o assunto?

Anna hesitou, sem saber o que queria dizer ou se queria conversar. Mas a mãe havia passado pelos mesmos problemas com o pai dela quando ele se aposentou da liga profissional de futebol americano. Anna era psicóloga esportiva, mas conversar com outra mulher que tinha passado pela mesma coisa...

— Nem sei o que dizer, mãe — falou ela, por fim. — Nós dois estávamos ansiosos pela aposentadoria dele e tínhamos muitos planos. — A voz dela ficou melancólica. — Nós íamos nos casar e começar uma família. O Nick estava pensando em abrir uma academia perto de casa e trabalhar com atletas de outras áreas. Disse que não queria ser técnico de rugby porque preferia tentar coisas novas...

— Mas?

— É difícil explicar. Quando chegou a hora, ele simplesmente não demonstrou o menor entusiasmo por nada disso. E, quando pesquisamos quanto custaria abrir uma academia de ginástica de alto nível em Londres, vimos que os valores eram astronômicos. Mas talvez ele não desista da ideia. Ele chegou a cogitar abrir sociedade com algum dos seus antigos colegas de time, mas eu não sei. Ele não parece muito entusiasmado com isso. — Ela olhou para o prato. — Nem com o casamento. — Ela olhou para a mãe. — Como posso pensar em começar uma família com um homem que não está nem presente? E eu não estou falando de presença física, porque, mesmo quando ele estava em Londres, era como se estivesse em outro lugar. Eu sei que Nick está deprimido e que eu preciso dar um tempo para ele aceitar a nova rotina. Eu esperava que trabalhar como modelo proporcionasse isso a ele e, às vezes, ele parece gostar, mas não sei. É tudo oito ou oitenta, sabe? Uma hora ele está em alta e superocupado, trabalhando sem parar, e, de repente, fica sem nada por semanas. — Anna balançou a cabeça. — Ele precisa de objetivos permanentes. Algo a longo prazo. Achei que seria o nosso relacionamento, a nossa família... mas acho que não é.

A mãe de Anna colocou a mão sobre a da filha.

— Querida, eu realmente acredito que ele vai descobrir o que quer. Talvez tenha que tentar várias coisas diferentes antes de encontrar o que estimula sua imaginação. Mas me parece que trabalhar como modelo é escolher outra carreira de curta duração. Eu sei que existem mais modelos maduros do que antes, mas essa é a exceção, não a regra.

Anna arregalou os olhos.

— Eu não tinha pensado nisso. Meu Deus! E eu o estimulei a fazer isso!

— Não, não foi isso que eu quis dizer — interveio a mãe, com a voz suave. — Você abriu a porta, mas foi ele que escolheu atravessá-la. Na minha opinião, todas as experiências são úteis na vida. A gente nunca sabe aonde elas podem nos levar.

Ela se recostou na cadeira e olhou pela janela, os olhos semicerrados contra a luz que dançava sobre o rio enquanto o sol desaparecia no horizonte.

— Você se lembra de quando era criança e quis fazer equitação?

— Claro! Eu simplesmente odiei.

A mãe riu.

— É verdade, mas você continuou fazendo as aulas por seis meses. Você era muito teimosa. E, depois, foi o balé...

— Pior ainda!

— Patinação no gelo...

— Eu não era tão ruim nisso...

— Não, mas também não foi adiante.

Anna franziu as sobrancelhas.

— Aonde você quer chegar, mãe?

A mãe deu uma risada gentil.

— Não tem o menor problema em tentar coisas novas e admitir que não servem para você. A vida do Nick foi totalmente dedicada ao rugby. Ele precisa de espaço para descobrir outra coisa que goste de fazer.

Anna franziu ainda mais a testa.

— Eu estou tentando, mãe. É só que...

— O que foi, querida?

— Às vezes eu quase odeio o fato de ele ser tão bonito!

A mãe ficou boquiaberta e Anna se apressou em explicar.

— Tem *sempre* alguma mulher olhando para ele. Homens também. Às vezes, é como se eu fosse invisível e ninguém reparasse que existo. E agora que ele está cercado de mulheres lindas e glamorosas, e eu sinto... que não estou à altura. E sei que isso é muito superficial.

A mãe tomou um gole de água, os olhos assimilando a expressão de desespero no rosto da filha.

— Vou perguntar uma coisa a você, querida, e quero que pense muito bem antes de responder.

— Está bem.

— Pense em uma dessas vezes em que você se sentiu invisível, quando as outras pessoas a ignoraram...

— Sim?

— O que foi que o Nick fez? Ele também ignorou você? Você ficou invisível para ele também? Ele percebeu que você ficou chateada?

Anna engoliu em seco, sentindo as lágrimas queimarem nos olhos, e balançou a cabeça.

— Não. Ele sempre me vê. Sempre faz com que eu me sinta amada.

A mãe abriu um sorriso suave.

— Bem, isso é tudo que importa. O modo como *ele* trata você. Além disso, não acha que é para o Nick que você deveria dizer essas coisas, e não para mim?

Anna pensou nas palavras da mãe.

— Talvez. Mas eu quero que ele volte para casa porque quer estar comigo, não porque a minha carência faz com que se sinta culpado.

— É carência dizer para o seu noivo que você está com saudade? Que sente a falta dele?

Anna parou para pensar.

— Acho que pode ser. Quando a gente conversa pelo Facetime, tenho que morder a língua para não dizer qualquer coisa que possa demonstrar que estou magoada por ele estar longe. E não é assim que eu me sinto. Eu quero que ele seja feliz, e se é assim que ele vai conseguir se encontrar de novo, então eu realmente quero isso para ele. Não estou negando que seja difícil nem que eu me sinta sozinha, mas quero apoiar as escolhas dele, entende?

— E você confia nele?

A resposta de Anna foi imediata:

— Claro!

— Então, essa é a sua resposta. Ele *vê* você, Anna. Você é importante para ele. Dê tempo ao Nick, mas dê também apoio.

— Ela deu uma risada rápida, balançando a cabeça. — Faça do seu jeito, querida. Faça o que você costuma fazer e, no fim, dará tudo certo. Vá para Miami e mostre a ele que nenhuma daquelas garotas bonitas incomoda você. Mostre ao Nick que você o apoia no que ele quiser fazer.

Anna controlou as lágrimas, pegou a mão da mãe e a apertou de leve.

— Como foi que você ficou tão sábia, mãe?

— Vivendo 63 anos... e sendo casada com um cara bonitão por 35 anos.

E, então, as duas começaram a rir e a chorar, pediram mais uma garrafa de vinho e concluíram que os homens davam muito trabalho — mas que alguns deles valiam a pena.

Capítulo 15

Nick olhou para as fotografias sem acreditar. Adrienne tinha enviado para ele as fotos da campanha do Walmart, seu primeiro trabalho em Nova York. E agora... havia avisado que ele ia ficar decepcionado. Nick não entendeu até abrir os arquivos anexados ao e-mail.

Ele balançou a cabeça. Aquilo só podia ser brincadeira.

Em todas as fotos, a cabeça dele tinha sido trocada pela de um modelo loiro e mais jovem. Também tinham apagado suas tatuagens no Photoshop. Por que o haviam contratado se não gostaram de nada nele? Para ser sincero, ao ver as imagens pela primeira vez, achou que tivessem feito outra sessão de fotos para a campanha, com outro modelo, mas, ao olhar com mais atenção, reconheceu os dedos tortos e a cicatriz no tornozelo por causa da cirurgia de tendão.

O corpo com certeza era de Nick, mas só ele ia saber. Bem, ele e Anna. Talvez fosse coincidência, mas ele apostava que aquilo era coisa do fotógrafo sórdido, se vingando dele por ter lhe dado um chega para lá.

Pelo menos tinha recebido pelo trabalho, mas seu orgulho profissional estava ferido.

Nick fechou o laptop, enojado. O mercado da moda era muito difícil de decifrar, e ele não sabia ao certo se estava gostando do que descobrira.

Nick não estava precisando de dinheiro, não exatamente. Tinha economizado nos quatro anos e meio que jogou pelo Phoenixes, mas tinha apenas 34 anos, e o dinheiro que guardara deveria durar um bom tempo. Ele havia investido o dinheiro da partida de despedida comprando duas casas nos subúrbios de Londres. A renda que obtinha com esses imóveis estava sendo usada para pagar sua estada em Nova York.

Mas muitos dos modelos mais jovens que conhecera tinham dificuldades para se manter. A maioria tinha dois ou três empregos, esperando conseguir um bom contrato de modelo para poder largar o trabalho de garçom, entregador, passeador de cachorros ou algum outro tipo de emprego que lhes desse flexibilidade de horário suficiente para ir aos *castings*.

A maioria não tinha nenhum dinheiro.

Se o agente decidisse que as coisas não estavam funcionando para eles nos Estados Unidos, eram enviados para *castings* na Alemanha e, se isso também não funcionasse, para Londres. E, embora a agência comprasse as passagens, eles tinham de reembolsar o valor com qualquer trabalho que conseguissem.

Se não conseguissem trabalho, acabavam ainda mais endividados e duplamente ferrados.

Esse era um dos motivos por que todos estavam tão desesperados para marcar sempre presença nas mídias sociais: eles queriam toda a exposição que conseguissem.

Nick, por outro lado, não tinha a menor intenção de usar mídias sociais: havia sido arrasado pela imprensa britânica alguns anos antes, e fora o suficiente.

Na semana antes de partir para Miami, passou muito tempo na academia, fazendo mais horas de exercícios aeróbicos, principalmente correndo na esteira, para conseguir o visual mais magro e definido que o cliente que o contratara queria; nada muito musculoso.

Também raspou o peito e marcou uma sessão de bronzeamento artificial e a depilação masculina que parecia ser parte necessária do negócio. Tudo bem limpinho e aparado: o excesso de pelo tinha saído de moda nos anos setenta, dissera Adrienne.

Nick balançou a cabeça — sua vida certamente era estranha, embora tivesse descoberto que gostava muito das máscaras de lama: eram muito relaxantes.

Depois disso, Adrienne deu uma aula rápida para ele e para dois outros modelos sobre como desfilar em uma passarela, o que aparentemente envolvia muito mais do que apenas colocar um pé na frente do outro.

— Não é só aparecer e andar do jeito que costumam andar na rua: vocês não querem parecer macacos, mas também não querem ser femininos demais. As mulheres na passarela precisam colocar um pé diretamente na frente do outro; vocês precisam manter os pés lado a lado, mas sem andar com passos hesitantes. O desfile masculino é um meio-termo. Precisa ser elegante e confiante; vocês precisam dominar o ambiente.

"Orion, não olhe para o chão. Dê passadas longas e firmes. Deixe seus braços se movimentarem naturalmente ao lado do corpo. Nick, não faça contato visual nem interaja com o público, a não ser que o cliente peça. Ignore a plateia e se concentre em um ponto imaginário além dela. Mantenha a boca relaxada. Não sorria, a não ser que o cliente peça. Não balance tanto os braços!

Tudo era muito estranho e, para Nick, a parte mais difícil era parecer natural. De repente, seus braços pareciam esquisitos, pendendo ao lado do corpo, como se ele não soubesse o que fazer com eles.

Adrienne ficou observando enquanto eles andavam de um lado para o outro, franzindo as sobrancelhas quando paravam do outro lado da sala, fingindo que era uma passarela. Nick se sentia um verdadeiro boçal.

— Treinem uma boa postura — disse ela. — Caminhem com a coluna ereta e os ombros para trás. Dobrem os joelhos, mas não muito, e tentem relaxar. Vocês não querem parecer robôs. Mais confiança, Orion. Nick: força e foco, você já é naturalmente sexy.

Mas ele praticou porque queria se sair bem. Queria ser bem-sucedido em tudo o que fizesse. Até mesmo naquilo.

* * *

Nick chegou a Miami no meio da tarde.

O ar estava tomado por um calor úmido, e ele sentiu o suor começar a escorrer por suas costas imediatamente. A jaqueta jeans leve que estava usando em Nova York era pesada demais para o verão da Flórida.

Felizmente, o táxi tinha ar-condicionado. O motorista seguiu caminho por um emaranhado de viadutos de concreto, balançando a cabeça e tamborilando os dedos no ritmo da música em espanhol que tocava no rádio, até que, de repente, eles estavam seguindo para o oeste por uma ponte alta com água azul cintilando de ambos os lados, levando às praias de areia incrivelmente brancas e às palmeiras de South Beach.

Pararam diante de um pequeno hotel onde Nick havia reservado dois quartos: um para ele e Anna e outro para Brendan — próximo de toda a ação, mas a certa distância também. O hotel tinha apenas cinco andares e ficava em uma rua transversal com vista parcial para o mar, que brilhava à distância.

Nick pegou a chave do quarto, feliz ao ver a cama grande e confortável. Estava morrendo de saudade de Anna; o fato de que ela chegaria em dois dias fazia a saudade aumentar mais ainda.

A primeira coisa que precisava fazer era comparecer ao Centro de Convenções onde os desfiles iam acontecer, encontrar-se com o cliente e ver onde ia trabalhar.

Vestiu bermuda e camiseta, calçou chinelos de dedo e, pegando a carteira, os óculos de sol e a chave do quarto, saiu, parando por um instante para desfrutar o calor em sua pele e o cheiro de maresia do ar.

Estava com fome, não só de comida, mas de quaisquer aventuras que Miami pudesse lhe proporcionar.

Ele caminhou pela Ocean Drive, curtindo a atmosfera bem mais tranquila do que a de Nova York. Parou para dar uma olhada em um restaurante cubano, atraído pelo maravilhoso cheiro dos temperos, e teve de sair antes de fraquejar e provar *frijoles negros* ou *papa rellena*.

Antes de tentar a carreira de modelo, sempre seguira uma dieta saudável, mas nunca tinha passado fome o tempo todo. Era quase melhor não ter nenhuma sessão de fotos marcada para poder comer o que quisesse. Não que ele fizesse isso, diante da possibilidade de conseguir algum trabalho.

Em momentos como aquele, ser modelo era um saco.

O lado positivo era que nenhum atacante de 100 quilos ia tentar arrancar sua cabeça. Isso definitivamente era um ponto positivo.

Depois da reunião com o cliente, Nick saiu coçando a cabeça, metaforicamente falando. Haveria um desfile no dia seguinte à chegada de Anna, mas, no restante do tempo, seu trabalho seria ir às festas que dissessem para ele ir, usando peças da linha de moda praia do cliente, e conversar com as pessoas. Não era bem o que havia esperado, mas estava feliz em seguir o fluxo.

Pelo menos poderia comer alguma coisa. Era incrível como a comida havia se tornado uma obsessão. Ele estava começando a entender por que tantos modelos tomavam inibidores de apetite.

Os outros modelos contratados pelo cliente eram bastante simpáticos, um grupo bem heterogêneo: a maioria hétero, alguns gays. Negros, brancos, hispânicos e todos os tipos de mistura. Cabelos compridos, cabelos curtos, cabeça raspada; com tatuagem, com piercing, sem nenhuma intervenção no corpo. Mas uma coisa todos tinham em comum: mais de um metro e oitenta de altura e corpos magros e definidos. Estavam lá para vender a fantasia.

Nick ficou surpreso ao descobrir que muitos deles eram tímidos. Os modelos que havia conhecido em Nova York eram mais parecidos com Orion: rápidos em exibir os próprios méritos. Mas ali os modelos também podiam se mostrar tranquilos e tímidos quando você conversava com eles.

Ele passou a tarde conversando com eles, só para ser simpático, depois voltou sozinho para seu hotel.

Nos dois dias seguintes, Nick foi às festas usando peças da linha de moda praia do cliente e conversou com as pessoas. Foi fotografado diversas vezes e todas as fotos foram parar nos tabloides britânicos com legendas que diziam que ele estava frequentando várias festas e saindo com inúmeras mulheres — esse era seu trabalho.

A única coisa positiva era que Anna já estava em Nova York com a mãe.

Nick ligou para ela assim que a última rodada de histórias foi publicada.

— Eu já vi as fotos. — Ela suspirou. — Eles fazem tudo parecer tão sórdido. *Odeio* o fato de eles conseguirem fazer com que você pareça um mulherengo. É muito injusto! *Garota do Nick, Número Nove.* Como eles conseguem escrever esse tipo de coisa?

Nick não tinha energia para ficar com raiva.

— Esse tipo de merda vende. Eles editaram todas as fotos e cortaram as pessoas que estavam ao meu lado. Eles editam para parecer que... bem, você sabe.

Anna ficou em silêncio. Nick não precisava explicar aquilo para ela.

— Mal posso esperar para ver você — disse ele, baixinho.

— Eu também — falou ela, e Nick odiou o fato de a voz dela soar tão triste.

Havia prometido a si mesmo que não guardaria mais segredos dela, mas não podia contar que davam em cima dele o tempo todo nessas festas. Ela não precisava saber disso. Anna só precisava saber que era a única mulher por quem ele se interessava.

As festas na hora do almoço eram as mais legais por serem mais descontraídas, como uma festa à beira da piscina em vez de trabalho. Os eventos à noite eram um pouco mais loucos, mas ele só era pago para ficar até as dez; depois disso, a noite era dele.

Na manhã seguinte, Nick teve uma reunião rápida com o cliente e outros modelos para falar sobre o desfile do dia seguinte.

Ele olhava o tempo todo para o relógio, ansioso para o momento em que que o avião de Anna pousaria. Brendan chegaria um pouco depois, tendo partido de Heathrow na noite anterior.

Assim que a reunião acabou, Nick foi andando para o hotel para esperar por Anna no lobby.

Quando a viu saindo do táxi, saiu correndo, tomou-a nos braços e a beijou até ficarem sem ar.

— Oi — disse ela com um sorriso que iluminou toda Miami.

Ela estava junto ao peito dele, suas curvas e sua maciez um antídoto para tudo de ruim que existia no mundo.

Ele a beijou de novo e a sentiu derreter em seus braços.

— Oi! Também estou aqui, se é que alguém se importa.

Brendan bufou, irritado; Nick sorriu para ele e se debruçou sobre a pilha de malas parar apertar sua mão.

— Desculpe, Bren — disse ele com um sorriso. — Também senti sua falta.

— Hum, não parece. Eu nem ganhei um beijo!

Nick deu uma piscadinha para ele e os ajudou a levar as malas para a recepção.

— Ai, meu Deus! Estou doida por um jantar tranquilo e ir para a cama cedo. — Anna bocejou quando entraram no pequeno elevador.

Nick olhou para ela, mortificado.

— Desculpe, amor. Mas vou ter que jantar com os outros modelos hoje à noite. Mas você pode vir comigo, se quiser. Acabei de saber.

Foi Brendan quem respondeu de forma enfática:

— Jantar com modelos? Pode contar comigo! A que horas?

Nick olhou para ele, achando graça.

— Sete. Acha que consegue ficar pronto a tempo?

— *Argh*, só tenho duas horas para ficar bonito? Bem, vou dar um jeito. Agora, em quem devo me inspirar? Algum britânico, com certeza. Eddie Redmayne ou o bad boy Alex Pettyfer?

Anna sorriu.

— Sempre achei o Eddie tipicamente britânico, então...

— É verdade, você está certa — respondeu Brendan com seriedade. — Tenho que usar meus pontos fortes.

E desapareceu no corredor com suas duas malas enormes.

Anna estava rindo, mas, quando Nick pendurou a plaquinha de "Não perturbe" e trancou a porta, o sorriso sumiu do seu rosto.

— Temos uma hora e 55 minutos — declarou Nick em voz baixa.

— E os outros cinco minutos? — perguntou Anna, arregalando os olhos.

— É o tempo que você precisa para se arrumar. Você já é linda! — disse ele, colocando uma mecha de cabelo atrás da orelha dela antes de beijá-la.

O brilho radiante do sexo com seu lindo noivo durou até o fim do primeiro prato do jantar daquela noite com os outros modelos, colegas de Nick.

E, então, as dúvidas começaram a surgir novamente.

— Então você não é casada?

— Hum, não, mas sou noiva. Dele. — Ela apontou para Nick, do outro lado da mesa.

O modelo encolheu os ombros.

— As mulheres não se importam se eles são casados. Só querem dizer que já ficaram com um modelo.

Anna arregalou os olhos e fez uma careta de antipatia enquanto olhava para o cara de 20 e poucos anos.

— Algumas mulheres — disse ela devagar, de forma bem clara.

Ele olhou para ela, tentando entender sua resposta. Ela decidiu mudar de assunto.

— Há quanto tempo você trabalha como modelo...? — ela começou a perguntar.

Mas o rapaz deu as costas para Anna antes que ela terminasse de falar, ignorando-a pelo resto da noite e conversando com a outra mulher que estava sentada ao seu lado.

Assim que se deu conta de que ela não trabalhava na indústria da moda e não dormiria com ele, ela passou a não ser mais interessante.

As conversas giravam em torno de dietas, programas de exercícios, modelos que usavam esteroides, anfetaminas ou remédios para emagrecer a fim de ficar em forma.

Depois de uma hora disso, Anna já estava achando toda aquela conversa entediante, e Nick parecia igualmente aborrecido. Ele havia tentado algumas vezes iniciar uma conversa sobre futebol ou beisebol ou qualquer coisa... qualquer *outra* coisa.

Mesmo assim, os outros modelos estavam fascinados por ele. Talvez por ser britânico ou porque tinham começado a perceber que ele havia conseguido coisas com as quais apenas sonhavam.

Brendan, por outro lado, estava se divertindo como nunca. Tinha incorporado seu Eddie Redmayne interior, usando uma camisa branca e uma gravata-borboleta de tweed, um cardigã combinando e calça skinny. Os modelos gays tinham adorado, e Anna sabia que ele poderia escolher o homem que levaria para o quarto.

Depois de um tempo, porém, ele notou que ninguém estava conversando com ela e espremeu sua cadeira entre a dela e a do modelo que a estava ignorando a noite toda.

— Como estão as coisas, Annie? — perguntou ele, passando o braço em torno dos ombros dela, a voz um pouco arrastada por causa do cansaço e da bebida.

— Tudo ótimo — respondeu Anna com uma voz sarcástica que fez Brendan rir. — Estou me divertindo hor-ro-res.

— Ai, minha pobre fofolete — disse ele, apertando a bochecha dela. — Não é a sua praia, né?

Anna corou, pensando nos cinco quilos a mais que não tinha conseguido perder desde que Nick fora para os Estados Unidos. Havia passado muitas noites sozinha, tendo como única companhia uma caixa de chocolates, e, no início, quando as calças começaram a ficar apertadas, achou que deviam ter encolhido na hora de lavar. Quando percebeu que as caixas de bombons Cadbury's Roses e Thornton's Selection não eram suas amigas, e porque Brendan mandou, ela parou e começou a se exercitar. Conseguiu perder três quilos bem rápido, mas a gordurinha extra continuou resolutamente em torno de sua barriga, deixando-a fofa e branca como uma massa de pão crua.

Não ajudava muito que na última meia hora várias modelos altas, magras e lindas tivessem se aproximado da mesa deles.

Ela tomou mais alguns goles do coquetel, sabendo que não era a melhor ideia do mundo, mas já se sentindo mais *solta* do que de costume.

— Conte tudo para o tio Brendan — disse ele de forma encorajadora, empurrando seu cotovelo, de forma que ela acabou engolindo um gole maior do que queria.

Anna passou a mão na boca e balançou a cabeça.

— Não é que eu seja feia, nem nada. Mas eu sou comum. Não sou como *aquelas* garotas. — Ela apontou para um grupo de modelos magérrimas. — Garotas lindas e que não param de reclamar do meio centímetro de gordura que *talvez* esteja exatamente em seus traseiros perfeitos ou na barriga mais lisa que uma tábua de passar roupas, com pernas compridas, cinturas minúsculas e maçãs do rosto lindas. Mas também não sou horrorosa. Eu sou apenas comum.

Brendan olhou para ela.

— Não estou acreditando no que estou ouvindo, Srta. Coitadinha. Você com seu noivo lindo, autora de autoajuda em ascensão e apresentadora de rádio? Talvez você devesse ler seu próprio livro.

— Sim, mas essa é a questão! — Anna franziu a testa, vagamente consciente de que as palavras estavam saindo arrastadas. — O Nick não é comum. Ele tem um metro e oitenta de altura e oitenta quilos de puro músculo, barriga tanquinho e peitoral definido, bíceps que saltam quando ele mexe os braços, e as pernas dele são compridas e musculosas. E, ah, meu Deus! A bunda dele é perfeita. Aposto que eu conseguiria equilibrar uma moeda nela, mas ele não me deixa tentar. Ele ficou de mau humor quando sugeri isso.

Brendan arregalou os olhos e tentou não rir, mas Anna estava completamente bêbada.

— Ele tem o corpo de um Deus grego, com a elegância de um lorde inglês que realmente abre a porta para mim, carrega as compras e tira o lixo sem que eu precise pedir. Ele também é carinhoso com os pais e com a irmã, trata bem os idosos, as crianças e os animais e é incrível na cama.

— Hum, Annie, acho que talvez você devesse parar de beber — sussurrou Brendan, tentando, sem sucesso, tirar o coquetel da mão dela.

— É difícil namorar um modelo — disse ela, lágrimas se acumulando nos cantos dos olhos. — Todo mundo julga você e se pergunta: O *que foi que ele viu nela?*

Brendan lançou um olhar de pânico para Nick, que tinha se virado bem na hora.

— Acho que ela está caindo de bêbada, quer dizer, morrendo de cansaço. É melhor você chamar um táxi — disse Brendan, sussurrando tão alto que todo mundo na mesa ouviu.

— Venha, amor — chamou Nick com um sorriso, ajudando Anna a ficar de pé. — Hora de dormir.

Anna desabou nos braços dele, e a última coisa de que se lembrava era de se aconchegar em seu peito musculoso, sentindo o calor reconfortante do corpo dele.

Capítulo 16

Anna semicerrou os olhos ao sentir a luz que entrava pela abertura da cortina e se perguntou quem estaria dando murros na parede, mas, quando se virou, percebeu que o martelar era dentro de sua cabeça.

Ela gemeu ao se sentar, tanto por causa da terrível dor de cabeça quanto pela humilhação resultante de seu comportamento na noite anterior.

Pegou um copo de água na mesinha de cabeceira com mãos trêmulas e bebeu, grata e feliz por Nick ter deixado dois ibuprofenos para que ela desse início ao processo de recuperação.

Estava bastante furiosa por ter desperdiçado a primeira noite deles juntos com um porre. Ah, ela tinha feito tantos planos!

Naquele momento, a porta do quarto se abriu e Nick entrou, sem camisa e com a pele bronzeada brilhando por causa do suor, o que fazia com que suas tatuagens cintilassem e parecessem serpentear por seu corpo.

Ele estava segurando uma camiseta em uma das mãos e usava tênis de corrida. Estava lindo. Perfeito.

E Anna se sentia exausta e muito longe da perfeição.

Nick abriu um sorriso compreensivo e se sentou ao lado dela. Ele cheirava a suor e mar, e ela viu sal seco em suas canelas e coxas.

— Por que você está comigo? — ela deixou escapar.

Nick inclinou a cabeça para o lado, como se não estivesse entendendo a pergunta. Depois, franziu a testa, seus olhos cor de mel se estreitando enquanto olhava para ela.

Ele poderia ter indagado por que ela estava perguntando aquilo, ou ter ficado chateado porque a autoestima dela questionava constantemente seu comprometimento, mas não fez nada disso.

— Porque eu amo você — respondeu ele, com uma voz profunda e séria. — Porque todas as manhãs eu acordo e me lembro que você está usando o meu anel e que eu sou um cara de sorte, e todas as noites vou dormir sabendo que encontrei a mulher com quem quero passar o resto da minha vida. — Ele fez uma pausa. — Era isso que você queria saber?

Anna assentiu, abismada. Nick não era a pessoa mais efusiva do mundo, mas às vezes...

— Sim, era... isso — disse ela com a voz fraca.

Nick deu um beijo suave na boca de Anna e se levantou, dando uma piscadinha enquanto descalçava os tênis e tirava o short, seguindo, nu, para o banheiro.

Anna ficou com um sorriso estampado no rosto o dia inteiro.

Ela e Brendan se sentaram nos fundos do centro de exposição, onde os estilistas de moda praia masculina da Mr. XCess apresentavam suas coleções.

Quando as luzes diminuíram e a música de Janelle Monae começou a tocar, Anna agarrou a mão de Brendan.

O primeiro homem na passarela parecia ter acabado de voltar da praia, onde estava surfando, os cabelos loiros compridos e com luzes naturais.

— Ai, meu Deus, eu quero contar os gominhos daquele abdome. — Brendan suspirou. — Com a língua.

— Comporte-se! — Anna deu uma risada.

— Eu *estou* me comportando — disse Brendan, ofendido. — Eu não me joguei na passarela, me joguei?

— Ainda não — murmurou Anna.

Logo depois foi a vez de dois modelos lindos, os corpos definidos reluzindo: um como ébano polido, o outro com a pele mais clara, de um lindo tom de caramelo.

Depois, três modelos masculinos mais esguios entraram dançando na passarela, e Brendan não foi o único a se levantar para dançar junto.

Então, um homem com dreadlocks louros entrou na passarela e Brendan agarrou a mão de Anna de novo.

— Você acha que ele é gay?

— Não faço a menor ideia. Por que você não pergunta para ele?

Brendan assentiu tão rápido que Anna ficou com medo de ele dar um mau jeito no pescoço.

Então seu coração parou e, em seguida, começou a bater acelerado assim que Nick entrou na passarela. Brendan guinchou e tapou a boca para sufocar os gritinhos. Anna mal conseguia respirar.

Nick balançava ligeiramente os braços e seu olhar estava fixo em algum ponto distante. Ele caminhou confiante até o fim da passarela, fez uma pose e se virou para voltar, levantando uma das mãos para cumprimentar o modelo que veio depois dele.

— Ah, Annie! Ele é um modelo de verdade! — sussurrou Brendan.

Dessa vez, foi Anna quem assentiu loucamente com a cabeça. Estava tão orgulhosa dele; tão orgulhosa por seu trabalho e seu comprometimento terem valido a pena.

Não conseguia parar de sorrir.

Nem mesmo quando duas mulheres ao lado dela comentaram sobre o corpo maravilhoso dele e que tinham gostado de suas tatuagens, depois suspiraram, sussurrando que preferiam que ele estivesse usando sunga, em vez de bermuda.

Nick entrou na passarela mais duas vezes, sombrio e intenso, e então, na última entrada, quando se juntou aos outros modelos e ao estilista, abriu um grande sorriso para a plateia, que aplaudia e acenava.

Anna se levantou e aplaudiu com todo mundo, satisfeita por ele estar tão feliz e cheia de orgulho de Nick.

Então, mais tarde naquela noite, quando uma modelo de 20 e poucos anos, com pernas enormes, começou a dar em cima de

Nick, passando os braços em volta de seu pescoço e se sentando no colo dele em uma festa depois do desfile, Anna apenas ergueu as sobrancelhas e trocou um olhar divertido com Brendan, enquanto o noivo tirava cuidadosamente a mulher do seu colo.

As festas pós-desfile eram lendárias. Nick foi pago para ficar lá, sem camisa, usando apenas a bermuda da marca e chinelos, enquanto champanhe era servido e mulheres lindas circulavam pela área da piscina, usando biquínis ou cangas minúsculos, exibindo os traseiros aveludados e os seios perfeitos.

Havia luzinhas brancas penduradas pelos gazebos, e o sol se punha em um caldeirão laranja e vermelho, como se o céu estivesse em chamas para dar uma contraluz espetacular a toda a cena.

Brendan estava no paraíso, em seu primeiro luau, bebendo coquetéis decorados com uma montanha de abacaxi fresco, cerejas e guarda-chuvinhas de papel, enquanto dançava músicas havaianas e fazia sua melhor personificação da música *An Englishman in New York*.

As atrações variavam de músicas havaianas tocadas com um *ukulele* a uma banda de rock, pintura de hena, leitura de tarô, um tatuador e um ilusionista, tudo intensificando o barulho, as cores e a sensação de despreocupação inebriante.

Nos cantos mais escuros, pessoas cheiravam fileiras de cocaína e fumavam baseados. Comprimidos eram trocados e ingeridos, e as pessoas que estavam sob o efeito de drogas dançavam como se ninguém estivesse olhando.

Anna não ficou tão chocada quanto Nick havia ficado. Embora atletas raramente conseguissem usar drogas sem que houvesse consequências, isso era algo bem comum no mundo do entretenimento. Por causa do pai famoso, Anna já tinha ido a algumas festas do showbiz.

É claro que Anna não tinha superado por completo o fato de ter uma aparência comum em meio a todos aqueles lindos espécimes humanos, mas havia pessoas de aparência comum suficientes (estilistas, clientes, compradores, empresários) para que ela não se sentisse totalmente inferior.

Nick estava sendo pago para socializar e também estava fazendo networking, conhecendo pessoas e se certificando de que elas se lembrassem dele para futuros trabalhos, mas mantinha os olhos em Anna, sorrindo para ela ou piscando de um jeito que fazia sua pele ferver só de pensar em ficar com ele mais tarde, a sós, sem todas aquelas pessoas olhando.

Ela tomou mais um gole de coquetel e deu uma olhada em volta, observando a massa colorida de seres humanos. Era tão diferente do mundo rude do rugby que Nick habitara com sucesso por tanto tempo. Apesar disso, contra todas as expectativas, ele também se encaixava ali.

Embora quisesse que ele voltasse para Londres, se aquela carreira significasse que teriam de se mudar permanentemente para Nova York, ela iria em um estalar de dedos. Isso também significaria que a mãe estaria a uma curta distância de carro.

Contanto que estivessem juntos, eles conseguiriam dar um jeito em tudo.

Ela esperava que sim.

Nick estava tendo dificuldades para se concentrar nessa última festa, com Anna tão perto, linda em um vestido azul-claro que parecia flutuar sobre suas curvas, doce e inocente comparada àquelas mulheres de bocas vermelhas que o haviam rondado a noite toda. Toda vez que ela tomava um gole de seu drinque, sugando a bebida pelo canudinho, Nick sentia a virilha se contrair com impaciência. Sua força de vontade nunca tinha sido colocada à prova daquela maneira, enquanto ele ficava ali, conversando com pessoas que provavelmente nunca mais veria na vida.

Duas horas depois, ele estava liberado.

Brendan já havia desaparecido, então Nick vestiu a camiseta, pegou a mão de Anna e entrou no primeiro táxi que conseguiu parar.

Ela soltou uma gargalhada feliz.

— Estamos com pressa?

A resposta dele foi curta e grossa:

— Estamos.

Um sorriso brotou em seus lábios, e ela se recostou nele enquanto o táxi cortava a noite.

Quando chegaram ao quarto do hotel, Nick queria tocá-la por inteiro. Queria estar novamente com sua noiva.

A necessidade de estar dentro dela era vulcânica e urgente.

— Nós temos a noite toda — sussurrou ela, abraçando-o e passando a língua por toda a extensão de seu pescoço largo.

A resposta de Nick foi levantar o vestido até tirá-lo pela cabeça e jogá-la na cama, fazendo-a arfar, surpresa.

Ele pressionou o pau pesado contra ela, e dessa vez os dois gemeram.

Uma transa rápida e intensa levou a palavras sussurradas lentamente enquanto a noite avançava em volta deles até que, enfim, estivessem em paz.

Capítulo 17

Depois daquela semana maravilhosa em Miami, a casa em Londres parecia ainda mais vazia do que de costume. Anna estava inquieta, e a solidão se aferrava a ela, envolvendo-a em um manto de depressão.

Nick parecia tão satisfeito, tão empenhado em se sair bem na nova carreira. Anna estava feliz por ele. Mas tinha de admitir que uma pequena parte de si estava decepcionada também — tinha esperança de que ele dissesse que estava pronto para voltar para casa. Ele não disse, e ela não ia implorar. Havia dito a si mesma, anos antes, que nunca mais ia implorar nada a nenhum homem. Jamais. Mas, se ele tivesse pedido para ela se mudar para Nova York, ela teria ido sem pensar duas vezes.

Ótimo. A escritora de autoajuda que não consegue ajudar a si mesma.

Suspirando, ela olhou para sua lista de afazeres, que não parecia estar diminuindo. Quando ouviu a porta da frente abrir, ficou mais feliz do que nunca por ter a companhia de Brendan.

— O que foi? — perguntou ele, desconfiado, quando ela o recebeu com um sorriso radiante. — Você está esquisita.

— Só estou feliz de ver você, Brendan, meu docinho.

— Você está drogada?

Anna olhou para ele de cara feia e se recostou na cadeira.

— Eu não posso simplesmente ficar feliz por ver você?

Brendan colocou o laptop na mesa da cozinha e tirou o casaco.

— Eu já disse que você não faz o meu tipo e que não vou transar com você. Isso é assédio no ambiente de trabalho.

— Ha ha ha, muito engraçado. Só que não.

Brendan riu.

— Agora conte para a titia Brenda o que realmente está fazendo você se comportar como se estivesse na menopausa.

— Eu tenho 37 anos!

— Minha prima entrou na menopausa aos 29. Tique-taque, Dra. Scott.

Anna sentiu o coração apertado, e seus olhos ficaram cheios de lágrimas.

Brendan correu imediatamente para o lado dela.

— Ah, merda! Desculpe. Eu não costumo ser tão insensível.

Anna emitiu um ruído que ficava no meio do caminho entre um soluço e uma risada.

— É, sim.

— Eu sou, mas não com coisas importantes. Eu estava torcendo para você engravidar em Miami. Achei que todos aqueles olhares melosos tivessem acabado em muito sexo. Mal posso esperar para ser a tia Brenda de verdade.

Anna abriu um sorriso triste.

— Aí está, muito melhor — disse ele. — Minha Anna-Banana deveria ter sempre um sorriso no rosto.

— Argh, eu estou péssima. Desculpe, Bren. É que eu sinto falta dele.

— E mais uma vez está dizendo isso ao homem errado.

Anna contraiu os lábios.

— Eu já disse a você que não quero que ele volte para casa porque se sente culpado.

— E eu disse a *você* — Brendan anunciou as palavras de forma clara — que homens são criaturas simplórias que precisam que tudo seja explicado a eles, tim-tim por tim-tim, em letras garrafais com o sangue de uma virgem ou de um torcedor do Arsenal. Ele não vai saber que você está com saudade, *a não ser que você diga isso a ele.*

Eles ficaram se encarando por cima da mesa até que Brendan estalou os dedos e foi até a cafeteira.

— Sabe do que você precisa?

Anna fez cara feia.

— Estou até com medo do que você vai dizer.

— Muito engraçado, Sra. Estou-Morrendo-de-Rir. Você precisa sair. Tem que se arrumar, se maquiar, pentear o cabelo pelo menos duas vezes e usar seu sutiã *push-up*. Essas suas panquecas precisam de toda ajuda que puderem.

— Seu... isso é... *argh!*

Brendan encolheu os ombros.

— De mulher para mulher.

Anna respirou fundo.

— Então, o seu grande plano para me animar é me vestir como uma...

— ... puta.

— Eu ia dizer piranha, mas, tudo bem, como estamos na Inglaterra, como uma puta. E fazer o quê? Pegar algum cara?! Trair o Nick?

Brendan revirou os olhos.

— Você está falando merda, e é tanta merda que sai da sua boca que dava para adubar um campo de rugby.

— Brendan! Que nojo!

Ele a ignorou.

— O que você precisa é de uma noite na cidade. Algo que faça você se lembrar de que existe vida além do deus do sexo Nick Renshaw. — Ele levantou a mão quando ela começou a argumentar. — Só estou dizendo para você sair e se divertir um pouco. Dê um tempo, faça alguma coisa diferente. Você se lembra como é se divertir como uma mulher solteira?

Anna baixou o olhar.

— Eu não sou solteira.

Brendan ergueu uma das sobrancelhas.

— Anna, você está sentada vendo a vida passar porque a única coisa que faz é esperar pelo Nick enquanto ele vive a vida dele.

Anna sentiu a ferroada daquelas palavras.

— Isso não é verdade! Eu sou uma profissional que trabalha. Estou terminando meu próximo livro e tenho uma coluna de autoajuda. Eu sou uma pessoa *ocupada*. Tenho prazos a cumprir!

Brendan se recostou na cadeira, observando-a atentamente.

— Não é crime ficar ansiosa para ter um filho, Anna. E, se quer saber, acho que você seria uma mãe maravilhosa.

Anna engoliu em seco. A perspicácia de Brendan às vezes era assustadora. Ela não sabia se devia chutar a bunda dele ou a dela própria.

Brendan não insistiu no assunto. Em vez disso, pegou o telefone e mandou uma mensagem de texto para alguém, serviu duas canecas de café, uma para Anna e outra para ele, e sorriu quando recebeu uma resposta quase imediata.

— Ótimo. Resolvido. Você vai jantar com o Jason hoje à noite.

Anna ficou boquiaberta.

— *Como assim?*

— Jason Oduba vem buscar você às oito. Esteja linda e me agradeça amanhã.

— O quê? Eu não posso!

— Nem tente discutir comigo, Anna. Chame isso de pesquisa, se quiser... Você mesma disse que precisava entrevistá-lo.

— Entrevistar, sim. Jantar, não.

— Então, misture um pouco de trabalho e prazer. O Jason é um gato.

Anna discutiu com Brendan por 15 minutos, mas ele não cedeu: sair com o amigo divertido e ex-colega de time de Nick era tudo que a doutora precisava.

Para Nick, a desilusão havia se instalado.

As lembranças vívidas de Miami já estavam desbotando, e ele estava de volta ao cenário cinzento de Nova York: *castings* todos os dias; mais gente dizendo não do que sim; mais comentários de que era musculoso demais, tatuado demais, forte demais, grande demais, branco demais, britânico demais — fossem quais fossem os motivos da semana.

Desde o sucesso na Miami Swim Week, ele não teve mais nem sombra de trabalho e sentia mais saudade de Anna do que nunca. Droga, estava com saudade até de Brendan. Pelo menos sabia que Anna tinha um bom amigo cuidando dela em Londres e não estava se sentindo sozinha.

Nick franziu a testa.

Cuidar de Anna era *sua* responsabilidade — e não podia fazer isso morando em Nova York.

Mas sabia que também precisava de um objetivo, alguma coisa à qual se dedicar, o que era raro na carreira de modelo: a maior parte dos trabalhos chegava do nada e sem aviso, ou talvez com 48 horas para você ir a um estúdio ou locação ou, até mesmo, viajar para algum lugar.

Isso significava que ele precisava se cuidar e estar sempre em forma, embora isso não fosse novidade e ele tivesse feito amizade com um conterrâneo, Rick Roberts, que havia acabado de abrir uma academia em Nova York e estava se dando muito bem.

Roberts também era de Yorkshire e tivera uma carreira no esporte, mas era circunspecto e monossilábico.

Mesmo assim, eles se tornaram amigos. A academia dele era uma das mais bem equipadas que Nick já havia frequentado. Tinha aparelhos de Pilates, bicicletas ergométricas, equipamentos para treinamento funcional, trenós, barras para caminhada do fazendeiro, pedras de Atlas e correntes, lanchonete, sauna a vapor, sauna seca, bar de sucos, piscina, nutricionista, fisioterapeuta e uma equipe de massagistas, além de todas as aulas usuais e vários personal trainers de celebridades.

Era algo que ele poderia pensar em fazer um dia se conseguisse apoio financeiro. Possivelmente. Talvez. Ou talvez não. Não sabia, e isso o deixava muito frustrado.

Todas as incertezas de Nick voltaram como uma torrente. Será que tomara a decisão certa ao ir para Nova York ou tudo aquilo não passava de uma enorme perda de tempo? Quando tudo era novo e desafiador, ele tinha gostado, mas, desde Miami, parecia mais uma tortura do que algo que o deixava feliz. E ele não poderia ficar longe de Anna para sempre.

O que diabos estou fazendo aqui?

Ele não fazia ideia de que sua vida estava prestes a mudar de novo.

Em uma quarta-feira à tarde, Adrienne ligou para Nick para informar que um novo cliente o havia escolhido para uma sessão de fotos no dia seguinte.

— Eu não conheço o fotógrafo — admitiu ela. — Mas eles pediram você especificamente.

— Sério? E como ficaram sabendo sobre mim?

Houve uma pausa antes de Adrienne falar, e ele ouviu o som do teclado dela ao fundo.

— Para ser sincera, eu não sei ao certo. Acho que não disseram. Mas isso importa?

— Na verdade, não. Só queria saber. Qual é o trabalho?

— São fotos de casal. Outra capa de livro. Eu sei! Eu sei! Você disse que não queria mais fazer esse tipo de foto, mas sou obrigada a dizer, Nick, esse é o primeiro trabalho que aparece para você em um bom tempo. Acho que deveria pensar bem antes de recusar.

Nick fez cara feia. Se fosse com Golden de novo, não seria tão ruim.

— Para quem é? — perguntou ele de má vontade.

— Vou dizer o que eu sei: é para uma autora estreante. Roupa íntima, mas sem nudez. Tudo bem para você?

Nick ainda se arrependia um pouco da sessão sensual com Cee Cee, mesmo que as fotografias tivessem ficado lindas.

— Nick? Você está aí? — bufou Adrienne do outro lado da linha.

— Está bem, eu faço. Mas nada de nudez, certo?

— Certo, e eu me certifiquei de que isso constasse no contrato. Eu sei como você se sente em relação a isso. Esteja no estúdio às duas e meia da tarde.

— Entendido.

— Eles estão vindo do Reino Unido. Vou mandar os detalhes por mensagem para você hoje à noite.

Nick se preparou cuidadosamente, como sempre: limitou o consumo de comida e água, raspou o peito e se certificou de que a barba estava bem aparada. Embora pudesse tirá-la se eles quisessem, mas não cortaria o cabelo por ninguém. Bem, talvez se Anna pedisse, mas, depois de tê-lo mantido curto por tantos anos, estava gostando de ver até onde podia deixá-lo crescer — talvez ficasse tão longo quanto o do Aquaman. Talvez.

No dia seguinte, Nick foi até o estúdio em Greenwich Village no horário marcado, mas, assim que subiu as escadas, sentiu que havia uma vibração estranha no ar, uma tensão que não era comum.

O fotógrafo apertou a mão dele, mas parecia ter dificuldade de encarar Nick e não parava de olhar para o relógio, como se estivesse atrasado, embora Nick tivesse chegado alguns minutos mais cedo.

Já tinha visto pessoas nervosas e tensas em outras sessões, quando havia muitas fotos para serem tiradas em pouco tempo e todos estavam sob pressão. Ou a energia frenética dos bastidores do desfile em Miami, quando dezenas de modelos disputavam espaço, acotovelando-se por acidente enquanto mudavam de roupa. Mas aquilo era diferente.

Para começar, o fotógrafo era britânico, então sabia que ele era *o* Nick Renshaw, e o cara estava agitado, embora Nick achasse que não fosse por causa de drogas, mas sim de nervosismo. O que não fazia o menor sentido. E, quando Nick perguntou sobre a sessão, o fotógrafo foi evasivo. Tudo isso fez com que Nick ficasse cada vez mais desconfiado de que a sessão não fosse realmente para a capa de um livro, como lhe disseram.

Como não havia mais ninguém no estúdio, ele perguntou sobre a modelo com quem ia trabalhar e foi informado de que a modelo e a autora eram a mesma pessoa. Aparentemente, ela estava sendo maquiada e logo estaria no set. Mais uma vez, o nome dela não foi revelado.

Era estranho que não houvesse ninguém para fazer maquiagem ou cabelo, e o figurino de Nick, se é que podia ser chamado de figurino, era uma sunga muito cavada, o que seu amigo samoano, Fetu, chamaria de "espreme ovos". Não havia um roupão para ele usar enquanto esperava.

— É para eu usar isso? — perguntou Nick, incrédulo, levantando uma sunga dourada com um dos dedos.

O fotógrafo abriu um sorriso falso.

— É parte da história. Tudo de muito bom gosto, meu amigo.

Eu não sou seu amigo, pensou Nick, olhando para o fotógrafo de um jeito que fez com que o homem desse um passo para trás.

Ficou óbvio para Nick que a cláusula de "não nudez" era apenas um detalhe, e que, embora ele não fosse ficar exatamente pelado, ângulos inteligentes durante a sessão ou um bom Photoshop depois poderia fazer com que parecesse que estava.

— Qual é o nome da modelo? — perguntou ele, casualmente. — Ou devo dizer autora? Para eu dar uma olhada nas capas dos outros livros dela e ver do que ela gosta.

— Ah, ela é estreante — disse o fotógrafo com um sorriso malicioso, sem olhar para ele. — É o primeiro livro dela. Mas pode acreditar: vai ser um *sucesso*.

A mulher era famosa? Por que tanto mistério? Nick tentou se lembrar se havia alguma cláusula de confidencialidade no contrato. Achava que não, mas não tinha certeza.

Havia definitivamente algum mistério no ar, algum plano escuso, mas Nick não fazia ideia do que poderia ser. Sua intuição dizia que havia alguma coisa errada. Então, em vez de trocar de roupa e colocar aquela sunga ridícula, ele esperou, fingindo ler e-mails no telefone.

— Pode trocar de roupa quando quiser — disse o fotógrafo em tom encorajador.

— Tá — respondeu Nick sem tirar os olhos do celular. — Qual é mesmo seu nome, amigo?

— Hum, Roy.

— Você tem sobrenome, Roy?

O homem fez uma pausa antes de responder, lambendo os lábios, nervoso.

— Greenside.

Nick procurou o nome e franziu a testa ao ler o perfil do fotógrafo na internet.

— Você trabalha para os Red Tops? — perguntou ele, olhando para o homem e usando o nome coloquial dado aos tabloides britânicos.

Foram aqueles jornalistas que o infernizaram com notícias falsas quando o relacionamento não ortodoxo entre ele e Anna veio à tona.

O mau pressentimento se intensificou.

— Eu preciso ganhar a vida, cara. Você sabe disso — respondeu o fotógrafo, na defensiva.

Nick não respondeu e continuou vendo as fotos de Roy Greenside na internet.

Uma imagem chamou sua atenção, e Nick sentiu um nó no estômago.

— Você fotografou Molly McKinney... várias vezes.

O homem passou a língua pelos lábios novamente, tenso, e olhou para o camarim.

— Uma ou duas vezes. Mas já faz muito tempo, Nick. São águas passadas, certo?

Nick o fulminou com o olhar.

Já havia feito as pazes com Kenny, mas jamais perdoaria Molly ou...

— É... águas passadas — disse uma voz feminina, rindo.

Os pelos de sua nuca se eriçaram, e ele se virou devagar para encarar a mulher que mais desprezava na face da Terra.

— Você.

Molly McKinney se aproximou dele, saindo do camarim com uma tonelada de maquiagem e um biquíni quase invisível.

— Olá, Nick.

Nick esperou que a cabeça dela começasse a girar como em um filme de terror ou que o estúdio fosse invadido por um enxame de gafanhotos.

— Surpreso por me ver? — perguntou ela, olhando para ele por entre os cílios postiços. — Você não foi muito gentil comigo no jogo de despedida, mas já te perdoei.

Nick não respondeu. Simplesmente pegou sua bolsa e se virou para ir embora.

— Você não pode ir embora! — gritou Roy, pegando a câmera e fotografando a expressão raivosa no rosto de Nick.

— Não posso o caralho — retrucou Nick, furioso.

Molly riu de novo, gostando de ser o centro das atenções e se aproximando de Nick para que Roy conseguisse tirar uma foto dos dois juntos.

— Fique e se divirta um pouco, Nicky. — Ela sorriu para a câmera. — Você está sendo muito bem pago.

— É isso mesmo — confirmou Roy. — Você não pode ir embora ou será considerado quebra de contrato.

— Foda-se o contrato! — rosnou Nick.

— Ah, não me diga que ainda está chateado por causa do nosso pequeno desentendimento? Achei que já tivesse superado.

Nick olhou para ela sem acreditar no que estava ouvindo.

— Você me traiu com meu colega de time quando eu estava machucado, o homem que eu convidei para ser padrinho do nosso casamento. Quando terminei tudo, deixei você ficar com a porra do anel, que você vendeu no eBay. Quando comecei a sair com a Anna, você inventou uma vingança que acabou com a carreira dela, e ainda por cima mentiu para a imprensa sobre tudo. Esqueci alguma coisa?

Molly segurou o braço dele e encarou Nick, as unhas postiças cravadas na pele de seu braço.

— Você assinou um contrato, Nicky. O dinheiro já foi transferido para a sua conta. Se você for embora, minha editora vai processar você.

Ele se desvencilhou da mão dela, dirigindo-lhe um olhar frio.

— E você acha que eu me importo com isso? Não estou nem aí. Podem me processar. Eu prefiro morrer a posar para a capa de um livro com você! Se é que esse livro existe.

Ela colocou a mão na cintura e fez uma pose que levou seus seios falsos a balançarem de um jeito estranho.

— Mas é claro que existe um livro. — Ela riu. — *Nick Safadinho: minha vida com o verdadeiro Nick Renshaw*, escrito por Molly McKinney. Vai ser um best-seller.

A fúria gelada de Nick não parava de crescer. Ele sabia que, se não fosse embora naquele exato momento, todos eles iam se arrepender.

— É esse tipo de pessoa que você quer ser, Mol? — perguntou ele, as palavras saindo trincadas. — Você quer ser lembrada como uma traidora mentirosa? E só para deixar as coisas bem claras: você nunca soube nada sobre mim.

Os olhos dela brilharam com malícia.

— Ah, não? Um passarinho me contou que você tem tomado muito tramadol... ou seria diazepam? — Ela estreitou o olhar. — Eu me pergunto o que a *Dra. Anna Scott* acharia disso. Ela sempre foi muito eloquente em relação ao abuso de analgésicos prescritos no esporte, não é?

Nick balançou a cabeça, perturbado com o nível de investigação de Molly.

— Eu passei por uma cirurgia por causa de uma lesão no manguito rotador que representou o fim da minha carreira. Meu Deus, você é inacreditável.

— Ah, Nicky! Toquei em um ponto sensível, não foi? Você achou que ninguém sabia. Bem, deixe-me dizer uma coisa, Sr. Figurão, tem *sempre* alguém olhando. E, de qualquer forma, não sou eu que estou tentando fazer carreira como modelo profissional. — Ela deu uma risada fria. — Sua agente disse que você estava com a agenda livre nessa semana e na próxima. Não está tendo muita sorte? E onde está sua querida e amada Anna? Em casa sozinha com todos os seus antigos colegas de time para lhe fazer companhia?

A voz de Nick estava fria como gelo quando ele se inclinou na direção dela, com os olhos perigosamente sombrios.

— Você é especialista nesse assunto, não é, Molly? Eu conversei com Kenny na minha despedida. Ele me contou tudo, que você se atirou em cima dele quando eu estava me recuperando da cirurgia, e depois ele me pediu desculpas pelo maior erro que cometeu na vida. Sim, foi exatamente isso que ele disse. Ele dispensou você, não foi?

Ele se virou para sair.

Passou pelo fotógrafo, que ficou na sua frente, clicando sem parar.

Um Nick mais jovem teria arrancado a câmera do homem e a atirado contra a parede, estilhaçando as lentes. Um Nick mais temperamental teria dado um soco na cara daquele fotógrafo sórdido, sem se importar com as consequências. E um Nick menos cuidadoso teria dito para Molly que ela era uma vadia amarga e tinha sido a pior trepada da sua vida.

Mas Nick estava mais velho e mais sábio agora, e ele sabia que uma reação era exatamente o que eles queriam.

Nick passou pelos dois enquanto Molly gritava obscenidades para ele.

— Você vai se arrepender amargamente por ter me tratado assim, Nicky! — berrou ela. — Eu vou arruinar a porra da sua vida! Você está acabado! Eu odeio você!

Com uma satisfação sombria, Nick bateu a porta do estúdio e desceu a escada correndo.

Já nas ruas de Manhattan, ele parou e respirou fundo, as mãos trêmulas e o coração disparado por causa do esforço para controlar a fúria.

Pense, disse a si mesmo. *Você precisa pensar.*

Pegou o telefone e ligou para Adrienne.

— Nick? Você deveria estar na sessão de fotos. O que houve?

— Era uma armação — disse ele ao telefone, enquanto olhava para o céu azul-claro. — Os filhos da puta armaram para mim.

Capítulo 18

Nick foi direto para o escritório de Adrienne, cortando as ruas movimentadas de Manhattan com facilidade. Ao perceber a nuvem de raiva que o envolvia, as pessoas saíam do caminho, um pouco amedrontadas.

Nick sabia que havia sido imprudente mostrar qualquer reação diante de Molly e Roy: demonstrar raiva lhes deu exatamente o que eles queriam. Mas só um robô seria capaz de se manter impassível diante das mentiras e das armações deles.

Queria ligar para Anna, mas sabia que ela estava entrevistando Jason Oduba sobre a aposentadoria do rugby, seu novo trabalho como técnico assistente do Bath RFU e seus planos para o futuro — material para seu novo livro sobre como atletas profissionais faziam a transição para uma vida comum. Desde a aposentadoria de Nick, sua pesquisa e sua motivação haviam assumido um viés mais pessoal.

E, naquele exato momento, aquilo podia redefinir o sentido de ironia.

Assim que chegou à agência, Shonda o levou ao escritório de Adrienne, olhando para ele com compaixão, como um veterinário ao dar más notícias sobre um bicho de estimação.

— Nick, sente-se e me conte, com suas próprias palavras, o que aconteceu.

Nick explicou tudo: o noivado com Molly, que a encontrou trepando com seu amigo, o julgamento, como conheceu Anna, a vingança de Molly (todos os detalhes nauseantes), imagens que tentava bloquear havia muito tempo.

Não mencionou a acusação de estar viciado em tramadol, mas prometeu a si mesmo diminuir o uso ou até mesmo parar de tomar o analgésico.

Adrienne ouviu tudo, gravando a conversa em seu telefone e tomando notas.

Quando admitiu que perdeu a paciência e falou alguns palavrões, ela fez careta, suspirou e colocou a caneta em cima da mesa.

— Nick, a questão é a seguinte: você abandonou uma sessão de fotos pela qual já foi pago. Você tocou em algum dos dois? Porque, se fez isso, pode ser processado por lesão corporal também.

— Eu tive que empurrar o fotógrafo que tentou me impedir de sair do estúdio.

— E é a sua palavra contra a deles. E você acabou de me dizer que já foi condenado por lesão corporal contra a mulher. Entende aonde quero chegar? Mesmo que eles não sigam por esse caminho, eu não ficaria surpresa se a editora processasse você por causa dos custos de atraso, aluguel do estúdio, o tempo da Sra. McKinney e do Sr. Greenside, os custos com voo e hotel, alguma espécie de indenização ou reparação. Você definitivamente vai ser processado para devolver o valor que recebeu.

Ela se recostou na cadeira e massageou as têmporas.

— A sua reputação foi para o buraco. Eu sei como essas coisas funcionam. Ninguém vai querer trabalhar com um modelo que causa problemas ou alguém que esteja metido em um escândalo. Você não vai ter mais trabalho e, se tivesse alguma sessão de fotos marcada, provavelmente já teria sido cancelada. As notícias voam nessa cidade.

— E o que eu faço? Deixo eles me ferrarem? Deixo a Molly ganhar *de novo*?

Ela fez uma careta e começou a bater com a caneta na mesa.

— Você tem duas opções: ficar na sua, pagar e torcer para tudo isso ser esquecido.

Nick balançou a cabeça.

— Eles querem um escândalo, não querem que isso caia no esquecimento. Qual é a outra opção?

— Partir para o ataque. Marque uma entrevista coletiva e conte seu lado da história primeiro. Esse quase sempre é o lado que as pessoas lembram. Você conhece outros jornalistas no Reino Unido que estejam mais propensos a ficar do seu lado? Esse tal de Greenside parece ser um verdadeiro traste. Quem esse cara já ferrou no passado?

Uma ideia começou a brotar na cabeça de Nick.

— Tem uma repórter de TV que sempre foi muito justa comigo — disse ele, pensativo. — Jasmine Khan. Eu já dei duas entrevistas exclusivas para ela. Eu poderia falar com ela.

— Então ela tem uma dívida com você?

— Acho que sim. De certa forma.

— Ótimo. E ela é mulher. Melhor ainda. Ligue para ela agora. Dê uma entrevista por telefone hoje e volte para Londres para uma exclusiva.

— Londres?

A expressão de Adrienne era séria.

— Nick, mesmo que você consiga reverter essa situação, sua carreira em Nova York está arruinada. Talvez daqui a uns seis meses eu consiga algum trabalho para você, mas, nesse exato momento, você é como veneno para o mercado. Os clientes não querem sua marca associada a um escândalo. — Ela olhou para ele com uma expressão de quem sabia do que estava falando. — Não as marcas para as quais você ia querer trabalhar, de qualquer maneira. — Ela deu de ombros. — E a melhor decisão agora é sair da cidade, para o caso de haver algum mandado determinando a sua prisão. É improvável, mas é melhor não arriscar. Aja primeiro, aja rápido.

Nick saiu do escritório de Adrienne atordoado. Definitivamente não era daquela maneira que ele achava que seria seu dia.

Ele correu até o quarto de hotel barato, colocou todas as roupas na mala, descartou o que não podia carregar e fez o check-out.

Não fazia ideia se Molly tentaria pedir sua prisão, mas, considerando o histórico dela, era melhor não arriscar.

Pegou o primeiro táxi que viu e seguiu direto para o aeroporto JFK, enquanto entrava em contato com Jasmine. Pelo menos teve sorte: ela ainda estava no trabalho e ele deu a entrevista do banco de trás do táxi, sem deixar nada de fora.

Ela ficou radiante com aquele furo e concordou em gravar uma entrevista assim que ele chegasse a Londres.

A segunda sorte foi encontrar o voo para Heathrow dali a pouco mais de uma hora. Nick comprou a passagem, passou pela segurança e embarcou cinco minutos antes de o portão fechar.

Ainda não tinha tido tempo de ligar para Anna, então mandou uma mensagem de texto para ela assim que se acomodou em seu assento na classe econômica.

Voltando para casa.
Molly tentou me ferrar de novo.
Jasmine Khan vai publicar tudo.
Vejo você amanhã.
Amo você. Bj

O jantar com Jason tinha sido mais agradável do que Anna esperava. Ele quase não deu em cima dela e foi surpreendentemente revelador a respeito do que o fim de sua carreira como jogador significava para ele e por que havia decidido continuar no esporte e se tornar técnico assistente. Esperava um dia chegar a dirigente.

A única parte da noite da qual não gostou foi quando chegaram ao *The Ivy* e um *paparazzo* solitário tirou fotos deles entrando no restaurante com o braço de Jason em torno dos ombros dela.

Jason abraçava todo mundo, mas ela sabia que não era isso que ia parecer quando a foto fosse publicada nos jornais. Já imaginava as manchetes. Estava tão acostumada com o rótulo de anti-heroína que quase nem se importava mais.

Anna estava terminando a entrevista com Jason, depois de terem jantado, quando recebeu a mensagem de Nick. Seu coração deu um salto no peito, e ela se sentiu gelada e fervendo ao mesmo tempo.

Apoiou a cabeça nas mãos, o pulso ainda disparado.

— Merda! Está tudo bem?

Jason a abraçou e olhou para ela com ar preocupado.

— Está tudo bem. Tudo bem — murmurou ela.

— Você está em estado interessante?

— Hã?

— Está comendo por dois?

— Como assim?

Jason revirou os olhos.

— Pelo amor de Deus, doutora! Você está grávida?

A irritação a ajudou a retomar o equilíbrio.

— Não! Por que as pessoas não param de me perguntar isso? — Então ela suspirou. — Não precisa responder. É a minha barriguinha. Eu sei.

Jason abriu um sorriso tímido.

— Ah, não, você não está tão gorda assim. Só parecia prestes a desmaiar. Tem certeza de que está tudo bem?

— Sim, não... Não sei. Olha isso aqui! — Ela entregou o telefone para Jason.

A expressão dele ficou sombria.

— O que aquela vadia estúpida fez agora?

— Não faço a menor ideia!

— Ligue para ele — encorajou Jason.

Anna seguiu o conselho, mas a ligação caiu direto na caixa postal.

— Ele não está atendendo. Já deve estar no avião. Sinto muito, Jason. Vou ter que ligar para Jasmine agora.

— Claro, sem problema. Diga para o seu noivo me ligar quando estiver de volta. O filho da mãe me deve uma cerveja. Vamos, vou levar você para casa.

Três matérias foram publicadas enquanto Nick ainda sobrevoava o Atlântico.

Molly e Roy não perderam tempo para contar seu lado da história sórdida. Mas Jasmine Khan, com um olho em sua carreira e um apreço e um respeito genuínos por Nick, havia conseguido publicar sua entrevista exclusiva primeiro:

Quando a ex vira um pesadelo — a stalker de Nick Renshaw
"Tenho pena da minha ex", diz o bom moço do rugby.

Nick tinha contado tudo para Jasmine, incluindo o fato de ter xingado sua ex e Roy Greenside, e declarou que se arrependia de ter perdido o controle. Adrienne tinha feito sua parte, devolvendo o valor integral do pagamento do modelo, incluindo seus 15 por cento.

Molly e Roy contaram uma versão bem mais sensacionalista da história, na qual Nick os tinha aterrorizado e ameaçado com violência física. As fotos do rosto irado de Nick eram mencionadas como "provas".

Fúria de Nick Safadinho em sessão de fotos
"Ele é violento e imprevisível — eu realmente achei que ele fosse me bater de novo."

Havia fotos de Molly chorando e com a maquiagem borrada. Mas o fato de terem ido para Nova York e contratado Nick para uma sessão de fotos sem revelar sua identidade pesava contra os dois, e a maioria das pessoas parecia achar que eles estavam errados.

Infelizmente, isso não impediu que Nick e a agência de Adrienne fossem processados pela editora do livro, que pedia uma indenização por um prejuízo de mais de 100 mil libras. A notificação seria enviada para a casa de Nick e para o escritório de Adrienne.

Aquele não era um problema que seria resolvido da noite para o dia. Até aquele momento, não houvera nenhuma menção às acusações de abuso de drogas, mas Nick conhecia Molly: ela não havia esquecido. Tinha seus motivos para guardar aquela alegação escandalosa. Provavelmente estava na porra do livro dela.

A mulher se agarrava à publicidade feito um carrapato.

A terceira matéria não teria despertado tanto interesse não fosse pelas duas primeiras, mas o *paparazzo* que havia tirado a foto de Anna e Jason resolvera tirar proveito da sorte inesperada, e um dos tabloides mais sórdidos havia publicado a história:

Noiva de Nick Safadinho e ex-colega de time em jantar íntimo

E um jornal tinha unido as duas histórias, somando um mais um mais um e chegando a quatro.

Renshaw volta para salvar relacionamento

Dez minutos depois que a matéria de Jasmine foi publicada, já havia jornalistas acampados diante da porta da casa de Anna.

Mas, dessa vez, ela estava preparada. Havia usado as duas horas que teve de vantagem para se preparar mentalmente e transformar a casa deles em uma fortaleza. Apesar de já ser tarde, havia ligado para Brendan para pedir ajuda e apoio moral. Em seguida, ligou para o ex-agente de Nick, Mark Lipman, para que lhes desse consultoria jurídica e porque ela confiava plenamente nele. Mesmo com mais de 70 anos e aposentado, Mark sabia como lidar com escândalos.

Em seguida, arrumou uma mala e reservou dois quartos de hotel em nome de Brendan. Por fim, pediu a Jason que fosse buscar Nick no aeroporto de manhã. Seria uma boa maneira de acabar com as especulações no que dizia respeito à história número três.

Anna tinha aprendido a lição depois dos anos que ficara sob os holofotes da imprensa: nunca mais seria uma vítima.

Cogitara a ideia de usar um serviço de motorista para pegar Nick no aeroporto, mas não sabia se ele ia verificar o celular antes de sair do aeroporto. Talvez não procurasse um motorista segurando um iPad com seu nome, mas não deixaria de notar um amigo e ex-colega de time de dois metros de altura.

Jason não era o cara mais calmo do mundo e tinha uma propensão a se meter em mais brigas e "situações" do que qualquer outro jogador, mas também era um bom amigo — e, naquele momento, Anna achava que era disso que Nick mais precisava.

Brendan chegou à casa dela sem fôlego de tanta excitação, carregando uma mala enorme, laptop e uma bolsa no ombro.

— Vamos para um hotel, e não para um programa de proteção à testemunha — disse Anna, arregalando os olhos ao ver a bagagem volumosa dele.

— Quero só ver se você vai achar graça quando for fotografada usando calça jeans surrada e moletom, enquanto eu serei o expoente máximo do glamour, Srta. Sabe Tudo.

Anna balançou a cabeça. Só mesmo Brendan para fazê-la rir em um momento como aquele.

Enquanto ele levava as malas para o Range Rover, Anna fechou todas as cortinas, verificou se todas as portas e janelas estavam trancadas, jogou fora meio litro de leite na pia da cozinha e se despediu de sua casa. Era ruim não saber quanto tempo ficaria fora, mas esperava que fossem apenas umas duas semanas.

Ela havia aprendido do modo mais difícil que aguentar firme não funcionava com os *paparazzi*. Esconder-se até que eles se cansassem ou que uma história mais recente ganhasse as manchetes funcionava muito melhor. Ou, como Brendan sempre dizia: "Não alimente os abutres."

Nick não era particularmente conhecido em Nova York, mas, em Londres, ele era *alguém*. Infelizmente, a maioria das pessoas que tinha alguma relação com a fama, mesmo que distante, diria que os dois piores lugares para ser fotografado são o aeroporto de Los Angeles e qualquer lugar de Londres, em especial o aeroporto de Heathrow.

A imprensa estava enlouquecida com o último escândalo de "Nick Safadinho" e, quando ele chegou, foi recebido por mais de trinta fotógrafos, jornalistas e duas equipes de reportagem querendo uma declaração.

Mas, assim como Anna, ele havia aprendido a lidar com os repórteres, então, colocou os óculos de sol, manteve o sorriso no rosto e simplesmente disse que estava feliz por voltar para casa e ansioso para ver a noiva.

Quando viu Jason Oduba no meio da multidão, abriu ainda mais o sorriso. Jason o abraçou, levantando-o do chão.

— Bem-vindo, tampinha — disse Jason, dando risada.

— Seu idiota! Que bom ver você!

Então as únicas fotos que os *paparazzi* conseguiram foram de dois amigos felizes por se reencontrarem.

Parem as máquinas.

Capítulo 19

Durante dez dias, Anna e Nick foram engolidos pela tempestade da mídia, a onda de mentiras de Molly e Roy Greenside se abatendo sobre eles. Mas, daquela vez, estavam juntos, e isso fazia toda a diferença.

Anna e Nick preferiam estar na própria casa, mas os dois sabiam que a melhor defesa era serem visto saindo juntos, parecendo felizes e apaixonados.

Brendan tomou as providências para que eles fossem vistos almoçando no The Palomar, desfilando pelo tapete vermelho do evento beneficente de lançamento de um filme na Leicester Square e entrando na boate Annabel em Mayfair. Ficaram lá dentro por dez minutos, depois saíram pela porta dos fundos.

Mas, justamente quando parecia que a tormenta estava passando, surgiram novas acusações.

O vício da estrela do rugby: Renshaw na reabilitação

— Ai, meu Deus! Olhe as mentiras que esses imbecis estão publicando agora! — exclamou Anna, furiosa, sacudindo uma pilha de tabloides. — Você não pode deixar isso barato, Nick. Você precisa dar uma declaração negando tudo. Como eles se atrevem a escrever esse monte de merda sobre você!

Nick sentiu o coração parar quando voltou os olhos para os jornais que Anna havia colocado diante dele na pequena mesa do hotel.

Ele leu a manchete sem fazer comentários, em seguida passou à parte principal do artigo.

Nick Renshaw está viciado em analgésicos, diz uma fonte próxima à antiga estrela do rugby. Há rumores de que o vício começou depois da cirurgia para corrigir uma lesão no manguito rotador, que encerrou sua carreira. Amigos do astro estão preocupados com sua saúde e sugeriram que sua volta repentina de Nova York, onde estava começando uma carreira de sucesso como modelo, mostram que o vício está fora de controle.

Dados fornecidos pelo serviço nacional de saúde revelam que um em cada 11 pacientes recebeu prescrição de fármacos com potencial viciante no último ano. O astro de TV e apresentador do Britain's Got Talent, Ant McPartlin, concluiu recentemente seu programa de reabilitação para se livrar do vício em analgésicos tarja preta depois de uma condenação por dirigir sob efeito de bebidas alcoólicas.

O Priory é um conhecido centro de reabilitação para celebridades, mas respondeu com um "nada a declarar" quando nosso premiado jornalista perguntou se Nick Renshaw era paciente...

Nick largou o jornal sem terminar de ler. A rede de meias verdades e mentiras deslavadas parecia devastadora, mas o que o matava era a certeza de Anna de que tudo não passava de uma invenção.

Ele olhou nos olhos escuros dela, cintilando de fúria por ele, e engoliu o nó na garganta.

— Eu estou tomando tramadol — revelou, de forma direta. — Praticamente todo dia, desde a cirurgia no ombro.

Anna ficou boquiaberta.

— Mas... mas a cirurgia foi há mais de um ano.

— Sim.

Ela respirou fundo, trêmula, e se sentou diante dele.

— Nick, você está dizendo... isso é *verdade?* — questionou ela, apontando para os jornais com o dedo trêmulo

Nick passou as mãos pelos cabelos despenteados.

— Eu não sou viciado — falou, na defensiva. — Meu ombro demorou muito para melhorar. Eu ainda sinto dor... Eu venho diminuindo a dose.

Anna parecia prestes a chorar.

— Você nunca me disse nada. Eu não sabia. Achei que a dor fosse suportável. Mas, Nick, tramadol é um opiáceo, vicia.

Ele fez uma careta, mas não respondeu.

— Quanto você está tomando?

— Um comprimido, às vezes dois.

Anna engoliu em seco.

— Então algo entre 25 e 50 miligramas?

— Isso.

— Não é... tão ruim. Podemos lidar com isso. — Ela fechou os olhos. — Meu Deus, eu sinto muito!

Nick ficou confuso.

— Por que você sente muito? Sou eu que... A culpa não é sua.

Os olhos dela lacrimejaram e Anna esfregou o rosto, impaciente.

— Meu Deus, eu sou psicóloga esportiva e não notei que meu próprio noivo estava tomando tramadol todos os dias! Eu tinha tanta certeza de que você estava melhorando, de que não estava mais deprimido. Meu Deus, eu senti tanto, tanto a sua falta, todos aqueles dias longos e inúteis, e não falei nada porque achei que você estava melhor sem mim, quando, na verdade, você passou todo esse tempo enfrentando dificuldades. Eu quis tantas vezes implorar para você voltar para casa, mas não fiz isso. Não me atrevi! Ai, meu Deus! Eu que deveria ser uma profissional especialista em comunicação! Eu não consegui ajudar você! Não consegui me ajudar! É tudo uma grande mentira!

Nick sentiu a garganta queimar ao ouvir a amargura e o sofrimento na voz dela, sua vergonha e decepção. Ela havia sentido a falta dele, tinha desejado que ele voltasse para casa, mas não dissera a ele como se sentia. E ele nunca havia perguntado.

Ele a pegou pelos braços e a puxou para seu colo.

— Anna, minha Anna, me desculpe, eu decepcionei você. Eu decepcionei a mim mesmo. Foi tão difícil ficar em Nova York sem você. Senti sua falta todos os dias e deveria ter dito isso a você, mas eu precisava fazer aquilo sozinho. E agora arruinei tudo.

Os ombros de Anna tremeram enquanto ela tentava conter as lágrimas.

— Eu amo você. — Ela engoliu em seco. — Tanto. Deixe-me ajudar. Eu posso ajudar.

Nick concordou sem dizer nada, enquanto abraçava o corpo trêmulo dela contra o seu.

Os dias seguintes foram difíceis para ambos. Uma grande dúvida havia se instalado entre eles, e reconstruir a confiança era difícil.

Anna elaborou um plano para ajudar a acabar com a dependência de Nick do tramadol lentamente, e ele prometeu se consultar com o cirurgião para verificar se não havia nenhuma questão subjacente.

Ela também tirou todos os analgésicos do armário de remédios.

Molly mostrou os seios na página três do *The Sun* e contou para quem quisesse ouvir sobre seu novo livro. Infelizmente para Nick, toda a publicidade recente fora um presente dos deuses para a editora e eles estavam correndo para publicar o livro no mês seguinte. Parecia que realmente seria um best-seller no fim das contas.

O mais grave, porém, era que a editora estava processando a agência de Adrienne e Nick, pedindo uma reparação no valor de 175 mil libras — a cada um.

— Eles podem fazer isso? — perguntou Brendan, incrédulo. — Bem, é claro que podem, e eles fizeram. Mas têm alguma chance de vencer?

Depois de quase duas semanas nas primeiras páginas dos tabloides, Anna e Nick estavam finalmente sentados à mesa da cozinha da casa deles, pela primeira vez em muito tempo, tentando montar uma estratégia junto com o velho e astuto Mark Lipman.

A história deles tinha saído das primeiras páginas por causa das especulações de que Meghan Markle estava grávida. Anna sentiu compaixão por ela — provavelmente só estava comendo muito no chá da tarde com a rainha no Castelo de Windsor e agora todo mundo achava que ela estava... qual era a expressão? De barriga.

A voz de Mark Lipman falou no viva voz.

— Eles podem processar porque você abandonou um trabalho pelo qual já tinha sido pago. O fato de que o dinheiro foi devolvido não significa nada Mesmo que tudo tenha sido feito para enganar você, não há nada de ilegal no que eles fizeram.

— Filhos da puta — resmungou Nick.

— Concordo. — Mark suspirou, enquanto Anna pegava a mão de Nick. — Mas a alegação deles é válida, já que tiveram custos com voo, hospedagem, aluguel do estúdio e outras despesas para reagendar a sessão de fotos etc. Mas eu duvido que consigam mais de, digamos 25 mil libras, talvez trinta. Também estão tentando acrescentar um valor em lucros cessantes por causa do atraso, mas essa alegação é mais frágil. O que acho estranho é que a editora tenha se disposto a pagar todos esses custos. Esse pessoal costuma ter orçamentos apertados. Como podem pagar por uma sessão de fotos nos Estados Unidos? Isso não faz sentido. — Ele suspirou.

— E não se esqueçam: a agência da Sra. Catalano também está na linha de tiro, e ela pode muito bem processar você pelos custos e pelos danos à reputação dela.

— Puta merda! — Nick apoiou a cabeça nas mãos. — Tem alguma coisa que eu possa fazer?

Seguiu-se um breve silêncio enquanto Anna trocou um olhar preocupado com Brendan.

Anna sabia que ele havia investido em propriedades, mas Nick dispunha de poucos ativos líquidos e, se tivesse de pagar centenas de milhares de libras, eles perderiam a casa.

— Bem — disse Mark por fim, com a voz ponderada. — Você pode entrar com um processo contra eles por danos morais. Você tem uma chance pequena ou até mesmo razoável de ganhar, já que quase todos os quatro critérios são atendidos. Molly e Roy Greenside agiram de forma intencional ou negligente? Sim. A conduta deles foi extrema e ultrajante? Provavelmente, não. As ações deles foram causa de sofrimento? Sim. O requerente, você, Nick, sofreu grave sofrimento emocional em virtude das ações dos réus?

Nick assentiu com a cabeça e olhou para Anna.

Mark voltou a falar:

— A parte do "grave" é mais difícil de provar, e é possível, até mesmo provável, que seja indeferida pelo juiz. Mas talvez seja o suficiente para fazer a editora reconsiderar sua posição, já que qualquer tipo de litígio é caro, e a indicação de que você vai enfrentá-los na justiça talvez os faça parar para reconsiderar. Mas preciso perguntar uma coisa: você realmente quer arrastar tudo isso por outro julgamento que vai dar ainda mais publicidade para esse maldito livro?

Anna franziu a testa.

— Podemos impedir a publicação do livro?

— É improvável, mas não impossível. Meu conselho seria nem tentar. Nós já sabemos que vai ser uma rede de meias verdades cuidadosamente elaborada. — Mark pigarreou. — Kenny Johnson entrou em contato comigo na semana passada. Molly o abordou para que fizesse parte da história, mas ele recusou. Ele queria que você soubesse disso.

Anna e Brendan se viraram para olhar para Nick, esperando a reação dele.

— Eu não vou deixar essa vadia mentirosa ganhar essa — declarou ele, com a voz séria.

— Então entre com um processo — repetiu Mark. — Na melhor das hipóteses, eles desistem do processo e você pode fazer o mesmo. Você não vai querer voltar aos tribunais, Nick. Aquela p... bruxa vai desenterrar todos os podres que conseguir encontrar.

— E na pior das hipóteses? — perguntou Anna, baixinho.

Houve uma longa pausa.

— Eles ganham o processo deles; você, Nick, perde o seu e é obrigado a pagar os custos dos dois. Mas acho que isso não vai acontecer. Se achasse que sim, eu aconselharia você a pagar agora. Vou marcar uma reunião com a equipe jurídica que eu usava em casos como esse. Ouçam o que eles têm a dizer, deixe que eles o orientem. — Ele pigarreou. — Sugiro que liquide alguns bens agora se quiser ir adiante com esse caso. Você não vai querer isso pairando sobre sua vida, provavelmente por anos. Vai precisar do dinheiro, filho.

Mais tarde naquela noite, depois que Brendan já tinha ido embora, Nick e Anna foram juntos para a cama. Nick estava esparramado, seu corpo ocupando mais espaço do que Anna parecia estar acostumada. Enquanto ele estava nos Estados Unidos, ela tinha a cama toda para si. Agora, mantinha-se abraçada a ele, a cabeça apoiada em seu peito, ouvindo as batidas ritmadas de seu coração, apaziguada por seu ritmo profundo.

Havia tanta coisa a dizer, mas ela não queria perturbar aquele momento de quietude, alguns segundos de paz no turbilhão dos últimos dias.

— No que você está pensando? — perguntou ela depois de vários minutos, a voz suave e cuidadosa.

— Vou ter que vender as casas de Lewisham.

Anna suspirou.

— As duas?

— Vou precisar do dinheiro — respondeu Nick, tenso.

Anna olhou para ele.

— Amor, não sabemos se o caso vai realmente chegar aos tribunais.

Nick fez uma careta.

— Você sabe muito bem que a Molly é uma vaca vingativa. Eu só não tinha percebido que também é maluca. Ela não vai abrir mão da publicidade.

— É verdade, mas a editora não vai querer levar isso para os tribunais. É imprevisível. Eles estão concordando com isso por causa da publicidade. Mas eu realmente duvido que eles queiram chegar aos tribunais. Quando você entrar com um processo, eles vão parar para considerar e avaliar os custos. Vão chegar a um acordo que cubra apenas os custos, que serão apenas alguns milhares de libras. Que ódio, eles vão ganhar mais do que isso com a pré-venda daquele livro horroroso. — Ela bufou, irritada.

— Talvez — ponderou Nick, com um ar sombrio. — Mas você ouviu o que o Mark disse: na pior das hipóteses, isso pode me arruinar.

O sangue de Anna gelou nas veias, e ela se sentou na cama.

— Estamos juntos nessa, Nick. O que quer que aconteça, afetará a nós dois. *Nós dois.* Você não está sozinho.

— É, mas sou eu que estou sendo processado — resmungou ele, virando-se para o lado. — Não você.

Ele apagou a luz e o quarto mergulhou na escuridão.

Anna sentiu que os olhos ardiam, mas se recusou a derramar uma lágrima que fosse.

Ela o abraçou por trás, pousando a mão em seu quadril. Mas ele não se mexeu, não reagiu e, por fim, acabou adormecendo.

Anna ficou acordada, enquanto o medo se aprofundava dentro dela.

Capítulo 20

Nick leu o e-mail de seu antigo colega de time novamente. Era quase bom demais para ser verdade, e certamente seria a resposta para seus problemas mais imediatos: aquilo o tiraria de Londres e também lhe renderia dinheiro suficiente para que não precisasse vender as propriedades de Lewisham, pelo menos não de imediato. Ele ganharia tempo.

Mas significava deixar Anna de novo.

Nick passou a mão na testa. Mas ela ia entender; ele sabia que Anna também estava preocupada com o dinheiro que gastaria com o processo.

O alívio que sentiu com a oportunidade de ganhar dinheiro foi enorme.

Daria a boa notícia assim que ela entrasse em casa.

Em outra parte de Londres, Anna estava atordoada. Os dois compromissos que tivera naquele dia a surpreenderam.

Brendan estava dando pulinhos de animação.

— Ai, meu Deus! Isso é grande! Imenso! Colossal! É o que estávamos esperando, Annie! E se você quiser fazer um programa sobre gays maravilhosos de Londres... Bem, é claro que você não conseguiria ninguém melhor do que eu! — Ele a abraçou apertado. — Isso é tão empolgante! — Ele se afastou e olhou para o rosto dela. — Espere um pouco, só eu estou animado aqui?

— Não, não. Sério — disse ela com a voz fraca. — Eu estou animada.

Brendan não se convenceu e ergueu as sobrancelhas de maneira questionadora.

— Sei. Parece que você acabou de descobrir que está usando a calcinha suja de outra pessoa e que o shih-tzu do padre fez xixi no seu chá. *Qual* é o problema?

Anna sufocou uma risada e, logo depois, começou a gargalhar. E depois que começou, não conseguiu mais parar. Logo ela estava rindo histericamente, os olhos lacrimejando e borrando a maquiagem, e Brendan ergueu as sobrancelhas tão alto que parecia que elas estavam tentando se arrastar para fora da testa.

— Meu Deus, você está drogada — disse ele, entregando-lhe um guardanapo para que secasse os olhos.

As pessoas estavam se virando para olhar para eles no café, no Soho.

Brendan se virou e se dirigiu, irritado, às pessoas que estavam olhando.

— Qual é o problema, nunca viram uma mulher se mijar de tanto rir?

Aquilo fez com que Anna começasse a rir de novo, e até mesmo Brendan abriu um sorriso relutante.

— Você se importa de me dizer do que está rindo? — pediu ele, se inclinando para a frente e baixando a voz para um sussurro que podia ser ouvido a duas mesas de distância.

Anna secou os olhos e assoou o nariz.

— Desculpe. Me desculpe. É só que a vida... uau, a vida, sabe? Brendan estreitou os olhos.

— Então você não está se drogando? Hum, talvez você devesse tomar uns remédios porque está agindo de forma meio esquizofrênica. E desde quando você toma chá de ervas?

Anna se endireitou na cadeira e tentou ajeitar os cabelos. O acesso de riso a havia deixado completamente esgotada.

— Só estou tentando ser um pouco mais saudável — disse ela. Brendan se recostou na cadeira e olhou para ela, sério.

— Há quanto tempo nos conhecemos?

Anna foi pega de surpresa com a mudança de assunto.

— Caramba. Desde que me mudei para Londres.

— E você diria que nos conhecemos bem?

Anna piscou, surpresa com a seriedade repentina de Brendan.

— Acho que sim.

Brendan cruzou os braços.

— Então por que está mentindo para mim?

Anna fez uma careta.

— Bren...

Foi a expressão magoada no rosto dele que a derrubou.

— Bren, eu... Bren, me desculpe. Essas duas últimas semanas foram muito estranhas.

O olhar dele se suavizou.

— Eu sei. Mas você pode conversar comigo, Annie. Meu Deus, você *sabe* disso. Por que não estamos comemorando? Você foi convidada para ser uma das apresentadoras do programa diurno para mulheres com a maior audiência do Reino Unido. *Loose Women* teve um aumento de sete por cento na audiência no ano passado. Teve um aumento de 13 por cento quando você apareceu no programa. E o melhor de tudo é que isso vai ser um enorme "vá se foder" para Mouldy McKinney. Espere, você não vai recusar o convite, vai?

— Eu preciso pensar.

— Não.

— Como assim?

— Não, você não precisa pensar. Você precisa me contar o que está passando por essa cabecinha teimosa.

Anna suspirou.

— Tudo bem, mas você não pode contar para ninguém. Principalmente para o Nick.

Brendan ficou boquiaberto.

— Você está tendo um caso? — sibilou ele.

— Não! Meu Deus, não! Por que você... Sabe de uma coisa, deixa pra lá. Não, eu não estou tendo um caso. Eu estou grávida.

Brendan ficou boquiaberto, em seguida se levantou e gritou:

— EU VOU SER TITIA!

— Brendan!

Ele se abaixou e a tomou nos braços, abraçando-a com força.

— Minha pequena Anna-Banana está esperando um neném! Você vai ser mamãe! Ai, meu Deus! Estou tão feliz que acho que vou chorar!

E, quando finalmente deixou que Anna voltasse a se sentar, seus olhos realmente estavam marejados.

Várias pessoas no café aplaudiram e deram os parabéns. Anna corou e agradeceu-lhes educadamente.

Por fim, depois de agradecer com uma reverência, Brendan voltou para a cadeira, passando a mão dramaticamente na testa.

— Podia ter avisado antes de jogar uma bomba dessas na minha cabeça.

Anna deu um sorriso sarcástico.

— Da próxima vez que eu descobrir que estou grávida e receber um convite para apresentar um importante programa de TV no mesmo dia, eu mando uma mensagem para você.

— Engraçadinha. Agora quero saber o que o nosso bonitão do rugby acha de tudo isso?

Anna olhou para o chá.

— Ainda não contei para ele.

Brendan assentiu com a cabeça.

— Bem, você acabou de descobrir sobre o *Loose Women*, mas ele com certeza sabe que... ai, meu Deus, ele não sabe *de nada*?

— Eu tive uma consulta hoje. — Anna suspirou. — Eu andava me sentindo cansada e enjoada pela manhã. E não estou bebendo café, como você pode ver... Eu suspeitava, bem, na verdade, estava torcendo, então fiz um teste de farmácia. Fui ao médico hoje para fazer um exame de sangue e, sim, estou grávida.

Brendan inclinou a cabeça para o lado.

— Pergunta: por que você não está soltando fogos de artifício, já que queria engravidar há séculos? E por que não contou para o Nick?

— São duas perguntas — resmungou Anna.

— E eu estou esperando — retrucou Brendan, impaciente.

— Eu *estou* animada — disse ela, baixinho. — Eu estava começando a achar que havia alguma coisa errada comigo. Mas acho que, em Miami...

— Eu sabia! — exclamou Brendan, convencido. — Dava para sentir os feromônios no ar. Eu nunca me engano com essas coisas. Bem, eu nunca me engano. Ponto.

Anna deu um sorriso triste para seu melhor amigo.

— É, você estava certo. De novo. E o motivo para eu não ter contado para o Nick é... Bem, ele anda muito preocupado com todo esse lance da Molly e com dinheiro. — Ela olhou para baixo. — Tenho medo... Tenho medo que ele veja o bebê apenas como... como um fardo.

Brendan arrastou a cadeira para mais perto dela e passou o braço em torno de seus ombros.

— Annie, querida — disse ele com a voz gentil. — Você está falando tanta merda que o estrume está fazendo com que um monte de rosas cresçam embaixo da mesa.

— Bren!

— Estou falando sério — disse ele com a voz ainda gentil, mas firme. — Você ama o Nick, e ele ama você. Vocês dois queriam um filho já faz algum tempo. Isso é uma coisa *boa*. Maravilhosa. O timing é interessante, mas continua sendo maravilhosa.

Anna assentiu lentamente.

— Com certeza. Eu já *amo* tanto esse bebê. Mas estou morrendo de medo também.

— Bem-vinda ao mundo, Annie. Não estou dizendo que vai ser fácil, mas vai ser incrível. Você tem que contar para ele.

Anna assentiu de novo e sorriu, chorosa.

— Eu vou contar. Obrigada, Bren.

— Pode contar comigo, mãezinha.

— Não me chame assim.

— Não prometo nada.

225

— Bren!

— Você é chata.

— Não sou, não.

— É, sim.

— Não sou.

— É.

— Não sou.

— Cale a boca, Bren.

— Calando.

— Amo você.

— Também amo você, mãezinha.

— Aaaaaaaaagh!

Anna ficou surpresa e feliz ao descobrir que Nick estava em casa quando voltou de seus dois compromissos. Estava explodindo de animação e mal podia esperar para lhe contar a novidade.

O entusiasmo e a felicidade de Brendan haviam lhe dado a confiança de que precisava.

Os problemas não importavam; ela e Nick os resolveriam juntos.

— Oi, lindo! — gritou ela.

— Estou na sala!

Nick estava jogado no sofá, com uma das pernas pendurada, a camiseta suspensa, deixando à mostra a barriga reta e o abdome definido. Anna sentiu água na boca por causa dos hormônios em ebulição.

Ela se abaixou, beijando-o suavemente na boca, como um convite.

Mas ele não aceitou.

Ele retribuiu o beijo rapidamente, sorriu e se sentou.

Decepcionada, Anna se sentou ao lado dele, preparando-se para compartilhar as novidades com o noivo — as duas.

Mas Nick também tinha novidades e começou primeiro.

— Recebi um e-mail do Bernard — começou o noivo, o entusiasmo evidente em sua voz. — Você se lembra dele? Ele jogava como meio-scrum para os Phoenixes.

— Bernard Dubois? Sim, claro. Como ele está? Ainda está jogando?

— Sim, na mesma posição!

— Que bom! Muito legal ele entrar em contato. — Anna fez uma pausa quando Nick não respondeu, confusa pela expressão no rosto dele. — É legal, não é?

— É, claro.

— Onde ele está jogando agora?

— No Carcassonne Cuirassiers, um time do sul da França. Eles estão na segunda divisão, mas, segundo ele, têm potencial. Ele é o capitão e também técnico assistente.

Anna sorriu, ainda sem entender direito.

— Que sorte a dele! Eu amei o sul da França quando nós estivemos lá com Massimo. Bernard mora perto de Cannes?

— Hum, acho que não. Ele disse que fica a uns oitenta quilômetros da fronteira com a Espanha.

— Que legal.

Seguiu-se uma pausa mais longa, e os olhos de Anna começaram a se fechar quando um cansaço repentino se abateu sobre ela. Anna sorriu, sonolenta. *O Nick ia ficar tão feliz com a novidade...*

— Nick, eu tenho uma coisa...

— Ele me ofereceu um trabalho.

Anna levantou a cabeça tão rápido que chegou a ficar tonta.

— Como?

— Bernard me ofereceu um trabalho.

— Mas... que tipo de trabalho?

Nick demorou para responder.

— Zagueiro.

Anna piscou, sem ter muita certeza se tinha ouvido direito.

— Rugby? Ele quer que você volte a jogar rugby profissionalmente?

Nick ergueu um dos ombros, sua resposta saindo devagar, como se estivesse pensando com muito cuidado em cada palavra.

— Eles estão correndo risco de ser rebaixados. Ele disse que eu poderia ajudar. Mas eu teria que ir logo, porque a temporada já começou.

Anna se esforçou para manter a expressão neutra quando, por dentro, sentia um turbilhão de emoções.

— E o que você respondeu?

Nick desviou o olhar antes de encará-la.

— Eu disse que ia pensar.

O chão pareceu desaparecer sob os pés de Anna. Todas as suas esperanças foram por água abaixo diante da animação palpável de Nick. Ela engoliu em seco, incapaz de falar, assentiu com a cabeça, se levantou e foi para a cozinha.

Ele a seguiu.

— Você está chateada, amor? Porque, se estiver...

Anna escondeu o rosto enquanto se ocupava com a cafeteira, então lembrou que não tomava mais café.

— Não, não estou chateada — mentiu. — Só surpresa. Só isso.

Nick franziu a testa e enfiou as mãos nos bolsos.

— Um ano. Era tudo que eu queria antes de sofrer a última lesão. Só mais um ano.

Anna se virou para olhar para ele.

— Mas você se aposentou! O ano passado inteiro não girou em torno disso? De encontrar outra coisa além do rugby? Se afastar do esporte. Foi isso que você disse! E depois da sua última lesão...

— Eu sei que não sou mais um jogador de alto nível. Minha forma física não permite isso. Mas esse time está precisando de ajuda. E eu sei que poderia ajudar. — Ele hesitou. — E, com o que vão me pagar, poderei arcar com os honorários dos advogados. Eu não teria que vender os imóveis de Lewisham logo de imediato. Isso me daria um fôlego...

Anna balançou a cabeça, sentindo-se tão confusa e decepcionada que era até difícil pensar. Ela desviou o olhar.

— Parece que você já tomou sua decisão.

Seguiu-se uma longa pausa. O silêncio chegava a doer fisicamente.

— Não — disse Nick devagar. — Eu não tomei uma decisão. Ainda estou pensando. Mas... Olhe para mim, Anna...

Ela se esforçou para encará-lo. Aqueles lindos olhos cor de mel; olhos nos quais ela amava se perder.

— O trabalho como modelo foi interessante, mas também não é uma coisa que eu possa fazer pelo resto da vida. Eu gosto de fotografar, mas o rugby... o rugby fez parte da minha vida por muito tempo. Achei que estivesse pronto para abrir mão dele, mas é difícil. Mais um ano. Só mais um.

Por dentro, Anna morria um pouco mais a cada frase, a cada palavra dolorosa que saía dos lábios que havia beijado dez mil vezes.

— Mas... e o seu ombro? Só porque não é um time de elite não significa que o rugby vai ser mais fácil. Você sabe.

Nick segurou os braços de Anna e os acariciou suavemente.

— Eu preciso disso, Anna.

Ela se afastou.

— Então é melhor você ir.

— Anna...

— Não, é sério, Nick. Se é isso que você quer, então vá. Eu *jamais* ia impedir você de fazer algo que queira fazer.

A voz dela estava neutra.

— Você não parece muito feliz com essa ideia.

Anna balançou a cabeça.

— Porque eu me preocupo que você sofra outra lesão. E... você acabou de voltar de Nova York, e a nossa vida está uma loucura... Eu esperava que a gente fosse passar um tempo juntos — concluiu ela, abruptamente.

Nick puxou os cabelos para trás com ambas as mãos.

— Você sabe que eu não consigo ficar sentado sem fazer nada o dia todo, apenas esperando que a Molly me arraste para os tribunais de novo. Eu tenho que fazer alguma coisa!

— Eu sei! — exclamou ela. Em seguida acrescentou com a voz mais suave: — Eu entendo. De verdade. Mas voltar a jogar rugby... Tudo bem, digamos que você faça isso por mais um, talvez dois ou três anos. E depois? Você vai voltar para o mesmo lugar onde está agora, se perguntando o que fazer depois. Não acha melhor fazer essas escolhas de uma vez? Não quer ver o que existe além disso? — *Você não me quer?*

A expressão de Nick respondeu a todas essas perguntas, e Anna respirou fundo.

— Ah, já entendi. Você já tomou sua decisão. Tudo bem. Tudo bem. Pode ir.

— Amor...

— Não, tudo bem. Pode ir. Eu vou ficar aqui. De novo.

— É só por um ano. Nem um ano. Dez meses.

— Claro, Nick.

— Mas que merda! Eu não aguento mais! — A raiva e a frustração dele explodiram em uma enxurrada de palavras. — Por que você não pode ficar feliz por mim? Achei que ficaria! Meu Deus, tem tanta merda acontecendo com a gente que achei que merecíamos uma boa notícia! Mas você...

Ele pegou toda a sua raiva e frustração, seu espanto e sua decepção e saiu da cozinha.

Não perguntou aonde Anna tinha ido, e ela não contou as novidades.

As palavras tinham virado cinza em sua boca.

Anna ficou sentada sozinha na cozinha por um longo tempo, enquanto o relógio tiquetaqueava no silêncio, e seu mundo desmoronava. Ela tivera tanta certeza, *dessa vez ele vai ficar,* mas Nick estava partindo de novo.

As palavras que tanto desejava dizer morreram em sua garganta quando ela viu a animação nos olhos dele. Ele *queria* ir, ele estava *feliz* por partir. *De novo.* Alguns dias antes, ela havia admitido o quanto sentira falta de Nick quando ele estava em Nova York e como estivera prestes a implorar que ele voltasse para casa, e agora era como se nunca tivesse dito nada.

Raiva e ressentimento se uniram ao sofrimento em seu coração. *Por que eu não sou suficiente para você?*

Capítulo 21

— Você não contou para ele.

A voz de Brendan tinha um tom de acusação.

Anna encolheu os ombros, impotente.

— E como eu poderia ter contado? Você precisava ver a cara dele quando contou sobre o trabalho que Bernard ofereceu. Ele mal podia esperar para fazer as malas.

— Você tem que contar para ele!

Anna bateu com a xícara na mesa e o chá espirou em sua mão.

— Não — disse ela, com a voz firme como aço. — Não, eu não tenho que contar para ele. *Quando* ele decidir voltar para casa... *se* ele decidir voltar para casa, então eu conto. Nesse exato momento, eu estou com tanta raiva dele, que eu...

— Então, diga *isso* para ele! Não deixe ele ir embora com um sorriso e um adeusinho, se não é isso que você está sentindo!

Anna deu uma risada amarga.

— E fazê-lo ficar por culpa? Não. Ele tem que escolher ficar. Eu não vou obrigá-lo a tomar essa decisão.

— Quando ele vai? — perguntou Brendan com a voz gentil.

O riso de Anna agora foi vazio.

— No início da semana que vem.

A raiva se dissipou e o desespero tomou seu lugar.

— Ah, Bren! Achei que, depois de Nova York, as coisas seriam diferentes. Ele ainda está procurando alguma coisa, e não sou eu. — Ela levou as mãos à barriga de forma protetora. — Não somos nós.

Ela começou a chorar, e Brendan contornou a mesa e a abraçou.

— Eu sei que ele precisa trabalhar, eu sei que ele precisa de objetivos, mas não acredito que ele esteja me abandonando de novo.

— Droga, Anna. *Conte para ele!*

— Não! — gritou ela, a raiva se igualando ao ressentimento. — Eu não vou contar! — Ela se obrigou a acalmar a respiração, se não por si mesma, então pela nova vida que crescia dentro dela. — Ele tem que escolher. Eu não vou obrigar o Nick a nada. Ele pode correr atrás de quantas ilusões quiser. Eu *não* vou ser o peso que o acorrenta. Não vou!

Brendan olhou para ela de cara feia, irritado e incrédulo.

— Pare de me olhar assim! — disse ela, irritada. — Cansei de ser passiva nesse relacionamento, a que fica sentada esperando enquanto o Nick "se encontra". — Ela fez aspas com os dedos, a voz trêmula de desdém. — Eu fiz tudo que devia fazer: esperei e o apoiei, dei espaço e o encorajei nas escolhas dele, mas nunca é o suficiente... porque ele não quer estar aqui. Comigo.

Brendan a abraçou forte, a voz falhando por causa da emoção.

— Isso não é verdade, Anna. Ele *quer* estar com você. Você pode trabalhar praticamente de qualquer lugar. As gravações de *Loose Women* são só dois dias por semana. Você pode gravar, depois passar o resto da semana na França. Eles inventaram uma coisa maravilhosa chamada avião. Então, vá com ele. Não deixe seu orgulho idiota atrapalhar tudo.

Os olhos dela se estreitaram de raiva e ela o afastou, levantando-se e indo até a chaleira antes de se virar para olhar para ele.

— Orgulho? *Meu* orgulho? Quer saber de uma coisa, Brendan? Sim, ainda me resta algum orgulho. Não muito, mas um pouco. O suficiente para não correr atrás de alguém que não me quer.

Brendan puxou os cabelos, irritado.

— É claro que ele quer você! Eu nunca vi um cara mais apaixonado do que ele. Eu gostaria que alguém um dia olhasse para mim com *metade* do amor que o Nick sente por você!

Anna se deixou cair pesadamente na cadeira da cozinha, com a sensação de que seu corpo pesava mil quilos.

— Era o que eu achava, mas não mais. — Ela apoiou a cabeça nas mãos e começou a chorar. — Vá para o raio que o parta, Nick Renshaw — sussurrou ela. — Vá para o raio que o parta.

Nick descontou toda a frustração na esteira, correndo vários quilômetros até ficar encharcado de suor e seus músculos começarem a protestar. O que deveria ter sido um bom dia para ele, dando a Anna aquela ótima notícia, havia se transformado em... Ele nem sabia como descrever. Mas havia terminado com ele saindo furioso da cozinha e indo dormir no quarto de hóspedes. Nick passou a noite longa e silenciosa se revirando na cama, sabendo que Anna estava perto, mas fora de seu alcance.

Aquela manhã não tinha sido muito melhor. Ele havia acordado sozinho, com uma dor de cabeça que ameaçava partir seu crânio ao meio, e o silêncio sufocante ficou ainda mais pesado.

Estava tão acostumado com o fato de Anna compreender tudo que não conseguiu entender por que ela o havia encarado como se ele fosse um estranho enquanto se esforçava para tomar uma das decisões mais importantes de sua vida.

Achou que ela ficaria feliz por ele ter uma chance de jogar de novo. Sim, ele entendia que ela se preocupasse com outras lesões, mas era mais que isso. Ele repassou toda a conversa em sua mente, mas ela continuou a não fazer sentido.

Tinha ouvido Brendan chegar antes da hora do almoço, então esperava que ele conseguisse conversar com Anna.

Droga! Anna realmente achava que ele era o tipo de homem capaz de ficar sentado assistindo enquanto ela se matava de trabalhar e ele ficava em casa sem fazer nada? Ele ganhava o próprio dinheiro desde os 16 anos. *Não* ia depender de outra pessoa.

E aquele era o pior momento para ficar desempregado. A maldita Molly estragando tudo de novo. Será que ele *nunca* se veria livre daquela piranha?

Nick ouviu a porta da frente bater e se deu conta de que Brendan tinha ido embora. Respirou fundo e subiu correndo a escada do porão. Mas Anna não estava na cozinha.

Ficou surpreso ao vê-la deitada no sofá, de olhos fechados. Reparou nas olheiras e se perguntou se ela também havia passado a noite se revirando na cama.

— Anna — chamou ele baixinho.

Ela se sobressaltou e abriu os olhos. E ele se arrependeu de tê-la acordado quando ela parecia tão cansada.

— Ah — disse ela, bocejando. — Eu só estava tirando um cochilo.

Ele se sentou ao lado dela, colocando os pés dela em seu colo e massageando-os.

Por um momento, ela relaxou, se dissolvendo sob o toque dele, mas então se lembrou de que ainda estavam brigados e se sentou de repente.

— Isso não está dando certo — disse ela sem rodeios.

Nick ficou confuso.

— O que não está dando certo?

Anna dirigiu a ele um olhar severo.

— Isso. Nós. *Nós* não estamos dando certo.

O medo cravou farpas dolorosas em seu coração.

— Anna, não faça isso. Está tudo bem... nós só estamos...

— Não, Nick — disse ela, com a voz fria. — Nós não estamos bem. Como podemos estar bem quando você passou três meses longe, voltou para casa há duas semanas e já está planejando se mudar para a França pelos próximos oito meses. Não, nós não estamos bem.

Nick arfou.

— Anna, você sabe por que eu...

— Sim — disse ela, irritada. — Você já me explicou tudo de maneira bem sucinta. — E o encarou com olhos frios. — Já aceitou o convite do Bernard?

Nick encarou os olhos duros dela.

234

— Aceitei. Eu tive que aceitar.

Anna assentiu com a cabeça.

— Então acho que você deve ir.

Ele olhou para ela com cautela.

— Acha?

— Acho. Na verdade, acho que você deve ir agora mesmo. Por que esperar? Você claramente não quer estar aqui.

Nick estava se esforçando para acompanhar. Mas não era fácil, porque ele não conseguia acreditar no que estava ouvindo. E o desespero, a frustração diante de tudo que ela estava dizendo inflamavam sua raiva, que então era alimentada pelo medo.

— Meu Deus, Anna! Por que você acha que eu vou fazer isso? Por que você acha que vou me colocar nessa situação? Obrigar meu corpo a suportar? Não é porque estou correndo atrás de um fantasma de glória. Eu faço isso, eu obrigo meu corpo a enfrentar isso todos os dias *por nós! Eu faço isso por nós!*

Os olhos dela estavam duros com vidro quando o encarou.

— Eu não acredito em você — disse ela, cruzando os braços.

Foi tudo que ela disse.

O coração de Nick bateu dolorosamente.

— Você acha que eu *mentiria* a respeito de uma coisa dessas?

Ela olhou para ele cheia de desdém, o próprio sofrimento sufocado e escondido.

— Eu acho que você está mentindo para si mesmo desde o seu jogo de despedida em Twickenham. Acho que você não sabe o que quer, mas definitivamente não é uma mulher... nem uma família.

Nick levou as mãos à cabeça, como se aquelas palavras o machucassem fisicamente.

— Isso é o que eu mais quero na vida. Anna, por favor!

Ela se virou e ficou olhando pela janela.

— Não é o que parece. Faz tempo que eu não me sinto mais parte desse relacionamento. — Ela endureceu os ombros. — Eu fiz tudo para apoiar você e esperei que voltasse para casa. — Então se virou e o encarou, o olhar novamente duro. — Mas você só voltou porque não teve escolha. Não voltou por nós, por mim.

Nick balançou a cabeça, impotente.

— Não é verdade. Tudo que eu fiz foi por nós dois! Eu sei que estou diferente desde o jogo de despedida. Sei disso muito bem! Eu não fazia ideia de que tudo seria tão difícil. Eu tenho tentado, tenho tentado ser o tipo de homem que merece uma mulher como você! Alguém que tenha ímpeto. Alguém que tenha propósito. E não uma pessoa que fica presa ao passado. Será que não consegue enxergar isso?

Por um instante, ele viu um movimento discreto nos lábios dela, mas a suavidade desapareceu e ela contraiu a boca.

— Não, não é isso que eu vejo.

Ele tentou se aproximar dela, abraçá-la, convencê-la com seu toque, mas ela se levantou e se afastou.

— Prefiro que você durma no quarto de hóspedes de novo essa noite.

Em seguida, ela saiu da sala, e Nick ficou sem nada.

Ele ficou paralisado, o pânico e o medo envolvendo-o em um frio assustador, que o deixava dormente. Como podia ter se enganado tanto? Como podia ter interpretado tudo errado? A expressão nos olhos dela quando disse que não acreditava nele tinha sido a dor mental mais intensa que ele já sentira.

Nick ficou olhando para as próprias mãos, surpreso por estarem tremendo.

Eles nunca haviam tido uma discussão como aquela. Nem quando viveram seus piores momentos, cinco anos antes — ela nunca tinha olhado para ele de forma tão distante.

As barreiras haviam se erguido bem na sua frente, e ele ficou louco ao perceber que a responsabilidade era sua. Cada tijolo era uma coisa idiota ou impensada que dissera ou fizera. Havia vislumbrado o sofrimento nos olhos dela antes de endurecerem, e isso quase o destruiu: ele tinha feito tudo por ela, mas ela só enxergava o egoísmo dele, deixando-a repetidas vezes. E ele não sabia mais como explicar que era *por causa dela* que se esforçava tanto.

A raiva começou a queimar dentro dele. Ele sabia que não era bom com as palavras, mas ela tinha de ouvi-lo, tinha de ouvir o que ele tinha a dizer.

E Nick não era homem de desistir quando queria muito uma coisa.

Ele subiu as escadas correndo e abriu a porta do quarto, deixando que batesse contra a parede.

Ela estava deitada na cama, de costas para ele, a coluna reta.

— Venha comigo — disse ele.

Capítulo 22

A mente de Anna se esforçava para entender o que Nick estava dizendo.

Ele contornou a cama e pegou suas mãos inertes.

— Venha comigo. Você está certa. Esse negócio de relacionamento a distância já durou muito tempo. Você sempre diz que pode trabalhar de qualquer lugar. Então, venha comigo! Vai ser uma aventura. Brendan pode ir para lá uma vez por semana ou o que vocês preferirem. Nós alugamos uma casa. — A voz dele falhou. — Por favor. Venha comigo.

Ela recolheu as mãos e se sentou devagar.

O coração de Nick quase parou quando viu que ela estava chorando.

— Por quê? — perguntou ela com a voz rouca. — De que adianta?

— Anna... Eu amo você. É por isso que quero que você venha comigo. — Ele passou a mão na testa. — Eu sei... Eu acho que sei... Acho que entendo, mas você não percebe que estou fazendo isso tudo por você, por nós dois? Como posso ser um marido, um pai um dia, se não sei que porra vou fazer da minha vida? Meu Deus, você trabalha tanto, e eu fico em casa sem fazer nada. Mas eu estou tentando, Anna! Acredite em mim, eu estou tentando. Talvez eu esteja dizendo as coisas erradas, talvez esteja fazendo tudo errado. Merda, eu nem sei o que estou fazendo. Só sei que, sem você, nada disso importa. Você é tudo para mim. E talvez eu não diga isso com frequência suficiente, mas quero merecer você e sei que agora não mereço. Tudo que eu faço, Anna, é por você. Você é o ar que eu respiro.

Anna engoliu em seco, e seus olhos pesados o encararam.

Ela viu a dor e a desorientação neles. Viu a frustração e o desespero. E viu a verdade: ele a amava.

Será que era assim tão simples?

Ele me ama.

— Eu fui uma idiota — disse ela a si mesma, a voz sumindo.

Nick franziu a testa, sem entender.

Anna olhou para ele com o semblante carregado, seus olhos escuros ardendo como fogo.

— Por que não me disse tudo isso dois, seis, talvez 12 meses atrás? Por que esperou até *agora* para me dizer tudo isso?

Nick vacilou.

— Achei que soubesse — disse ele, baixinho.

Anna suspirou, exasperada.

— Nick — disse ela, segurando o rosto dele. — Eu não leio a mente das pessoas. Eu só vou saber se você *me disser*.

Ele piscou e abriu um sorriso hesitante, fechando os olhos e apoiando o rosto na mão dela.

— Eu não sou muito esperto, Anna. Levei muitas pancadas na cabeça.

Ela o envolveu nos braços e o puxou para mais perto, de forma que a cabeça dele repousasse sobre seu coração.

— É verdade — disse ela, com um sorriso. — Para um cara inteligente, você pode ser bem estúpido. E acho que é contagioso, porque eu definitivamente tenho sofrido do mesmo tipo de estupidez.

— Está tudo bem entre a gente? — perguntou ele, suavemente.

— Não. — Ela suspirou. — Mas acho que vai ficar.

Ele se sentou, puxando-a junto, de forma que os dois ficassem recostados contra a cabeceira da cama.

— Você vem comigo? Para a França.

Anna pensou sobre aquela ideia. Brendan havia sugerido isso, mas ela tinha sido tão cabeça-dura, certa de que Nick não a queria. Tão certa, e tão errada.

A expressão esperançosa de Nick fraquejou diante do silêncio dela.

— Na verdade — começou Anna devagar —, eu também tenho uma coisa para contar. Ia contar para você ontem quando cheguei em casa, mas...

Ela deu de ombros.

Nick engoliu em seco, preparando-se para más notícias.

— Quer dizer, tenho duas coisas para contar — continuou Anna, hesitante.

Nick desejou que ela falasse de uma vez. Estava sentindo palpitação enquanto esperava para ouvir as novidades.

— Ontem eu tive uma reunião com Isabel Buxton, a produtora-executiva de *Loose Women*. E ela me ofereceu um emprego.

Nick estava esperando uma coisa completamente diferente e agora havia ficado ainda mais inseguro.

— Fazendo o quê? Pesquisa?

— Não exatamente. Ela quer eu seja uma das apresentadoras, uma das âncoras.

Nick teve a sensação de que seu coração ia parar de bater. *É isso. Ela vai me deixar por uma coisa melhor.*

— Parabéns — disse ele, com a voz rouca. — Você merece.

— Obrigada — respondeu ela, percebendo que a aprovação dele não tinha sido sincera. — Eu ainda não aceitei.

Nick olhou para as mãos, aquelas mãos retorcidas e deformadas por tantas fraturas e entorses que ele já havia perdido até a conta.

— Mas você vai aceitar.

Anna não respondeu de imediato.

— São dois dias de gravação por semana em Londres. Dois dias consecutivos. Nos outros cinco dias da semana, posso estar... onde bem entender.

Uma semente de esperança brotou no peito de Nick.

— E onde você vai querer estar? — sussurrou ele, prendendo a respiração.

— Com você — respondeu ela, simplesmente. — Se me quiser.

O alívio o invadiu como água gelada em um dia quente, mas Anna levantou a mão quando ele foi abraçá-la.

— Eu disse que tinha duas coisas para contar, lembra? E a segunda é a mais importante.

Ele olhou para ela, ansioso, os olhos cor de mel bem abertos e confiantes.

Anna tomou coragem e o encarou.

— Estou grávida.

Nick ficou olhando para ela. Hesitou. E finalmente, finalmente compreendeu.

Mil palavras vociferaram em sua mente, todas inadequadas e incapazes de expressar o que ele estava sentindo.

Ele pegou o rosto dela com as mãos tortas e maltratadas e a beijou com suavidade e ternura: na boca, no rosto, na testa, na ponta do nariz, fazendo-a rir. E então se abaixou e beijou-lhe a barriga.

Os olhos de Anna se encheram de lágrimas de felicidade enquanto ela acariciava os cabelos desgrenhados de Nick.

— Está tudo bem para você em relação a isso?

A cabeça dele se moveu contra a barriga dela em um pequeno movimento afirmativo, mas ele não disse nada.

— É verdade?

Quando olhou para ela, havia lágrimas nos olhos dele também.

— Nós fizemos um bebê?

— Fizemos.

Nick fechou os olhos, e Anna viu o sorriso mais maravilhoso iluminar o lindo rosto dele.

— Nós fizemos um bebê. — Ele suspirou, encostando a cabeça na barriga de Anna de novo. — Oi, bebê, aqui é o papai. Que bom conhecer você. Bem, ainda vai levar um tempo para nos conhecermos...

Ele franziu a testa e olhou para Anna.

— Quando ele deve nascer?

— Pode ser "ela".

— Está bem, quando ela deve nascer?

— A previsão é dia 26 de abril.

Ele se abaixou novamente, ainda falando com a barriga.

— Então a gente só vai se conhecer de verdade em abril, mas tudo bem. Não sei se é um pequeno Nick ou uma pequena Anna, mas não se preocupe. Vou chamar você de Minha Miniatura.

Anna riu, e Nick abriu um sorriso.

— Hum, tudo bem — disse ela, sorrindo. — Acho que vamos ter que conversar melhor sobre isso.

Mas o olhar de Nick era distante e sonhador, sua felicidade tão óbvia que Anna não conseguiu evitar a explosão de alegria que sentiu em todas as partes do corpo.

— Me beije, Nick — sussurrou ela.

Ele se sentou devagar.

— A gente pode... você sabe?

Anna riu.

— Não só pode como deve.

Nick sorriu para ela.

— Bem, nesse caso...

Então os lábios quentes e macios dele encontraram os dela, a barba roçando sua pele.

Ela estendeu os braços e segurou os ombros de Nick, de forma que ele ficasse pairando sobre ela.

— E... Nick?

— Hum?

— Eu também amo você. Nunca deixei de amar. Nunca.

A expressão dele ficou séria.

— Sem você, eu...

A voz de Nick falhou, e ele não conseguiu continuar.

Anna brincou com uma mecha de cabelo dele.

— Nick, será que você não entende? Somos mais fortes quando estamos juntos.

Ele concordou com a cabeça, ainda incapaz de falar.

Anna sorriu, dando um beijo nos lábios dele.

— E, sim, eu vou para a França com você.

Capítulo 23

O anúncio de que Anna iria para a França com Nick deixou Brendan em um frenesi.

— Ah, meu Deus, Annie! Eu tenho apenas *um mês* para arrumar todas as minhas roupas para La Belle France! Como pôde fazer isso comigo?

Ela ficou olhando para ele, achando tudo divertido.

— Hum, desculpe! Mas foi ou não foi você que me disse, dois dias atrás, que eu deveria ir com ele?

Brendan desconsiderou o que ela disse.

— Não é essa a questão!

— Na verdade, meio que é.

Ele a olhou com intensidade.

— O Nick, aquele com nádegas nas quais você queria equilibrar moedas, vai jogar rugby com um time de fortões, *fortões franceses*, que são um presente de Deus para outros homens, e eu não tenho *nada* para usar. Isso pode parecer um dilema insignificante para você, mãezinha...

— Já pedi que não me chame assim!

— ... mas, para mim, é um divisor de águas!

Em seguida, ele enfiou o laptop na bolsa e avisou que ia tirar o resto da semana de folga para fazer compras.

— Mas nós temos trabalho a fazer! — protestou Anna debilmente.

— Eu também! — disse ele por sobre o ombro. — E ficar maravilhoso é a minha prioridade máxima!

Anna suspirou quando ouviu a porta bater.

Ela amava Brendan, mas às vezes ele era tão... tão... tão Brendan.

Nick ia viajar em dois dias. Ele estava usando a academia de casa para malhar pesado, na tentativa de recuperar os músculos que havia perdido quando estava trabalhando como modelo.

Anna também estava ocupada.

A temporada francesa já havia começado, então Nick tinha de viajar imediatamente. No primeiro mês, ele dividiria uma casa que o clube havia alugado perto do campo de treinamento com três outros colegas de time. Nesse meio-tempo, Anna estava procurando, pela internet, casas em Carcassonne ou nos arredores com um quarto de hóspedes para Brendan e um espaço para ela montar seu escritório.

A equipe de realocação do clube tinha ajudado muito e enviara para ela indicação de duas casas que poderiam agradá-la. Também prometeram marcar uma consulta para ela com o médico local, assim como com um obstetra no novo hospital local, o Carcassonne Centre Hospitalier, que parecia ter uma ótima maternidade.

Também concordaram em pagar dois voos por mês para que ela e Brendan fossem para a França, e Nick teria permissão para voltar a Londres nos fins de semana em que não houvesse jogo. Anna achou que ter um fim de semana ou outro para explorar o sul da França seria divertido.

Era definitivamente um clube bom para se trabalhar, que se importava com a vida da família de seus jogadores; ou talvez estivessem tão desesperados para ter Nick no time que aceitaram praticamente tudo que ele pediu. Mas, até onde Anna sabia, isso só indicava que eles eram espertos.

Ela ainda estava preocupada com as lesões que Nick poderia sofrer e ficava ansiosa ao pensar na possibilidade de ter um bebê em um país cuja língua não falava; preferia pensar que, a essa altura, ela já estaria de volta a Londres. Mas sabia muito bem que os bebês chegavam quando estavam prontos, e era mais sensato ter acompanhamento pré-natal nos dois países.

Como o inglês do time era bem limitado e a comunicação nem sempre era fácil, o pessoal do clube ofereceu aulas de francês para ela e Nick.

Ainda bem que tinham Brendan, que era fluente em outras coisas além de paquera.

Quando Anna contou as novidades para a mãe — todas elas —, houve um silêncio seguido de um gritinho de alegria.

— Finalmentevouseravó!

Ou algo parecido com isso, já que Anna não teve certeza do que ela disse porque teve de afastar o telefone do ouvido.

Em seguida, a mãe prometeu ir visitar a filha sempre que pudesse, inclusive no último mês de gestação de Anna.

Então Anna mudou os parâmetros de pesquisa para a casa na França mais uma vez: agora precisaria de quatro quartos.

Os pais de Nick ficaram igualmente felizes. A mãe dele insistiu em falar com Anna, em seguida começou a chorar, agradecendo-lhe por fazer seu filho tão feliz.

Trish também ficou animada, prometendo sair muitas vezes com Anna para comprar roupinhas de bebê e fazendo planos de ir a Carcassonne para "conhecer gostosões franceses".

— Não se Brendan chegar primeiro — resmungou Anna com seus botões.

A única coisa que impedia a felicidade de Anna de ser completa era a ameaça constante de um julgamento.

Até aquele momento, a editora de Molly não havia cedido, mas Mark assegurou-lhes que era só uma questão de tempo.

Anna esperava desesperadamente que isso fosse verdade.

— Minha querida, eles estão atrás de publicidade, não de dinheiro. Embora a publicidade gratuita de fato tenha um valor monetário. Mas não vão querer enfrentar um julgamento. Principalmente com o processo do Nick contra eles, porque existe chance de eles perderem. Vão desistir do processo na hora que for mais conveniente para eles.

— Mas o livro vai ser lançado na semana que vem! — gemeu Anna.

— Exatamente. Haverá uma explosão inicial de interesse e, quando as vendas começarem a estagnar, eles vão ter uma segunda chance de conseguir publicidade ao desistir do processo. Pode escrever o que estou dizendo.

Anna temia a publicação do livro. Nick se recusava a discutir o assunto. Disse que já havia perdido tempo suficiente com "aquela mulher" e se recusava a pensar "na porra do livro" dela.

Mas as coisas não eram tão fáceis assim.

Nick partiu para a França animado com a possibilidade de jogar rugby de novo e, ao mesmo tempo, torturando-se por deixar Anna para trás "na sua condição".

Ela retrucou que gravidez não era doença, mas, mesmo assim, ele deixou uma longa lista de instruções sobre o que deveria comer, quanto deveria descansar, que tipo de exercício era seguro no primeiro trimestre, com um nível de detalhe que surpreendeu Anna no início e, depois, começou a irritá-la.

Nos dias que antecederam sua partida, ele a vigiou de perto, preparando apenas refeições saudáveis e confiscando *todos* os chocolates, biscoitos e bolos que ela guardava para as emergências.

— Isso não é nada saudável — disse ele em tom sério, jogando os bolinhos e os biscoitos para os passarinhos e atirando os chocolates no lixo. — O excesso de açúcar refinado não faz bem para sua saúde.

Anna sorriu para ele com doçura, agradeceu-lhe por cuidar tão bem dela e seguiu para seu escritório, onde mantinha uma caixa de bombons Milk Tray escondida em uma gaveta em sua mesa, trancada a chave: porções emergenciais.

Quando contou isso a Brendan dois dias depois, ele se abanou e suspirou.

— Um pai gostosão é um sonho. Eu o chamaria de "papai" sem pensar duas vezes.

Anna deu de ombros e comeu outro chocolate. Àquela altura, não restavam muitos na caixa, mas pelo menos agora ninguém criticaria sua barriguinha.

— Anna! O que você está fazendo? — gritou Brendan, pegando a caixa de bombons e segurando-a contra o peito com uma expressão horrorizada.

— Bren! Devolva meus bombons! AGORA!

— Desculpe, meu docinho, mas não posso fazer isso. Estou seguindo ordens rigorosas do papaizinho. Preciso me certificar de que você não afogue suas mágoas no chocolate como fez da outra vez que ele viajou. Você pode estar comendo por dois, mas, na ausência do Nick, eu sou responsável por seus... hum... assuntos dietéticos.

Anna olhou para ele de cara feia, as narinas se dilatando.

— Devolva. Meus. Bombons. AGORA.

— Hum, Annie, você está me deixando um pouco assustado — reclamou Brendan, afastando a cadeira da mão dela o máximo que conseguiu. — Eu não posso! Prometi ao Nick!

Anna rosnou para ele.

Brendan se levantou e fugiu correndo para o quintal, ainda segurando a caixa de bombons.

— Não me obrigue a fazer isso! — gritou ele, segurando a caixa no alto e ameaçando jogar os bombons no jardim.

Quando Anna avançou para cima dele, Brendan gritou, jogou um bombom no rosto dela, largou a caixa e saiu correndo.

Anna voltou para casa sorrindo, seu precioso carregamento bem seguro nas mãos. *Ninguém* ia impedi-la de comer seus bombons.

Capítulo 24

Bernard estava no aeroporto para receber Nick.

— Que bom vê-lo, *mon ami* — disse ele, apertando a mão de Nick, antes de puxá-lo para um abraço e dar um beijo em cada bochecha do amigo. — Você parece estar em forma, um pouco magro, talvez. Vamos ter que alimentar você. Estava ocupado demais sendo um supermodelo para comer bem, não é?

Nick riu e deu um soco de leve no braço de Bernard. Ficar em jejum antes de uma sessão de fotos era a parte de que menos gostava na vida de modelo.

— Que bom ver você, cara!

— E como está a linda e serena Anna? Fiquei sabendo que tenho que lhe dar os parabéns! Torço para que o bebê se pareça com a mãe ou, se tiver que se parecer como você, que seja inteligente como ela.

Nick riu.

— Parece que você está com inveja, cara.

— Não mesmo. Sou um solteiro feliz.

Nick franziu as sobrancelhas.

— Achei que tivesse voltado com a Madeleine?

Bernard e a mulher viviam se separando e reatando, e ela morava em Paris com o filho deles de 4 anos.

— *Mais oui*, sou um solteiro feliz casado com a Madeleine.

Nick balançou a cabeça. Havia algumas coisas que ele simplesmente não conseguia entender.

Depois de deixarem o aeroporto, conversaram sobre o clube e os jogadores: quem tinha potencial, quem precisava de mais treino, quem precisava de mais autoconfiança e quem deveria ser testado em uma posição diferente.

— Temos um time muito jovem e um time muito velho — explicou Bernard. — Os mais velhos têm experiência, como nós, *n'est-ce pas?* Mas os jovens precisam de apoio, precisam ser orientados. E eu acho que você deveria ser o capitão do time, Nick.

Nick ergueu as sobrancelhas.

— Mas você não é o capitão?

— Estou tentando ser técnico assistente, capitão e jogador ao mesmo tempo. Não está funcionando muito bem. Eu quero passar a ser apenas técnico, então isso vai fazer sentido.

— Não prefere que eu comece a jogar antes, para ver como eles jogam?

Bernard deu de ombros, um gesto que poderia significar sim ou não.

— Eles vão jogar essa noite contra o Biarritz Olympique. Você vai ver tudo que precisa.

Nick olhou para o amigo com os olhos semicerrados.

— Então, basicamente, você vai me atirar aos leões, e qualquer mudança que eu faça vai parecer que eu sou o vilão da história. Valeu, amigo!

Bernard deu uma risada e Nick balançou a cabeça, aceitando que tinha caído em uma armadilha.

— Algum problema em particular sobre o qual eu deva saber?

Bernard arfou.

— O time tem problemas, sim, mas acho que você vai ver logo com seus próprios olhos.

— Seria bom saber com antecedência — disse Nick em tom irônico.

Bernard sorriu.

— Você é um estrategista, amigo. Vai dar tudo certo.

Nick esperava que Bernard estivesse certo. Não havia muita coisa em jogo.

Eles levaram pouco mais de uma hora do aeroporto até a antiga cidade de Carcassonne.

A primeira vista que Nick teve de seu novo lar foi a famosa fortaleza, uma cidadela medieval no alto de um rochedo cercado de campos verdejantes.

A cidade abaixo de La Cité era repleta de casas brancas com telhados de terracota vermelha, tão bonita que parecia um cenário de filme.

— Sim, temos muita sorte. — Bernard assentiu ao ver a expressão no rosto de Nick. — O estádio também é histórico. Um dos mais antigos da França, construído em 1899, e fica perto do castelo. Você vai ver hoje à noite. Mas primeiro vou levá-lo ao alojamento do time.

Lá vamos nós de novo. Novos colegas de time.

Nick esperava que tudo corresse bem. Era estranho como o nervosismo por ser o novo jogador nunca ia embora.

Bernard seguiu o rio que cortava o vale e parou diante de uma *villa* de paredes brancas, cercada por um muro de pedra gasto com oliveiras sombreando um jardim mediterrâneo e vários Renaults velhos estacionados do lado de fora.

Bernard deu de ombros, apontando para a *villa*.

— A casa é bem nova. Tem só uns 100 anos. Foi reformada, então tem wifi. Sei que deve estar ansioso para falar com *la belle* Anna.

Nick saltou do carro e alongou as costas e o pescoço, ouvindo os estalos das articulações se realinhando.

Bernard abriu um sorriso compreensivo.

— Não somos mais jovens, *mon ami*.

Embora Nick concordasse, não precisava necessariamente ouvir isso em seu primeiro dia na França. E aquela era a segunda vez que Bernard fazia alusão a sua idade.

— Por quanto tempo você acha que vai continuar jogando? — perguntou Nick.

Bernard encolheu os ombros e enfiou as mãos no bolso.

— Por quanto tempo posso continuar? Não sei. Essa é a minha última temporada, ou talvez jogue mais uma. Vamos ver.

E essa era provavelmente a única resposta que ele poderia dar.
Em seguida, ele olhou demoradamente para Nick.

— E é por isso que preciso me dar bem como técnico assistente.

Bernard bateu as mãos uma na outra para dispersar a conversa séria.

— Venha, vou mostrar o seu quarto.

A porta da frente não estava trancada, e Bernard o conduziu a um vestíbulo espaçoso com uma escada estreita nos fundos. Ele ajudou Nick a carregar as malas e o estojo do violão até um quarto simples, todo pintado de branco, onde havia uma cama grande de madeira e cortinas azul-claras emoldurando uma única janela com venezianas creme. Havia um armário antigo de madeira escura em um canto e, ao lado, uma pequena cômoda e uma confortável poltrona de couro que parecia ter vindo diretamente de algum clube de cavalheiros do século anterior. O melhor de tudo: havia um pequeno banheiro com ladrilhos novos.

Nick olhou pela janela e viu três homens grandes, claramente jogadores de rugby, relaxando em um jardim cheio de ervas daninhas ao lado de uma piscina que parecia nova.

Dois deles se aproximaram do maior, que parecia estar dormindo profundamente, e o jogaram na piscina, com espreguiçadeira e tudo.

Ele agitou os braços, espirrando água por todos os lados e xingando em uma mistura de francês e inglês enquanto os outros dois gargalhavam.

Bernard observou tudo com uma expressão paciente e entretida.

— Parecem crianças, não? Venha conhecer seus novos colegas de time.

Nick desceu as escadas atrás de Bernard e o seguiu até a piscina, onde o grandalhão tinha saído da água e estava pingando no concreto quente.

— *Ça va?* Digam oi para o Nick. Ele vai ser nosso novo zagueiro.

— Como vai, Nick? — cumprimentou o loiro com um sotaque australiano carregado. — Eu sou o Russ. Achei que você tivesse se aposentado, cara. Decidiu voltar?

Nick apenas sorriu.

— Sabe como é...

Todos entenderam o que ele quis dizer, e pareceram amigáveis enquanto apertavam sua mão.

Nick se recostou na cabeceira pesada de carvalho da cama e pegou o telefone. Estava doido para ligar para Anna desde que havia chegado, mas sabia que ela estaria gravando o dia todo. Quando finalmente conseguiu falar com ela, tinha apenas vinte minutos antes de sair para o estádio.

Os colegas de time tinham saído duas horas antes, e Bernard marcara um táxi para buscá-lo mais tarde.

— Nick! Pensei em você o dia inteiro!

Ele se recostou nos travesseiros macios, fechando os olhos de prazer.

— Como está se sentindo? Não está se cansando demais, não é? Está comendo direito?

Ele ouviu a risada suave e sentiu os próprios lábios se abrirem em um sorriso.

— Está tudo bem! Não precisa se preocupar! E a gravação foi ótima. Não fiquei tão nervosa como achei que fosse ficar. Foi divertido. E, minha nossa, todo mundo está apaixonado pelo Brendan!

Nick riu.

— Isso não é surpresa. Ele sabe lidar com pessoas.

— Então, como foi o seu dia? Já conheceu seus colegas de time?

— Alguns. Os rapazes que moram aqui. Eu vou para o estádio daqui a pouco e vou conhecer o restante do time mais tarde. Bernard quer que eu os veja jogar primeiro. — Ele pigarreou. — Ele quer que eu seja o capitão do time.

— Uau! Sério? Tão rápido? Acho que só não estou surpresa porque, bem, é você.

Nick deu uma leve risada.

— Bem, foi uma surpresa para mim, mas Bernard quer que eu faça as mudanças que o time precisa. Tudo bem para mim. Não estou aqui para ser popular.

— Eles vão adorar você, amor — disse ela suavemente. — É claro que vão.

— Não importa se vão ou não. Mas eu preciso que me respeitem.

Anna riu.

— Nick, você foi o capitão que levou a seleção inglesa a vencer dois campeonatos mundiais! *É claro* que vão respeitar você!

Nick não tinha tanta certeza disso. A rivalidade entre a Inglaterra e a França era sempre intensa e, às vezes, amarga.

— Então, conte tudo sobre os caras com quem você vai morar. Algum bonitão para o Brendan?

Nick gemeu.

— Não me pergunte isso! Russell é australiano e Inoke é de Fiji, então pelo menos duas pessoas no time falam inglês. E tem Grégoire, que acabou de vir de uma cidade perto de Paris para jogar esta temporada, então também está morando aqui na casa. Não o ouvi falar inglês ainda, a não ser para dizer "oi". Eles parecem legais. Pode deixar que eu mantenho você informada.

Eles conversaram um pouco mais, e Nick teve de correr para pegar o táxi.

— Eu te amo — sussurrou Anna.

— Eu te amo mais.

Quando saiu do táxi, Nick ficou olhando para a entrada do estádio. Os fãs estavam reunidos em pequenos grupos e parecia que apenas um quarto das arquibancadas estava ocupado.

Um funcionário do time o levou até o vestiário e os pelos de sua nuca se eriçaram. Ele fechou os olhos quando as lembranças o invadiram: tantos jogos, tantos treinos. Deus, como sentia falta daquilo.

Bernard o apresentou ao restante do time, que estava se aquecendo para o jogo. Bernard falou em inglês, mas o discurso do técnico foi em francês. Nick se arrependeu na mesma hora de não ter prestado atenção às aulas de francês na escola.

Quando o time correu para o campo, ele assumiu seu lugar na lateral ao lado do técnico. Estava animado para ver seu novo time jogar. Ele havia sido avisado de que haveria diferenças, mas à medida que o jogo foi avançando, viu enormes problemas: o juiz não estava atento; os jogadores eram lentos e não muito habilidosos, mas eram grandes e jogavam sujo. Ele viu faltas claramente ilegais e perigosas que o juiz não marcou. O resto do jogo foi uma confusão de bolas perdidas e passes ilegais. Foi uma partida caótica e indisciplinada.

Nick teria muito trabalho.

Quando Grégoire, seu novo companheiro de time, conduziu o carro pelo amplo arco na entrada do estádio na manhã seguinte, Nick sentiu a onda familiar de adrenalina, a excitação de entrar no seu mundo e fazer parte dele novamente.

O estádio havia passado por várias reformas, mas ainda refletia seus mais de 100 anos de história e os muitos, muitos jogos que tinham sido disputados ali: as vitórias, os fracassos, as derrotas e as decepções. E, muito provavelmente, lesões que acabaram com carreiras.

Ele afastou o pensamento. Aquele ia ser um bom dia.

Quando chegaram para o treino, todos estavam quietos, sem dúvida pensando no desastre que fora a partida da noite anterior e a derrota humilhante em casa, diante da torcida. Só Inoke parecia feliz de conversar com Nick. O fijiano tinha uma personalidade alegre que parecia combinar com sua voz surpreendentemente aguda, ainda que não combinasse nem um pouco com o corpo imenso.

— Você jogou com Fetuao Tui, não jogou, Nick?

— Joguei. Cara legal. Bem rápido para alguém tão grande.

Inoke riu.

— Sem pressa, sem preocupação. Mas o cara corre como se um bode estivesse mordendo suas bolas.

Nick riu, mas depois não conseguiu tirar essa imagem da cabeça.

Gostou de Inoke: ele alegrava as pessoas. Nick o vira em campo na noite anterior, encorajando o time. Jogadores como ele podiam ser mais valiosos para um time do que um jogador com mais talento, porém pouca habilidade para lidar com pessoas.

Como Laurent.

Ele havia notado o asa, seu ritmo e sua habilidade com a bola. Mas o cara não sabia jogar em equipe e parecia intimidar os outros jogadores, xingando-os quando cometiam erros e soltando palavrões para o juiz e para os torcedores.

Jogadores como ele representavam um problema. E Nick decidiu ficar de olho nele.

A primeira reunião de Nick com o time aconteceu em uma salinha ao lado do escritório principal. Bernard saiu e apertou sua mão, abrindo um grande sorriso antes de beijar suas bochechas — de novo — e puxá-lo para um abraço.

— Bem-vindo, dessa vez oficialmente, *mon ami*.

— Obrigado.

Nick sorriu, erguendo as sobrancelhas.

Ele foi apresentado à pequena equipe administrativa e ao técnico principal, Pière Gabon, um homem simpático de quase 70 anos que não falava uma palavra de inglês. Em seguida conheceu os jogadores mais experientes do grupo, que estavam lá para apoiar o capitão.

Bernard contou a eles primeiro sobre os planos de passar para Nick a função de capitão.

Houve murmúrios de surpresa, mas nada negativo. Em vez disso, pareciam felizes e intrigados por ele ter se juntado à equipe.

Por fim, Nick foi apresentado ao restante do time. Ele já conhecia Grégoire, Inoke e Russell, mas os outros eram apenas rostos que ele havia visto em campo. É claro que tinha feito o dever de casa e estudado a ficha deles, para conhecer seus pontos fortes e fracos, informações que um capitão precisava ter na ponta da língua.

Nick observou o rosto de Laurent quando foi anunciado que ele seria o novo capitão. Ele fez cara feia e resmungou alguma coisa em francês que Nick teve quase certeza de que não ia gostar de saber o que era.

Mas ele teria tempo para conhecer Laurent: Nick desconfiava de que o outro jogador não ia gostar nada da experiência.

Enquanto fazia o discurso de boas-vindas em inglês e Bernard traduzia para o francês, Nick observou a expressão no rosto dos homens que teria de liderar. Ele já havia feito muitos discursos de capitão quando jogava no Phoenixes, mas lá ele conhecia todos os jogadores muito bem, pois já havia disputado muitas partidas com eles. Ali, ele era um desconhecido.

Os jogadores ouviram educadamente, alguns mostrando interesse, e só Laurent continuou a ignorá-lo.

No fim do discurso, Nick caminhou entre eles, apertando a mão de todos os jogadores e encontrando alguma coisa positiva para dizer para cada um sobre o jogo da noite anterior.

Houve um momento desagradável quando pareceu que Laurent não ia apertar a mão dele, mas Bernard disse alguma coisa em um francês rápido e o homem contraiu os lábios, cumprimentando Nick.

Nick franziu as sobrancelhas. Não gostou da atitude, nem do fato de ter sentido cheiro de álcool no hálito do outro jogador. Ainda bem que ele tinha um remédio para isso.

Todos foram para o vestiário para colocar o uniforme de treino. Nick vestiu a camisa do time pela primeira vez, desejando poder tomar um tramadol para aliviar a dor constante no ombro, em seguida comandou a corrida em volta do campo. Nick fez o time dar voltas até que Laurent foi para a lateral do campo e vomitou.

Nick foi até ele, com Bernard logo atrás.

— Nunca mais apareça para treinar fedendo a álcool — disse ele, friamente, enquanto Bernard traduzia. — Nunca mais ignore

um discurso do capitão e nunca mais xingue o juiz nem os torcedores. Ou você muda, ou pode procurar outro time. Eu não
tolero babacas. Está claro?

— *Comprends?* — perguntou Bernard.

Laurent assentiu, de má vontade, limpando a saliva em volta
da boca.

Bernard sorriu para Nick.

— Ele entendeu.

Capítulo 25

Brendan arfou de novo, e Anna olhou para ele de cara feia.

— Pare com isso!

— Eu não disse nada — reclamou ele.

— Você fica... fazendo esses barulhos! — retrucou ela, irritada e com os nervos à flor da pele.

— Me desculpe por respirar, Sra. Grávida Mal-humorada.

Anna afundou na cadeira.

— Estou sendo uma vaca. Desculpe. Não consigo evitar. É só... *aquele livro maldito!*

Molly havia publicado sua história cheia de segredos de alcova — *Nick Safadinho: minha vida com o verdadeiro Nick Renshaw* —, e o livro já era um sucesso de vendas no Reino Unido: tanto a edição em capa dura quanto a versão em e-book já estavam no topo das listas de mais vendidos.

Ela também estava aparecendo em vários programas de entrevistas, contando para as pessoas, com um ar recatado, que ela e Nick tinham sido um casal fogoso e apaixonado, mas, se quisessem saber os detalhes mais quentes, teriam de ler o livro.

As resenhas foram péssimas, mas isso não prejudicou as vendas. Todos pareciam querer saber se "Nick, o bom moço" tinha algum podre.

Anna sentia a pressão subir cada vez que alguém falava com ela sobre o assunto. A vaca ainda teve a audácia de mandar um exemplar para eles por intermédio dos advogados. O exemplar que Brendan estava lendo naquele momento.

— Conhecimento é poder — informou ele quando ela tentou jogar o livro na lata de lixo, que era seu lugar.

Anna havia se recusado a ler, mas sofria ao ver Brendan lendo. Ela o obrigou a esconder a capa com uma sacola de papel, mas ainda assim seu sangue fervia de raiva. Parecia haver uma imagem ampliada da capa em todas as livrarias e, o mais irritante, ela não parava de aparecer na página inicial da Amazon quando Anna entrava no site para pesquisar carrinhos de bebê e fraldas de pano. A fotografia mostrava um Nick ligeiramente surpreso abraçando Molly na festa de noivado deles. Anna *odiava* aquela foto.

Seu olhar se voltou novamente para Brendan, que estava tentando não rir de alguma coisa. E de tempos em tempos, ele bufava, balançava a cabeça, ria ou revirava os olhos. Aquilo a estava deixando louca, mas ela não conseguia se obrigar a sair dali.

É claro que o livro havia sido mencionado no *Loose Women*, já que se tratava de um programa de entrevistas e atualidades. Anna fora avisada pela apresentadora mais antiga, Ruth, que os produtores queriam que ela falasse sobre o assunto. Ela seria obrigada a responder uma pergunta sobre o livro diante da plateia presente no estúdio, enquanto gravavam o programa.

Então, quando Ruth perguntou se Anna havia lido o livro, ela simplesmente sorriu e respondeu:

— Eu raramente leio ficção.

A resposta provocou risos e aplausos, mas doeu por dentro. Doía pensar que aquela vadia venenosa estava livremente contando mentiras sobre Nick e Anna. E, como se não bastasse, ganhando dinheiro com isso também. Não havia justiça no mundo.

Brendan ofegou de novo, e Anna perdeu a paciência.

— O quê? O que foi? — irritou-se ela, contornando a mesa da cozinha e arrancando o livro das mãos dele.

— Aaaah, acho melhor você não ler essa página! — gritou ele, tentando pegar o livro de volta.

Nick era uma máquina de sexo. Nós transávamos três ou qua-
tro vezes por dia, às vezes mais. Minhas pernas estavam sempre
abertas, e minha boca também. Ele nunca parecia saciado.
— Meu Deus, Mol! Você é a coisa mais linda que eu já vi.
Vou gozar nos seus peitos.
Ele não podia fazer sexo antes das partidas, mas nós tran-
sávamos mesmo assim. Ele dizia que estar cheio de fluidos
masculinos fazia dele um jogador melhor. Também transáva-
mos nos intervalos das partidas, o tempo todo.

Anna deu um berro e atirou o livro longe, quase acertando
Brendan, que havia se escondido atrás da cadeira, segurando a
torradeira em cima da cabeça para se proteger.

— Eu odeio essa mulher! — berrou Anna. — Como eu a odeio!
E o texto dela nem faz sentido!

Então Anna começou a chorar, desabando na cadeira e solu-
çando sobre a mesa da cozinha.

Brendan se levantou devagar, avaliando se era seguro colocar
sua cadeira ao lado de Anna e abraçá-la.

— Não desperdice suas lágrimas com ela — disse ele, acariciando o cabelo dela devagar. — Ela não passa de uma mulher
amarga com mais procedimentos estéticos do que o balcão de
maquiagem da Harrods.

Anna chorou ainda mais alto, e Brendan estremeceu quando o
som agudo quase perfurou seu tímpano esquerdo. Ele não sabia
que ela era tão emotiva. Se fosse por causa dos hormônios da
gravidez, eles teriam longos meses pela frente.

Brendan deu tapinhas no braço dela.

— Olhe as coisas por esse ângulo: é você que fica com todos
aqueles maravilhosos fluidos masculinos, não ela. Todo mundo
sabe que o Nick deu um pé na bunda dela depois que ela o traiu.
O Kenny só apareceu em um parágrafo até agora, a propósito. E
ela nem menciona o nome dele. É só um monte de merda sobre...
merda.

— Eu sei que estou sendo ridícula — chorou Anna. — Só que não é justo!

Brendan suspirou.

— Os mocinhos são sempre corajosos e verdadeiros, os vilões são facilmente identificáveis pelos chifres pontudos ou chapéus pretos, e nós sempre os derrotamos e salvamos o dia. Ninguém morre e todos vivem felizes para sempre. Fim.

Anna abriu um olho inchado e olhou de cara feia para ele.

— Você acabou de citar Buffy para mim?

— Quem, eu? Eu não me atreveria!

Anna abriu um sorriso relutante e aceitou o lenço de papel que Brendan lhe ofereceu.

— Annie, eu sei que deve ser difícil. Quer dizer, na verdade eu não sei, porque nunca tive um namorado supergato e famoso caluniado em um texto pretensioso de quinta categoria por uma rameira com peitos que mais parecem dois pula-pulas. O que quero dizer é que imagino como você deve estar se sentindo. Mas, querida, isso também vai passar. Ela já teve seus 15 minutos de fama, aquela vadia horrorosa. Quanta vezes ela vai conseguir vender a mesma história mentirosa? A verdadeira história é o que você e Nick têm juntos, e isso é lindo.

Anna assentiu, o rosto banhado de lágrimas.

— Você tem razão. E não me obrigue a dizer isso de novo.

— Não vou obrigar. Mas posso lembrar isso a você mais tarde?

Anna riu, e Brendan abriu um sorriso radiante.

— A tia Brenda fez você se sentir melhor?

Anna o abraçou, apertando-o até ele começar a reclamar. Depois deu um beijo no rosto dele.

— Você sempre faz tudo ficar melhor, Bren.

— Graças a Deus. Agora vamos pedir uma pizza e beber Diet Coke. Não conte para o Nick.

Anna estava trabalhando em seu manuscrito quando o telefone tocou.

— Oi, Mark! Tudo bem?

— Anna, tenho novidades: a editora da Molly Mckinney quer fazer um acordo.

Anna se endireitou na cadeira.

— Quanto estão pedindo agora?

— Cinquenta mil libras, mais as custas legais. — Ele fez uma pausa quando a ouviu inspirar. — Sei que ainda é uma quantia substancial, mas é bem menos do que os 175 mil que estavam pedindo antes. Se vocês aceitarem, eles também vão desistir do processo contra a agência da Adrienne Catalano.

Anna mordeu o lábio. Ainda teriam de vender um dos imóveis que Nick havia comprado como investimento para ser sua renda na aposentadoria.

— Eu não sei. Fico muito incomodada de saber que ela vai se safar de tudo. E ela também deve estar ganhando muito dinheiro com aquele livro horrível.

Mark suspirou.

— Eu sei. Foi muito azar o Nick ter conhecido essa mulher. Eu tentei conversar com ele antes de ligar para você, mas o celular dele está desligado.

— Ele deve estar no treino agora.

— Bem, se puder dar o recado a ele e pedir que me ligue.

— Pode deixar. E, Mark, obrigada.

A voz dele ficou mais suave.

— De nada.

Capítulo 26

Nick estava frustrado com o time, mas tinha se apaixonado por Carcassonne. Ele tinha achado o sul da França uma região pacata, com ritmo de vida lento. De certa forma, isso era verdade, mas havia outro lado também.

As pessoas e as cores eram vibrantes. As conversas em um francês acelerado explodiam a sua volta. Muitos dos moradores da cidade pareciam saber quem ele era e saíam dos bares e cafés para apertar sua mão. Vários tiravam selfies.

No início, ele achou que era porque jogava nos Cuirassiers, mas Bernard riu e explicou que o calendário de Massimo com Nick na capa tinha sido o mais vendido desde que o projeto beneficente tivera início. Na verdade, foram feitas três reimpressões. Esse era um dos motivos por que os Cuirassiers tinham sido tão obsequiosos quando lhe ofereceram o contrato.

— Tudo por causa do seu *derrière* famoso, *mon ami* — explicou Bernard, assentindo filosoficamente e dando um tapa no ombro de Nick.

Aquela informação deixou Nick perplexo: mesmo em uma cidade apaixonada por rugby, ele era mais conhecido por causa das fotos do calendário do que por ter vencido duas copas do mundo. No fim das contas, ele deu de ombros e sorriu para todas as selfies que os fãs quiseram tirar.

Ele tinha sido informado que um pequeno restaurante na praça da cidade, o Chez Felix, era um dos patrocinadores do time.

Era um negócio de família onde se servia um ótimo café e bife malpassado. Ele demorou um tempo para se acostumar com isso, mas o carinho com que foi recebido o ajudou a superar aquele pequeno detalhe.

Aparentemente, o Cuirassiers era um clube comunitário, com o qual metade da cidade estava envolvida de alguma forma.

Ele mal podia esperar para ir com Anna à incrível feira que era montada duas vezes por semana na praça. Tinha ido até lá em seu primeiro domingo na cidade e adorou a exuberância dos alimentos frescos expostos: tomates enormes e maduros, melões, pêssegos, maçãs que brilhavam ao sol, ameixas, damascos e um caleidoscópio de verduras e legumes multicoloridos que ele não sabia identificar. Músicos locais tocavam canções populares tradicionais em cada esquina. Nick já adorava aquilo tudo; esperava que Anna também gostasse.

Ficou surpreso quando seu celular tocou e ele viu que a ligação era de um número com código de área de Paris.

— Alô? *Bonjour?*

— *Monsieur* Nick Renshaw?

— Sim, ou melhor *oui?*

— Aqui quem fala é Miriam Duchat, assistente pessoal de Hugo Compain. — Ela fez uma pausa, como se estivesse esperando que Nick absorvesse a importância do nome, mas ele nunca tinha ouvido falar dele.

— Pois não?

Nick ouviu Miriam bufar do outro lado da linha.

— Hugo é o editor da *Vogue Hommes International*. Ele gostaria de fazer uma sessão de fotos com você.

— Ah, sim. Obrigado — disse Nick, surpreso. — Mas não estou mais trabalhando como modelo.

Ela arfou, chocada.

— Mas ele quer você!

— Hum, é bom ouvir isso, mas eu tenho um trabalho em tempo integral, e é difícil para mim me ausentar.

— Ele está disposto a mandar o fotógrafo a Londres — informou a mulher, séria.

— Hum, é que eu não vou mais a Londres com muita frequência. Estou morando em Carcassonne agora.

— *C'est vrai?* Você está na França?

— Sim. Estou jogando nos Cuirassiers.

A voz da mulher subiu uma oitava.

— Mas que notícia maravilhosa! Adrienne disse que você tinha se aposentado!

— Eu tinha, mas...

— Hugo é um grande fã de rugby. Sei que ele vai querer esse ensaio com você. Podemos mandar o fotógrafo para Carcassonne ou trazer você a Paris.

Nick ficou surpreso.

— Bem, acho que, nesse caso, não tem problema. Só precisamos agendar as fotos para uma data e um horário que não coincidam com treinos nem partidas.

Ele ouviu o som de digitação intensa do outro lado da linha.

— Envie sua agenda para mim e nós damos um jeito. Sua agente ainda é Adrienne Catalano em Nova York?

Fazia algum tempo que Nick não falava com Adrienne, mas, se ainda tinha uma agente, essa pessoa era ela.

— Isso, exatamente — confirmou ele.

— Nós entraremos em contato. *Au revoir.*

Então ela desligou. Nick ficou olhando para o telefone. Ele achava que seus dias de modelo tinham ficado para trás, mas agora parecia que seus dois mundos estavam prestes a colidir. E ele sabia que seria muito sacaneado pelos outros jogadores.

Para quem mesmo ela havia dito que era o ensaio?

Ele descobriu logo porque dez minutos depois Adrienne começou a mandar um monte de mensagens para ele, o que poderia significar várias coisas:

Ela estava animada;

Havia pagamento envolvido;

Ela havia tomado muito antidepressivo;

Todas as opções acima.

Quando leu as mensagens, começou a compreender a importância daquele trabalho. Até mesmo Nick já tinha ouvido falar da *Vogue*, embora ele não soubesse que duas vezes por ano era publicada uma versão masculina internacional. Agora sabia e, quando leu a quantia que estavam lhe oferecendo por um dia de trabalho, se deu conta de que não havia nem o que pensar. Cada centavo que recebesse iria para o fundo anti-Molly.

O telefone tocou novamente e, como era Adrienne ligando dessa vez, ele se sentiu obrigado a atender.

Nick abriu caminho entre as pessoas na feira e encontrou um pequeno café onde homens mais velhos fumavam cigarros Gitanes fedidos e discutiam sobre o governo.

— Nick, querido! Você é o filho da mãe mais sortudo do planeta. Está de sacanagem? A *Vogue Hommes* quer você na capa!

Ele pediu um espresso e um copo de água e se sentou para admirar os sons e as cores de Carcassonne.

— Imagino que seja algo realmente importante então.

Ele quase a ouviu revirando os olhos, do outro lado do oceano.

— Sim, Nick — respondeu ela com firmeza. — É *muito* importante. É o tipo de coisa pela qual os modelos esperam a vida toda. Me diga que eu vou agenciar essas fotos para você, Nick!

Então ele concordou. Mais uma sessão de fotos.

No dia seguinte, Adrienne ligou.

— Já verifiquei a agenda do clube, e a sessão de fotos está marcada para uma quinta-feira, daqui a quatro semanas. Esteja em Paris antes da hora do almoço. E, Nick?

— Sim?

— Aproveite, meu amor. Isso pode abrir muitas portas para você.

Provavelmente foi bom que Adrienne não pudesse ver a indiferença no rosto de Nick. Anna era sua prioridade máxima, e o rugby vinha em seguida. Não havia espaço para muito mais coisa. Porém o departamento de publicidade dos Cuirassiers fora à loucura quando descobriu que ele ia fazer uma sessão de fotos para a *Vogue*. Imediatamente soltaram um comunicado à imprensa e agora estavam recebendo ligações de repórteres de toda a França e até do Reino Unido. Nick ficou feliz por deixá-los lidar com aquilo. Ele tinha outras preocupações.

Estava pensando no acordo que os advogados de Molly tinham proposto. Cinquenta mil era bem menos do que o valor pedido originalmente e significava que a agência de Adrienne não seria afetada, mas Nick ainda se sentia dividido — não via motivo para Molly receber mais nada dele.

Odiava o fato de ela ainda conseguir afetá-lo daquela forma, o fato de ser obrigado a pensar nela. E odiava o fato de tudo aquilo afetar Anna também. Ela havia dito que apoiaria qualquer decisão que ele tomasse.

Se pagasse, tudo se resolveria muito mais rápido, ele sabia disso.

Então pegou o telefone e ligou para seus advogados.

— Aqui é Nick Renshaw. Quero que transmitam uma mensagem para Molly McKinney: não tem acordo. Nos vemos nos tribunais.

Ele desligou o telefone, perguntando-se se havia acabado de acender o pavio que faria sua vida explodir pelos ares.

Capítulo 27

Quando Anna e Brendan desceram os degraus do pequeno avião, uma onda de calor se abateu sobre eles.

— Que bênção! — Brendan suspirou, colocando os óculos escuros modelo aviador.

Anna foi obrigada a concordar com ele. O ar quente parecia maravilhoso depois da onda de frio em Londres. E o pequeno aeroporto de Perpignan contrastava radicalmente com o monstro de concreto de Heathrow de outras maneiras também.

Em vez de fileiras de casas vitorianas e prédios de apartamentos cinzentos, eles haviam sobrevoado campos verdejantes, quase dourados pelo sol do longo verão francês, e a costa rochosa onde colinas baixas e vilas de pedra antigas se erguiam contra o azul profundo do mar Mediterrâneo.

Brendan passou pela imigração apenas mostrando seu passaporte inglês. Ele ainda era cidadão europeu, embora não por muito tempo depois que o Reino Unido deixasse a União Europeia. Anna demorou um pouco mais para chegar à área de desembarque.

Nick e Brendan estavam juntos, sorrindo. Ela parou para observá-los, feliz porque os dois homens mais importantes de sua vida eram amigos, feliz por estar na França, feliz por estar se reencontrando com o noivo. *E pai do meu filho*, sussurrou para si.

Nick desviou o olhar e a viu, então seu sorriso se abriu ainda mais.

Ele atravessou o pequeno terminal e a envolveu com seus braços fortes, apertando-a contra o peito. Ele cheirava a canela e especiarias, sol e Nick. Um cheiro maravilhoso. Um cheiro de casa.

Eles ficaram abraçados, sem falar, nem pensar, só aproveitando o momento.

Então ele envolveu o rosto dela com as mãos grandes e ásperas e a beijou suavemente.

Anna suspirou em seus braços, perdendo-se no beijo, até que...

— Ei! Eu estou aqui também, sabia? E ninguém me deu um beijaço de boas-vindas.

— Cale a boca, Brendan — disseram Nick e Anna juntos, e em seguida começaram a rir.

— Que fofo — reclamou ele. — Eu venho até aqui, carregando a bagagem de *milady*, e tudo que recebo é um aperto de mão.

Nick passou o braço em torno dos ombros de Brendan e deu um beijo no rosto dele.

— Isso está longe de ser um beijo de verdade — reclamou Brendan, mas ele pareceu satisfeito.

A viagem de uma hora para Carcassonne passou rápido, enquanto eles contavam as novidades, comentavam sobre as pequenas *villas* e cidades por onde passavam, as curvas gentis das colinas e os afloramentos rochosos repentinos e acentuados.

À distância, os Pireneus se erguiam em direção às nuvens, uma barreira natural entre a França e a Espanha, apenas alguns quilômetros ao sul.

Anna colocou a mão esquerda na coxa de Nick e ele olhou para ela com um sorriso.

— Nada de passar a mão no motorista, a não ser que eu entre na brincadeira também — disse Brendan do banco de trás.

— Então você vai ter que encontrar seu próprio motorista — retrucou Anna.

— Ah, isso parece divertido — disse Brendan. — Preciso renovar minha carteira.

Anna gemeu. Estava exausta demais para brincar de fazer trocadilhos com ele.

— Acho que você vai gostar daqui — disse Nick, baixinho.

Anna já estava adorando.

A primeira noite de Anna e Brendan em Carcassonne foi cheia de diversão e riso, boa comida e amizades, e lembranças que ela guardaria para o resto da vida.

Ela ainda se lembrava da mágoa que sentira quando Nick contou sobre a oferta de Bernard, mas agora estava claro que havia sido o melhor para ele... o melhor para o relacionamento deles. As dúvidas ainda existiam, mas pareciam mais distantes agora, mais insubstanciais e fugidias.

Os colegas que moravam com Nick tinham organizado um churrasco para recebê-los, e não era só carne na grelha, e, sim, um banquete para ser degustado ao ar livre.

Eles colocaram uma mesa do lado de fora e a encheram de frutas frescas deliciosas, saladas incríveis, uma variedade de carnes frias e vários tipos de queijo. O cheiro de pão recém-assado de uma *boulangerie* local fez sua boca ficar cheia de água e seu estômago roncar alto.

Inoke, o pilar fijiano, um homem enorme com uma voz surpreendentemente aguda, tinha contribuído com um prato típico do seu país chamado *kokoda*, que consistia em um peixe parecido com atum marinado em suco de limão fresco e cozido por várias horas. Estava delicioso e Anna, faminta.

Ela ficou emocionada com o trabalho que todos tiveram, e foi bom ver como Nick se sentia relaxado na companhia deles. Anna se perguntou se eles talvez fossem mais reservados porque ele era o capitão do time, mas não: eram amigos e companheiros de time.

Brendan ficou bastante contido no início, esperando para ver como seria recebido, mas, depois da primeira hora e da primeira rodada de bebidas, ele se enturmou perfeitamente, ainda mais porque conseguia manter duas conversas ao mesmo tempo: uma em inglês e outra em francês.

Uma jarra do vinho local foi passada entre eles novamente e Nick recusou uma pequena taça, para a qual Anna ficou olhando, melancólica, enquanto tomava um gole de sua água Perrier.

À medida que o sol ia se pondo, o muro de pedra atrás deles irradiava o calor que tinha absorvido durante o dia, e grilos (*sauterelles*) cantavam alto no ar quente da noite.

Anna estava sonolenta e saciada quando se apoiou em Nick, os dedos dele acariciando seu braço nu, e descansou a cabeça em seu ombro.

Ficou ainda mais feliz quando os companheiros de time de Nick prometeram que levariam Brendan para curtir a noite na cidade, deixando a casa só para Nick e Anna terem um tempo sozinhos.

Brendan ficou em êxtase diante da possibilidade de sair à noite com três jogadores de rugby gostosos e, quando o chamaram, ele foi feliz da vida.

No instante que ficaram a sós, os lábios de Nick se grudaram aos dela, e Anna percebeu na hora que estava desperta, nem um pouco cansada. Ele a pegou no colo como se estivessem em lua de mel, os lábios percorrendo seu pescoço enquanto subia a escada estreita até o pequeno quarto branco, onde fizeram amor, banhados pela luz do luar.

No dia seguinte, Nick e Anna foram procurar uma casa.

Com a ajuda do clube, Anna havia encontrado duas propriedades para irem visitar com o objetivo de alugarem até o fim da temporada. Por mais que ela realmente gostasse dos outros jogadores, compartilhar uma casa pequena com tanta gente não funcionaria no longo prazo, embora Brendan tivesse mencionado que estava apreciando muito o cenário no entorno da piscina.

Ele parecia ter se dado particularmente bem com Grégoire.

— O Grég é gay? — perguntou Anna, olhando pela janela enquanto Nick dirigia por campos e vinhedos repletos de uvas.

Nick pensou por um momento.

— Sei lá. Ele nunca mencionou nenhuma namorada e não pareceu interessado em mulheres quando saí com ele e os outros jogadores. Quem sabe?

Anna sorriu.

— Acho que o Brendan está a fim dele.

Nick arregalou os olhos comicamente.

— Uau! O Brendan é gay?!

Anna riu e deu um tapinha brincalhão no ombro dele, que fingiu estar magoado.

— Achei que o Brendan estivesse a fim de mim!

— Ah, amor, ele adora você. Não fique com ciúmes.

Nick deu uma risada e olhou para ela, sorrindo.

— Deve haver jogadores de rugby gays — disse ela, pensativa. — Mas não consigo pensar em nenhum. Você já teve algum colega de time gay?

Nick estava prestando atenção no caminho sinuoso, mas assentiu.

— Já. Pensando bem, houve dois jogadores que se assumiram depois que pararam de jogar. Mas há mais alguns hoje em dia. Gareth Thomas é quem me vem à mente. Ele saiu do armário em 2009 e jogou por mais dois anos. Ele jogou pelo País de Gales umas cem vezes. Um cara muito legal, jogava como asa.

Anna assentiu.

— Ah, é. Isso foi antes de eu me mudar para o Reino Unido, mas eu me lembro de ouvir o nome dele. Ele teve muita coragem.

Nick concordou com a cabeça.

— É verdade. Houve mais alguns antes. Um australiano que se assumiu nos anos noventa. Acho que hoje é mais aceito. — Ele suspirou. — Eu sei que existe um estereótipo de jogador de rugby brutamontes, mas, se o cara for um bom jogador, souber jogar em equipe, isso é tudo que importa. E quando Gareth se assumiu, os companheiros de time o apoiaram totalmente. É isso que um time é, nós apoiamos uns aos outros. Somos como uma família.

Anna entendia. Sabia o quanto tinha sido difícil para Nick jogar no Fichley Phoenixes por quatro anos, depois perder essa família do rugby de forma tão abrupta. Também conseguia ver como era importante para ele fazer parte de um time de novo.

E ela se preocupava com o que aconteceria com Nick quando a temporada no Cuirassiers terminasse.

Nick parou no pequeno pátio de uma antiga quinta, olhando desconfiado para a tela do GPS, mas aquele era definitivamente o lugar.

As paredes de pedra estavam ruindo em alguns pontos e a tinta das janelas de madeira estava descascando. Um ar de abandono e tristeza pairava sobre a antiga construção.

Anna pegou em sua bolsa uma enorme chave de ferro que recebeu do corretor. Era pesada e carcomida pela ferrugem, mas ela foi adiante, determinada a se manter otimista.

A pesada porta de madeira se abriu com um ranger teatral e Anna meio que esperou que Tropeço, o mordomo da *Família Addams*, viesse recebê-los.

Teias de aranha floresciam na penumbra, e ela teve de se abaixar, fazendo careta quando algumas se agarraram em seus cabelos. Ela chegou até a cozinha, gritou e deu de cara com Nick quando se virou para correr.

— O que houve? — perguntou ele, segurando os braços dela.

— Besouros! — gritou ela, se desvencilhando dele e saindo pela porta da frente.

Nick deu uma espiada na cozinha e viu que o piso era escuro, reluzente e se mexia. Quando acendeu a luz, milhares de besouros começaram a correr pelo piso de linóleo gasto.

Nick estremeceu e seguiu Anna.

Ela estava pálida quando ele entrou no carro, tinha até mesmo fechado as janelas.

— Aquilo foi...

— ... como um filme de terror — completou Nick.

Anna assentiu.

— Vamos dar o fora daqui!

Nick concordou na hora.

Na segunda casa, Anna fez Nick entrar primeiro. Mas essa era completamente diferente: uma *villa* do *fin de siècle* pintada de amarelo-claro, com venezianas brancas e telhado vermelho. A luz do sol entrava pelas amplas janelas, e as cortinas floridas se agitaram com a brisa quando Anna abriu as portas duplas para o quintal. Bem, era mais um pequeno pátio, um pequeno terraço, mas havia alguns móveis pesados de jardim e uma videira de verdade subindo pelo muro ensolarado.

O otimismo de Anna a invadiu outra vez, e ela passou por todos os cômodos, cruzando os dedos para não encontrar nada que a fizesse não querer a casa. Principalmente nenhum inseto rastejante.

Mas a *villa* era serena e bonita, e Anna ficou encantada.

— Eu adorei! — exclamou ela, enquanto descia correndo as escadas e se atirava nos braços de Nick. — É perfeita.

Nick sorriu, seus olhos se enrugando de felicidade.

Parecia que tudo estava finalmente se encaixando.

Na manhã seguinte, Nick e os outros jogadores saíram cedo para o treino, esperando terminar por volta da hora do almoço.

Embora já estivessem em outubro, o pequeno jardim murado irradiava calor, e Anna estava sob um toldo, tomando chá e se sentindo agradavelmente cansada depois da longa noite de amor com Nick.

Eles haviam chegado a um acordo com o proprietário da *villa* e pegariam as chaves na semana seguinte. Tinha sido tudo tão fácil, tão civilizado, um negócio fechado com um aperto de mão. O dono era torcedor dos Cuirsassiers. E o nome de Nick foi o suficiente para ele.

Os raios de sol penetraram seu corpo, e Anna foi invadida por uma profunda sensação de paz. Depois de meses tão difíceis, aquilo era incrivelmente bem-vindo.

De repente, Brendan gritou em seu ouvido.

— Ann-ie! Acorde!

— Ai, meu Deus, Brendan! O que houve? — perguntou ela, com o coração disparado.

— Ah, desculpe, mãezinha! É que estou muito animado.

Ele se sentou na espreguiçadeira ao lado dela.

— Adivinhe.

— Não — respondeu Anna, mal-humorada.

— Ann-ie! Adivinhe!

— Não.

— Estraga-prazeres.

— Mimado.

— Velha rabugenta!

Ela ergueu uma das sobrancelhas.

— Você tem alguma novidade para me contar?

— Aaaah, se tenho. Que bom que perguntou! — Ele baixou a voz para um sussurro animado: — Eu dormi com Grégoire!

Ela se sentou, agora totalmente acordada.

— Sério?

— Eu não inventaria uma coisa dessas! — disse ele, indignado, mas em seguida viu a expressão dela. — Tá legal, eu inventaria! Mas estou dizendo a verdade. Eu dormi com Grégoire. E foi maravilhoso. Estou apaixonado!

Anna sorriu.

— Ah, que incrível, Bren! Estou muito feliz por você.

Brendan piscou e olhou para ela.

— Só isso? Você está *feliz* por mim?

— Bem, é. Muito, muito feliz.

Brendan se levantou e começou a andar de um lado para o outro.

— Eu não acho que você esteja entendendo. Ele é incrível! Ele é doce, gentil, engraçado e um tremendo gostosão. O pau dele tem pelo menos uns 30 centímetros. Eu estou dolorido até a ponta dos pés.

275

— Bren! Eca! Me poupe de tantos detalhes!

Ele se virou para olhar para ela, com a expressão séria.

— É amor. Nunca senti nada parecido antes.

— Querido, você acabou de conhecê-lo, então não vamos apressar as coisas.

Brendan fez uma careta.

— Que diferença isso faz? Você se sentiu atraída pelo Nick na primeira vez que o viu, antes mesmo de saber quem ele era. Cinco minutos ou cinco anos, Grégoire é minha *alma gêmea*.

Anna queria esperar pelo melhor. Ver Brendan feliz seria maravilhoso. Mas ele tinha tendência a exagerar. E muito.

— E como Grégoire se sente? — perguntou ela, com cautela.

Brendan ficou radiante.

— Ele disse que nunca conheceu ninguém como eu.

Anna tinha certeza de que isso era verdade.

Ela contou a novidade para Nick assim que ele chegou do treino. Mas ele não pareceu muito animado.

— Por que você está com essa cara?

Nick suspirou e se sentou ao lado dela.

— Porque o time está com dificuldades e eu preciso que Grég se concentre no jogo, em vez de ficar pensando se vai transar à noite.

Anna ficou indignada.

— E você diria a mesma coisa se ele tivesse acabado de conhecer uma mulher?

— Sim. Especialmente se fosse uma mulher. — Ele ergueu uma das sobrancelhas.

— Desculpe — disse ela. — Eu não deveria ter dito isso.

Nick deu de ombros.

— Você não está errada. Quando a notícia se espalhar, as coisas vão ficar mais difíceis para o Grég. O time vai aceitar, de maneira geral, mas os times adversários fazem tudo para nos desestabilizar.

Anna fez uma careta, pois sabia que Nick estava certo. Ela conhecia muito bem a psicologia do esporte, e também se lembrava de algumas coisas terríveis que os jogadores de outros times tinham dito para Nick quando eles dois estavam afundados em um escândalo.

— Coitado — disse ela, com compaixão.

— Pois é. E se o Bren desaparecer depois de sair com ele por uma semana, como ele costuma fazer, vou mandar o Grég para você.

— Nossa, muito obrigada!

— Bem, você é psicóloga esportiva, amor. Além disso, você é ótima em discursos para motivar pessoas com o coração partido.

Anna suspirou e assentiu.

— Ai, meu Deus.

Mas ambos estavam errados: durante o restante do tempo que passaram lá, Brendan e Grégoire permaneceram inseparáveis. Brendan se encontrava com ele depois do treino e os dois saíam juntos para conhecer as cidades e vilarejos próximos de Carcassonne; jantavam juntos todas as noites e dormiam juntos também.

Brendan estava radiante de felicidade e passava horas contando para Anna como seu novo amante era maravilhoso quando Grégoire tinha de ir para o treino ou tinha de viajar para algum jogo.

Curiosamente, Nick disse que Grégoire estava jogando melhor do que nunca: longe de estar com a cabeça nas nuvens, a felicidade lhe dera confiança, e isso estava rendendo pontos aos Cuirassiers.

Os outros jogadores ficaram um pouco surpresos quando Grégoire se assumiu para eles, mas, no geral, aceitaram bem, felizes com a sequência inesperada de vitórias.

Anna sorria e ouvia Brendan exaltar as virtudes de Grégoire: o rosto bonito, o corpo sexy, o pênis enorme (como Brendan insistia em repetir, várias e várias vezes). Ela continuava com um pé atrás. Mas, duas semanas depois, quando estava chegando o dia de eles irem embora, os dois continuavam firmes.

Quando voltaram para Londres, Anna tomou conhecimento de que Brendan trocava mensagens de texto e e-mails com

Grégoire, e chegou até mesmo a anunciar que Grégoire era seu #*namoradooficial*.

Brendan estava feliz.

Nick estava ficando cada vez mais irritado com o comportamento de Laurent. Em um dia bom, Laurent era um jogador forte, mas não jogava *em equipe*. Ele parecia ter um problema particular com Grégoire desde que ficara sabendo que o rapaz era gay.

Quando Nick discutiu a questão com Bernard, ele fez uma careta e encolheu os ombros.

— Ele é de Paris, odeia todo mundo: *les provinciaux*; homens como Grég, *un crevette discret*; jogadores mais jovens; pessoas do sul; pessoas do norte... — Ele olhou para Nick com um sorriso cansado. — Ele odeia *les Anglais* mais que tudo.

— Valeu pelo discurso motivacional, cara — disse Nick, erguendo as sobrancelhas. — Mas estou falando sério. Ele está causando problemas.

Bernard suspirou.

— Eu sei disso, mas ele tem talento. Dê mais um chute no *derrière* dele e veja se funciona.

Ser capitão de um time com jogadores que detestavam um ao outro era uma tarefa árdua.

Faltavam dois dias para o ensaio de Nick para a *Vogue* em Paris. Laurent estava se comportando como um babaca por causa disso, mas como ele era babaca em relação a tudo, Nick resolveu ignorar. Os resmungos e olhares zombeteiros eram cansativos. Se o francês de Nick fosse um pouco melhor, ele provavelmente teria ficado ainda mais irritado, mas, como Laurent se recusava a falar ou compreender inglês, Nick tinha de fazer tudo em francês, com a ajuda de Bernard.

Durante aquele treino em particular, no entanto, foi Grégoire quem teve de aguentar as zombarias e os comentários depreciativos de Laurent. O cara era um covarde, e, como não conseguia atingir Nick, voltara seu foco para Grégoire.

Nick já estava farto: havia avisado a Laurent que ele tinha de mudar, e ele não mudara nada — agora teria de pagar o preço.

Estavam repassando táticas de jogo — os caras que jogavam na ala esquerda contra os que jogavam na ala direita.

Grégoire recebeu a bola e quando estava fazendo um passe, Laurent chegou atrasado na jogada, fez uma falta e o derrubou.

Grégoire não tinha visto Laurent se aproximando — fora pego completamente de surpresa e estava no chão, sem fôlego. Laurent permanecia de pé ao lado dele, com um sorriso debochado, enquanto o técnico apitava.

— *Follasse sportif!* — provocou ele.

Nick não sabia bem o que Laurent tinha dito, mas, pela expressão no rosto de Grégoire, não tinha sido nada bom.

— Laurent! *Ici!* — gritou Nick. — Venha cá!

No início, Laurent fingiu não ouvir, mas não podia ignorar os berros furiosos de Nick ecoando pelo campo uma segunda vez.

— Laurent! *Maintenant! Vas-y-en!* AGORA!

O jogador fez cara feia para Nick e deu um sorriso debochado para Grégoire.

— *Il kiffe ton mec!*

Grégoire se levantou, ainda se esforçando para respirar, com raiva e ódio no rosto. Nick percebeu na hora que Grégoire havia perdido o controle, mas já era tarde demais para impedir que ele partisse para cima de Laurent, pegando-o de surpresa com um soco na cara. Laurent cambaleou e caiu no chão.

— *Putain!* Merda!

Grégoire estava em cima dele em um segundo e conseguiu dar vários socos antes de Laurent dar uma cabeçada nele. A pele da testa de Grégoire se abriu e o sangue começou a escorrer.

Nick e Bernard gritaram para que eles parassem, mas os dois homens já não conseguiam mais ouvir a voz da razão. Nick correu pelo campo e puxou Laurent para trás pela gola da camisa, tirando-o de cima de Grégoire. Laurent gritou e deu uma cotovelada no rosto de Nick. Ele sentiu uma explosão de dor na maçã do rosto, e sangue começou a escorrer pelo nariz. Seus olhos lacrimejavam tanto que era difícil enxergar, mas ele não largou Laurent, que estava se debatendo e batendo os calcanhares na grama.

Bernard tinha envolvido Grégoire com seus braços musculosos, impedindo-o de partir para cima de Laurent mais uma vez, e o restante do time se aproximou para ajudar a apartar a briga.

Por fim, a ordem foi restaurada, e os dois homens ficaram se encarando, Grégoire balançando a cabeça como um touro furioso, o sangue coagulado se desprendendo de seu rosto.

— *Merde!* Merda!

O médico idoso entrou em campo, mancando, avaliou a testa de Grégoire, o rosto de Nick e o nariz quebrado de Laurent, jogou as mãos para o alto e mandou todo mundo para o vestiário.

Nick tinha quase certeza de que ficaria com o olho roxo. O médico entregou a ele uma bolsa de gelo para ajudar com o inchaço.

O alívio foi imediato.

Ele ficou sentado na mesa de fisioterapia, segurando a bolsa de gelo contra o rosto, que latejava, e xingou baixinho em francês e em inglês.

Pelo menos seu francês estava melhorando.

— O que foi que Laurent disse para Grég para merecer um soco?

Mais tarde naquela noite, Nick estava conversando com Anna pelo Facetime. Isso sempre fazia com que se sentisse melhor.

— Ele vem dizendo coisas desde que ficou sabendo que o Grég é gay. Coisas ofensivas quando ninguém mais estava ouvindo. Mas ele deixou deliberadamente de passar a bola para ele no último jogo. Eu notei isso também e conversei com Laurent, que negou. Mas eu disse que não queria que isso acontecesse de novo.

Anna franziu a testa.

— Parece que Grég estava lidando bem com toda essa questão. O que o tirou do sério dessa vez?

Nick deu um sorriso triste.

— *Il kiffe ton mec.* Basicamente, Laurent disse para o Grég que eu estava a fim do Brendan, mas com palavras muito ofensivas, hum, tipo bichinha ou algo assim.

Anna arfou.

— Que babaca!

— E isso foi a gota de água para o Grég. — Nick suspirou. — Ele vai ser multado e suspenso por ter dado o primeiro soco, mas eu vou me certificar de que Laurent seja punido de forma ainda mais severa. Eu não vou admitir esse tipo de provocação no meu time.

A voz de Nick estava sombria.

— Eu sei que você tem que cobrar disciplina dos dois, mas será que eles não podiam conversar sobre o assunto também? — sugeriu Anna. — Talvez lidar com esse lado da questão?

— Pelo modo como deve estar se sentindo agora, eu tenho uma boa ideia de como Grég gostaria de lidar com a questão — disse Nick, tocando com cuidado o rosto inchado.

Do outro lado da linha, Anna deu uma risada.

— Ah, é, a lógica do rugby.

Nick resmungou.

— Os dois serão suspensos do próximo jogo, pelo menos, mas ainda terão que ir ao jogo contra Grenobles, que será fora da cidade. É uma viagem de cinco horas no ônibus, então...

— Ah, um público cativo — disse Anna.

Nick sorriu.

— Algo do tipo.

No dia seguinte, tanto Grégoire quanto Laurent foram suspensos do jogo seguinte e multados em um valor correspondente ao pagamento de uma semana, cada um. Laurent também foi avisado de que aquela era sua última advertência: mais uma besteira e ele estaria fora do time. Ele pareceu finalmente ter se dado conta da gravidade da situação, porque obedeceu e pediu desculpas a Grégoire sem fazer nenhum comentário sarcástico.

Grégoire cerrou os dentes e apertou a mão dele.

Mas isso deixou Nick com menos dois jogadores no time titular em um jogo importante que aconteceria dali a dez dias. Pelo menos isso daria chance a dois outros jogadores entrarem em campo como titulares e dois outros jogadores do segundo time seriam promovidos ao banco de reservas.

Nick estava com um espetacular olho roxo, mas pelo menos o inchaço estava diminuindo, depois de várias compressas de gelo. Mas isso significava que a sessão de fotos para a *Vogue* teria de ser cancelada.

Ele mandou um e-mail para Adrienne com a notícia e esperou que ela ligasse para ele.

Capítulo 28

Nick estava errado, de novo.

Quando Adrienne telefonou, nada feliz, ele achou que era o fim de sua carreira de modelo. Por ora, pelo menos. Uma hora depois, no entanto, ela ligou de novo, bem mais animada porque o fotógrafo queria manter a sessão: Nick deveria ir para Paris, conforme o planejado.

— Mas quem vai querer fotografar um cara com um olho roxo? — perguntou Nick para Anna enquanto conversaram naquela noite.

— Não faço a menor ideia — disse ela, calmamente. — Talvez seja uma mudança de toda aquela perfeição e todas aquelas carinhas bonitas que estampam a capa da *Vogue*.

Nick deu uma risada irônica.

— Está dizendo que eu sou meio tosco?

— Hum, eis uma pergunta difícil! Como você quer que eu responda, meu bem?

No dia seguinte, Nick pegou um voo para Paris. Uma limusine o aguardava no aeroporto Charles de Gaulle. Ele passou pelo Arco do Triunfo e pela Torre Eiffel, cruzando as ruas agitadas de Paris. Ninguém tentou ver através do vidro fumê, mas mesmo assim Nick se sentiu uma celebridade.

Ele apertou o botão para abrir um pouco a janela e começou imediatamente a espirrar quando um ônibus acelerou na pista ao lado dele, expelindo fumaça e fazendo seus olhos lacrimejarem. Ele fechou a janela rapidamente e se recostou no assento, desejando que a dor desse uma trégua. Um tramadol cairia muito bem naquele momento, mas ele já estava praticamente livre da dependência. A menos que sofresse alguma lesão em campo; nesse caso, tudo poderia acontecer. Mas ele estava tentando.

Com os olhos vermelhos e lacrimejando, Nick viu quando o motorista virou em uma rua e parou diante de uma construção que parecia um armazém.

O motorista abriu a porta para Nick e pegou a gorjeta de dez euros, de forma tão discreta que um mágico ficaria orgulhoso.

Nick olhou para a construção e sentiu o mesmo arrepio de animação que experimentava antes de um jogo, o mesmo nervosismo que sentira antes do ensaio fotográfico com Massimo, mas não desde então.

Ele havia passado tanto tempo se ressentindo da interrupção do trabalho com o time que se esquecera de que havia muitas coisas em uma sessão de fotos das quais gostava, especialmente se também pudesse aprender com o fotógrafo.

Estava prestes a tocar o interfone quando a porta se abriu e, daquele momento em diante, Nick aprendeu que as coisas eram diferentes em um ensaio fotográfico para a *Vogue*.

Um homem que poderia ser o gêmeo francês de Brendan convidou Nick a entrar e o apresentou, em um inglês perfeito mas com sotaque carregado, para a equipe: cabeleireiro, maquiador, manicure, diretora de estilo e seus dois assistentes (um dos quais era alfaiate), engenheiro de iluminação, diretora de arte e, finalmente, o fotógrafo, Henri Cassavell, que era o rei do show, cumprimentou Nick com um ar de realeza e pareceu fascinado por seu rosto machucado.

O fotógrafo era um homem vigoroso de quase 70 anos, com a pele bronzeada e o rosto marcado como um campo arado. O cabelo crescia em tufos estranhos que mais pareciam bolas de algodão e as sobrancelhas eram espessas e grisalhas, franzidas sobre o nariz com um ar de expectativa.

Mas os olhos escuros eram límpidos e penetrantes, e ele examinou o rosto de Nick detalhadamente. Em seguida, fez um gesto vigoroso com a cabeça.

— *Bon!* Vamos trabalhar!

Ele bateu palmas, e todos os assistentes que estavam prendendo a respiração entraram em ação.

Levaram Nick para outro ambiente, onde lhe serviram água e um café forte, enquanto a diretora de estilo conversava com Monsieur Cassavell.

Vários ternos em diferentes tons de cinza foram trazidos, inspecionados e descartados, até o tom correto ser encontrado. Depois, o mesmo processo se repetiu com ternos azul-marinho.

Sete camisas brancas imaculadas foram rejeitadas antes de escolherem uma de fino algodão egípcio. Uma das assistentes a pendurou e usou um ferro a vapor para remover os vincos.

Quatro pares lustrosos de sapatos Tom Ford no tamanho de Nick foram trazidos e mostrados ainda nas caixas, despontando no meio de folhas de papel de seda branco.

Ele perdeu a conta de quantas gravatas foram apresentadas à diretora de estilo antes de ela escolher três para mostrar a Monsieur Cassavell.

Nick recebeu um roupão e se trocou rapidamente enquanto ouvia discussões rápidas em francês a sua volta. Ficou satisfeito ao perceber que entendia quase tudo que estava sendo dito. Também conseguiu tirar algumas fotos dos bastidores da sessão, o que gerou um olhar curioso do fotógrafo.

Nick se perguntou se teria cometido algum tipo de pecado no mundo da *Vogue*, mas o homem se aproximou apenas para dar uma olhada na câmera de Nick e fazer algumas perguntas.

— Que tipo de câmera você usa? Ah, vejo que está usando uma lente 50 mm. O que está achando?

— Gosto de usar para close-ups e fotos dos bastidores e internas, principalmente quando há pouca iluminação. Tem problema? Você se importa se eu tirar algumas fotos? Enquanto você não estiver fotografando, é claro.

— Problema nenhum. Você pensa em ser fotógrafo?

Nick negou com a cabeça.

— Eu só gosto de tirar fotos. Mas quem sabe?

Monsieur Cassavell sorriu e deu um tapinha no ombro de Nick. Parecia que tinham quebrado o gelo.

Em geral, os modelos eram tratados como mero conteúdo, literalmente manequins nos quais eram penduradas as roupas de grife. Nick ficava muito mais feliz quando era visto como uma pessoa.

Mas então eles voltaram a se concentrar apenas no trabalho.

A maquiadora insistiu em raspar novamente o peito de Nick, mesmo que ele tivesse feito isso no dia anterior, inspecionando milimetricamente a pele dele antes de passar uma espécie de óleo com um forte aroma cítrico.

Depois de vinte minutos penteando e aparando a barba, chegou a hora de a maquiadora aplicar maquiagem no rosto, pescoço, peito e costas das mãos. A manicure ficou impaciente e aflita com seus dedos tortos, cortando as unhas e em seguida polindo-as até ficarem brilhando.

Houve uma longa conversa entre a maquiadora, que olhava desanimada para o rosto machucado de Nick, e o fotógrafo, que parecia querer enfatizar os danos. No fim das contas, o hematoma roxo sob o olho esquerdo não foi coberto com base; na verdade, foi acentuado.

Tudo parecia muito bizarro para Nick, mas Monsieur Cassavell estava satisfeito.

Lápis de olho, brilho labial, rímel e pó foram aplicados e então a cabeleireira pegou os cabelos de Nick, modelando e puxando, penteando e passando gel, até chegar a uma perfeição desalinhada.

Depois de vestir a cueca, a camisa e o terno que tinham escolhido para ele, pela primeira vez na vida Nick sentiu vontade de ter uma roupa. Tudo ficou perfeito nele, mas, ainda assim, o alfaiate fez alguns ajustes mínimos, alterando o caimento do paletó sobre seus ombros largos.

Nossa, estou me sentindo ótimo, e, mesmo não sendo vaidoso, ele adorou o resultado.

— Quanto custa esse terno? — perguntou Nick.

— Essa peça — disse o alfaiate — é um terno *trader blu* confeccionado em sarja batavo. Nas lojas Armani, custa quase 3 mil euros.

Nick engoliu em seco: esse era seu salário mensal em Carcassonne.

Impressionado, percebeu que todas aquelas roupas, mesmo as rejeitadas, haviam sido encomendadas especialmente para aquela sessão de fotos. Ele sempre soubera que seu tipo de corpo atlético não podia ser facilmente acomodado nas roupas vendidas nas lojas. Aquilo era humilhante e estranhamente divertido.

Enquanto a transformação de Nick era concluída, Henri Cassavell conversou com ele, dando detalhes sobre sua ideia para aquela sessão: "mostrar o trabalho por trás da criação de um astro do rugby", nas palavras dele. Ele queria ver os dedos tortos, os músculos definidos, a cicatriz no supercílio de Nick, a evidência da cirurgia no ombro, no cotovelo, no tendão de aquiles quando o corpo por baixo do terno fosse revelado e, é claro, o olho roxo.

A parede do estúdio havia sido coberta com um tecido pesado que descia até o chão atrás de uma poltrona elegante; a iluminação era austera, conferindo ao ambiente um efeito monocromático.

O fotógrafo era intenso, mas concentrado, com total domínio sobre seu material: Nick.

Fotografou cada parte dele, chegando a pedir que tirasse os sapatos e as meias, expondo a "vulnerabilidade", como ele disse, dos pés descalços de Nick.

— Nick, mais intenso. Não, intenso, não com raiva... Isso. Levante um pouco o ombro esquerdo, desça o queixo, isso, muito bom. É isso! Não se mexa!

E o obturador da câmera disparou como uma metralhadora.

— Ótimo, estique a perna direita, mais relaxado, não olhe para a câmera, olhe além da câmera. Um pouco para baixo, incline o queixo um pouco para a direita.

Nick estava quase esperando que ele dissesse: "Passe a mão na barriga e dê tapinhas na cabeça."

— Agora, olhe diretamente para a câmera. Isso. Muito bom. É isso! É isso! É essa a expressão! Fique assim. Não se mexa! Ótimo, é isso que eu quero! Você é forte! Poderoso! Mostre toda a sua força! Mostre que você é imbatível! Um guerreiro, um vencedor! Isso, exatamente assim! Esse olhar! É isso! É disso que eu preciso. Não se mexa!

O fotógrafo era ligeiramente reservado, mas educado e gentil com todo mundo — era o capitão daquele navio, e Nick respeitava isso.

Enquanto seguia as orientações, fazia as poses e se concentrava, Nick se viu intrigado com o trabalho e com a psicologia envolvida na sessão de fotos. Ele fazia tudo que lhe pediam, completamente concentrado em fazer o melhor trabalho que pudesse.

Três horas passaram voando, e Nick ficou surpreso e um pouco decepcionado quando acabou. Tinha sido uma experiência fascinante e ele havia aprendido muito. Mesmo sendo novato, ninguém fez com que se sentisse ignorante. E, meu Deus, as roupas eram incríveis! Ele se perguntou se poderia ficar com elas. Mas era improvável, então suspirou e vestiu a calça jeans e a camiseta.

A diretora de estilo notou a maneira cobiçosa como ele havia olhado para o terno e abriu um sorriso.

— Monsieur Nick, nos daria a honra de ficar com esse terno? — perguntou ela.

Nick abriu um sorriso.

— Sério? Posso ficar com ele?

— As peças foram ajustadas para você. Não teríamos como vendê-las — explicou ela, dando de ombros.

— Claro que quero! Achei que não fosse perguntar — disse ele quando ela lhe entregou o terno.

Nick ficou extasiado; nunca havia ganhado as roupas usadas em um ensaio antes.

Henri Cassavell apertou a mão dele.

— Foi um prazer, *mon ami*. Vamos ter uma linda capa para a *Vogue Hommes International*, não acha?

Nick ficou confuso.

— Capa?

O fotógrafo riu, divertindo-se.

— *Mais oui!* Ninguém disse isso a você?

Nick sorriu, constrangido.

— Ah, sim, eu esqueci.

— Vai ser uma capa maravilhosa, Nick Renshaw. A câmera ama você... e seu olho roxo. — Ele riu. — E nós, franceses, adoramos nossos heróis do rugby. Adoramos ainda mais o corte de um bom terno — finalizou ele, abrindo um largo sorriso.

Capítulo 29

Depois de embarcar no voo de volta para Carcassonne, o dia inteiro que Nick havia passado em Paris pareceu surreal.

O único sinal de que tinha posado para a capa da *Vogue* era o gel no cabelo e o terno no compartimento acima de seu assento.

Ele agora estava voltando para seu trabalho de capitão de um time de rugby ainda em dificuldades.

Sim, eles haviam vencido alguns jogos, mas o time era inconsistente e ainda sofria as consequências das provocações.

A ideia de conversar sobre o assunto tinha seus méritos, e Nick ia usar a longa viagem de ônibus para o próximo jogo para obrigar o time a se integrar de uma vez por todas.

Os jogadores embarcaram no ônibus para a viagem de cinco horas para Grenobles. Era um jogo importante, mas no qual não poderiam contar com dois dos principais jogadores, já que Grégoire e Laurent estavam suspensos. A punição deles seria se sentar no banco, mas sem poder jogar. Para um atleta, estar pronto para jogar e ter de ficar no banco de reservas era uma tortura. Mas os dois sabiam muito bem que mereciam a punição.

Na parte da frente do ônibus, estavam os fisioterapeutas, Bernard e Nick. Mas, no fundo, Nick podia ouvir Laurent dizendo desaforos.

As brincadeiras eram uma coisa, mas o cara não parava e não aprendia, e, quando Nick se virou para ver o que estava acontecendo, percebeu que o rosto de Grégoire estava alterado, ficando cada vez mais furioso, enquanto as alfinetadas continuavam.

Ele sabia muito bem que os jogadores de rugby gostavam de provocar uns aos outros e que algumas brincadeiras podiam ser agressivas, mas o que Laurent estava fazendo provocava discórdia e era ruim para a moral do time.

Nick se levantou e foi até o fundo do ônibus. Laurent abriu um sorriso debochado, erguendo uma das sobrancelhas em um desafio direto à autoridade de Nick.

— Laurent, você está passando dos limites!

Ele sentia tanta raiva que falou em inglês, mesmo tendo aprendido um pouco de francês nos últimos meses, mas o tom da sua voz transmitiu exatamente o que ele queria dizer.

— *Monsieur Captaine Passif* — disse Laurent com malícia para um de seus colegas, dando a entender que Nick era o parceiro passivo em uma relação homossexual.

Foi Grégoire quem perdeu a paciência primeiro.

— Já chega! Você está enchendo meu saco! Sim, sou gay. Todo mundo sabe disso. Se algum de vocês tem um problema com isso ou comigo, pode dizer na minha cara.

Ele se virou lentamente para Laurent.

— Todos aqui são adultos, então, se tem algum problema com a forma como eu jogo, diga! Eu estou fedendo? Não! Estou cheiroso!

Ele cheirou o sovaco e vários jogadores riram.

— Definitivamente não é isso. É meu corte de cabelo? Meu maravilhoso senso de moda? — Ele piscou para outros jogadores. — Ou talvez seja o fato de eu ser o único gay no time!

O ônibus ficou no mais absoluto silêncio.

— Vamos conversar? Não precisamos nos comunicar apenas por meio de grunhidos e arrotos, somos capazes de ter conversas inteligentes. A violência irracional acontece em campo; fora de campo, somos civilizados.

Laurent se virou para a janela.

Grégoire franziu a testa, os olhos escurecendo de raiva.

— Foda-se! Quer saber de uma coisa? Podem fazer todas as perguntas malucas que quiserem fazer; tudo que não têm coragem de me perguntar cara a cara. Essa é a chance de me perguntarem qualquer coisa. Talvez assim eu possa me concentrar no meu trabalho. Eu gosto das brincadeiras tanto quanto vocês, mas acho que as coisas estão indo longe demais e preciso de uma folga dessa falação nos meus ouvidos. Todo mundo tem um limite. Eu estou bem perto de nocautear um de vocês, e isso é algo de que com certeza vou me arrepender depois. Nós somos um time, não somos? Não estamos nisso juntos? Mesmo que a gente às vezes se irrite uns com os outros ou nem sempre concorde em tudo. Não é, Laurent?

Laurent balançou a cabeça, mas estava ouvindo, e a voz de Grégoire ficou mais alta.

— A verdade é que vamos superar isso pelo bem do time, porque é *isso que os times fazem*.

Ele olhou para os outros jogadores de forma desafiadora.

— Vocês têm 15 minutos, caras, então vão em frente. Vamos lá! Sei que estão curiosos. Podem perguntar!

Ele ergueu o queixo e olhou para os outros jogadores.

Russ quebrou o silêncio.

— Grég, você joga nos dois times? Porque minha namorada acha você lindo e eu quero saber se preciso me preocupar.

Grégoire caiu na gargalhada.

— Ela é bonita demais para você, *mon ami*, isso é verdade! Mas não... Eu só curto caras. Mas depende do cara. — Ele lançou um olhar sombrio para Laurent. — Meus padrões são bem elevados.

Todos começaram a fazer perguntas, agora que estavam livres para satisfazer sua curiosidade.

— Você é passivo ou ativo? — perguntou Inoke, com um sorriso no rosto.

— Os dois — respondeu Grégoire. — Mas você não faz o meu tipo. Sinto muito, Noakes.

Inoke fingiu estar decepcionado, e Grégoire piscou para ele.

— Você sempre gostou de homens? — perguntou Maurice, franzindo a testa.

Grégoire fez uma expressão parecida, pensando na resposta.

— Eu sempre soube que gostava de homens — disse ele, baixinho. — Mas nunca achei que fosse certo.

A resposta dele fez com que os outros jogadores parassem para pensar, finalmente percebendo que ser um atleta gay não era nada fácil.

— E qual é o seu tipo, afinal? — perguntou Raul, curioso.

— Você está seguro, não precisa se preocupar, Raul. Você é muito peludo para o meu gosto. Nós o chamaríamos de *ourson*, ursinho de pelúcia. Mas pode ficar sossegado, meu tipo é o... Brendan.

— Ele é seu namorado? — perguntou Raul, olhando rapidamente para Nick.

— Sim, o Bren é meu namorado. Espero que vocês o recebam bem na próxima visita dele.

Grégoire foi respondendo a todas as perguntas, às vezes com seriedade, ora fazendo comentários engraçados ou piadas, fazendo os outros jogadores rir. Todos participaram, menos Laurent. Até os outros jogadores que tinham ficado do lado do jogador mais velho pareciam tê-lo abandonado.

Nick voltou para seu lugar, sentindo-se mais relaxado. Notou que Laurent não parecia impressionado, mas ele nunca se impressionava com nada.

Grégoire havia encontrado a resposta perfeita para as provocações constantes. A sessão de perguntas derrubou barreiras, e os outros jogadores tiraram todas as suas dúvidas.

Quando a viagem de ônibus chegou ao fim, a curiosidade acerca da sexualidade de Grégoire havia sido saciada, e eles começaram a conversar sobre o jogo do dia seguinte.

Nick abriu um sorriso irônico: se ao menos todos os problemas pudessem ser resolvidos com uma sabatina de 15 minutos.

Bernard o cutucou.

— Isso foi interessante. Vamos torcer para ter um efeito de longa duração.

Nick assentiu.

— Espero que sim. Que bom que Grégoire fez isso, sem medo, como em campo. Eu fiquei muito impressionado. Sempre o admirei: ele é um jogador forte e um exemplo para o time. Será interessante ver como Laurent vai reagir agora que perdeu a plateia.

Bernard deu um tapinha nas costas dele.

— Sim, foi muito educativo.

No dia seguinte, o time estava cheio de energia, e Nick não pôde evitar pensar que a conversa tinha sido positiva. Laurent e Grégoire se sentaram lado a lado enquanto o time jogava sem eles. Não se falaram nem uma vez, mas Grégoire pareceu não se importar, torcendo e encorajando o time.

Eles jogaram melhor do que nunca, e conseguiram vencer o Grenobles. Por quatro pontos apenas, mas vitória era vitória.

À medida que temporada avançou e os dias foram ficando mais curtos e mais frios, com neve visível nas montanhas distantes, eles foram obtendo mais vitórias — e Laurent manteve a boca fechada. Ele era experiente, mas ainda não fazia parte do time. Bernard e os dirigentes estavam discutindo a possibilidade de trocá-lo por outro jogador. Apenas Nick ainda estava disposto a lhe dar o benefício da dúvida. Era difícil explicar o motivo, mas entendia a frustração do homem mais velho ao jogar o que era provavelmente sua última temporada em um time da segunda divisão.

Ele só não precisava ser tão babaca em relação a isso.

Bernard estava sorrindo quando Nick entrou no escritório pequeno e abarrotado da equipe de dirigentes.

— Nick, ótimo jogo hoje. Sente-se, por favor.

Nick apertou a mão do técnico, do empresário do time e do diretor-executivo. Tinha sido chamado para aquela reunião logo depois do último jogo e achava que a conversa estava relacionada com o futuro de Laurent. Ainda não sabia bem como se sentia em relação isso: Laurent tinha jogado bem, e sua experiência poderia ser uma grande vantagem para o time; mas Grégoire estava melhorando a cada jogo, sua confiança aumentando, deixando que suas habilidades ficassem mais evidentes. Além disso, ele sabia jogar em equipe.

Se tivesse de escolher, escolheria Grégoire.

— Então, Nick, chamamos você aqui para discutir seu futuro no Cuirassiers.

Nick ficou surpreso. Não era o que estava esperando.

— Desde que se juntou a nós, começamos a vencer as partidas e os torcedores estão voltando a frequentar o estádio. Achamos que a segunda metade da temporada pode ser realmente boa para nós.

Bernard fez um gesto encorajador com a cabeça para Nick.

— Gostaríamos de oferecer a você um contrato de dois anos para continuar na equipe, como capitão.

Nick se recostou na cadeira, sentindo a satisfação tranquila de fazer parte de um time, orgulhoso por estar fazendo um bom trabalho.

Ele já sabia a resposta que daria.

Capítulo 30

O veranico de setembro já havia ficado para trás em Londres, seguido por um breve outono, quando uma névoa pesada cobria o rio Tâmisa, transformando-se rapidamente em um frio intenso que fazia com que os para-brisas dos carros tivessem de ser raspados todas as manhãs.

A barriga de Anna estava começando a aparecer, e ela alternava entre se sentir gorda e desleixada e orgulhosa dos sinais da nova vida que crescia dentro dela.

As gravações do *Loose Women* estavam indo bem, e ela havia se adaptado a uma rotina de trabalho no estúdio na região oeste de Londres às terças e quartas para gravar quatro programas, seguir de carro até o aeroporto de Heathrow com Brendan logo depois da gravação e pegar um voo de volta na segunda-feira.

Nick havia se mudado para a *villa* que alugaram a um quilômetro e meio de Carcassonne e estava aproveitando a paz e a mudança de ritmo por não morar mais com três outros homens. E, talvez, como era dez anos mais velho do que eles e o capitão do time, precisasse do próprio espaço. Ele disse que tinha voltado a tocar violão também.

Na *villa* havia quatro quartos grandes, duas salas de estar, uma das quais foi transformada em um ótimo escritório, e ficava a apenas meia hora de carro da praia. Também ficava a menos de uma hora de um resort de esqui muito popular no inverno. Nick ficou um pouco irritado com isso porque seu contrato com o Cuirassiers não permitia que ele participasse de atividades tidas como perigosas. O que, considerando o número de lesões que já havia sofrido jogando rugby, parecia bastante bizarro. Mas as coisas eram assim: nada de esqui para Nick. Brendan, no entanto, já tinha dado seu selo de aprovação e garantira a Anna que seu traseiro ficava "divino dentro de um macacão".

Trisha tinha ido visitá-los duas vezes, e até convencera os pais de Nick a irem até lá, embora tivessem preferido pegar o trem Eurostar saindo de Londres e passar 12 horas viajando, em vez de ir de avião.

E a mãe de Anna estava planejando passar o Natal com eles. Iam passar alguns dias em Londres e mais alguns em Carcassonne e, por insistência de Brendan, duas noites em Paris para as compras.

Infelizmente, o processo envolvendo a editora de Molly estava em andamento, e Nick havia sido obrigado a ir duas vezes a Londres para se encontrar com seus advogados, que, apesar de tudo que Mark Lipman dissera, estavam se preparando para defender o caso no tribunal.

Era estressante em uma época em que tudo estava indo muito bem.

Mas pelo menos o livro tinha saído da lista de mais vendidos e havia se tornado sinônimo de um texto mal escrito. Brendan contou para Anna que a obra fora indicada para o Prêmio de Pior Sexo na Ficção do *London Literary Review*, o que dera ao livro ainda mais notoriedade, já que havia sido publicado como autobiografia, não ficção.

Anna não se importava. Só queria que todo aquele fiasco ficasse para trás.

Além disso, tinha outras coisas com que se preocupar: o bebê deles chegaria ao mundo, e ela queria que tudo estivesse perfeito. Ou o mais próximo disso. Mas ter dois processos pairando sobre eles tornava tudo mais difícil. Nick também havia se recusado a ceder, e estava indo adiante com o frágil processo por "imposição intencional de sofrimento emocional" contra Molly e Roy Greenside.

Só concordaria em retirar as acusações se a editora de Molly fizesse o mesmo: naquele momento, estavam em um impasse.

Anna andava de um lado para o outro na cozinha em Hampstead, bebendo água morna em uma tentativa de melhorar a náusea. Já fazia algumas semanas que os enjoos matinais não a incomodavam mais, mas aquele dia era especial, por diversos motivos, então talvez fosse apenas nervosismo: Nick estava a caminho de casa e eles iam descobrir o sexo do bebê.

Não que tivessem uma preferência, só o mesmo desejo de todos os pais de que o bebê nascesse saudável.

Ela escutou um táxi estacionar do lado de fora e correu para a frente da casa a tempo de ouvir a chave na fechadura, e então Nick entrou pela porta, com um gorro na cabeça e um sorriso enorme no rosto.

Anna correu para os braços dele, sentindo novamente o calor e a força dele, absorvendo a sensação de segurança.

Quando levantou o rosto, ele a beijou.

— Está pronta? — perguntou.

Anna riu.

— Você acabou de chegar! Não quer tomar um café primeiro?

Nick fez que não com a cabeça.

— Não. Eu quero ir logo. Mal posso esperar para saber se teremos um pequeno Nick ou uma pequena Anna — respondeu ele, tocando a barriga dela com reverência.

— Está bem, mas tenho que fazer xixi antes. — Ela fez uma careta.

Alguns minutos depois, ela pegou o casaco e a bolsa e entrou no Rover. Nick já estava ligando o motor, o ar quente saindo pelo sistema de ventilação do carro para aquecê-lo.

O hospital ficava a pouco mais de um quilômetro da casa deles, o que não havia influenciado a escolha de Anna quando compraram a casa, mas acabou sendo bastante útil naquele momento. Nos dias mais agradáveis, ela ia a pé para as consultas, especialmente porque estacionar costumava ser um pesadelo.

Quarenta minutos depois, Anna estava vestindo uma camisola hospitalar horrenda e Nick parecia ligeiramente agitado, irradiando felicidade e uma animação contida. Ele não parava de olhar para ela e dar piscadelas. A certeza dele de que estava tudo bem a acalmava. Ele esbanjava energia, apesar de ter acordado cedo e pegado dois voos com uma escala cansativa em Paris.

Anna ficou observando enquanto ele lia os pôsteres na parede da sala de espera da maternidade, franzindo o nariz diante de algumas das fotos.

Ele estava diferente agora, mais calmo, mais feliz, e a depressão que o perseguia desde o jogo de despedida se dissipara.

Ele também estava diferente fisicamente: mais musculoso do que quando fora para Nova York. Os ombros pareciam mais robustos, e as coxas, ainda mais grossas. Anna teve de desviar o olhar — os hormônios da gravidez faziam com que ela quisesse agarrá-lo ali mesmo.

Naquele momento, o técnico que faria a ultrassonografia chegou, salvando Anna de um constrangimento.

— O gel é um pouco gelado — avisou ele.

Anna se sobressaltou quando sentiu o gel ser aplicado em sua barriga. Nick se inclinou sobre o ombro do técnico enquanto ele pressionava firmemente o transdutor sobre o gel, os olhos concentrados, alternando-se entre Anna e as confusas imagens em preto e branco no monitor.

O técnico franziu a testa, ajustou o transdutor e sorriu.

— Vou chamar um dos médicos. Só um minuto.

Anna sentiu um frio na barriga.

— Tem alguma coisa errada?

— Eu já volto.

Um medo repentino apertou seu coração e ela se virou, aterrorizada, para Nick. Ele também estava com uma expressão preocupada, mas tentou disfarçar e pegou a mão dela.

— Está tudo bem, amor.

Essas palavras deveriam ter sido reconfortantes, mas, à medida que os segundos passavam, Anna sentia cada vez mais vontade de chorar.

Por favor, Deus, permita que não haja nada de errado com nosso bebê...

Por fim, o técnico da ultrassonografia voltou, acompanhado de um médico.

— Olá, sou o Dr. Subarashi. Vou apenas dar uma olhada.

— Está bem — sussurrou Anna, apertando ainda mais a mão de Nick.

O médico pressionou o transdutor na barriga dela de novo, franzindo ligeiramente a testa enquanto se concentrava no monitor, examinando a imagem de diferentes ângulos.

— Bem, acho que temos uma pequena surpresa aqui — declarou ele por fim, com um sorriso encorajador.

— Uma surpresa boa? — perguntou Anna, com a voz rouca de emoção.

— Vou deixar vocês ouvirem os batimentos e vocês vão ver.

Ele aumentou o volume da máquina, e Anna ouviu um ruído de algo se movendo embaixo da água. Não, *dois* ruídos de algo se movendo embaixo da água.

Nick olhou para o monitor e ergueu as sobrancelhas.

— Aquilo são... aquilo são *dois* bebês?

O médico sorriu para eles.

— Sim, há dois fetos e os dois parecem saudáveis.

Anna parecia sem palavras, então Nick continuou:

— Mas só havia um bebê quando ela estava com sete semanas. Ela fez o exame.

O médico sorriu.

— Às vezes acontece de um dos bebês se esconder atrás do outro durante os primeiros exames e só aparecer mais tarde. Mas posso garantir a vocês que há dois bebês saudáveis aí.

— Meu Deus!

Os joelhos de Nick cederam e ele se sentou pesadamente em uma cadeira de plástico. Ainda estava segurando a mão de Anna.

— Gêmeos!

— Meus parabéns — disse o médico, olhando de um para o outro.

Por fim, Nick recuperou a voz.

— Dá pra ver se são meninos ou meninas?

— Achei que fossem perguntar isso. Eles são um pouco menores do que quando a mulher está grávida de apenas um bebê, então é difícil saber, mas, a essa altura, eu diria que parece provável que você esteja grávida de duas menininhas, Sra. Scott.

O médico deu mais algumas informações e orientações que Anna mal conseguiu ouvir, depois os deixou a sós.

O rosto de Nick parecia cômico, radiante em um minuto e incrédulo no seguinte.

— Uau, vamos ter gêmeos.

— Eu sei — disse Anna com a voz fraca. — Eu já estava preocupada com um, imagina com *dois*!

— Vai ficar tudo bem — disse Nick, confiante. — Você vai ser incrível. Eu sei que vai. Agora, contamos primeiro para a minha mãe ou para a sua?

Anna sorriu pela primeira vez.

— Vamos para o carro e contamos para as duas ao mesmo tempo.

Mas quando chegaram ao carro, Nick se inclinou por sobre o console e começou a beijá-la avidamente. Os hormônios de Anna entraram em ebulição e ela começou a agarrá-lo, puxando o zíper da calça e sentindo o contorno da ereção firme por baixo do jeans.

As janelas logo ficaram embaçadas e, com um gemido, Nick segurou os pulsos dela.

— Estou adorando essa comemoração — disse ele —, mas estamos no estacionamento do hospital e um velho acabou de fazer um sinal de aprovação com o polegar para mim.

Anna corou de vergonha, olhou pela janela e viu a figura lenta de um velhinho de bengala se afastando.

— Mentira!

— Juro por Deus. — Nick riu. — Vamos para casa.

— E quanto a contar para nossas mães?

— Mais tarde — disse ele, prendendo o cinto de segurança dela e saindo rapidamente da vaga.

Contar para as mães deles ao mesmo tempo foi divertido — uma loucura, por causa da profusão de gritos, mas divertido.

Isso depois de Nick ter levado Anna para a cama e balançado tanto as estruturas que um quadro caiu da parede.

— Eu penduro depois — resmungou Nick, ainda recuperando o fôlego.

Anna estava totalmente relaxada, deitada de lado e com as coxas unidas — até mesmo sua pele parecia em choque diante do desempenho perfeito de Nick.

— Bem — ofegou ela —, isso é que eu chamo de comemoração.

— E se deitou de costas.

Nick estava apoiado no cotovelo, sorrindo para ela.

— Você está com uma cara terrivelmente convencida.

Ele riu.

— Sim, nós vamos ter gêmeos. Acho que tenho um esperma superforte.

Anna revirou os olhos.

— É, deve ser isso. — Ela parou para pensar. — Você tem gêmeos na sua família?

Ele negou com a cabeça.

— Não que eu saiba. E você?

— Acho que não. Vou perguntar à minha mãe.

Nick se espreguiçou na cama, e Anna se aconchegou junto ao corpo dele, usando o braço dele como travesseiro.

— É muito legal — disse ele com a voz baixa e pensativa. — Uau, duas meninas. Definitivamente não era isso que eu esperava quando aterrissei no Heathrow hoje.

Anna mordeu os lábios.

— Foi uma surpresa boa? Não está decepcionado porque não vai ter um pequeno Nick correndo por aí?

Ele negou com a cabeça.

— Não. Impossível ficar decepcionado. — Ele sorriu. — Eu não sei como explicar, mas, assim que vi as imagens, tudo se tornou mais real. — Ele acariciou o meio do peito com a mão livre. — E... eu senti apenas um... amor incrível. Minha filha. Minhas filhas. E quando eu pensei... quando o técnico da ultrassonografia saiu, meu Deus, as coisas que passaram pela minha cabeça. Aí o médico disse que eram gêmeos! Eu mal consigo acreditar. Mas me sinto tão... — Ele encolheu os ombros. — É intenso.

Qualquer hesitação ou dúvida que Anna ainda pudesse ter desapareceu por completo. Nick estava totalmente envolvido. Ele tinha dito a ela como se sentia, que já amava as filhas que ainda nem tinham nascido.

— Você vai ser um pai maravilhoso — disse ela, baixinho.

— Vou tentar.

— Eu sei. Eu sei que você vai ser incrível.

— Temos que pensar em nomes — disse ele com um sorriso. — Eu sempre gostei de Ruby.

— Ah, que lindo! Eu gosto. E Beth? Você gosta?

Nick assentiu, mas parecia distante.

— Acho que a gente devia marcar uma data. Sei lá. É melhor nos casarmos, não?

Anna não sabia se o beijava ou se dava um tapa nele. Em vez disso, ela se levantou na cama e olhou para ele de cara feia.

— Esse deve ter sido o pedido *menos* romântico do mundo.

Nick sorriu para ela; os poucos fios brancos em sua barba não diminuíam nem um pouco sua aparência jovem.

— Não entendi o que você quis dizer, amor. Foi um pedido muito sincero.

Anna se deitou na cama de novo. Se ele tivesse perguntado seis meses antes se Anna queria se casar, ela não teria pensado duas vezes, mas tinha outras prioridades no momento.

— Não, vamos esperar os bebês nascerem, depois podemos ir para um lugar ensolarado e relaxante. Férias em família. Podemos alugar uma *villa* grande e convidar minha mãe, os seus pais, a Trish, o Brendan e quem mais você quiser convidar. Acho que já tem muita coisa acontecendo na nossa vida, e planejar um casamento agora seria demais.

Nick estreitou os olhos.

— Tem certeza? A gente pode fazer uma cerimônia rápida e discreta, só no cartório. O que você acha do Marylebone Town Hall?

Anna fez cara feia.

— Nem pensar! Eu só vou me casar uma vez, então quero que seja em um lugar lindo, e não em um cartório.

Nick sorriu.

— O Marylebone é famoso. Paul McCartney e Linda se casaram lá.

— Não estou nem aí! Eu quero um lugar ensolarado!

Nick deu de ombros.

— Tudo bem. A gente se casa no ano que vem. Quando eu não estiver mais jogando.

Anna ficou sem ar.

— Não estiver mais jogando?

Nick assentiu.

— O Cuirassiers me ofereceu um contrato de dois anos. Mas eu não aceitei.

Anna engoliu em seco.

— Sério? Você já se decidiu? Quero dizer, tem certeza de que é isso que você quer? Você adora jogar lá!

Nick se virou de lado para olhar para ela.

— Sim, eu gosto de jogar com eles, e a temporada está sendo boa.

— Mas... Você não quer continuar?

E as palavras que ela não disse ficaram pairando no ar: *enquanto pode, enquanto seu corpo ainda aguenta.*

Nick sorriu, com um olhar caloroso e sincero.

— Eu sei que não sou muito inteligente — começou ele, fazendo Anna franzir a testa —, mas tudo que eu quero está bem aqui. Sinto muito por ter demorado tanto para entender isso.

Ele pegou a mão de Anna e a beijou, depois beijou a barriga dela, o novo lugar favorito para seus lábios pousarem.

— Mas... você adora ter voltado a jogar! E os Cuirassiers ofereceram mais dois anos...

Enquanto ela falava, Nick negava o tempo todo com a cabeça.

— Não, não vou perder um minuto sequer do crescimento das nossas filhas. — Ele suspirou. — O minuto que aquele técnico da ultrassonografia saiu para chamar o médico foi o minuto mais longo da minha vida. Nada mais importa a não ser o fato de nossas filhas estarem saudáveis. Não que naquele momento nós soubéssemos que eram duas. A única coisa que importava era que você e o bebê estivessem bem. O rugby não importa. O que importa é o que temos aqui. Eu não tenho mais aquela paixão pelo jogo. Aqui, com você e nossos bebês... é aqui que eu quero estar.

Ele passou o dedo indicador sob os olhos de Anna, carinhosamente, sentindo a umidade das lágrimas.

— Você é tudo para mim, Anna.

Capítulo 31

A campanha que Nick havia fotografado com Cee Cee estava agendada para ser lançada pouco antes do Natal e, de repente, as fotos de divulgação do perfume sofisticado estavam por toda parte.

Como era de esperar, os outros jogadores do time pegaram fotos dele, tiradas de revistas e jornais, e espalharam pelo vestiário, e Nick teve de aturar comentários sobre as imagens sombriamente eróticas e a pouca idade de Cee Cee.

Aquilo despertou outra vez a sensação de desconforto e fez com que ela aumentasse ainda mais. Nick achava que as imagens não se pareciam com ele, e seus olhos insinuavam queimar de fúria.

A popularidade do perfume disparou com a proximidade do Natal, mas as imagens só serviram para lembrar Nick da frustração que ele sentira em Nova York, e o nojo que sentira do duplo padrão de julgamento da indústria da moda.

Cee Cee mandou uma mensagem de texto para ele com um monte de carinhas sorridentes e cifrões. Ele esperava que ela estivesse feliz.

Ele estava tirando mais uma cópia da propaganda de seu armário, uma na qual estava com chifres e rabinho, quando ouviu o telefone tocar. Quase não conseguiu atender a ligação de Mark Lipman a tempo enquanto pingava no vestiário do estádio do Cuirassiers depois de um treino exaustivo.

Ele afastou o cabelo dos olhos, pegou uma toalha com uma das mãos e o telefone com a outra.

— Nick! Tenho uma coisa que você vai querer ver. Vou mandar por e-mail agora e vou aguardar na linha enquanto você lê.

Nick enrolou a toalha na cintura, ignorando as gotas de água que escorriam por seu peito e por suas costas.

Ele abriu o e-mail enquanto Mark estava no viva voz.

— Quem é Renata de Luca? — perguntou Nick.

— É a editora que trabalhou no livro da Molly. E esse e-mail dela prova que eles sabiam que você ia recusar uma sessão de fotos com a Molly, então decidiram ocultar deliberadamente quem eram. O seu contrato estipulava a capa de um romance, não é?

— Foi o que me disseram.

Nick ouviu a animação na voz de Mark.

— Isso! Exatamente! Meu rapaz, essa é a brecha de que precisávamos. Porque, perante a lei, qualquer declaração falsa com o propósito de induzir uma das partes a entrar em um contrato, mesmo que não seja uma cláusula do contrato, pode resultar em direitos e recursos jurídicos. Isso nos fez examinar as características de uma representação punível por lei, quer dizer, falsidade ideológica, conduta enganosa ou que induza ao erro. *Prima facie*, Nick, você tem um caso bastante consistente de representação fraudulenta.

Nick estava ouvindo com atenção, sentindo uma fagulha de esperança se acender dentro dele, mas a linguagem jurídica de Mark era difícil de entender.

Mark continuou:

— Se o juiz concordar que a representação foi fraudulenta, você pode pedir um ressarcimento de danos por indução ao erro no que diz respeito à fraude, e o contrato se torna anulável tanto em termos equitativos quanto nos termos da *common law*.

Nick sentiu a tensão da expectativa crescer em seu corpo, o mesmo tipo de energia positiva que lhe dava impulso para correr pelo campo de rugby e marcar um *try* impossível.

— Então esse e-mail prova que os editores do livro da Molly mentiram no contrato? Podemos obrigá-los a desistir do processo?

Mark deu uma risada satisfeita.

— Melhor do que isso, meu rapaz! Seus advogados vão enviar uma carta dizendo que você vai processar a editora por conduta fraudulenta. Esqueça o contrato, isso não tem mais nenhuma importância. Melhor ainda: se isso for a público, você pode processar a editora por difamação *e* reiterar que vai processá-los por imposição de estresse emocional, ou seja: "Se não houver acordo, vamos exercer nosso direito, contra o seu cliente, e entrar com um pedido de indenização por danos morais devido à imposição intencional de estresse emocional. *Quod erat demonstrandum.*"

Nick estava ofegante como se tivesse acabado de voltar de uma corrida, enquanto segurava o celular colado à orelha.

— Uma pergunta, Mark: como conseguimos esse e-mail?

Seguiu-se uma longa pausa.

— Imaginei que você fosse perguntar isso. E é uma boa pergunta. E não tenho liberdade para lhe dar todas as informações, mas posso dizer o seguinte: ter filhas cujas amigas são estagiárias em várias empresas, incluindo uma editora que publica biografias de celebridades de caráter duvidoso, e essas amigas se lembram que você foi legal com elas quando as convidou para ir a um certo clube de rugby que não vamos citar... Bem, digamos que elas sejam mais leais a você do que a uma vadia da mídia que pode ou não tê-la chamado de "garota horrorosa com sapatos feios e bunda gorda". Mas isso tudo não passa de especulação, é claro.

Nick deu uma risada amarga.

— Isso é a cara da Molly.

— Pois é — disse Mark. — O e-mail foi entregue aos advogados de ambas as partes, e a equipe de Molly está tentando um acordo. Você pode optar por processar. Como quer proceder?

Nick passou a mão pelo rosto, puxando a barba úmida. Diante dele, a estrada se bifurcava e havia dois caminhos que poderia tomar. Uma parte dele queria punir Molly por todas as suas mentiras e armações; outra parte queria vingança, queria que ela passasse por todo o sofrimento que tinha causado a ele e a Anna. Mas, se tinha aprendido alguma coisa nos 35 anos que havia passado no planeta, era isto: odiar Molly não lhe trouxera felicidade. O amor que ele sentia por Anna e pelas filhas que iam nascer eclipsava todas as emoções negativas associadas a sua ex.

E agora que tinha o poder de acabar completamente com ela, descobriu que esquecê-la e seguir com sua vida eram mais do que suficiente.

— Diga aos advogados que enviem a carta, mas que aceitem a oferta de pagamento dos custos processuais. Só isso.

Mark arfou, surpreso.

— Não vai querer pedir indenização por danos morais? Tem certeza, Nick?

Seguiu-se uma pausa curta.

— Tenho. Eu só quero acabar logo com isso. Mas diga aos advogados para também deixarem claro que, se Molly revelar à imprensa qualquer parte dessa história, eu a processo. A possibilidade de perder dinheiro vai mantê-la de bico fechado.

— A decisão é sua, Nick. Mas quero que você saiba que acho que está tomando a decisão certa. — A voz de Mark ficou mais baixa. — Estou orgulhoso de você, filho.

Nick sorriu.

— Mais uma coisa: pode me dar o e-mail de uma certa amiga da sua filha para que eu possa agradecer?

Mark riu.

— Infelizmente, não acho que seja uma boa ideia, caso essa notícia se espalhe. Mas eu posso dizer que o aniversário de certa jovem é mês que vem, então talvez você possa mandar um presente de agradecimento...

Nick sorriu.

— Obrigado, Mark. Por tudo.

— De nada, meu rapaz. Mande um abraço para sua linda noiva. Espero que possamos jantar juntos na próxima vez que estiverem em Londres.

Nick desligou o telefone e respirou fundo, sentindo-se leve como não se sentia havia muito tempo. E a primeira pessoa com quem queria compartilhar aquilo era Anna.

É claro que era com ela que queria falar, porque a amava profundamente — e era homem suficiente para admitir isso.

— Então, deixe-me ver se entendi direito — disse Brendan, balançando a terceira taça de champanhe na direção de Anna. — Foi uma grande vitória e um "Vá se foder, Megera McKinney! Você não vai *nos* processar por quebra de contrato, nós vamos processar *você* por fraude e indução ao erro. Foda-se o contrato, porque ele já era. E se isso vier a público e você nem sequer mencionar o nome do Nick, ele vai processar você por difamação; e *só* para fechar com chave de ouro... lá vai... você nos causou tanto estresse por causa dessa merda, que vamos processar você por imposição de estresse emocional. Toma essa, vaca! *Hasta la vista! Bon Voyage* e beijinho no ombro!

Anna riu, segurando o copo de suco de laranja, enquanto Brendan falava sem parar no meio do elegante Soho House em Convent Garden, divertindo-se para valer.

Quando Nick telefonou para contar a novidade, Brendan imediatamente insistiu que eles tinham de se arrumar e sair para comemorar. Anna resistiu no início, sentindo-se cansada e com os tornozelos inchados no fim de um longo dia, mas tinha sido a coisa certa a fazer. Os dois potenciais processos jurídicos pairavam sobre eles desde o verão; ficar livres desse fardo era algo que, com certeza, merecia ser comemorado. Claro que seria melhor se Nick estivesse com eles.

— Você está adorando isso, não está, Bren? — perguntou ela.

— Pode apostar essa sua adorável barriguinha de grávida que estou!

Anna sorriu.

— Bem, o Nick só ameaçou com a "imposição de estresse emocional" porque o ataque era a nossa melhor defesa, mas agora a coisa toda pode simplesmente desaparecer — disse ela, fazendo um gesto com a mão como se os casos estivessem sendo soprados pelos ares.

Brendan fez bico.

— Então não vamos processá-la?

Anna negou com a cabeça.

— Não. Você sabe que o Nick prefere uma abordagem mais discreta e, agora que sabe que não precisamos mais ir aos tribunais, ele ficou todo zen e está disposto a esquecer tudo. Eu não diria que ele está pronto para perdoar e esquecer, mas está fazendo o que é melhor para ele. — Ela abriu um sorriso. — O que é melhor para nós. Só de pensar naquela mulher, sinto minha pressão subir, e realmente não preciso desse tipo de estresse. Principalmente agora.

Brendan soltou um suspiro teatral.

— Estraga-prazeres.

Anna piscou para ele e ergueu o copo de suco em um brinde silencioso.

Naquele momento, Jason Oduba voltou do banheiro, seus dois metros de altura passando por várias celebridades não muito importantes e pessoas que bebiam sem serem abordadas para tirar selfies: o Soho House era apenas para sócios e um lugar muito exclusivo. Anna havia ganhado um título de sócia como bônus por trabalhar no programa *Loose Women*, embora raramente fosse ao clube.

Jason aparecera milagrosamente no clube meia hora depois que ela chegou com Brendan, e Anna desconfiava de que Nick o havia mandado até lá para tomar conta dela.

O imenso jogador olhou para Brendan, ainda fazendo gestos com sua taça de champanhe, e abriu um sorriso tenso.

— Hora de ir, cara. O Nick me deu instruções claras de levar Anna para casa em um horário razoável.

Brendan piscou e arregalou os olhos.

— Mas nós só bebemos três drinques... Ela não vai virar abóbora... bem, só daqui a quatro meses. A noite é uma criança, e eu também.

Jason se abaixou e cochichou algo no ouvido de Brendan que fez com que ele se endireitasse na cadeira, parecendo menos alcoolizado do que segundos antes.

— Ah, entendi. Anna-Banana, está na hora da mamãezinha ir para casa dormir e beber uma xícara de leite com Ovomaltine.

Anna dispensou os cuidados deles gesticulando, enquanto bocejava e massageava as têmporas, tentando afastar a dor de cabeça que a incomodava havia dois dias.

— Ovo... o quê? Ah, obrigada por se preocuparem, mas tudo bem se eu ficar mais alguns minutos. Mais uma bebida e encerramos a noite? — Ela bocejou de novo. — Nossa, eu costumava trabalhar o dia todo e curtir a noite toda. Não mais.

— Isso é porque você está assando dois bolinhos no seu forno feminino — disse Brendan em um sussurro que provavelmente chegou ao outro lado do salão.

Anna franziu o nariz.

— Sabe, eu nunca tinha me dado conta de como essa história de bolo no forno é horrível até você mencionar o meu "forno feminino", Bren.

Ele deu uma risada nervosa, olhando para Jason.

— Aaah, o brutamontes quer ir embora. Vamos, Annie! Vamos, vamos.

— Eu não sou um cachorro, Bren!

Mas então Anna viu por que estavam tentando apressá-la para ir embora: Molly McKinney e acompanhante (um jogador de futebol de 19 anos e astro em ascensão do Tottenham Hotspurs) haviam acabado de entrar no bar.

Brendan ergueu as sobrancelhas e olhou para eles com raiva.

— Ela é babá dele?

O coração de Anna disparou. Com tantos bares no mundo, por que ela havia escolhido justo aquele ali? Anna ainda não estava tão otimista em relação àquela vadia quanto Nick. E não sabia se um dia ficaria.

A raiva em sua forma mais pura a invadiu, deixando-a quase tonta de ódio.

Molly os viu, fez uma pausa dramática, em seguida se aproximou com seus saltos de 12 centímetros, o corpo quase tombando para a frente por causa dos seios enormes e inflados colados ao corpo magro.

Brendan levantou o queixo para falar, mas Anna segurou sua mão para que ele ficasse em silêncio. Seria péssimo se fossem processados por difamação quando tinham acabado de se livrar de dois processos. E ela não tinha dúvida de que Molly era capaz de um golpe baixo como esse.

Molly ignorou Brendan, olhou para Jason, parado de forma protetora atrás deles, e fulminou Anna com o olhar.

— Ora, ora, vejam quem está baixando o nível. Se estão deixando qualquer um entrar aqui, vou ter que deixar de ser sócia.

Anna suspirou. Nick tinha dito que queria deixar a ex no passado, mas, como um pesadelo recorrente, ela sempre voltava.

— Eu não tenho nada para dizer a você, Molly. Não há nada para você aqui. Por favor, saia.

Molly pareceu surpresa com o tom calmo de Anna, irritada até, a julgar por seus olhos estreitados.

— A vida é como uma caixa de bombons... Não dura muito se você é gorda. E você está com muitos quilinhos a mais — disse ela com crueldade. — Foi por isso que o Nicky foi jogar na França? Para ficar bem longe dessa sua bunda gorda?

Anna ficou olhando para ela, incrédula.

— Meu Deus, Megera McKinney, sua inteligência a precede — interveio Brendan. — Você não tem nada melhor para fazer? Alguma coisa de verdade? Não, achei que não.

A raiva de Anna diminuiu um pouco, e ela quase se permitiu um sorriso. Brendan estava certo: Molly não tinha nada melhor para fazer. Levava a vida em um carrossel de dramas encenados que não faziam sentido e eram totalmente inúteis.

— Nunca entendi o que o Nicky viu em você — continuou Molly, destilando veneno. — Mas, no fim das contas, ele passa mais tempo longe de casa do que com você, não é? Provavelmente se cansou e é legal demais para dizer isso na sua cara.

— Você não se cansa? — perguntou Anna, realmente interessada em saber a resposta. — Não se cansa de ser tão amarga?

Molly arregalou os olhos.

— Você é uma ladra de homem, mentirosa e destruidora de lares! — berrou ela.

A pressão de Anna começou a subir novamente, e sua determinação de não cair nas provocações dela se perdeu em um acesso de raiva.

— Você sabe que isso não é verdade. Nós duas sabemos, mas você continua repetindo essas idiotices como se realmente acreditasse nelas! O Nick pegou você e o melhor amigo dele no flagra; na verdade, ele viu vocês dois no sofá, transando. Você não passa de uma mentirosa traidora e fica bancando a vítima. Você tinha o amor de um homem bom e jogou isso fora quando resolveu transar com o melhor amigo dele. E, ainda por cima, é tão burra que foi pega no flagra.

A voz de Anna estava exasperada, mas Molly apontou o dedo longo e acusador para ela.

— Ele teria voltado para mim, eu sei que teria. Mas lá estava você, fingindo ser amiga dele, fingindo ser a psiquiatra...

— Psicóloga.

— Foda-se o que você é! Ele teria voltado!

Anna deu uma risada incrédula.

— Não, não teria. Nunca. Nem em um milhão de anos.

Molly ficou com mais raiva ainda.

— Você é uma vagabunda! E americana! Eu sei que você trepou com seu professor na faculdade. E então veio para cá pegar nossos homens...

Anna ficou boquiaberta.

— Você está falando sério? Isso aqui não é um *reality show*. Você acredita em metade das mentiras que está dizendo? — Ela se virou para Brendan e Jason. — Eu cansei dessa maluca. Vamos embora.

— E tem mais — berrou Molly. — Quem vocês subornaram para fazer meus editores voltarem atrás?

Anna balançou a cabeça e olhou com pena para Molly.

— O processo era fraudulento, e você sabe muito bem disso — afirmou ela, com a voz tranquila.

— O Nick foi pago para posar para a capa do meu livro! Ele quebrou o contrato! Ele...

As tentativas de Anna de permanecer calma falharam, e sua voz ficou acalorada.

— O Nick jamais aceitaria fazer uma sessão de fotos com você. Meu Deus, você é louca? — Enquanto se esforçava para se acalmar, sua voz foi ficando fria como gelo. — Espere, não precisa responder... É claro que você vive em um mundo de fantasia e imaginação. Então vou explicar tudo direitinho para você.

— Aaaah, isso vai ser bom — sussurrou Brendan quando Anna se levantou e encarou Molly, os olhos brilhando com uma fúria contida.

— Primeiro — começou ela —, você é uma traidora, e o Nick despreza traidores; segundo, você é mentirosa, volte ao primeiro ponto; terceiro, ele se refere a você como o "pior erro que cometeu na vida"; quarto, ele nunca mais quer ver essa sua cara mentirosa, manipuladora e esquelética; quinto, deixe a gente em paz!

— Você nem é bonita! — gritou Molly. — Eu não sei o que ele vê em você!

— O Nick me ama — disse Anna com firmeza, cruzando os braços. — E um dos motivos é o fato de eu não ser uma vadia delirante.

— É isso aí, Annie! — comemorou Brendan.

Jason se colocou no meio das duas quando Molly ameaçou erguer a mão.

— Nem pense nisso — rosnou ele. — Por que não dá o fora e leva seu ninfeto com você?

— Vão se foder, todos vocês! — gritou Molly, frustrada porque a conversa não tinha tomado o rumo que ela queria. — Isso não vai ficar assim!

Aquela era a pior coisa que Molly poderia ter dito para Anna. Ela queria tanto que aquela vaca ficasse no passado.

Sentiu uma onda de tontura e teve de se sentar no sofá. A dor começou a latejar com força em sua cabeça. E ela estava se esforçando para manter a respiração sob controle. Anna fechou os olhos, com medo de desmaiar.

— Annie, você está se sentindo bem? Está branca como um papel — ofegou Brendan, pegando a mão dela.

Anna não conseguiu falar enquanto tentava controlar a tontura.

— Anna? — Jason se agachou diante dela, seu rosto bondoso cheio de preocupação. — Traga um copo de água para ela! — gritou ele para o bartender, surpreso.

Anna sentiu um copo gelado na mão e tomou um pequeno gole. Suas mãos tremiam tanto que Jason teve de segurar o copo para que não caísse. O pulso dela estava acelerado, o coração, martelando às costelas, e uma camada fina de suor frio cobria todo o seu corpo.

— Não... Não estou me sentindo muito bem — sussurrou ela. — Pode me levar para casa, por favor?

Jason olhou para Brendan, que parecia apavorado.

— Acho melhor irmos direto para o hospital, cara.

Brendan assentiu.

— Eu concordo.

— Vou pegar o carro — gritou Jason por cima do ombro enquanto saía correndo.

— Hum, e eles *me* chamam de rainha do drama — comentou Molly, colocando a mão na cintura e olhando de cara feia.

— Sua piranha siliconada! — irritou-se Brendan, ainda segurando a mão de Anna e secando sua testa com um guardanapo. — Será que o botox paralisou seu cérebro? Você já causou estresse suficiente para uma vida inteira. E ela está grávida!

Molly abriu e fechou a boca, como um peixe fora da água, com uma expressão de perplexidade enquanto tentava enrugar a testa. Quando finalmente absorveu as palavras de Brendan, ela piscou e começou a olhar em volta, para as pessoas que estavam observando.

— Ela está bem? — perguntou Molly com a voz suave.

— Eu por acaso pareço uma porra de um médico? — gritou Brendan, impaciente e à beira da histeria. — É claro que ela não está bem!

Mas, antes que Molly pudesse dizer qualquer outra coisa, Jason voltou, pegou Anna nos braços e saiu do bar com Brendan logo atrás, ligando para o Royal Free Hospital.

Capítulo 32

— *Mon ami*, seu celular está me dando dor de cabeça.

Nick estava no bar, conversando com Inoke. Ele se virou e viu Bernard balançando o aparelho.

Depois da vitória mais recente em casa, todo o time tinha ido ao Chez Felix para comemorar. Era parte das atividades incessantes de Nick para fortalecer os laços do time. Laurent estava lá, infeliz como sempre, insistindo em se sentar para beber e comer sozinho, mas pelo menos estava lá. Ele e Grégoire se evitavam ao máximo, sendo cordiais um com o outro quando eram obrigados, o que era bem melhor do que trocar socos durante um treino.

— Brendan está ligando — disse Bernard, entregando o aparelho para Nick.

Ao ouvir o nome do namorado, Grégoire olhou para Nick com uma expressão esperançosa.

— Oi, Bren. Vocês se... o quê? Quando? O que aconteceu? — Ele ouviu atentamente. — Qual hospital?

Ele sentiu o sangue se esvair do rosto e se segurou no bar com a mão livre. Estava caindo de um precipício, o chão ia ficando cada vez mais próximo...

Ele percebeu que Brendan ainda estava falando.

— Sim, ainda estou na linha. Vou chegar assim que... Não, eu não quero saber. Diga a ela que estou indo. Bren, eu... só... obrigado.

Ele encerrou a conversa e se virou, a cabeça latejando depois de receber a notícia.

Anna, minha Anna.

Ela estava passando mal, e ele estava na porra de outro país, a quilômetros de distância, horas de distância. *Burro! Burro! Burro!*

— Nick?

Bernard se aproximou dele, a testa franzida de preocupação.

— Está tudo bem?

— Anna está no hospital. Preciso ir.

Bernard ficou sem saber o que fazer por um momento, em seguida entrou em ação.

— Eu levo você para o aeroporto.

Vários jogadores desejaram melhoras para Anna, mas ele mal ouviu, limitando-se a acenar com a cabeça.

Nick entrou no carro enquanto Bernard dava a partida. Eles saíram do estacionamento e logo estavam seguindo a toda a velocidade para o aeroporto.

Seus dedos desajeitados voavam sobre a tela do celular enquanto ele tentava reservar uma passagem no primeiro voo que conseguiu, o que significava fazer uma escala em Paris.

— Merda! Eu consigo chegar a Paris, mas só tem voo para o Heathrow amanhã de manhã!

Ele fez uma careta de frustração, seu desespero dolorosamente evidente.

— Por que não pega um voo para Paris e, depois, o Eurostar? — sugeriu Bernard. — Pode funcionar.

Nick sentiu uma dormência fria se apoderar dele. Se perdesse Anna, perderia a si mesmo. Não podia perdê-la. Não podia.

Todas as merdas do ano anterior, todo o sofrimento que ele havia causado... Por que não estavam juntos agora? Por que ele estava na França quando ela precisava dele em Londres?

Como pude ser tão egoísta?

Ele se obrigou a se concentrar nos horários do trem e em quantos minutos teria para fazer a conexão: seria apertado, muito apertado. Mas, se a sorte estivesse ao lado dele...

Comprou a passagem assim mesmo, fazendo uma rápida prece para o universo.

Sem nada mais que pudesse fazer, a não ser olhar para a paisagem que passava, ele ligou para a mãe.

Ela atendeu no primeiro toque.

— Alô, filho! Que surpresa boa! Como estão as coisas?

— É a Anna — disse ele bruscamente, sentindo a garganta se contrair ao pronunciar as palavras. — Ela foi levada para o hospital. Eu não sei... Parece sério. Estou a caminho de Londres agora.

Seguiu-se um silêncio surpreso.

— Ah, Nick! Sinto muito! O que podemos fazer?

— Eu não sei... Eu não acho que haja nada... Ela está no melhor lugar que poderia estar. Eu só preciso chegar até lá.

Ele se sentia tão impotente.

— Já avisou à mãe dela?

Nick assentiu, mesmo que a mãe não pudesse vê-lo.

— O Brendan ligou para ela. Ela ia pegar o primeiro voo saindo do JFK. Pode avisar o papai e a Trish para mim?

— Claro, filho. Tente não se preocupar. Que bobagem, eu sei que você só vai ficar tranquilo depois de vê-la. Apenas se cuide. Mande um beijo para Anna e diga a ela que cuide das minhas netinhas!

A voz da mãe tinha o poder de acalmá-lo, e Nick ficou feliz por ter ligado para ela. Não que ela pudesse fazer alguma coisa.

Nick se sentia impotente. Toda a sua força, todas as horas que havia passado na academia para ficar mais forte não adiantavam de nada, eram inúteis. Ele não podia ajudar Anna. Não podia salvá-la. Não podia fazer nada.

Nick se recostou no banco do carro, pressionando a base das mãos contra os olhos enquanto os quilômetros passavam devagar.

No aeroporto, Bernard explicou rapidamente a aparência de Nick e a ausência de bagagem. Os funcionários da companhia aérea passaram de levemente hostis para gentis e acolhedores em um segundo, e Nick iniciou sua lenta viagem de volta a Londres.

Anna estava com medo. Tudo tinha acontecido tão rápido: em um instante, estava comemorando com Brendan e Jason e, então, no segundo seguinte, estava na emergência do Royal Free Hospital em Hampstead.

Ela levou a mão à barriga e tentou acalmar a respiração, enquanto lágrimas escorriam pelo seu rosto.

Jason a carregou até uma cadeira dura de plástico e a fez olhar para ele.

— Você vai ficar bem, doutora. Vai ficar tudo bem, está ouvindo?

Anna assentiu, fraca.

Havia muitas pessoas na emergência, e a sala de espera estava lotada. Jason passou na frente de todo mundo e pediu que alguém fosse examinar Anna.

— Preciso de ajuda aqui! Ela está grávida de gêmeos e está passando mal. Não consegue nem ficar em pé.

Uma enfermeira da triagem se aproximou, e a simples presença dela fez Anna se sentir mais segura.

— Tudo bem. Preciso de algumas informações. Algum sangramento?

— Não — sussurrou Anna.

— Ótimo. É um bom sinal.

Ela tomou o pulso de Anna sem deixar transparecer nada em sua expressão.

Anna foi levada de cadeira de rodas até um leito com cortinas na unidade de avaliação médica enquanto a enfermeira anotava seus dados. Então eles esperaram, Anna o tempo todo com a mão na barriga enquanto sussurrava para as filhas, implorando que não a deixassem, que ficassem bem.

Por fim, outra enfermeira chegou e aferiu a pressão de Anna, assegurando-lhe que, embora estivesse bastante alta, ela parecia fora de perigo imediato. Uma terceira enfermeira colheu uma amostra de urina para verificar se havia muita proteína (aparentemente isso seria ruim). A segunda enfermeira voltou com o equipamento de ultrassonografia e o deixou lá, sem dizer nada.

Finalmente, mais de uma hora depois de chegarem ao hospital, foram atendidos por uma médica, que entrou no boxe delimitado pela cortina enquanto lia algumas anotações.

— Meus bebês? Eles estão bem?

A médica sorriu, apresentou-se e se sentou ao lado de Anna enquanto Jason e Brendan se levantavam.

— Vamos dar uma olhada, pode ser, Srta. Scott?

A médica espremeu o gel gelado na barriga de Anna, que prendeu a respiração, segurando a mão de Brendan com muita força enquanto a médica pressionava o transdutor sobre seu ventre. Imediatamente, ouviram o coraçãozinho dos bebês.

Lágrimas de alívio escorreram pelos olhos de Anna, e Brendan também ficou com os olhos vermelhos. Jason pegou um pequeno crucifixo dourado que usava em um cordão em torno do pescoço e o beijou.

— Parece que está tudo bem. Mas preciso fazer mais alguns exames.

— O que aconteceu comigo? — perguntou Anna. — Eu achei... Você está procurando sinais de pré-eclâmpsia?

A médica abriu um sorriso gentil.

— Você é da área médica?

— Sim, mas não exerço há algum tempo.

— Bem, eu concordo com sua avaliação. Os sintomas de pré-eclâmpsia podem parecer bem dramáticos, e é claro que, embora muitos casos sejam leves, como o seu, essa condição pode levar a sérias complicações para a mãe e para o bebê se não for monitorada e tratada.

— Eu estou com o pré-natal em dia — disse Anna, na defensiva.

— Bem, agora que sabemos dessa condição, podemos tratá-la — continuou a médica, tentando tranquilizá-la. — Uma gravidez em idade mais avançada e de gêmeos pode aumentar o risco de pré-eclâmpsia.

Anna cerrou os dentes.

— Foi inseminação artificial?

Anna negou com a cabeça

— Vamos começar com uma dose baixa de aspirina e ver como o quadro evolui.

— Meus bebês, você tem certeza de que estão bem? — perguntou Anna, ainda precisando se certificar.

A médica assentiu, e sua serenidade ajudou Anna.

— Não há nenhum sinal de sofrimento fetal. Você vai ficar internada essa noite, para podermos monitorá-la e ter certeza de que está tudo certo. Mas tudo parece bem.

— Tem certeza? Certeza absoluta?

Anna estava ficando agitada, mas Brendan continuou segurando sua mão, ajudando-a a se acalmar. Ela queria que Nick estivesse ali segurando também.

Brendan pareceu ler seus pensamentos.

— Ele já vai chegar, Annie. Nick está a caminho.

Eles levaram quatro horas para encontrar um quarto para Anna. Quatro longas e cansativas horas durante as quais ela ficou deitada em uma maca estreita na ala de exames do hospital, e Brendan e Jason tentaram se acomodar em cadeiras duras enquanto os minutos se arrastavam.

Por fim, Anna foi internada em uma ala com outras cinco mulheres, incluindo uma senhora idosa que claramente sofria de demência e gritava em intervalos frequentes. Mesmo que já tivesse anoitecido e eles precisassem descansar, alarmes soavam e enfermeiras entravam e saíam falando alto.

Por fim, Anna foi transferida para um quarto particular e, exausta e ainda temerosa, adormeceu.

Brendan e Jason saíram do quarto na ponta dos pés.

* * *

Anna estava descansando, ou tentando descansar. A cama do hospital era dura, e ela não conseguia encontrar uma posição confortável, mas, na manhã seguinte, estava se sentindo bem melhor.

— Você pensa demais, Anna — disse Brendan, a voz ligeiramente crítica. — Deveria estar descansando.

Ela suspirou e se virou. Havia sido aconselhada a ficar deitada virada para o lado esquerdo, para aliviar a pressão ou a obstrução de algumas veias que contribuíam para aumentar a pressão arterial.

Ela ficou tão feliz por ver Brendan, recém-barbeado e cheiroso.

— Eu já disse que amo você? — Anna sorriu.

— Sim, mas um garoto nunca se cansa de ouvir isso.

Ele pegou a mão de Anna e a apertou de leve bem na hora que Jason apareceu. Ele sorriu ao ver a cena.

— Awn, vocês dois são tão fofos! O Nick vai ficar com ciúmes! Brendan sorriu para ele.

— Na verdade, eu ouvi uma das enfermeiras especulando sobre qual de nós dois seria o pai, depois se perguntando se nós dois éramos os pais e Anna era a barriga de aluguel.

Jason deu uma risada e fez um biquinho para Brendan, que pareceu horrorizado.

— Vem cá me dar um beijo, então.

— Não, vou pegar uma doença! — disse ele, estremecendo.

Jason fez cara feia.

— Por que eu sou negro?

— Porque você é horrorosamente hétero. Isso pode ser contagioso. Ah, tudo bem. Eu gosto de testar tudo pelo menos uma vez.

Jason se inclinou e deu um estalinho em Brendan bem na hora que uma das enfermeiras entrou no quarto. Ela sorriu e aferiu a pressão de Anna pela milionésima vez.

Brendan se abanou enquanto Jason dava uma piscadinha para a enfermeira.

Anna estava se divertindo com a brincadeira, mas preferia não estar no hospital.

— Olha só, rapazes — disse ela quando a enfermeira saiu. — É muito legal que estejam aqui, mas, sério, eu estou bem. Vão me manter aqui por mais algumas horas até a obstetra fazer a visita. Eu não vou a lugar nenhum. — Ela suspirou de novo. — Acho que vocês podem ir para casa.

Brendan ficou indignado.

— Que tipo de melhor amigo eu seria se abandonasse você na hora que mais precisa de mim? De qualquer forma — continuou ele, ainda um pouco atordoado por causa do beijo de Jason —, estou gostando de ser seu fiel escudeiro.

Jason assentiu.

— Gosto do jeito que seu garoto pensa, doutora. Ele é legal.

O que era um grande elogio vindo daquele homenzarrão. As pontas das orelhas de Brendan ficaram vermelhas.

— O Jason vai ficar até a hora de pegar o Nick, e eu não vou a lugar nenhum. Nós fizemos um juramento de sangue, sem a parte nojenta do sangue.

Os olhos de Anna ficaram marejados de novo.

— Ele sabe sobre a pré-eclâmpsia? Vocês contaram a ele?

— Claro, Anna-Banana! Eu liguei para ele ontem à noite depois que você foi internada. Que tipo de assistente eu seria se não tivesse feito isso?

Anna se obrigou a sorrir.

— Como ele está?

— Aliviado por você estar bem e os bolinhos estarem aguentando firme. Ele mandou beijos.

— Obrigada.

— Ai, meu Deus, lá vem a choradeira de novo. — Brendan suspirou.

Anna deu um soluço que virou uma risada.

— Odeio você, Bren!

— São os hormônios — explicou Brendan para Jason, como se ela não estivesse ali. — Você vai ver quando o Nick chegar. Ele não vai ter a menor chance. Ela vai se jogar nele. Mas, veja bem — continuou Brendan, olhando de soslaio para Jason —, eu sempre quis fazer a mesma coisa.

Nick chegou ao hospital tenso e irritado, com os olhos ardendo de cansaço.

A ligação de Brendan quando Anna foi internada tinha aliviado uma grande parte do medo que ele estava sentindo, mas ainda precisava vê-la para ficar completamente seguro. Precisava abraçá-la.

Quando finalmente encontrou o quarto dela, Brendan estava cochilando em uma cadeira ao lado da cama, e Anna olhava para ele com um sorriso terno nos lábios.

Ela viu Nick, e seus lábios começaram a tremer.

— Estou aqui, amor. Estou aqui.

Nick não sabia como abraçá-la, com medo de machucá-la de alguma forma, mas Anna estendeu os braços para ele, que se sentou de forma meio desajeitada na beirada da cama, afundando o rosto no pescoço dela, sentindo seu cheiro e tentando ignorar o cheiro do hospital à sua volta.

Ficaram abraçados por muito tempo, até as costas de Nick começarem a doer. Quando finalmente se levantou, ele massageou os músculos tensos e viu que Brendan havia saído do quarto sem que nenhum dos dois percebesse.

Ele se sentou na cadeira que Brendan estava ocupando, grato pelo descanso e ainda segurando a mão de Anna.

— Como você está?

— Constrangida — disse ela com um sorriso amargo. — Eles com certeza vão se lembrar de mim na Soho House. Eu sei como sair com estilo.

Nick não teve vontade de rir, ainda estava muito preocupado.

— O que os médicos disseram?

— Que eu posso ir para casa hoje, mas tenho que ficar de repouso, manter os pés para cima e evitar aborrecimentos. — Ela deu uma risada cansada. — É meio irônico que eu estivesse comemorando o fato de não estarmos mais estressados quando tudo isso aconteceu.

— Eu vou matar a desgraçada da Molly! — rosnou Nick, com um olhar duro.

— Ela me fez um favor — disse Anna suavemente.

— O quê? — A voz de Nick soou alta demais no quarto pequeno.

— Sério. Eu poderia ter passado semanas achando que tudo que eu estava sentindo era normal.

Nick franziu a testa.

— Você não me disse que estava se sentindo mal.

Anna fez uma careta.

— Bem, essa é a questão: a gravidez é uma longa lista de formas de se sentir péssima. Meus hormônios estão em ebulição, e eu sinto as emoções mais estranhas. Outro dia, comecei a chorar quando vi uma banana no mercado porque a plaquinha dizia "banana-nanica" e eu fiquei com pena dela.

Nick piscou.

— Hã?

— Eu sei! Não faz o menor sentido, e é isso que estou tentando explicar. Os pés e as pernas incham e você tem que dar adeus aos seus sapatos. Você tem gases, dor de cabeça e um desejo estranho de comer torrada coberta com M&Ms derretidos.

Ela não mencionou as hemorroidas que estavam começando a incomodá-la, a prisão de ventre, a azia, o fato de babar à noite e a necessidade constante e urgente de fazer xixi.

— Tem tantas coisas acontecendo com o meu corpo que eu só ignorei tudo, achando que estava tudo bem, mas ver Molly me fez vir para cá, e agora eles podem monitorar tudo. E eu não vou mais pensar nela, nem por um segundo.

— Mas ela...

— Estou falando sério, Nick! Eu nunca mais quero ouvir o nome daquela mulher.

Nick cedeu, relutante.

— Está bem. — Ele fez uma pausa. — Você realmente está bem? Você e os bebês?

— Nós estamos bem.

Um médico diferente, mais velho, chegou, acompanhado de um residente que tinha feito o último plantão. Os dois estavam passando visita.

— Bom dia, Anna. Como está se sentindo?

— Bem melhor. Um pouco cansada. Esse é meu noivo, Nick.

O médico sorriu para ele e voltou a atenção para Anna.

— Bem, a boa notícia é que o nível de proteína em sua urina baixou e sua pressão arterial também se estabilizou. Agora, Anna, você vai precisar diminuir o ritmo. Você engravidou em idade mais avançada. — Anna fez uma careta ao ouvir isso. — E está grávida de gêmeos. Esses dois fatores aumentam os riscos de pré-eclâmpsia, mas com consultas regulares, evitando alimentos processados e cafeína e fazendo bastante repouso, você vai ficar bem. Se sentir náusea, alterações na visão e falta de ar, volte para o hospital imediatamente.

Pela expressão no rosto de Nick, Anna percebeu que seria difícil convencê-lo de que ficaria bem. Quando entrou pela porta, ele parecia estar carregando o peso do mundo nas costas.

Mas, apesar dos mimos sufocantes que ela sabia que seriam o jeito de ele de lidar com a situação, nunca tinha se sentido mais amada.

Anna estava se recuperando do choque e do medo, mas Nick ainda ficava com o coração disparado ao pensar que alguma coisa poderia ter acontecido com ela e com os bebês, que algo ainda podia acontecer, e isso estava fora de seu controle. Quando achou que fosse perdê-la, sentiu um aperto no peito e foi invadido por uma onda de adrenalina. Mas não havia com quem lutar, nem como defendê-la.

Ele tentou se acalmar por ela, mas estava desmoronando por dentro.

Sempre que olhava para ela, sentia um aperto no coração ao pensar que poderia tê-la perdido. As lembranças sombrias do voo repentino de Carcassonne o acompanhariam por muito tempo. Estava com medo de ficar longe dela.

Mesmo depois que Anna recebeu alta, mais tarde naquele mesmo dia, e foi para casa, ele quase tinha um ataque de pânico ao sair do cômodo onde estava e verificava, várias vezes, se ela estava bem. Havia insistido em comprar um medidor de pressão arterial ao voltar para casa, e o usava a todo momento. Sabia que começava a irritá-la, mas não conseguia se controlar.

— Nick, vou tomar um banho — disse Anna, enquanto ele andava de um lado para o outro no quarto.

— Tá! Vou preparar o banho para você!

Ele ouviu a voz dela dizendo que era perfeitamente capaz de preparar o próprio banho, mas já estava enchendo a banheira.

Em seguida se virou e viu seu reflexo no espelho.

Acalme-se. Ela está bem. Os bebês estão bem. Os médicos não teriam deixado que ela voltasse para casa se não estivesse bem.

Ele respirou fundo, sentindo o perfume leve de Anna no banheiro. Era tão normal. Isso ajudou, mas ele ainda sentia a pele formigar de ansiedade.

Quando a banheira estava pela metade, ele colocou um pouco da espuma de banho favorita de Anna e a viu se formar nas laterais da banheira.

Detestava se sentir fraco, e ver Anna em um leito de hospital trouxera lembranças, lembranças ruins, de outra época, uma época em que estava fraco e fora de controle.

Como vou fazer para lidar com isso? Como vou fazer para afastar o medo?

Nick desceu a escada correndo para dizer a Anna que o banho estava pronto. Teve de se controlar ao vê-la se levantar devagar e subir lentamente a escada, como se cada passo fosse exaustivo. Queria pegá-la no colo, mas as últimas 24 horas haviam lhe mostrado que tinha de agir de forma casual, ficar calmo. Ser "zen", como dizia Anna.

Era difícil demais.

O coração dele se acalmou um pouco quando ela se deitou na água morna com um suspiro, os olhos castanhos encontrando os dele, quando estendeu a mão ensaboada.

— Tem três pessoas nessa banheira. Acha que cabe mais uma?

Ele sorriu, e seus olhos se iluminaram enquanto tirava a roupa e submergia na água morna.

Anna chegou para a frente para que ele pudesse se sentar e esticar as pernas compridas, envolvendo-a.

O cabelo molhado dela se grudou ao peito dele quando ela se recostou e fechou os olhos.

— O que está se passando na sua cabeça? — murmurou ela. — Consigo ouvir seus pensamentos se chocando daqui.

Por onde eu começo?

Nick não conseguia escolher um pensamento em meio ao turbilhão que era sua mente.

Anna continuou falando:

— Eles vão fazer exames a cada quatro semanas para se certifi-carem de que tudo está em ordem, e eu vou ter consulta pré-natal a cada duas semanas. Vou ficar bem. Se eu achasse que dizer para você parar de se preocupar ia adiantar, faria isso, mas só o tempo vai dizer. — Ela fez uma pausa. — Você sabe que existe uma grande chance de eu ter que fazer uma cesariana. Não é cem por cento certo, mas é uma possibilidade para a qual precisamos nos preparar.

Nick engoliu em seco, mas não expressou seus medos. Ele acariciou os cabelos dela e beijou sua testa.

Anna sorriu.

— Bem, não tem nada decidido ainda, mas, se isso acontecer, vou ter dificuldade de segurar os bebês depois que nascerem. Queria que minha mãe passasse um tempo aqui. Tudo bem?

Nick fechou os olhos.

Cuidar de Anna era responsabilidade *dele*. Odiava saber que a presença da mãe dela era necessária.

— Claro, amor — disse ele. — Como você quiser.

— Obrigada. Estou tão feliz porque ela vai chegar amanhã. Mal posso esperar para vê-la. — Anna ficou em silêncio por um momento. — Eu fiquei com medo. Muito medo mesmo.

— Eu sei — falou ele em voz baixa. — Mas vai ficar tudo bem agora.

E torceu para que, quanto mais repetisse isso, mais conseguisse acreditar no que dizia.

Capítulo 33

Nick tirou dez dia de folga — dez preciosos dias para comemorar o Natal e ficar em Londres com Anna e sua família.

Os médicos deram alta a Anna, mas recomendaram repouso, algo que Nick estava levando muito a sério, recusando-se a permitir que ela levantasse qualquer coisa mais pesada do que uma xícara de chá.

Ele estava deitado na cama, ouvindo o barulho do aquecedor central na manhã de Natal. Estava acordado havia horas, observando Anna dormir, vendo seu perfil ganhar contornos mais nítidos conforme amanhecia.

A respiração dela era tranquila e profunda, e observá-la o acalmava. O medo do desconhecido fizera com que se sentisse à deriva, sem amarras, mas Anna era sua âncora e o mantinha em segurança no mar turbulento de seus temores. Ele respirava no ritmo dela, uma inspiração de cada vez, racionalizando seu pânico para transformá-lo em algo com o que conseguisse lidar.

Em vez disso, começou a listar as coisas que ainda precisava fazer. Eles já tinham começado a comprar tudo em dobro para os bebês graças às maravilhas das compras on-line. Nick havia até comprado um carrinho de bebê — o melhor carrinho de bebês, com rodas extralargas para que pudesse levar as gêmeas com ele quando fosse correr.

Havia pintado um dos quartos com tons neutros porque Anna insistira que as meninas não iam ser pré-programadas com um mar de cor-de-rosa, não no que dependesse dela. Nick não se importava: as filhas seriam o que quisessem ser.

Ele ouviu a porta do quarto no fim do corredor se abrir, em seguida os passos da mãe de Anna na escada.

Nick se levantou, vestiu uma calça de moletom, meia e uma camisa de manga comprida e desceu para encontrar a sogra na cozinha para tomarem uma xícara de chá.

Apesar dos meses que haviam passado nos Estados Unidos e na França, ainda preferia tomar chá pela manhã.

Ele ouviu Susie mexendo na cafeteira.

— Bom dia, Nick — disse ela, animada. — Espero não ter acordado você.

— Não, eu já estava acordado há algumas horas — admitiu ele, encolhendo os ombros.

Ela abriu um sorriso compreensivo.

— Meu conselho para você é que durma bastante agora! — Ela deu uma risada. — Acho que a Anna só dormiu uma noite inteira quando já tinha uns 3 anos.

Nick fez uma careta, e Susie deu tapinhas em sua mão.

— Agora, por que não me conta o que está tirando seu sono?

Ele contraiu os lábios e se virou para encher a chaleira.

— Não tenho conseguido dormir direito desde que ela voltou do hospital.

A mãe de Anna estendeu o braço sobre a mesa e apertou a mão dele.

— Ah, Nick.

Ela se serviu de uma xícara de café e suspirou ao tomar um gole do líquido escuro.

— A Anna contou para você que eu tive pré-eclâmpsia quando estava grávida dela?

Nick arregalou os olhos.

— Não!

— Parece terrível, e é claro que, se não for tratada, pode se tornar algo grave, mas a Anna está sendo monitorada de perto.

Ela vai ficar bem. — Ela olhou para ele por cima da xícara de café. — Superproteção não é o que ela precisa agora.

Ele ficou sério.

— É isso que estou fazendo?

Susie sorriu.

— Talvez um pouco. Minha filha é inteligente. E agora que ela sabe que precisa diminuir o ritmo e ficar de repouso, vai fazer o que for preciso. — Ela tomou mais um gole de café. — Vocês dois já decidiram como vão resolver a questão das viagens e da moradia pelos próximos meses?

Nick assentiu.

— A Anna não deve viajar para a França. Eu venho sempre que puder e...

Susie suspirou.

— Eu perguntei se *vocês dois* decidiram.

Nick fez uma pausa.

— O médico disse que ela precisa de repouso.

— Sim, mas só por algumas semanas, até a pressão arterial estar controlada. Depois disso ela pode voltar para uma versão mais leve da antiga rotina. — Ela olhou para ele por cima da xícara de café. — Deixe a Anna ditar o ritmo.

— Ela disse alguma coisa para você?

— Só estou sugerindo que vocês discutam o assunto juntos — respondeu Susie diplomaticamente. — Pergunte o que *ela* quer e o que ela acha que consegue fazer. Passar um tempo com você no sul da França talvez seja exatamente o que ela precisa. Afastar-se um pouco da correria da vida na cidade. Pense nisso. — Ela sorriu. — Ah, e Nick? Feliz Natal!

Ele sorriu.

— Feliz Natal, Susie.

Brendan chegou duas horas depois, trazendo uma lufada de ar frio e sua risada contagiante.

— A festa já pode começar! Vovó-Banana, você está linda! — Ele puxou Susie para um abraço, depois foi a vez de Nick e Anna.

Em seguida, ele foi para a sala e colocou um monte de embrulhos de presente embaixo da árvore.

— Meu Deus, preciso de um xerez!

Anna ergueu as sobrancelhas de onde estava descansando no sofá.

— Xerez? Sério?

— É retrô... Eu só bebo no Natal. — Ele sorriu. — O Grég me deu de presente. Disse que era tão inglês que se lembrou de mim.

— Você podia tê-lo convidado, Bren — disse Anna, gentil.

Brendan negou com a cabeça.

— Não, ele foi visitar a família e... — Ele abriu um sorriso esperançoso. — E vai contar sobre mim.

— Uau! Que ótimo! — Anna bateu palmas. — Espere, você está preocupado?

Brendan encolheu um dos ombros.

— Não muito. Eles sabem que ele é gay e aceitam bem. — Ele deu uma risada de leve. — Acho que vão ficar mais chocados por eu ser inglês.

Ele se acomodou e pegou na bolsa uma garrafa de xerez que compartilhou com Susie até os dois ficarem levemente embriagados.

Logo depois, os pais de Nick e a irmã dele chegaram. Era a segunda vez que os pais dele se encontravam com a mãe dela, mas, felizmente, todos se deram bem, rindo das piadas politicamente incorretas de Brendan e de sua versão do discurso anual de Natal da rainha.

Nick olhou para sua família, todas as pessoas que amava reunidas no mesmo lugar, e sentiu o fragmento de paz se expandir em seu peito.

Mais tarde, depois de insistir em carregar Anna para a cama para que tirasse um cochilo, ele a cobriu de maneira protetora.

— Não vá ainda — pediu ela. — Eu adoro o fato de todos estarem aqui, mas preciso ficar um pouco sozinha com você. — E estendeu a mão para desfazer as rugas de preocupação na testa dele. — Vai ficar tudo bem.

Nick fechou os olhos e se acomodou do lado dela, envolvendo-a cuidadosamente com seu corpo grande.

— Eu sei. É só que...

Ela acariciou os cabelos dele, seu toque acalmando-o.

— Você precisa tentar não se preocupar tanto, Nick. Ainda temos muitas semanas pela frente. Você vai acabar ficando doente se continuar assim. Os médicos estão me monitorando, e eu prometo que vou ser cuidadosa.

Isso o fez sorrir.

— Eu sei, meu amor. Mas não consigo evitar. Quando Brendan me ligou... — A voz dele falhou. — Eu quero ficar aqui com você. Não quero voltar para Carcassonne. Vou rescindir meu contrato...

Anna pegou a mão dele.

— Não, Nick. Você se esforçou muito, e o time está começando a ganhar. Vocês têm chance de chegar à final do campeonato. Eu não quero que você desista.

Ele se apoiou no cotovelo para olhar para ela.

— Você e os bebês são mais importantes do que qualquer jogo de rugby. Eu quero estar aqui. Não quero cometer o mesmo erro de novo.

— Querido, você não pode tomar conta de mim 24 horas por dia.

Nick pareceu querer argumentar.

— Isso não vai ser bom para nenhum de nós dois — disse Anna, com a voz gentil. — Sim, eu vou descansar o máximo que puder porque quero cuidar dos nossos bebês. Mas, Nick, eu *vou* voltar a trabalhar... *Ei*, me deixe terminar. Não vai ser em período integral e eu vou tomar todos os cuidados, mas ficar sem fazer nada não é uma opção. Você me conhece bem demais para saber disso.

Nick suspirou e se recostou no travesseiro.

— Eu não sei o que fazer.

— Nenhum de nós dois sabe. É tudo novidade, mas vamos descobrir juntos. Tenho um check-up na semana que vem, e o médico pode nos ajudar a elaborar um plano que funcione para nós dois, está bem?

Nick fechou os olhos e assentiu.

— Está bem.

Nas semanas e nos meses que se seguiram, Nick mediu o tempo pelo progresso do time na tabela de jogos da liga e pelo crescimento da barriga de Anna.

Com alguma relutância, ele havia concordado em voltar para a França e ser o capitão do time, mas seu coração ainda estava em Londres. Os dois chegaram à conclusão de que muitas viagens não seriam boas para Anna, então, daquela vez, foi Nick quem passou os dias de folga pegando aviões para ir vê-la. Às vezes, Grégoire ia com ele e ficava na casa de Brendan em Hoxton.

Anna estava feliz por ver a felicidade do amigo e cruzava os dedos para que tudo desse certo. Ela também tinha se afeiçoado a Grég.

Nick tentava estar presente no máximo de consultas de Anna que podia, e cada novo exame mostrava dois bebês saudáveis se desenvolvendo em um bom ritmo. O obstetra recomendou que Anna fizesse uma cesariana e, mesmo relutante, ela acabou aceitando. A data marcada foi 15 de abril, e Nick sentiu um grande alívio por saber quando suas filhas iam chegar.

Nick estava com Anna em Londres quando a revista *Vogue Hommes International* foi publicada e foi obrigado a admitir que a foto da capa havia ficado linda. Ele estava de terno, mas com a camisa entreaberta, mostrando um pedaço de uma de suas tatuagens, e ele estava olhando diretamente para a câmera, com a expressão concentrada e intensa, o olho roxo bem evidente.

— Você está delicioso nas fotos, perigosamente delicioso... ou deliciosamente perigoso — comentou Brendan, enquanto folheava a revista.

Em seguida ele olhou para o namorado e disse alguma coisa em francês que fez Grégoire corar.

— Laurent vai ficar com inveja do capitão Nick — disse ele, em um inglês com sotaque carregado, fazendo todo mundo rir.

— É muito legal ser noiva de um modelo — provocou Anna.

— Embora, no que diz respeito a pegar dicas de maquiagem, você seja uma decepção.

Nick olhou para ela com expressão mortificada.

— Sei, sei. Mas gostei muito de trabalhar com Henri. Ele é uma cara legal.

Ele massageou os pobres pés inchados de Anna com os polegares, e ela gemeu de satisfação.

O pau dele também queria um pouco de satisfação, mas ele achava que talvez fosse melhor não pensar nisso naquele momento. Anna andava muito seletiva para fazerem amor ultimamente, e era tudo nos termos dela, mas estava muito sexy com os bebês dele na barriga!

Havia apenas algumas posições que eram confortáveis para ela, mas tudo dependia do quanto suas costas estavam doendo ou do quão sensíveis estavam seus seios.

— Já pensou no que vai fazer com todas aquelas fotos que você tirou dos bastidores do ensaio fotográfico? — perguntou ela, curiosa. — Acho que a ideia de um site com um book é ótima.

Nick assentiu meio hesitante. Não tinha tanta certeza de que alguém fosse se interessar por ver suas fotos dos bastidores dos ensaios fotográficos no estúdio de Massimo ou as fotos que havia tirado em Manhattan, Miami e em outros lugares. Mas Anna não tinha sido a única a encorajá-lo; Brendan e Grégoire também disseram que ele devia expor seu trabalho. Fazer isso on-line parecia a melhor aposta — nada muito pessoal.

Mais uma vez, o armário de Nick no vestiário ficou cheio de fotos dele pichadas, mas, dessa vez, ele percebeu uma admiração subjacente que o divertiu. Os jogadores franceses levavam suas roupas de grife muito a sério. E, afinal de contas, era a *Vogue*.

Ele recebeu uma enxurrada de propostas e até aceitou uma ou duas. Fez um ensaio divertido e insinuante para a *IconEzine*, tirando um terno escuro até ficar só de cueca em uma série de fotografias que deu à editora uma das edições que mais tinham vendido até aquele momento.

Descobrir que escolher o que queria fazer era libertador, e Carcassonne ficou feliz em apoiar a fama crescente que ele proporcionava ao pequeno time.

Brendan passava o máximo de tempo possível com o namorado, mais do que com o "casal de velhos", como começara a se referir a Anna e Nick. Tinha prometido que ficaria em Londres com ela quando Nick não pudesse estar, mas Anna sabia que Brendan sentia muito a falta de Grégoire quando não estavam juntos.

Seu coração se alegrava ao ver o amor crescer entre eles. Mas o tempo passava cada vez mais rápido, e a data da cesárea se aproximava.

Susie chegou a Londres quando Anna completou 31 semanas de gestação, e as duas saíam para comprar roupas de bebê e brinquedos. Começaram a passar longas tardes conversando, à medida que Anna ia demonstrando cada vez menos vontade de sair de casa. Ela parecia feliz com a presença da mãe, o que deu a Brendan algumas semanas de folga com Grégoire.

Dois dias antes da data da cesárea, Nick entrou em casa animado e cheio de energia. Talvez até um pouco nervoso.

Anna estava se sentindo desconfortável demais para ter medo — só queria que as meninas nascessem logo.

Eles estavam descansando juntos na cama, enquanto Nick acariciava a enorme barriga, quando uma onda de calor deixou Anna suada.

— Vai ficar tudo bem, não vai? — perguntou ela, com a voz suave.

— Vai, e eu conversei com Beth e Ruby, então elas já sabem como vai ser — provocou ele. Depois, se aproximou da barriga e falou diretamente para ela: — Nada de brincadeiras até vocês duas nascerem. A mamãe está nervosa.

Anna riu e brincou com uma mecha do cabelo indomável dele.

— Que bom que você está aqui — disse ela, baixinho.

Ele olhou para ela, os olhos cor de mel cheios de amor.

— Não existe outro lugar onde eu queira estar.

Na manhã da cirurgia, Anna mantinha-se deitada no sofá, pálida e cansada, com os pés inchados apoiados em uma almofada. Vinha sentindo muito desconforto nas últimas noites e estava pronta para dar à luz.

Nick chegou à sala carregando a mala da maternidade e as coisas que tinham pedido que ela levasse.

— Temos bastante tempo. Vou levar isso para o carro.

— Obrigada — disse ela com a voz arrastada de cansaço.

Nick se abaixou e a beijou no alto da cabeça.

— Estamos juntos nessa. Você, eu e as gêmeas. A nossa família.

— Então você pode parir por mim — disse ela, mal-humorada.

— Não acredito que tudo passou tão depressa — disse Nick, balançando a cabeça e ignorando o mau humor dela. — Hoje vamos conhecer nossas meninas. Eu vou ser pai! Eu! Acho que a ficha ainda não caiu.

— Sim. Bem, você ainda tem algumas horas antes que tudo fique bem real — disse ela, irritada, enquanto a barriga roncava.

Por sorte, ela não estava com fome, uma vez que não podia comer. Só podia tomar água até duas horas antes da cirurgia.

Quando ia pedir, Nick trouxe para ela um copo de água em temperatura ambiente e outro antiácido, prescrito para reduzir os ácidos estomacais que poderiam deixá-la enjoada. Ela mastigou de má vontade.

— Como você está se sentindo?

Ela revirou os olhos.

— Como uma morsa!

— Ah, não! Você quase não tem bigode.

Ela olhou para Nick de cara feia.

— Não é um dia muito bom para ficar fazendo piada — disse ela, séria.

Nick ficou calado. Andava fazendo muito isso.

A mãe de Anna entrou na sala, com um sorriso um pouco hesitante no rosto.

— Pronta para ir?

— Não podia estar mais pronta! — gemeu Anna, aceitando a ajuda de Nick para se levantar do sofá.

O percurso até o hospital era curto, então eles acabaram sendo internados um pouco antes da hora. Anna foi levada para um quarto pequeno e pediram a ela que tirasse todas as joias. Relutante, ela tirou o anel de noivado e o entregou para Nick. Odiava ter de tirá-lo.

— Não se preocupe — disse Nick, parecendo ler seus pensamentos. — Você vai recebê-lo de volta em algumas horas.

O objetivo de chegar cedo era dar um tempo para que Anna relaxasse no quarto, mas ela acabou ficando mais nervosa.

— Vai ficar tudo bem, amor — disse ele, com a voz calma, arriscando-se a levar outro fora. — Os médicos já fizeram isso um milhão de vezes.

— Mas eu não! — retrucou ela. — Meu Deus, desculpe. É que estou muito ansiosa, só isso. As gêmeas também. Estou sentindo.

Ela acariciou com cuidado a enorme barriga.

Tanto Nick quanto Anna trocaram de roupa e vestiram trajes hospitalares horrendos e toucas. Pelo menos Nick podia usar calça e pequenas botas. Anna estava completamente nua sob o traje fino.

Ele segurou a mão dela quando o médico veio explicar o procedimento, lembrando que se tratava de uma operação de rotina e que eles seriam os próximos.

Anna engoliu em seco e segurou a mão de Nick com força.

— Vou ficar com você o tempo todo. Não se preocupe, vai dar tudo certo.

A equipe de enfermagem foi buscá-la, e ela sorriu com coragem para Nick, que piscou e a acompanhou até o centro cirúrgico.

— Olá de novo, Anna — disse a enfermeira obstetra. — Suba aqui.

— Eu não consigo subir muito. Pareço um saco de farinha. Um saco muito, muito pesado.

A enfermeira sorriu.

— Bem, não por muito tempo. Olá, Nick.

Ele sorriu para ela, saindo do caminho, e sentiu o coração disparar.

— A mesa de cirurgia é um pouco inclinada — explicou a enfermeira. — Isso é para que o peso do seu útero não faça pressão sobre nada que possa mandar sangue para seus pulmões. Agora, vamos verificar se você não está anêmica...

A equipe médica fez os últimos exames enquanto a ansiedade de Anna aumentava. Ela apertou a mão de Nick, nervosa.

— Vai ficar tudo bem — disse ele com a voz tranquila, o amor brilhando em seus olhos. — Logo vamos estar com as nossas meninas.

— Ruby e Beth — ofegou ela.

— Isso, e elas vão ser lindas, como a mãe.

Anna não se sentia muito bonita enquanto lhe aplicavam a anestesia e colocavam um cateter em sua bexiga.

Então, enquanto Nick olhava para o outro lado, passaram antisséptico na pele dela e rasparam seus pelos pubianos.

Nick se abaixou e murmurou no ouvido dela:

— Sempre quis ver você toda depilada.

Ela riu.

— Acho que não foi isso que fizeram, mas não tenho como ter certeza. Não estou sentindo nada lá embaixo.

Uma braçadeira foi colocada em seu braço para monitorar a pressão arterial e eletrodos foram colados em seu peito para medir a frequência cardíaca. Nick ficou feliz por não terem feito isso com ele: seu coração estava disparado, embora, olhando para ele, ninguém percebesse.

Finalmente, colocaram uma cortina na altura do peito de Anna, para que ela e Nick não vissem a cirurgia.

— Você pode pedir que abaixem isso no momento que as meninas saírem da barriga — disse a parteira.

O anestesista fez um gesto com a cabeça, e a cirurgiã olhou para Anna por cima dos óculos.

— Vou começar — disse ela de forma clara. — Você vai ouvir alguns ruídos enquanto sugamos o líquido amniótico e pode ser que sinta um pouco de pressão na barriga na hora que retirarmos os bebês.

Anna abriu um sorriso corajoso, sem afastar os olhos de Nick.

Ele apertou a mão dela, e a cirurgia começou.

Nick observou os olhos dela e viu que a anestesia estava funcionando, porque ela não estava sentindo dor.

— Vou tirar o bebê que está mais para baixo — anunciou a cirurgiã.

Nick manteve os olhos em Anna. Ela piscava sem parar e a testa estava franzida.

— Você está se saindo muito bem — sussurrou ele. — Muito bem.

Nick pensou que ficaria nervoso, mas agora que tudo estava finalmente acontecendo, ele estava mais animado do que qualquer outra coisa. Além disso, havia oxigênio na sala, caso ele precisasse.

Parte de sua mente estava presente com Anna, quase sentindo o que ela sentia, mas a outra parte tentava absorver a ideia de que logo seria pai, pai de dois bebezinhos — era uma grande responsabilidade. Dois serezinhos para cuidar, proteger e ver crescer. Estava animado com aquela perspectiva.

Anna apertou a mão dele com força como se quisesse saber no que ele estava pensando.

Então, o primeiro milagre nasceu, e um bebê pequeno e arroxeado, com o rosto enrugado, foi enrolado e colocado nos braços de Nick. Ele se agachou e mostrou a menininha para Anna, que tocou levemente o rosto macio da filha com a ponta dos dedos.

— Ai, meu Deus! — exclamou ela, enquanto as lágrimas escorriam pelo seu rosto. — Ai, meu Deus! Olá, Ruby! — sussurrou.

— Ah, Nick! Ela é perfeita! Tem os seus olhos.

Nick assentiu, sentindo o peito explodir de amor por aquele serzinho.

— Olá, Ruby. É o papai. Bem-vinda ao meu time.

Anna riu ao ouvir Nick afinar a voz para falar com o bebê pela primeira vez.

Ruby resmungou como um gato, enquanto ele segurava o corpinho dela contra o peito. Então, uma enfermeira sorridente se aproximou e envolveu o bebê em outro cobertor enquanto Anna choramingava.

— Para onde vai levá-la?

— Ela precisa de calor agora — informou a enfermeira, com a voz suave. — E precisamos medir o Apgar dela. Os bebês que nascem de cesariana costumam ter a temperatura um pouco mais baixa. Ela vai ficar bem. Não se preocupe.

Nick teve a sensação de que ia passar os próximos 18 anos preocupado — provavelmente o resto da vida.

De repente, um bipe disparou, e toda a equipe médica entrou em ação. Nick foi tirado do caminho.

— O que houve? O que está acontecendo?

Mas suas palavras se perderam em meio ao jargão médico.

— Nick!

A voz de Anna estava cheia de medo. Nick apertou o ombro dela para lhe dar força.

— Vai dar tudo certo.

Suas palavras eram tranquilizadoras, mas ele sentiu a garganta se estreitar de medo.

Tem alguma coisa errada.

Os monitores apitaram até a cirurgiã gritar para que baixassem o volume, enquanto franzia a testa, e Anna sentiu uma sensação estranha na barriga.

Uma máscara de oxigênio foi colocada em seu rosto e ela respirou fundo, mas seus olhos assustados estavam fixos em Nick.

Nick sentiu o pânico começar a crescer, mas precisava se controlar por Anna.

O que está acontecendo? O que houve?

E a cirurgiã falou com uma voz tranquilizadora:

— Ah, aqui está ela! Ah, desculpe, bebezinho. Parece que temos um menino.

— O quê?

Nick e Anna perguntaram juntos, mas a médica não tinha mentido. Um menininho de rosto enrugado foi colocado nos braços de Nick.

— Oh! — arfou Anna.

Nick olhou para o bebê, achando que tinha o nariz e o queixo de Anna — e definitivamente tinha um minúsculo pênis.

Um filho. Tenho uma filha e um filho. Isso é perfeito. Meus bebês são perfeitos. Como eu pude ter tanta sorte?

— Não podemos chamar você de "Beth", rapazinho — disse ele, pensando nos nomes que ele e Anna tinham escolhido meses antes. Ele sorriu para Anna. — O que você acha de Phoenix?

Ela riu, abriu um sorriso e chorou.

— Acho que seria perfeito!

O pequeno Phoenix foi levado para fazerem exames, mas a enfermeira assegurou que estava tudo bem.

A placenta de Anna foi retirada e em seguida ela foi suturada e limpa antes de ser levada para a sala de recuperação. Quando finalmente pôde voltar para o quarto, se deparou com Nick e Susie segurando os bebês. Seus gêmeos.

Susie ficou tão chocada quanto eles ao descobrir que tinha uma neta e um neto, quando esperava duas netas.

— Ainda bem que você optou por cores neutras. — Susie sorriu para a filha exausta. — Você se saiu muito bem, filha.

Anna adormeceu, e Nick ficou olhando maravilhado para os pequenos seres humanos que tinha ajudado a gerar.

Os pais dele haviam planejado ir ao hospital, mas estavam gripados. Eles tossiram e demonstraram sua felicidade quando o filho ligou para eles, e Trish prometeu visitá-los logo.

Nick ficou encantado com os dedinhos das mãos e dos pés, contando cada um dos cílios perfeitos sobre as bochechas redondas. Amor, uma onda de amor o invadiu. Era assustador e maravilhoso ao mesmo tempo, e, quando as lágrimas começaram a rolar pelo rosto dele, Susie apenas sorriu.

Ruby e Phoenix — dois pequenos milagres nascidos da vida complicada e do amor simples e fácil de Nick e Anna.

Depois de tudo que tinham passado, depois do longo caminho que haviam percorrido, ele finalmente encontrou a paz. Sentia-se abençoado. E capitão de um novo time.

Três dias depois de sair do hospital, Nick e Anna estavam em casa com sua nova família. A campainha tocou pela quinta vez naquela manhã. Nick foi atender, e Anna ouviu um breve diálogo antes de ele voltar com um buquê imenso de flores coloridas, tão grande que não dava para ver o rosto de Nick atrás delas.

— Nossa! Que buquê enorme! Quem mandou?

Nick procurou entre a folhagem e finalmente achou um pequeno cartão grudado ao embrulho.

— Aqui diz: "Parabéns. Molly".

Anna olhou para Nick com uma expressão confusa e surpresa.

— Sério? Você acha que as flores são realmente dela?

Nick assentiu. Omitiu o fato de que no cartão também estava escrito: "Para Nicky e Anne."

— Sim, foi ela que mandou. A Molly não sabe ser discreta.

Silêncio.

— Imagino que não. — Anna hesitou, pensando se deveria ou não fazer a pergunta. — Você acha que agora acabou? Que ela vai nos deixar em paz?

Nick ergueu um dos ombros.

— É difícil dizer com certeza. Mas acho que sim.

Anna abriu um sorriso.

— As flores são bonitas.

Nick fez uma careta.

— Tudo bem, são exageradas e feias, mas foi um gesto gentil.

Nick assentiu.

— Sinto um pouco de pena dela — continuou Anna. — Eu tenho tudo que ela sempre quis: bebês, uma carreira na TV, uma carreira como escritora... — Ela sorriu para Nick. — E tenho você. — Ela fez uma pausa. — Tá legal, talvez eu não tenha tudo. Não tenho seios tão grandes quanto os dela... Pensando bem, desde a chegada de Ruby e Phoenix meus peitos estão enormes, mesmo que mais pareçam duas tetas.

Nick fez uma careta.

— Mas, sim, eu tenho tudo que ela sempre quis, e ela parece tão... amarga.

Nick balançou a cabeça.

— A Molly sempre quis mais: uma casa maior, um carro melhor, seios maiores, roupas de grife. Mas nada disso a fazia feliz, não de verdade. Porque ela estava competindo com uma ideia que não era real.

— Isso é muito filosófico da sua parte. Muito zen.

— Ha ha. Talvez. Mas mesmo se nós tivéssemos ficado juntos, ela não estaria feliz. Ela ia querer ter o dinheiro e o traseiro da Kim Kardashian e ainda acho que ela teria inveja de qualquer pessoa que tivesse mais do que ela. Você está certa: ela não é feliz. Mas eu não tenho nada a ver com isso. Ela não tem mais nada a ver comigo, nem com você, nem conosco. Não mais.

Anna sorriu e olhou para os gêmeos adormecidos e para o lindo homem cujo amor a ajudara a trazê-los ao mundo.

Sim, Anna tinha tudo que queria, e sabia como isso fazia dela uma pessoa de sorte.

Capítulo 34

Contrariando todas as previsões, o Cuirassiers chegou à final. O time que, no início da temporada, corria o risco de ser rebaixado, tinha dominado os 13 últimos jogos do ano, obtendo vitórias incríveis.

Estavam entre os melhores na tabela da liga, mas o desempenho superior os havia levado àquele momento.

Nick enxugou o suor dos olhos conforme ele ia escorrendo dos cabelos, deixando-os colados à cabeça. A camisa também estava grudada ao peito. Ele semicerrou os olhos para olhar para o céu azul, o sol de fim de maio queimando sua nuca.

Os torcedores por fim apoiavam incondicionalmente o Cuirassiers, e o velho estádio estava lotado.

Os torcedores estavam enlouquecidos, gritando e cantando o hino do time, o som ecoando pelo estádio. A torcida rival duelava com eles, cantava o próprio hino, e as notas se chocavam, desafinadas.

Nick estava concentrado na partida, sentindo a multidão, sentindo a energia. Como aquele seria seu último jogo, queria dar tudo de si em campo. Ele tivera um ótimo desempenho até aquele momento e sabia que aquela era a melhor temporada do clube em vinte anos. Seu clube, seu time.

Depois de setenta minutos de jogo, a energia dos dois times estava se esgotando — agora era sobre quem tinha mais garra.

Comentarista 1:

Foi uma disputa dura entre os times de Carcassonne e Limoux. Restam apenas dez minutos de jogo e parece que o time local está realmente assumindo o comando da partida. O capitão Nick Renshaw e o asa Grégoire Dupont foram figuras dominantes e contribuíram muito para a trajetória de sucesso do time nessa temporada — definitivamente o favorito para vencer o jogo de hoje.

Comentarista 2:

Exatamente, Louis. É inacreditável que esse seja o mesmo time que corria o risco de rebaixamento no início da temporada, com uma derrota atrás da outra. Todos os créditos ao capitão, que conseguiu unir o time. Mas vamos voltar para a ação.

Comentarista 1:

Estou totalmente de acordo, Marcel. A bola vai para Laurent Le Clerc. Ele passa por um, desvia de outro... agora só precisa passar pelo zagueiro. Grégoire Dupont lhe dá cobertura. Laurent segue com a bola e o zagueiro faz um tackle. Nossa! Grégoire não parece muito satisfeito... Laurent perdeu uma grande oportunidade de passar a bola. A torcida do outro time vibra. Enquanto a partida é retomada, os dois começam a discutir. Que jogo!

Nick corre até lá e se interpõe entre Laurent e Grégoire, separando os dois.

— Acalmem-se, vocês dois. Ainda temos a posse de bola. Vamos!

Nick tentou se concentrar novamente no jogo, mas ter que ficar de olho naqueles dois idiotas era cansativo: eles estavam sempre discutindo. Em geral, era Laurent quem começava, e aquele dia não era exceção. Ele deveria ter passado a bola. Todo mundo sabia disso.

Comentarista 1:

Mais cinco minutos de jogo, os times estão empatados. Qualquer um pode ganhar. É o último tackle. Limoux está no ataque. Eles conseguem um grande chute e os jogadores do Limoux vão atrás da bola, mas Renshaw supera todos eles. Ele pega a bola no ar e aterrissa no chão. Desvia de um tackle, passa por Grimaldi. Parece cansado. Suas pernas estão pesadas. Mas vejam a expressão de concentração em seu rosto! Ele quer isso! Ele merece isso! A multidão está de pé! Estão gritando seu apelido: La Flèche, La Flèche! *A flecha!*

Comentarista 2:

Sim, ele está cansado! Mas sabe que tem que continuar! Está avançando pela lateral, em uma corrida ombro a ombro entre La Flèche *e o asa e o zagueiro do Limoux. Parece que vão alcançá-lo, mas o antigo capitão e técnico assistente Bernard Dubois chega para dar cobertura. Ele está livre e grita para o companheiro de time. Renshaw faz o passe para Bernard. Que pega e passa pelos pilares com uma das mãos no ar! Ele mergulha! Ele marca!*

Comentarista 1:

O estádio explode! Os torcedores estão de pé! O juiz olha para o relógio e levanta o apito! Acabou! Carcassonne venceu! Quem poderia prever uma coisa dessas seis meses atrás! Que conquista! Que trajetória! Digna de entrar para a história.

Nick riu aliviado, aplaudindo e comemorando enquanto Bernard era erguido nos ombros de Russ e Grégoire e carregado em volta do estádio como um herói.

Nick olhou para as bandeiras, os tambores e trompetes, as músicas e os torcedores e sorriu. Os franceses sabiam comemorar uma vitória.

Um grupo de torcedores invadiu o campo, abraçando os jogadores, chorando, cantando e comemorando. Foi uma cena caótica e linda.

Bernard abraçou Nick apertado, agradecendo-lhe sem parar por ele ter ido à França para ajudá-lo a dar um jeito no time. Nick retribuiu o abraço, entendendo o misto de emoções de Bernard enquanto celebravam o último jogo juntos, o último jogo como atletas profissionais, o último jogo defendendo aquele ou qualquer outro time.

Mas, daquela vez, Nick não estava triste. Estava feliz por ter acabado. Seu corpo estava cansado, e ele sentia o peso da exaustão nas pernas. O ombro doía e o tendão de Aquiles nunca mais havia sido o mesmo. O corpo não era mais tão rápido, seu ritmo de explosão mais limitado. Nunca temera sofrer uma lesão quando era mais novo. Apesar disso, seu coração estava leve e ele via um futuro novo e diferente diante de si — pai e marido, seu novo time.

Tinha sido uma temporada mágica, e ele estava orgulhoso de tudo que havia conquistado. Mas, para ele, a magia havia se esgotado, a paixão não o fazia mais queimar por dentro. Era uma sensação estranha.

Os jogadores começaram a atirar as camisas para a torcida, uma tradição em Carcassonne no último jogo da temporada.

Nick entregou sua camisa a um garoto que tinha ido a todos os jogos, sem faltar, fizesse sol ou chuva, um futuro jogador do time, com certeza.

— *Je vous remercie!* — exclamou o menino, maravilhado por ter recebido aquele presente do capitão do time.

— Não precisa agradecer, meu jovem — disse Nick.

Ele olhou para o lado e viu Grégoire entregando a camisa para Brendan. Em seguida, ele se abaixou para tirar o short e também o entregou ao namorado, que, corado, parecia não saber o que dizer.

Nick parou e olhou de novo. Nunca tinha visto Brendan ficar sem palavras, mas o sorriso dele iluminava o estádio.

Bem naquele momento, Grégoire se ajoelhou.

— Não acredito! — exclamou Nick baixinho, observando a cena do outro lado do campo.

Mas, sim, Grégoire estava pedindo Brendan em casamento bem ali na lateral do campo.

A multidão e os outros jogadores observavam tudo com animação. Brendan levou a mão à boca e parou como se estivesse em choque.

Depois, Nick viu o amigo levantar as mãos para o céu e gritar.

— Sim! SIM! SIM! Sim, eu me caso com você!

Brendan saltou por cima da grade baixa, invadindo o campo antes de se jogar nos braços de Grégoire e eles se beijarem. A multidão gritou, e Nick comemorou até ficar rouco, feliz pelos dois.

Nossa! Aquilo, sim, era um fim de temporada — com certeza ia entrar para a história.

Nick atravessou o campo para cumprimentar os dois.

— Tudo bem, pode colocá-lo no chão, Grég. — Ele riu. — Parabéns! Bren, é melhor você ligar agora mesmo para a Anna porque ela já está louca da vida por não ter vindo e, quando descobrir que o Grég pediu você em casamento...

— Ai, meu Deus! Onde está meu telefone? Preciso ligar para minha Anna-Banana! Preciso conversar sobre trajes de casamento com alguém que me entenda.

Brendan deu mais um beijo no noivo e voltou para a arquibancada antes que os seguranças perdessem a paciência.

Ele se virou e gritou para Grégoire:

— Futuro marido? E a sua sunga da sorte?

Grégoire riu e gritou:

— Eu entrego para você mais tarde, se você for bonzinho.

Brendan fez um coração com as mãos sobre o peito e movimentou os lábios sem emitir nenhum som:

— Amo você.

Naquela noite, Nick comemorou a vitória com os outros jogadores do time, mas sabia que, para ele, o jogo tinha acabado de verdade. Não havia sofrido nenhuma lesão, ainda estava em forma, mas sabia que o esporte tinha perdido o brilho para ele, mesmo com o sucesso do time, os torcedores incríveis, mesmo morando em um país deslumbrante. Ele era o capitão e havia feito uma excelente temporada. Não havia nada de errado, mas não parecia a mesma coisa sem Anna.

Nick suspirou e olhou para os outros jogadores, que comemoravam. Não era ali que queria estar. Queria estar em casa com Anna e os filhos. Queria sentir o cheirinho delicioso de bebê e leite; queria admirá-la enquanto ela os amamentava, enquanto os embalava, enquanto trocava suas fraldas e velava seu sono.

Ele sabia que estava em busca de algo que o esporte não podia mais lhe dar, mas pelo menos agora sabia o que vinha tentando encontrar: paz, um propósito na vida. De certa forma, ele era capitão de um novo time: Anna, Ruby e Phoenix. Hum, talvez subcapitão — era Anna quem estava no comando.

Ele não tinha conversado com nenhum dos jogadores, apenas com Bernard. Nick sabia que o amigo não entendia de fato. Bernard havia escolhido continuar a carreira no rugby mesmo depois de não entrar mais em campo como jogador. E, visto de fora, tudo na vida de Nick parecia ótimo: capitão de um time vitorioso na França. E tudo isso na primeira temporada — em se tratando de rugby, as coisas não poderiam ser melhores.

Mas, por dentro, ele sabia que havia perdido a paixão pelo esporte que amara por tanto tempo.

Mas tudo bem.

Porque ele sabia onde deveria estar.

Toda a cidade de Carcassonne foi à loucura. Houve um fim de semana inteiro de comemorações, com um festival incrível com música na praça principal, e um ônibus de dois andares com a parte de cima aberta levou o time e o troféu para desfilar pela cidade.

O prefeito parabenizou o time e presenteou Nick com uma placa que dizia:

Nick Renshaw
La Flèche
Filho de Carcassonne

Com a data da vitória.
Foi um grande encerramento para a carreira de Nick.
Mas a parte pela qual ele mais ansiava?
Voltar para Londres para ficar com Anna e os gêmeos.

Capítulo 35

Catorze meses depois...

O sol quente de julho brilhava forte quando Brendan, Susie Scott, Nick, Anna e a família chegaram ao pequeno aeroporto.

Anna e a mãe carregavam os gêmeos, que dormiam profundamente, exaustos pelo dia de viagem. Brendan e Nick foram pegar as malas na esteira, e Brendan deu um suspiro de alívio ao ver que a mala com seu terno de casamento não tinha se extraviado.

Nick ouviu a descrição do terno e da camisa de Brendan, a quantidade de fios, corte e estilo, com um pequeno sorriso no rosto enquanto colocavam as malas no carrinho do aeroporto e finalmente seguiam para pegar o carro que haviam alugado: uma minivan de oito lugares, cadeirinhas de bebê incluídas.

— Ai, meu Deus, eu adoro casamentos — disse Brendan. — Só não sei se vou gostar desse. Quer dizer, é claro que eu vou, e o discurso do padrinho vai ser incrível. — Ele olhou para Nick. — Eu só quero chegar à parte em que vou começar a curtir.

Nick e Anna trocaram olhares divertidos. Depois de 15 meses cuidando dos gêmeos e vendo-os crescer saudáveis e gordinhos, eles finalmente haviam começado a relaxar um pouco no papel de pais. A rotina de casa funcionava como um relógio — talvez um pouco menos quando Nick ficava no comando —, e a mãe de Anna tinha lhes dado uma enorme ajuda, morando com eles nas difíceis primeiras semanas e depois ficando para curtir os netos.

Os pais de Nick saíam de Yorkshire e iam a Londres pelo menos uma vez por mês para visitá-los, e Trish às vezes os acompanhava, sempre que conseguia ficar longe do novo namorado, um pai solteiro que acidentalmente chocara seu carrinho contra o dela no supermercado.

Nick havia aproveitado as últimas semanas jogando rugby pelo Cuirassiers, ainda mais quando ganharam a Copa dos Campeões, derrotando todos os outros times da França que jogavam na mesma liga.

Mas Nick estava pronto para ser pai em tempo integral em Londres e fazer alguns trabalhos ocasionais como modelo. As ofertas ainda chegavam, mas ele era bem mais seletivo ao escolher os projetos e só trabalhava com fotógrafos de quem gostava e por quem tinha admiração — e que não o afastassem de casa por muito tempo.

Ele também havia publicado o book com as fotos dos bastidores em seu novo site, gerando uma resposta bastante positiva, e estava pensando em formas de explorar esse interesse mais a fundo.

Além disso, ser pai era maravilhoso, melhor do que jamais sonhara, porém mais difícil e cansativo também. Ele e Anna estavam prontos para umas férias.

O sol da tarde banhava a ilha grega de Santorini, e o ar vibrava com o calor. A paisagem era acidentada, com penhascos imponentes e escarpados e pequenas *villas* incrustadas nas encostas íngremes, com suas casinhas brancas quadradas brilhando como torrões de açúcar.

As praias eram áridas e lindas, formadas por areia negra, resquícios de uma antiga erupção vulcânica milhares de anos antes, com o azul profundo do mar Egeu cintilando em volta delas.

Nick sentiu uma paz profunda enquanto dirigia lentamente pela linda ilha, até a tagarelice incessante de Brendan, tomado pelo nervosismo, era reconfortante. Ele sorriu ao ouvir a risada de Anna.

Os gêmeos já estavam acostumados a viajar, com as idas e vindas ao sul da França, as viagens para Yorkshire e duas vezes para Nova York. E Nick já havia aprendido que um par de mãos extra era de grande ajuda.

Ele também aprendera que os dois se acalmavam quando ele tocava violão, principalmente Ruby, a mais animada dos gêmeos. Acabou virando piada a quantidade de bagagem que precisavam levar para todos os lados.

Nick seguiu para o norte, passando por campos banhados de sol, fileiras de videiras, pequenas no tamanho mas carregadas de uvas. Foram subindo cada vez mais até chegarem à elegante fachada branca do Hotel Grace, com vista para a caldeira do antigo vulcão.

Brendan saiu do carro em um segundo, pulando de animação.

— Ai, meu Deus! É ainda mais lindo do que no prospecto! Eu mal posso esperar! Será que o Grég já chegou? Alguém o viu?

Mas a primeira pessoa que viram foi Bernard se aproximando, usando short, camisa larga e chinelo.

— *Mes amis!* Que bom ver vocês. Estava com saudade desses pequenos arruaceiros!

Ele pegou Ruby no colo, fazendo-a se contorcer e chorar de indignação.

— De volta para a mamãe — disse ele rapidamente, entregando a menina para Anna.

— Onde está todo mundo? — perguntou Brendan.

— Com "todo mundo" ele quer dizer Grég — esclareceu Anna.

— Ah, os rapazes o levaram para a cidade para comemorar. — Bernard sorriu. — Eu me ofereci para ficar aqui e esperar por vocês — disse ele. — Prefiro ficar sozinho.

— A Madeleine não veio com você? — perguntou Anna, referindo-se à mulher de Bernard, que não costumavam ver com muita frequência.

— Ela está no spa — respondeu ele, fazendo um gesto vago com a mão.

— E o Rémy?

Bernard suspirou.

— Está com a avó em Sèvres.

Nick não fez comentários. Sabia que o casamento de Bernard era turbulento e que, se quisesse ver o filho, ele tinha de ir a Paris. Madeleine inicialmente havia acompanhado Bernard, mudando--se para Londres quando ele foi jogar no Finchley Phoenixes. Eles moraram lá por três anos, até que ela engravidou e insistiu em voltar para Paris. Madeleine havia se recusado a mudar sua vida de novo para ir morar em Carcassonne. Tinha ido visitá-lo apenas uma vez em todo o tempo que Nick passou lá, jogando no Cuirassiers.

Nick agradeceu aos céus por Anna ser diferente.

Com cuidado, tirou o filho adormecido da cadeirinha da van e deu um beijo em sua testa suada. Phoenix era o gêmeo tranquilo. A irmã sempre acordava primeiro, chorava primeiro de fome, ficava entediada primeiro e era a primeira a precisar de atenção. Phoenix ficava sentado com um sorriso no rosto, a baba escorrendo pelo queixo, brincando feliz com os dedinhos do pé, como se fossem um grande mistério.

Sentindo o calor intenso na nuca dele, Nick pegou um pequeno chapéu branco e o colocou na cabeça do filho, observando o ligeiro franzido da testa relaxar enquanto ele continuava a dormir.

Um carregador se aproximou com um carrinho para pegar as malas enquanto eles faziam o check-in.

O hotel estava cheio de jogadores de rugby e seus acompanhantes, incluindo Russell e sua glamorosa namorada Natascha; a maioria dos jogadores do Cuirassiers; os pais, o irmão e a cunhada de Grég; e Inoke, que estava sozinho. Até Jason Oduba tinha ido para a cerimônia, levando sua nova noiva com ele. Ele e Brendan haviam ficado mais próximos quando Anna fora internada no hospital.

Todos os 21 quartos do hotel estavam ocupados pelos convidados do casamento, incluindo a linda *villa* que ficava um pouco mais afastada do hotel. Brendan e Grégoire tinham resolvido gastar um pouco mais e a haviam reservado tudo para eles.

— A suíte nupcial? — comentara Anna quando entraram no quarto.

Nick riu.

— Lindo, né?

Deslumbrante era uma palavra melhor. A ampla varanda tinha vista para a encosta íngreme e o mar de azul profundo. As cortinas brancas balançavam ao vento, trazendo um frescor para o dia quente.

— Ah, meu Deus! Olhe! Tem uma piscina de imersão aqui! — Anna suspirou. — Está decidido. Vou me mudar para cá com os gêmeos.

— E quanto a mim? — perguntou Nick, rindo.

— Você pode vir se prometer trocar todas as fraldas.

— Achei que eu já fizesse isso — resmungou ele.

Anna fingiu não ouvir.

Então eles ouviram uma comoção do lado de fora quando um ônibus cheio de jogadores de rugby meio ébrios parou na entrada do pátio do hotel.

— Acho que os rapazes voltaram — comentou Anna. — Quer ir lá falar com eles? Eu vou tirar um cochilo com as crianças.

Nick pareceu dividido, e Anna sorriu.

— A gente vai estar aqui quando você voltar. Diga oi ao Grég por mim. E fique de olho no Brendan.

Nick sorriu e, antes de sair, deu um beijo no rosto dela e nos gêmeos.

Dois minutos depois, quando estava começando a adormecer, morrendo de sono e mole por causa do calor, Anna ouviu uma batida na porta e a cabeça da mãe apareceu.

— Pode ir com o Nick se quiser. Eu adoro tomar conta dos pequenos. Eles são a coisa mais fofa do mundo.

— Obrigada, mãe, mas eu só quero ficar deitada aqui sem fazer nada. Quer ficar comigo?

— Não há nada que eu queria mais do que ficar sem fazer nada com vocês.

As duas mulheres se acomodaram nas espreguiçadeiras da varanda sob um enorme guarda-sol, com copos de água na mesinha lateral.

Anna fechou os olhos de novo, com um sorriso nos lábios.

— Feliz, filha? — perguntou Susie.

Anna abriu ainda mais o sorriso.

— Sim, completamente.

— O Nick também parece feliz. Mais calmo. Ele é um bom pai.

Anna abriu os olhos e olhou para a mãe.

— Ele é. E é muito mais relaxado do que eu. Eu provavelmente vou ser a que fala "não coloque a mão suja na boca" e "nada de namorados antes dos 20 anos", esse tipo de coisa.

Susie riu.

— Provavelmente. — Ela fez uma pausa. — Vocês são bons juntos. Formam um ótimo time. Estou muito feliz por vocês.

Anna sorriu.

— Isso me lembra uma coisa que eu disse uma vez para o Nick: juntos, somos fortes. Eu sei que a vida nem sempre é simples, mas ficar separados não funcionou para nós. — Ela olhou para a mãe. — E você? Está feliz?

O sorriso da mãe vacilou um pouco.

— Estou contente, sim. Ver você e o Nick juntos é maravilhoso. E poder curtir os meus netos...

— Mas você sente saudade do papai.

Anna concluiu a frase para ela.

— E sempre vou sentir, filha. Mas isso é sinal de um grande amor. Nós tivemos 35 anos maravilhosos juntos. E eu não me arrependo de nenhum dia em todos esses anos. — Ela suspirou. — Mas gostaria que ele tivesse conhecido a Ruby e o Phoenix.

Anna apertou a mão da mãe.

— Eu sei, mãe. Eu sei.

* * *

Naquela noite, todos os convidados do casamento jantaram juntos, em seguida se reuniram em volta da piscina de borda infinita, olhando o sol se pôr sobre o mar Egeu, as águas assumindo um tom mais escuro de azul até ficarem negras, enquanto as luzes se acendiam nas cidades ao longo da encosta.

Nick e Bernard jogaram Grég na piscina de roupa e tudo, ignorando os gritos escandalizados de Brendan sobre a calça de grife que ele estava usando, em seguida a maioria dos jogadores pulou na piscina também, e Anna se sentou com os pés dentro da água, rindo das brincadeiras deles.

Conforme a tarde foi dando lugar à noite e os convidados começaram a se recolher, apenas os mais beberrões ficaram para trás.

Susie foi para seu quarto e os gêmeos dormiam profundamente no bercinho, então Nick e Anna aproveitaram um raro momento de paz e fizeram amor em silêncio, os sons das risadas abafadas do lado de fora flutuando no ar quente.

Capítulo 36

Anna sentiu os lábios quentes de Nick em seu pescoço nu.

— Você está linda!

As bochechas dela coraram. Um elogio do seu homem ainda a fazia corar.

Ela passou a mão pelos cabelos timidamente. O cabeleireiro contratado por Brendan havia chegado mais cedo e, sem o menor esforço, prendera o cabelo de Anna, que estava na altura dos ombros, em um elegante coque decorado com minúsculas flores brancas.

Seu vestido ia até os joelhos, com camadas de tule verde-água flutuando em volta das pernas e um decote de renda em forma de coração.

O buquê estava sobre uma toalha úmida no banheiro.

Ela olhou para Nick, perdendo o fôlego ao ver a elegância simples do terno azul-marinho de três peças, a camisa branca e a gravata escura.

Os sapatos brilhavam, e o cabelo longo estava preso para trás, deixando seu rosto esculpido e seu lindo sorriso à mostra.

— Está muito elegante, Sr. Renshaw! — exclamou Anna. — Podia ser modelo.

Nick piscou para ela.

— Somos um casal elegante, Dra. Scott. Pronta para ir a um casamento?

Um choro alto os interrompeu.

— Opa, parece que a Ruby está irritada. É melhor eu ir ajudar a minha mãe.

Anna entrou no quarto ao lado, onde uma Susie ligeiramente esgotada tentava convencer Ruby a calçar suas pequenas sapatilhas de balé que combinavam com o adorável vestido branco com detalhes em renda.

Phoenix usava uma bermuda azul-marinho com camisa branca de mangas curtas e gravata-borboleta. Ele olhava fascinado para os pés com sapatos azuis.

Ruby ainda estava gritando, então Anna a pegou no colo para acalmá-la.

— Mãe, deixe-a descalça. Ela odeia calçar sapatos quando está com calor.

— Descalça?

— Acredite em mim, é melhor do que ela chorar durante toda a cerimônia.

— Bem, se você acha...

— Pode levar o sapatinho na sua bolsa para o caso de ela mudar de ideia?

A mãe de Anna sorriu.

— Que bom que a minha bolsa é do tamanho do Texas! Você nunca me deu tanto trabalho!

Anna encolheu os ombros e sorriu para a mãe.

— Mãe, ela puxou você, então a culpa é toda sua. Tem certeza de que vai ficar bem cuidando dos gêmeos?

— Tenho, mas se eu perceber que eles não estão aguentando mais, vou levá-los para a piscina.

Com tudo organizado, Anna pegou o buquê de pequenas rosas vermelhas e gipsófila branca, e se dirigiu para a *villa* onde a cerimônia de casamento ia acontecer: o casamento de Brendan e Grégoire — a inesperada mas muito aguardada união entre a rainha do drama inglesa e o atleta francês, um homem de beleza exótica e poucas palavras.

Anna estava feliz por eles. Um dia, ela e Nick também iam se casar, mas não hoje.

Jogadores de rugby grandes e musculosos, vestindo elegantes ternos de grife, estavam sentados nas fileiras de cadeiras, protegidos do sol forte por um dossel de tecido transparente, decorado com pequenas flores campestres da região.

Nick e Anna acenaram para a família de Grég, que haviam conhecido na noite anterior, e deram uma olhada nas fileiras de rostos familiares, amigos e colegas do time. Mas duas cadeiras na primeira fileira estavam vazias, e Anna sentiu um aperto no coração. Ela olhou para Nick, que balançou a cabeça com tristeza.

Eles tinham deixado Susie cuidando dos gêmeos e entraram na *villa* para encontrar Brendan.

Assim que os viu, ele correu na direção deles, mordendo os lábios.

Estava esbelto e bonito, com um terno justo marrom avermelhado, com camisa branca e gravata de seda branca, um raminho de rosas minúsculas preso na lapela.

— Annie, eles vieram?

O olhar meio esperançoso de Brendan partiu o coração de Anna.

Ela trocou um olhar com Nick, cuja expressão séria dizia tudo.

— Não, querido — respondeu ela, gentilmente. — Eles não vieram.

Naquele momento, Anna odiou os pais de Brendan. Ele dera tantas chances a eles, levantara a bandeira branca incontáveis vezes, mas a mãe não enfrentou o marido autoritário uma única vez, tampouco defendeu Brendan. O filho negligenciado tinha comprado duas passagens de primeira classe para Santorini e reservado um quarto luxuoso em um hotel chique, mas os lugares vazios eram uma prova da insensibilidade deles.

Eles não compareceram ao casamento do filho. Nem ao menos mandaram mensagem.

A expressão esperançosa de Brendan ruiu e seus lábios tremeram.

Anna pegou as mãos dele e as apertou com força.

— Não, Bren. Hoje é o *seu* dia, seu e do Grégoire. Não deixe que seus pais estraguem isso também.

Ele assentiu e tentou forçar um sorriso.

— Eu sei. Sou um idiota. Eu só achei... achei que um feriado grátis... Achei que eles viriam por isso... ou talvez para se sentar no fundo e atrapalhar a cerimônia.

Ele tentou rir.

— Bren...

— Eu estou bem, Annie. De verdade. Não esperava de verdade que eles viessem. — Ele secou as lágrimas sob os olhos. — Eu só... Estava torcendo. Sou idiota mesmo. — A voz dele falhou. — Eles nunca vão me aceitar, não é? Sou o filho gay de quem eles se envergonham e...

— Bren, pare — ordenou Anna, com firmeza. — Estou falando sério. Agora, me escute. Você é amado por tantas pessoas... Querido, será que não percebe? Você *tem* uma família que ama você, e todos estão aqui hoje. Minha mãe praticamente adotou você e o Grégoire, vocês são os filhos que ela nunca teve: família.

Brendan piscava furiosamente, mas Anna continuou:

— Você acha que eu e o Nick confiaríamos nossos amados bebês a qualquer pessoa? Há uma razão para você ser o padrinho deles. Nós sabemos que, se alguma coisa acontecer conosco — ela engoliu em seco —, você vai cuidar deles. Esse é o tamanho da importância que você tem para nós, Bren. — Ela tomou o rosto dele nas mãos. — E o Grég ama você, ele adora você e faria qualquer coisa para fazer você feliz. Vocês dois encontraram um amor muito precioso. Bren, querido, você está cercado de amor. — Anna deu batidinhas com os dedos sob os olhos para enxugar as próprias lágrimas. — Nós o amamos muito, muito mesmo. Brendan Massey, você é incrível e maravilhoso. Um homem muito especial. Sou muito feliz por ter você na minha vida.

Brendan aceitou o abraço carinhoso, deitando a cabeça no ombro da amiga.

— Mãezinha, pare! — implicou ele, com a voz rouca e ainda chorosa.

— Não me chame assim.

— Nem no dia do meu casamento?

— Especialmente no dia do seu casamento.

Brendan se endireitou e colocou um sorriso no rosto.

— Você está certa. Sei que tenho muita sorte. Tenho vocês e tenho o Grég. Sou abençoado e...

Nick interrompeu os dois, dando um passo à frente e colocando a mão no ombro de Brendan.

— O sortudo aqui é o Grég, sortudo por ter encontrado você. Eu o conheci antes de vocês se encontrarem: ele era solitário, estava tentando se encaixar no time, e não sabia como eles iam reagir quando descobrissem que ele era gay. Mas, depois que vocês se conheceram, ele desabrochou, e eu tenho visto como ele melhora a cada jogo. Você deu ao Grég a autoconfiança para ser quem ele é.

Os olhos de Brendan se encheram de lágrimas.

— Você... realmente acha isso?

— Eu tenho certeza disso — afirmou Nick, voltando seu olhar intenso para Anna. — E, quando encontra alguém que faça isso por você, você não deixa que ela vá embora, nunca.

Anna apertou a mão dele enquanto Nick continuava.

— Você é meu amigo, Bren, meu irmão, minha família, como a Anna disse. — Ele abriu um sorriso. — Mas não me obrigue a dizer tudo agora, estou guardando a melhor parte para o discurso de padrinho.

Então ele puxou Brendan para um abraço e sussurrou algo em seu ouvido que Anna não conseguiu escutar.

— Ah, meu Deus, não me faça chorar *antes* da cerimônia — choramingou Brendan. — Nem rímel à prova de água é infalível.

Nick riu e deu um tapinha nas costas dele.

— Então vamos, cara. Está na hora de encontrar seu noivo.

Assim que eles saíram, a voz melodiosa do cantor romântico francês Charles Trénet começou a entoar "Le chanson d'amour", uma canção de amor.

— Sei que é um pouco cafona — sussurrou Brendan pelo canto da boca para Anna —, mas é a música favorita da mãe do Grég. E ele disse que ia pagar um boquete hoje à noite se eu colocasse essa música na cerimônia. Escolhi uma muito mais legal para tocar no fim da cerimônia.

Anna teve um acesso de riso e precisou se esforçar para se recompor; Nick apenas balançou a cabeça, achando aquele comentário divertido.

Eles caminharam lentamente até o fim do corredor entre as fileiras de cadeiras, os três de mãos dadas. Lá na frente, estava Grégoire, alto e orgulhoso, um enorme sorriso no rosto quando viu Brendan. Ele estava usando um terno creme, com uma camisa azul-clara e gravata branca. Era como se Nick e Anna fossem invisíveis, ele só tinha olhos para Brendan.

Quando chegaram ao local onde estava o celebrante, Anna deu um beijo no rosto de Brendan e se sentou na cadeira vazia reservada para ela; Nick apertou a mão de Brendan e de Grégoire, e ficou de pé ao lado deles.

Os três homens ficavam magníficos juntos, altos e bonitos: Brendan com seu terno marrom avermelhado, Grégoire de terno creme e Nick de terno azul — as cores representando tanto a bandeira francesa, La Tricolore, quanto a bandeira do Reino Unido.

O celebrante falava um inglês com sotaque carregado, sua voz profunda e sonora falando de amor e comprometimento, responsabilidade e deveres, gentileza e compaixão.

Quando ele pediu as alianças, Nick as tirou do bolso e as colocou sobre uma almofada de veludo. Depois, foi se sentar ao lado de Anna e pegou sua mão.

No fim da cerimônia, Anna sorriu quando a voz de Adam Lambert entoou "Time for Miracles" para a saída do casal.

Era um bom dia, e Anna esperava, de todo o coração, que Brendan estivesse feliz e não se lembrasse dos pais ausentes.

O jantar foi magnífico e o champanhe fluía à vontade.

— Tudo bem, amor? — perguntou Nick ao final da refeição, quando reparou no olhar distante dela.

— Sim, só estou pensando, sabe? Vou sentir muito a falta dele.

Nick passou o braço em torno dos ombros dela.

— Eu sei, mas você vai vê-lo de 15 em 15 dias.

Brendan ia morar em Carcassonne com Grégoire, na mesma casa que Nick e Anna tinham alugado. Ele prometeu que continuaria trabalhando para ela, mas Anna era realista: chegaria uma hora que ele não ia mais querer deixar o marido a cada duas semanas para ir a Londres. Ela sabia muito bem como era isso, mas seria muito difícil perder seu melhor amigo, mesmo para um homem tão maravilhoso quanto Grég.

Ela abriu um sorriso triste.

— Tudo mudou tão rápido nos últimos dois anos. Às vezes é difícil de acreditar.

Nick assentiu.

— Eu sei. É meio louco às vezes. Mas acho que encontramos um equilíbrio, não acha?

Anna concordou, apoiando a cabeça no ombro dele.

— Não se acomode muito — avisou ele. — Ainda tenho que fazer meu discurso de padrinho.

Ela riu e se endireitou, e Nick deu batidinhas com uma colher em uma taça de vinho para chamar a atenção de todos.

Em seguida se levantou, atraindo todos os olhares para si, e abriu um enorme sorriso.

— Está na hora, senhoras e senhoras! Vamos aos discursos!

As palmas foram irregulares, o que mostrava que os convidados estavam aproveitando o champanhe.

— Antes de começar, eu gostaria de dizer que Brendan e Grégoire estão muito bonitos hoje...

Todos bateram palmas, concordando, e houve também alguns comentários irreverentes. Grégoire e Brendan sorriram um para o outro, depois olharam para Nick, que estava falando com um funcionário do hotel. Atrás dele, uma tela de projetor desceu.

— Perfeito — comentou, enquanto o funcionário entregava a ele um controle remoto. — Mas nenhum desses dois bonitões começou assim...

Brendan pareceu horrorizado, mas Grégoire apenas riu.

Nick tinha feito uma pesquisa e reunira fotos dos dois na infância e na época do colégio. Os pais de Grégoire tinham cooperado, mandando para Nick dezenas de fotos para ele selecionar, imagens que mostravam um garoto magricela e com sardas, com lacunas entre os dentes, seguidas de fotos da adolescência nas quais era possível ver aparelho nos dentes, péssimos cortes de cabelo e uma época em que ele descoloria os cabelos escuros e usava caça jeans manchada de branco.

Grégoire deu gargalhadas e chamou os pais e o irmão de traidores.

Havia menos fotos de Brendan, porque os pais dele não responderam aos apelos de Anna pedindo que enviassem fotos. Apesar das inúmeras tentativas dela, todas as mensagens e telefonemas foram ignorados.

Ainda assim, ela conseguiu algumas fotos acessando a parte privada da conta dele no Facebook e roubando seu celular quando ele não estava olhando. Ela até enviara e-mails para alguns amigos dele da época do colégio, explicando o problema, e recebera duas fotos de um menino de 6 anos, gordinho e usando óculos enormes, e uma foto de um adolescente descolado numa fase emo.

Brendan ficou escandalizado e apontou o dedo de forma acusadora para Anna.

— Já chega! Vou contar ao Nick sobre a sua caixa de bombons escondida. Gaveta inferior esquerda da escrivaninha dela!

Anna riu, mas percebeu que teria de encontrar um novo esconderijo enquanto Nick erguia uma das sobrancelhas.

— Bem — continuou Nick —, digamos apenas que o Grég e o Brendan não estavam em sua melhor fase nessas fotos!

Ele mudou a tela, mostrando mais fotos engraçadas, uma após a outra. Brendan tinha a cabeça entre as mãos, cobrindo o rosto de vergonha enquanto espiava por entre os dedos. Grégoire dava gargalhadas e parecia não acreditar que Nick tinha conseguido desenterrar tantas fotos ridículas: ele batia palmas, ria e implicava com Brendan, encorajando-o a relaxar e curtir. Os convidados estavam adorando.

— Foi mal, Bren — disse Nick. — Foi só uma brincadeira! Eu amo você, e você sabe disso.

Então, mudou para um novo grupo de fotografias mostrando a noite em que Grégoire e Brendan se conheceram.

— Esses são os bonitões que conhecemos hoje. — Ele começou a passar dezenas de fotos que documentavam silenciosamente os melhores momentos dos dois, o começo de seu caso de amor.

Brendan sorriu e apertou a mão de Grégoire enquanto os dois olhavam para a tela e eram invadidos pelas lembranças que as fotos despertavam.

Nick falou de novo, com a expressão mais séria:

— Fico muito feliz por vocês dois terem se encontrado. A vida e o amor têm um jeito engraçado de juntar duas almas. — Nesse momento, ele olhou e piscou para Anna, sorrindo quando ela jogou um beijo para ele. — A vida é realmente o que fazemos dela, as lembranças, os momentos, as horas felizes, as horas tristes... Temos que valorizar tudo.

Houve murmúrios de concordância.

— Bren, estou muito orgulhoso de você. Você sempre fez tudo pela Anna, por mim e pelas crianças. Há uma razão para termos escolhido você como padrinho deles, e não são só os presentes maravilhosos que você vai dar nos aniversários...

Brendan riu enquanto enxugava os olhos, e Grégoire passou o braço em volta dos ombros do marido.

— A vida nem sempre foi fácil para você, mas você nunca deixou que nada o detivesse. Você é um cara divertido e carinhoso, do tipo que todo mundo quer ter por perto, altruísta e leal. Amo você como um irmão, e você merece toda a felicidade do mundo. Tenho muito orgulho de ter sido escolhido para ser seu padrinho hoje.

Ele trocou um olhar com Brendan, algo importante estava sendo transmitido entre os dois, um olhar que falava de amor e confiança e de uma amizade para a vida toda.

Nick pigarreou quando a emoção daquele dia o acometeu.

— Vamos fazer um brinde!

Todos os convidados ergueram suas taças de champanhe enquanto Nick fazia o brinde.

— A Bren e Grég! Sejam vocês mesmos, sejam incríveis. Vida longa, saúde e felicidade! Tim-tim!

Epílogo

Anna

O que mais posso dizer sobre Nick?

Ele teve duas carreiras incríveis, nas quais conseguiu chegar ao topo da profissão: jogador de rugby e agora modelo.

Ele levou algum tempo para compreender onde se encaixava no mundo dos *top models*, as possibilidades e as limitações. Era um mundo novo e estranho, mas ele encontrou seu caminho no final, porque ele é forte, muito forte.

E, agora que começou a se interessar por fotografia, eu não me surpreenderia se fosse bem-sucedido nisso também.

Meu namorado modelo! Só de pensar nisso, já começo a sorrir. No início, achei tão intimidante, a forma como ele ficava cercado de mulheres jovens e bonitas o dia todo... Mas ele nunca se interessou por nenhuma delas, nunca me deu motivos para duvidar dele. Nunca. Era de mim mesma que eu duvidava. Precisei olhar longa e arduamente para mim mesma (para dentro de mim) a fim de tentar descobrir por que eu sentia tanto medo e tinha tantas dúvidas. Não foi divertido me analisar dessa forma, mas acho que isso me deixou mais forte também.

Ele ainda atrai olhares o tempo todo — de homens e de mulheres —, mas a culpa não é dele, e agora eu acho engraçado.

Nick, meu modelo pessoal. Ele nem sempre acerta e está longe de ser perfeito, assim como eu, mas ele é meu e eu o amo com toda a força que existe em mim, de corpo e alma, cabeça e coração.

Amo a generosidade dele, seu cuidado, sua energia e motivação inacreditáveis. Amo vê-lo entrando em ação, seu entusiasmo superando qualquer obstáculo. Amo seus momentos tranquilos, vendo sua introspecção, a profundidade de seus pensamentos, a vulnerabilidade, e a resolução que vem do fato de ele conhecer a si mesmo. Amo a forma como ele brinca com nossos bebês, como cuida deles, como ensina coisas a eles.

E, conforme os anos forem passando, vamos ver nossos filhos crescerem, e cada linha de expressão, cada ruga e cada cabelo branco será parte da nossa história, e eu vou acolhê-los, um a um.

Eu o deixei ir porque o amava. Queria que ele vivesse a melhor vida possível. Queria que ele sentisse as possibilidades enquanto atingia novos limites, mas ele sempre teve um lar para onde voltar. Deixei a porta aberta, para que ele soubesse que era amado. Que é amado.

E ele voltou.

Meu lindo homem.

Meu amante.

Meu Nick.

Nota dos autores

Na história, Nick sofre com o vício em tramadol, um analgésico comumente receitado após cirurgias e para combater dores crônicas. Embora alguns aspectos do livro sejam baseados na vida de Stuart, ele tem uma postura muito rígida contra as drogas e nunca foi viciado em analgésicos.

Isso é um problema sério, que afeta muitos atletas que tentam se recuperar de uma lesão, e achamos que era importante incluir isso na história.

Por outro lado, demos a Brendan e Grégoire o casamento dos sonhos deles na linda ilha grega de Santorini, com todos os seus amigos e parentes próximos (bem, quase todos).

Na vida real, no entanto, o casamento entre pessoas do mesmo sexo não é legal na Grécia. Esperamos que um dia seja.

Jane & Stu <3

Agradecimentos

A Kirsten Olsen, nossa maravilhosa editora, conselheira, amiga, ouvinte, Mulher Maravilha, que também se transformou em uma *femme fatale* na história, tentando seduzir Nick. Só trabalhos maravilhosos ;)

A Golden Czermak, pela generosidade em concordar em aparecer neste livro e por compartilhar conosco algumas informações importantes ;)

A Lisa Ashmore, pela consultoria legal no que diz respeito aos processos jurídicos de Nick.

A Elisa Wang, por ter permitido que usássemos seu nome sem o menor pudor — e por ter permitido que criássemos seu alter ego Ning Yu! Agradecemos também a Denise Catalano, Shonda Riffe Smith e Natascha Luchetti — sim, vocês estão aqui, meninas!

A Michelle Abascal-Monroy, que generosamente organizou nosso *blog tour*.

A Tonya Allen, leitora beta e companheira de viagem.

Aos fãs de Stuart Reardon e aos membros do clube de leitura Jane's Travelers, por seu amor e sua lealdade.

A Sheena Lumsden, pelo apoio nos bastidores.

A todos os blogueiros que dedicam seu tempo à paixão pela leitura e à crítica de livros — obrigado pelo apoio.

Aos nossos leitores, pelo bom gosto ;) Vocês são demais!

Este livro foi composto na tipografia
Berling LT Std, em corpo 11/15, e impresso
em papel off-white no Sistema Cameron da
Divisão Gráfica da Distribuidora Record.